Beverly Jenkins

La métisse de Denver

Traduit de l'américain
par Élisabeth Luc

J'AI LU

Titre original :

BEFORE THE DAWN
Avon Books,
an imprint of HarperCollinsPublishers, New York

À la mémoire de la regrettée Dorothy Jean Simpson
08/09/1932 – 11/01/2000

1

À la lecture du télégramme lui annonçant que son père était à l'article de la mort, les yeux noirs de Ryder Damien étincelèrent d'une jubilation vengeresse. « Cette vieille ordure récolte enfin ce qu'il a semé, songea-t-il amèrement. Qu'il aille griller en enfer ! Le diable l'attend certainement à bras ouverts. »

Étrange réaction de la part d'un fils, mais cela faisait plus de trente ans que Ryder n'avait pas vu son père. Il jeta rageusement le télégramme sur son bureau et se dirigea vers la fenêtre. La compagnie minière Damien était installée à l'étage d'un bâtiment en brique, au centre de Denver. Le printemps approchait, mais la neige qui couvrait les montagnes d'un manteau blanc semblait avoir oublié le calendrier. Comme chaque année, les sommets du Colorado ne cédaient au beau temps qu'au terme d'une lutte acharnée. Ce printemps ne ferait pas exception à la règle. Ryder tentait de chasser de son esprit la nouvelle inattendue qu'il venait d'apprendre. Vainement. Louis Montague hantait son esprit. Pourquoi son père reprenait-il contact avec lui après toutes ces années ? Après les terribles souffrances que Ryder avait endurées, il ne s'attendait tout de même pas qu'il accoure à son chevet pour lui donner l'absolution ?

Ryder se détourna de la fenêtre et revint vers son bureau.

Leah Barnett avait trente-deux ans. Comme chaque jour, elle passait de table en table dans la taverne presque déserte, empilant tasses et gobelets sur son plateau. Elle avait commencé sa journée au *Black Swan* à l'aube. À la nuit tombée, elle était épuisée et avait mal aux pieds. Elle jeta un coup d'œil aux derniers habitués installés autour des tables en bois foncé.

— Tom ! lança-t-elle. Il est temps de rentrer, maintenant. Tu ne veux quand même pas que ta femme vienne te chercher une fois de plus !

Tom Pollard croisa le regard franc et sombre de la jeune femme, puis baissa les yeux, penaud. Quatre jours plus tôt, Bess avait débarqué au *Black Swan* et avait fait un scandale. Bess Pollard dépassait son vieux mari d'une tête. Elle lui avait infligé un tel sermon sur les devoirs familiaux et le sens des responsabilités que tous les hommes présents s'étaient discrètement éclipsés, tête basse. Leah n'avait pas apprécié de voir la recette de la soirée disparaître ainsi en fumée, mais la mine effarée de Tom en voyant sa femme surgir tel un ouragan en valait presque la peine. Cela faisait des mois qu'elle lui serinait qu'il fallait accorder plus de temps à sa jeune épouse et moins à ses parties de cartes et de dominos entre amis.

Réagissant à la mise en garde de Leah, Tom se leva et enfila son manteau.

— Elle m'a passé un sacré savon, la dernière fois. Je ne voudrais pas que ça recommence, avoua-t-il.

Il tenait à peine sur ses jambes et avait du mal à boutonner son manteau.

— Comment va ce pauvre Monty ? reprit-il.

— D'après le médecin, il n'en a plus pour très longtemps, répondit Leah tristement.

Louis Montague, le compagnon de toujours de sa mère, se mourait dans son lit, à l'étage.

— Dès que j'en aurai terminé ici, je monterai le voir, ajouta-t-elle.

— Tu veux que je reste jusqu'à ce que tu aies fermé ?

Leah lui répondit d'un sourire las. Tom fréquentait le *Black Swan* depuis qu'elle était toute petite. Sa sollicitude la toucha.

— Inutile, Tom. Rentre vite. À demain.

Le vieil homme hocha la tête et sortit dans la nuit fraîche de ce début d'avril.

Restée seule, Leah finit de ranger la salle. En général, elle appréciait le calme qui régnait après la fermeture, mais ce soir-là, toutes ses pensées étaient tournées vers Monty.

L'année précédente, la mort de Reba, sa mère, lui avait brisé le cœur. À présent, c'était le tour de Monty. Ces deux êtres avaient toujours fait partie de son univers et elle ne concevait pas sa vie sans leur présence attentive et affectueuse.

À la mort de Reba, Leah avait hérité du *Black Swan*. Elle y passerait sans doute le reste de sa vie, à laver des chopes et à transporter des fûts. Une femme de son âge avait peu de chances de trouver un mari et d'avoir des enfants. Cela faisait bien longtemps qu'elle avait renoncé à fonder une famille. En dépit de sa curiosité naturelle, elle avait également abandonné l'idée de découvrir le monde et ses merveilles. Les femmes de son milieu avaient un tout autre destin. Leah était née au *Black Swan* et c'est là qu'elle passerait le reste de son existence.

Le *Black Swan* était une petite taverne au sol en terre battue, meublée de tables en bois brut. La recette permettait à peine à Leah de survivre. C'était l'un des derniers établissements de la côte à servir les marins anglais. Le peu d'argent qu'elle gagnait servait à régler les factures et à acheter les fournitures, mais guère plus. Au contraire de son amie Adele Sears qui avait fait un beau mariage et qui, caressant l'espoir d'être admise au sein de l'élite noire de Boston, ne cessait de commander de nouvelles toilettes, Leah devait se contenter de vieilles robes raccommodées et de chaussures aux semelles usées. Heureusement, elle était douée pour la comptabilité. Elle arrondissait donc ses fins de mois en tenant les registres de plusieurs entreprises du front de mer. Ainsi, elle pouvait payer ses deux employés, un barman et une serveuse.

Quand elle eut terminé de laver la vaisselle et de balayer la salle, elle vérifia que la porte était bien verrouillée. Puis elle éteignit les lampes et gravit lentement les marches pour se rendre au chevet de Monty.

Leah avait toujours vécu au-dessus de la taverne. Naguère, Reba et Monty partageaient la grande chambre du fond, celle qui donnait sur l'Océan. C'était dans cette pièce que Reba avait rendu son dernier soupir. Monty était promis au même sort.

Leah pénétra doucement dans la chambre où flambait un bon feu. Louis Montague était allongé dans le grand lit en noyer, apparemment endormi. Son vieil ami Cecil Lee était assis dans un fauteuil à son chevet. Leah avait toujours trouvé que le petit homme à lunettes et au teint ambré ressemblait à une souris. Les deux hommes étaient arrivés ensemble dans le Massachusetts, trente ans auparavant. Ils venaient du Colorado.

— Comment va-t-il ? s'enquit-t-elle à voix basse.

Le regard sombre de Cecil croisa le sien. Il secoua tristement la tête.

— Mal. Le docteur lui donne deux jours, trois tout au plus.

Leah posa une main compatissante sur son épaule. La lente agonie de Monty bouleversait Cecil.

Tandis qu'il ôtait ses lunettes pour en essuyer les verres, le mourant gémit :

— Si vous continuez à faire ces têtes d'enterrement, je partirai plus tôt que prévu…

Leah et Cecil sursautèrent. Leah plongea son regard dans les yeux bleus de Monty et secoua la tête. Même la mort imminente ne parvenait pas à saper son moral à toute épreuve.

— Nous te croyions endormi, dit-elle tendrement.

— Eh bien, non. J'ai encore beaucoup de choses à régler avant de rejoindre ta mère.

— Comme quoi, par exemple ? demanda Leah en inclinant la tête.

— D'abord, je dois assurer ton avenir. Parle-lui de mon plan, Cecil, ordonna-t-il brusquement.

Intriguée, Leah se tourna vers le vieil homme.

Celui-ci semblait mal à l'aise.

— Louis a décidé de te léguer son patrimoine.

— Quel patrimoine ?

— Celui que ta mère a refusé, intervint Monty. C'était la femme la plus entêtée que je connaisse. D'ailleurs, tu lui ressembles beaucoup.

Leah sourit.

— Merci. Mais de quel patrimoine parles-tu donc ?

Monty se redressa péniblement. Cecil voulut l'aider, mais le malade repoussa sa main.

— J'y arriverai, mon vieux, assura-t-il. J'en suis encore capable.

Monty s'adossa contre ses oreillers, le souffle court.

Sa souffrance faisait peine à voir. Six mois plus tôt, les médecins avaient diagnostiqué une tumeur au foie. Le mal avait évolué rapidement. Louis n'avait plus rien de commun avec le grand homme séduisant qui, trente ans auparavant, était entré au

Black Swan et avait eu le coup de foudre pour Reba. Sa peau café au lait avait viré au jaune et la maladie y avait creusé de profondes rides. À cause des médicaments, l'épaisse chevelure noire qui encadrait son beau visage créole était réduite à quelques touffes clairsemées et grisonnantes. Au cours des dernières semaines, Monty avait tant maigri qu'on avait peine à reconnaître le robuste et sémillant sexagénaire qu'il avait été. Leah se consolait en songeant que sa mère ne l'avait pas vu décliner. Elle en aurait eu le cœur brisé.

La voix rauque de Monty rompit le silence.

— J'aurais dû épouser ta mère. C'est l'un des grands regrets de ma vie.

— Malgré vos chamailleries incessantes ? fit Leah en riant.

Il parvint à sourire.

— J'adorais me disputer avec elle. Ces querelles me donnaient l'impression d'être vivant. Jamais je n'aurais cru me sentir aussi vivant...

Il se tut un instant, comme s'il se remémorait quelque souvenir, puis reprit d'une voix sourde :

— Elle me manque...

Ses yeux bleus empreints de tristesse et de lassitude croisèrent ceux de Leah.

— J'ai peur de la mort, avoua-t-il. Je ne pensais pas avoir peur à ce point. Je sais que le diable m'attend certainement au coin du feu. J'ai fait tant de mal au cours de ma vie...

— Je n'en crois rien, le coupa-t-elle. Tu as été très bon pour Reba et moi.

— Mais elle a refusé de m'épouser. Elle attendait toujours que ton père revienne.

Trois mois avant la naissance de Leah, son père, un marin américain nommé Roman Collins, était tombé à la mer au cours d'une tempête, au large de la Jamaïque et avait été porté disparu. Les propriétaires du navire avaient adressé à Reba une lettre de condoléances et le solde de son salaire, mais elle n'avait jamais perdu l'espoir de le voir revenir auprès d'elle, de son enfant, dans la taverne qu'ils avaient achetée ensemble. Certes, elle aimait Monty, mais son espoir insensé l'avait toujours empêchée de l'épouser.

— Elle lui avait promis de l'attendre jusqu'à sa mort, lui rappela doucement Leah.

— Je sais, mais je tenais à régulariser la situation. La malheureuse n'aurait pas eu à endurer tous ces ragots de la part du voisinage.

Sa mère avait en effet été montrée du doigt à cause de sa liaison avec Monty, mais Leah savait que les prétentieux tels que la mère d'Adele et ses amies auraient trouvé à redire de toute façon. Reba n'avait pas de mari, elle avait mis au monde une enfant sans père et possédait une taverne. À leurs yeux, il n'existait pas de pire mécréante sur terre.

— Les ragots ne l'ont jamais touchée, affirma-t-elle. Elle prétendait que si les gens parlaient d'elle, c'était qu'elle devait avoir beaucoup d'importance.

— Quoi qu'il en soit, laisse-moi régulariser la situation en ce qui te concerne.

— Monty, tu ne me dois rien.

— Que vas-tu devenir, quand je ne serai plus là ?

— Je m'occuperai du *Black Swan*, fit-elle en haussant les épaules. Cecil nettoiera les tables.

Le vieil homme sourit mais ne mordit pas à l'hameçon.

— C'est tout ce que tu attends de la vie ?

— Le problème n'est pas de savoir ce que j'en attends, déclara la jeune femme d'un ton neutre. La vie est ainsi, voilà tout.

— Supposons qu'elle puisse t'offrir davantage, que souhaiterais-tu ?

Elle réfléchit un instant.

— J'aimerais ne plus me contenter d'une seule robe. Voyager. Aller voir ce qu'il y a de l'autre côté de l'Océan, faire un tour dans ces îles tropicales dont mon père parlait si souvent dans ses lettres…

— Suppose que je puisse t'offrir cela ?

— Et comment ? s'enquit-elle avec un sourire attendri. D'un coup de baguette magique ?

— En quelque sorte.

Intriguée, elle inclina la tête. Depuis longtemps, Leah soupçonnait Monty d'être bien plus que le simple bottier qu'il prétendait être. Un modeste artisan ne récitait pas des vers en latin ni n'abordait tous les sujets si aisément. Pourtant, depuis sa plus tendre enfance, jamais elle ne l'avait entendu évoquer la vie qu'il menait avant d'arriver dans leur petite ville côtière. À l'âge de douze ans, elle avait posé des questions à sa mère sur le mystérieux passé de Monty. Cette dernière lui avait simplement répondu :

— Le passé d'un homme lui appartient tant qu'il n'est pas disposé à le partager.

Leah en avait conclu qu'il valait mieux se mêler de ses affaires et n'avait plus jamais soulevé la question. Mais la curiosité prit le dessus.

— Tu es bien silencieuse, Leah, reprit Monty, la tirant de ses pensées.

— Tu sais, j'ai toujours eu la certitude que tu étais autre chose qu'un bottier.

— C'est vrai. Enfin, cela l'était à une époque, admit-il d'un ton las, avant d'ajouter non sans fierté : Dans mon cœur, tu seras toujours la fille que je n'ai pas eue. Toujours.

Il tendit vers elle une main noueuse et tremblante. Elle la prit dans la sienne et déclara :

— Tu m'es très cher, Louis Montague. Et je n'aurai pas besoin d'un héritage pour m'en souvenir.

— Je sais, mais je tiens à faire cela pour toi. J'ai discuté avec Cecil de la possibilité de t'adopter légalement, mais cela prendrait trop de temps. Nous sommes vite arrivés à la conclusion qu'il valait mieux que tu sois ma veuve.

— Ta veuve ? répéta-t-elle, les yeux écarquillés, avant de s'esclaffer. Mais, Monty, je ne peux pas t'épouser !

— Bien sûr que si. Ce sera un mariage blanc, naturellement, mais le temps que quelqu'un se pose la question, je serai déjà mort.

Cette franchise choqua la jeune femme.

— Mais...

— Si ce sont les ragots qui te préoccupent, rassure-toi. Quand tu auras touché l'argent, tu seras libre et indépendante. Tu pourras quitter cet endroit, mener ta vie comme tu l'entends. Visiter les îles, respirer l'air du large... Laisse-moi mourir en sachant que j'ai fait quelque chose de bien pour une femme au moins une fois dans ma vie.

Leah scruta Cecil, quémandant silencieusement un conseil, mais celui-ci demeura imperturbable. Elle se tourna de nouveau vers Monty. Son regard implorant lui brisa le cœur.

Elle comprit qu'elle n'avait pas le choix.

Le lendemain matin, le cœur serré, Leah Jane Barnett enfila sa plus belle robe pour épouser un vieil homme sur son lit de mort.

Cecil fut témoin de la cérémonie et de la signature du testament en présence de James Raddock, un éminent juriste du Massachusetts. C'était la première fois que Leah rencontrait le vénérable vieil homme, un Blanc. Cecil lui avait assuré qu'il le connaissait depuis de nombreuses années en tant que client et ami digne de confiance.

Une fois les formalités réglées, Leah et Cecil raccompagnèrent le juge Raddock à la porte de la taverne. Les deux hommes échangèrent une vigoureuse poignée de main.

— Bon retour, Jim, déclara Cecil, et merci.

— Je vous en prie.

Raddock posa ensuite son doux regard vert sur Leah.

— Jeune dame, sans jamais vous avoir rencontrée, j'ai toujours su combien Monty aimait votre mère et combien il vous aime. Quand il nous aura quittés, vous pourrez toujours compter sur mon aide en cas de besoin. Il vous suffira de demander à Cecil ou à quelqu'un d'autre de me contacter. L'amitié de Monty m'a toujours été précieuse. Le moins que je puisse faire, c'est de vous proposer mon appui et ma protection tant que j'en serai capable.

— Merci beaucoup, répondit Leah, réconfortée par tant de sollicitude.

Il hocha une dernière fois la tête puis s'éloigna dans la nuit. Cecil embrassa Leah.

— À demain matin, dit-il.

— Bonne nuit, répondit-elle, heureuse de pouvoir compter sur son amitié.

De retour dans la chambre du malade, la jeune femme remonta les couvertures sur Monty. Dicter son testament et prononcer les vœux de rigueur l'avaient épuisé.

— Il faut te reposer, maintenant, lui recommanda-t-elle. La journée a été longue.

— J'ai quelque chose à te dire.

Il semblait encore plus pâle et faible que d'habitude, à tel point qu'elle s'en alarma.

— Cela ne peut pas attendre demain ?

— Demain, il sera peut-être trop tard, souffla-t-il.

Son ton grave acheva de l'inquiéter. Elle se redressa et hocha la tête.

— Très bien, je t'écoute.

— Je suppose que ce que je vais te dire est une sorte d'ultime confession avant de mourir.

Leah le dévisagea longuement, puis l'encouragea à s'exprimer.

— Il y a trente ans, en quittant le Colorado, j'ai laissé deux fils.

La jeune femme se figea de stupeur. Monty n'avait jamais fait la moindre allusion à une famille, encore moins à des enfants.

— Aujourd'hui, Seth doit avoir trente-six ou trente-sept ans, Ryder deux ans de moins.

Leah écarquilla les yeux. Elle se retrouvait donc la belle-mère de ces deux hommes.

— Pourquoi n'en as-tu parlé avant ?

— Parce que tu aurais refusé que je te lègue mon patrimoine. Tu aurais exigé que je fasse d'eux mes héritiers et je n'ai plus la force de discuter...

Une lueur furtive brilla dans ses yeux, pareille à une étoile sur le point de s'éteindre. Leah sourit.

— Tu as certainement revu tes enfants depuis trente ans.

— Non, jamais.

— Mais pourquoi ? s'exclama-t-elle, abasourdie.

Il se détourna comme s'il cherchait une réponse dans les ombres de la chambre. Quand il s'exprima enfin, sa voix était chargée de regret :

— Je ne pensais pas que le temps passerait aussi vite. Quand je me suis rendu compte à quel point j'avais besoin de mes fils, vingt longues années s'étaient écoulées. Avant de mourir, ta mère m'a demandé de me réconcilier avec eux, mais je me sentais bien trop coupable. J'avais tellement honte que je n'ai pas osé faire le premier pas. J'avais peur qu'ils ne me détestent, que je leur sois totalement indifférent. Mais à l'approche de la mort, je tiens à faire amende honorable.

Ses yeux exprimaient une immense tristesse.

— Leah, je veux qu'ils sachent combien je regrette. Il y a quelques semaines, Cecil a envoyé un télégramme dans le Colorado les informant que j'allais mourir. Jusqu'à présent, je n'ai obtenu de réponse ni de l'un ni de l'autre.

— Cela fait bien longtemps que tu es sorti de leur vie, commenta-t-elle sans détour.

— Je sais.

Leah avait peine à croire que Monty n'avait pas vu ses fils depuis trente ans. Le Monty qu'elle connaissait avait toujours fait preuve de sollicitude envers son entourage.

— Leur as-tu envoyé de l'argent depuis ton départ ? s'enquit-elle.

— Je leur ai laissé les bénéfices de la mine que je possédais. Je suppose qu'elle leur permet de mener une vie décente.

— Mais tu n'en sais rien.

— C'est vrai, admit-il.

— Tu n'as jamais cherché à te renseigner ?

Il secoua négativement la tête.

— Monty, un tas de choses a pu leur arriver pendant toutes ces années.

— Je sais, répéta-t-il, les yeux embués de larmes. Et maintenant, il est trop tard.

Leah aimait le vieil homme comme son propre père. À quoi bon le juger à l'heure de sa mort ? Elle n'avait pas envie de se montrer dure envers lui, mais déplorait qu'il n'ait jamais repris contact avec ses fils.

— Je veux que tu te rendes dans le Colorado et que tu les rencontres.

Une fois encore, la jeune femme écarquilla les yeux.

— Tu voulais voyager. C'est l'occasion rêvée.

Comprenant qu'elle venait d'être prise au piège, la jeune femme secoua la tête face à l'habileté de cette manipulation.

— Cecil part dans le Colorado en mon nom dans

l'espoir de retrouver les garçons. J'aimerais que tu l'accompagnes.

Leah esquissa un sourire surpris et cependant plein d'affection.

— Tu souhaites me demander autre chose ? Transformer de la paille en or, peut-être ? Danser sur la tête d'une épingle ? D'après toi, comment vont réagir tes fils si je frappe à leur porte et que je me présente comme leur belle-mère ?

— J'espère qu'ils seront tellement subjugués par ta beauté qu'ils se comporteront en parfaits gentlemen, répondit-il en souriant.

— Seigneur ! lança Leah en levant les yeux au ciel avant d'aller tirer les rideaux. Nous reprendrons cette discussion demain matin. Fais de beaux rêves.

Sur ces mots, elle se pencha pour l'embrasser sur le front. Au moment où elle se redressait, il lui prit la main. Ils échangèrent un long regard plein d'amour, de respect et de tristesse.

— Toi aussi, murmura-t-il.

Sentant l'émotion la submerger, elle se détourna et se dirigea vers la porte.

— Leah ?

Elle s'arrêta.

— Promets-moi de leur expliquer que j'ai changé avant de mourir. S'ils trouvent au fond de leur cœur la force de me pardonner, les feux de l'enfer me seront peut-être moins pénibles.

— C'est promis.

Ils se regardèrent en silence. Toute parole était inutile.

— Bonne nuit, Leah.

Bonne nuit, Monty. À demain.

Elle referma doucement la porte et gagna sa propre chambre.

Le lendemain matin, comme tous les jours avant de descendre ouvrir la taverne, Leah se glissa dans la chambre du malade sur la pointe des pieds. Dès qu'elle eut franchi le seuil, elle comprit que Monty était mort. Le spectacle de son corps figé lui coupa le souffle. Si elle se mettait à pleurer, elle craignait de ne plus jamais pouvoir s'arrêter. Aussi ravala-t-elle ses larmes tandis qu'elle s'approchait du lit. Là, elle remercia le Ciel. Désormais, Monty ne souffrait plus.

Il fut inhumé le lendemain dans le cimetière de la ville. Leah portait la même robe noire que pour l'enterrement de sa mère. Elle se tint bien droite près de la tombe, entourée de quelques habitués du *Black Swan*, de Cecil, accablé mais digne, et du pasteur. Elle écouta les paroles de ce dernier, laissant enfin libre cours à ses larmes.

Les prières furent prononcées, puis les autres partirent un à un, et Leah se retrouva seule avec Cecil. Sans un mot, ils regardèrent les fossoyeurs jeter des pelletées de terre sur le cercueil. Cecil avait acheté la concession voisine de la tombe de Reba. Selon Leah, ce n'était que justice.

Après le départ des fossoyeurs, Cecil et la jeune femme s'attardèrent dans la fraîcheur d'avril, unis dans leur chagrin. Le vent de l'Atlantique soufflait en bourrasques, soulevant le bas de la robe de Leah et agitant sa voilette. Elle avait passé toute sa vie sur la côte du Massachusetts. Le vent lui était si familier qu'elle n'y prêtait aucune attention. Elle contempla longuement les pierres tombales, tout ce qui lui restait des deux êtres auxquels elle tenait le plus au monde. Ils n'auraient pas voulu la voir céder à la complaisance, aussi essuya-t-elle ses larmes. Puis elle posa une main gantée sur ses lèvres pour leur envoyer un baiser d'adieu. Resserrant son châle autour de ses épaules, elle se tourna vers Cecil, si digne dans sa douleur, et lui suggéra de rentrer.

Il hocha la tête et la prit par le bras pour la guider jusqu'à la voiture.

Leah n'avait jamais quitté son Massachusetts natal. La perspective de partir en compagnie de Cecil vers des contrées qu'elle ne connaissait que par ce qu'elle en avait lu dans le journal l'émerveillait. Toutefois, la triste réalité la frappa de plein fouet dès qu'ils voulurent monter dans le train.

— Dites donc, vous deux, lança le contrôleur, un homme corpulent au visage rougeaud, au nez camus et aux dents gâtées, vous vous croyez où ?

— Nous prenons le train, répondit Cecil.

— Ces wagons-là sont réservés. Ils sont interdits aux gens comme vous.

Leah sentit la colère la saisir. Elle savait pertinemment à quoi cet homme faisait allusion et trouvait son attitude révoltante.

— Dégagez, sinon j'appelle le shérif, ajouta-t-il.

Le plus calmement du monde, Cecil sortit un document de la poche de son manteau et le tendit au contrôleur récalcitrant.

— Qu'est-ce que c'est ? demanda ce dernier d'un ton rogue

— Veuillez en prendre connaissance, déclara Cecil, les lèvres pincées.

En lisant le document, le contrôleur rougit davantage et esquissa un rictus plein de mépris. Il rendit la feuille à Cecil d'un geste sec et s'éloigna sans un mot, furieux.

— Je pense que nous pouvons monter à bord, maintenant, dit Cecil.

— Je le pense aussi, renchérit Leah.

Le document était rédigé de la main du juge Raddock et octroyait à Cecil et à Leah le droit de se rendre à Denver en compartiment privé. Dix jours plus tôt, après les funérailles, Cecil avait informé le vieux juge qu'ils partaient dans l'Ouest pour régler les affaires de Monty. Raddock lui avait aussitôt proposé son aide. À l'origine, le laissez-passer était destiné à sa fille, son gendre et leur enfant qui devaient venir de Californie quelque temps plus tard. Il ne vit aucune raison de ne pas permettre à Cecil et à Leah d'utiliser le précieux document d'ici là, d'autant qu'il n'était pas nominatif. Quand tous deux seraient arrivés à Denver, la compagnie de chemins de fer se chargerait de le transmettre au jeune couple. De toute évidence, le juge s'attendait à la méfiance des contrôleurs, car le laissez-passer portait non seulement sa signature, mais le tampon du tribunal.

Une fois dans le train, Leah ressentit de la gratitude envers ce juge qui leur permettait de voyager dans des conditions d'ordinaire inaccessibles au commun des mortels. Il y avait un coin couchette, un cabinet de toilette, des fauteuils confortables et une grande table où ils pourraient prendre leurs repas.

— C'est magnifique, s'écria-t-elle en découvrant le luxe de leur compartiment.

Cecil acquiesça. Ils venaient de s'asseoir quand le contrôleur se présenta sur le seuil.

— Je voulais juste vous prévenir que vous n'aurez droit à aucun traitement de faveur. Vous prendrez vos repas dans la voiture-fumoir, avec les gens de votre espèce.

Cecil et Leah hochèrent gravement la tête. Apparemment satisfait, le contrôleur tourna les talons.

Confortablement installée près de la fenêtre, Leah contemplait le paysage verdoyant de l'Illinois. Seulement quinze jours auparavant, elle était convaincue que la vie ne lui réservait rien de bon. Et voilà qu'à présent, grâce à la générosité de Monty, son avenir s'annonçait plein de promesses. Certes, elle devrait faire les bons choix. Sa couleur de peau serait toujours un obstacle à toute ascension sociale, mais l'amélioration de sa situation financière lui permettait désormais de partir où bon lui semblerait. Elle pourrait se rendre en Californie et même en Chine si l'envie lui en prenait. Pour la première fois de sa vie, elle ne portait que des vêtements neufs, de ses dessous à ses bas en passant par ses chaussures. Elle possédait de superbes capelines, des sacs, des gants… Elle avait l'impression qu'une fée s'était penchée sur elle et, d'un coup de baguette magique, avait transformé la modeste serveuse de taverne en une femme élégante et aisée. Elle se tourna vers Cecil qui lisait son journal installé sur un divan.

— Cecil, parle-moi du Colorado.

— Il y a trente ans, c'était une région de grands espaces, avec des montagnes, des vallées, des pins, des pumas.

— Des pumas ?

— Oui. Certains les appellent les lions des montagnes.

Leah se demanda s'ils en croiseraient. En tout cas, elle n'en avait jamais vu sur la côte du Massachusetts.

— As-tu déjà ressenti cette impression étrange que ta vie allait changer ?

— C'est ce que tu ressens en ce moment ? s'enquit-il.

— Oui. Depuis notre départ de Boston, Je suis habitée d'une sorte de frénésie, de trépidation. Une femme de mon âge ne devrait sans doute pas être aussi sensible, mais je n'y peux rien.

Le vieil homme leva les yeux de son journal et rit.

— Ta réaction est très compréhensible, assura-t-il. Quand Louis et moi avons quitté le Colorado, je ressentais la même chose.

— Me retrouver dans ce train, vêtue de ces beaux vêtements… Je suis une autre femme.

— C'est un peu vrai. C'est une nouvelle vie qui t'attend. Tu regrettes d'avoir quitté le *Black Swan* ?

Elle secoua la tête.

— Franchement, je crois qu'il valait mieux partir. Là-bas, il y avait trop de souvenirs, trop de fantômes. Après l'enterrement de Monty, j'avais l'impression de le voir partout, de le croiser à tous les coins de rue. J'entendais résonner le rire de ma mère, je revoyais Monty descendre l'escalier, se joindre à Tom et aux autres habitués pour jouer au backgammon.

Une fois encore, les souvenirs ressurgirent, plus vivaces que jamais. Elle savait que seul le temps parviendrait à atténuer son chagrin.

— Je pense que j'ai bien fait de confier la direction de la taverne à la femme de Tom jusqu'à mon retour.

— Je suis d'accord avec toi.

Leah voulut dire quelque chose mais un long sifflement retentit. Elle regarda par la fenêtre. Le train entrait en gare.

Cecil se leva pour se pencher au-dehors.

— Apparemment, nous sommes arrivés à Chicago. Nous allons pouvoir descendre nous dégourdir les jambes. Nous ne repartirons sans doute pas avant une bonne heure.

Leah se réjouit de cette perspective. Leur halte à Kalamazoo, dans le Michigan, lui semblait bien loin.

Dès l'arrêt du train, la jeune femme prit sa capeline fourrée et suivit Cecil jusqu'à la porte du compartiment. Les porteurs n'avaient pas mis le marchepied en place. Sur le quai régnait une grande effervescence tandis que les passagers montaient, disaient au revoir à leurs proches. Les porteurs ployaient sous les bagages. L'atmosphère était chargée de fumée et de cendres.

— Je parie que c'est un sale coup de ce maudit contrôleur, grommela Cecil.

Leah détestait porter des jugements hâtifs, mais l'attitude odieuse de cet homme depuis le départ lui suggérait que l'absence de marchepied n'était pas due au hasard. C'était une petite brimade subtile et agaçante que certains intolérants infligeaient aux Noirs pour leur signifier qu'ils devaient rester à leur place.

— Nous n'avons qu'à sauter sur le quai, déclara la jeune femme.

— Tu n'as plus dix ans, Leah.

Elle sourit. Dans sa jeunesse, elle aimait plonger dans les vagues depuis les falaises de la côte, avec les garçons du village. Sa mère ne s'en inquiétait guère, mais Cecil se faisait des cheveux blancs chaque fois qu'il était témoin de ces jeux pour le moins téméraires.

Leah n'avait pas l'intention de rester plantée à la porte du compartiment.

— Pour l'amour du ciel, Cecil, saute donc ! Il y a à peine trente centimètres.

— Vous avez besoin d'aide ?

Leah croisa le regard sombre du plus beau métis qu'elle ait jamais vu. Il était habillé comme tous les autres passagers, mais ses cheveux noirs effleurant ses épaules, son élégant manteau à la coupe impeccable lui conféraient une allure incroyable. Grand et musclé, il était manifestement le fruit d'unions mixtes. Il avait les cheveux d'un Indien mais les traits puissants et fiers d'un Africain.

Se rendant soudain compte qu'elle le fixait avec insistance, Leah détourna vivement le regard.

— Je crois que oui, répondit Cecil. Personne n'est venu installer notre marchepied.

— Eh bien, je vais vous aider à descendre d'abord, puis j'assisterai la jeune dame.

L'inconnu s'adressait à Cecil, mais c'était Leah qu'il contemplait.

Troublée, celle-ci posa les yeux sur l'homme qui l'accompagnait. Il était plus âgé et portait un beau costume sombre et un manteau gris. Son sourire franc la rassura.

— Vous seriez très aimable, fit Cecil, plein de gratitude.

Les deux hommes prirent Cecil par les bras et le déposèrent sur le quai.

Quand vint son tour, la jeune femme sentit son cœur s'emballer. L'homme aux cheveux longs s'approcha et encercla sa taille de ses mains puissantes. Il la fit descendre lentement, leurs corps se frôlèrent, leurs regards s'accrochèrent furtivement. La jeune femme était si perturbée par sa présence qu'elle mit plusieurs secondes à se rendre compte qu'elle avait touché terre. Elle se ressaisit et balbutia de vagues remerciements.

— Je vous en prie, répondit-il, sans cacher l'intérêt qu'elle lui inspirait.

Plus intimidée que jamais, Leah chercha à se donner contenance en redressant son chapeau. Elle lissa ensuite la jupe de son ensemble bleu. Rien n'y fit. Elle sentait toujours la chaleur des mains de cet inconnu sur sa taille, leur pression à la fois ferme et douce.

— Souhaitez-vous également débarquer des bagages ? s'enquit-il.

— Non merci, dit-elle. Nous voulions simplement nous dégourdir les jambes. Nous continuons le voyage jusqu'à Denver.

— Tiens, c'est aussi notre destination, intervint le vieil homme d'un ton chaleureux. Seriez-vous en visite ?

Luttant de toutes ses forces pour se soustraire à la fascination qu'exerçait sur elle le plus jeune des deux hommes, Leah répondit :

— Non. Cecil et moi allons régler les affaires de mon mari décédé. Il a vécu là-bas autrefois.

— Toutes mes condoléances, déclara le vieil homme. Cela fait-il longtemps qu'il est décédé ?

— Presque deux semaines, précisa Leah.

Cecil prit l'initiative de se présenter.

— Je m'appelle Cecil Lee.

Les deux hommes échangèrent une poignée de main.

— Sam Waters.

Pendant les présentations, Leah remarqua que le compagnon de voyage de Sam le regardait d'une façon étrange voire inquiétante.

— Ne seriez-vous pas le Cecil Lee qui travaillait autrefois pour Louis Montague ? hasarda-t-il finalement.

Cecil hésita une fraction de seconde avant de répondre :

— En effet.

Aussitôt, l'inconnu se métamorphosa. Sa mâchoire se crispa, ses yeux se mirent à scintiller d'une lueur assassine.

— Ainsi, le majordome de Satan est de retour, fit-il d'une voix traînante et cynique.

Cecil se raidit.

Leah dévisagea l'inconnu. Que racontait-il donc ?

— Il est mort ? reprit l'inconnu.

Cecil redressa la tête, furieux. Leah remarqua que Sam Waters affichait une mine grave.

— Oui, répliqua Cecil. Louis Montague est mort. Qui êtes-vous ?

L'homme ne répondit pas. Il se tourna vers Leah et posa sur elle un regard si glacial qu'elle en eut la chair de poule.

— Et vous, qui êtes-vous ? l'interrogea-t-il.

Leah ne s'offusqua pas de son changement d'attitude et de son agressivité envers Cecil.

— Leah Montague.

— Montague ?

L'espace d'un instant, il parut étonné. Il scruta la jeune femme comme s'il cherchait à discerner la vérité.

— Qui êtes-vous donc ? Quelque enfant naturelle perdue de vue ?

Son ton sarcastique reflétait la froideur de son regard.

— Non, répliqua fièrement Leah. Je suis sa veuve. Comment osez-vous traiter Cecil de majordome de Satan ?

— Je suis votre bâtard de beau-fils, murmura-t-il. Je parlerai de lui comme bon me semblera.

Leah eut l'impression que son cœur cessait de battre.

— Ryder ? s'exclama Cecil, les yeux écarquillés. Ryder Damien, le fils de Chant d'Oiseau ?

L'homme que Cecil venait d'appeler Ryder confirma ses propos d'un hochement de tête et riposta d'un ton chargé d'amertume :

— Oui, je suis bien Ryder. Je m'étonne que vous vous rappeliez mon prénom. Mon père l'a manifestement oublié, lui.

— Il ne t'a pas oublié, répliqua posément Cecil. Il vous a laissé la mine de Faith, à ton frère et à toi.

— Il ne m'a rien laissé du tout, rétorqua Ryder.

Cecil sembla déconcerté.

— Mais…

— Que faites-vous ici ?

— Louis m'a demandé de retrouver ses fils, expliqua Cecil.

— Pourquoi ? La perspective de griller en enfer lui a donné l'envie de se faire pardonner ses fautes ?

Leah fit un pas en avant. Décidément, cet homme froid et implacable ne lui plaisait pas du tout.

— Non, déclara-t-elle. Il tenait à ce que vous sachiez combien il regrettait de vous avoir abandonnés de la sorte.

— Il est trop tard. De toute façon, je ne veux rien de lui. Seth acceptera sans doute. Il s'en moque. Il n'a aucune fierté.

Son regard glacial s'attarda de nouveau sur Leah, et elle frissonna. Elle ignorait tout de ses pensées, mais ses traits durcis exprimaient une colère à peine contenue.

— Savez-vous que vous avez épousé un homme accusé par deux fois de meurtre ? s'enquit-il.

L'air stupéfait de Leah lui prouva qu'elle l'ignorait.

— Non ? enchaîna-t-il. Eh bien, demandez donc à M. Lee. Il est au courant, lui.

Un silence pesant tomba entre eux, durant lequel Ryder ne quitta pas Leah des yeux. L'espace d'un instant, la jeune femme crut y lire du regret. Puis il fit un signe de tête à Sam et les deux hommes s'éloignèrent. Le cœur de Leah battait si fort qu'elle était incapable de prononcer un mot. Elle regarda Cecil ; il affichait l'expression d'un homme qui vient de voir un fantôme.

— Tu as été un peu brutal avec elle, commenta Sam dès qu'ils furent à quelque distance.

— Je lui devais la vérité.

— Pas comme ça. J'ai cru qu'elle allait tomber à la renverse.

Ryder ne dit rien.

— Tu crois qu'elle l'a épousé pour son argent ? reprit Sam.

Ryder esquissa un sourire sarcastique et s'empressa de chasser la veuve de son père de son esprit.

— Chargeons les bagages et allons chercher quelque chose à manger. Il nous reste encore une heure avant le départ du train.

Leah s'approcha de Cecil. Visiblement secoué, il s'était appuyé contre la paroi du wagon.

— Ça va ?

Le vieil homme demeura un moment silencieux, perdu dans ses pensées. Puis il se décida à croiser enfin le regard inquiet de la jeune femme.

— Ça commence mal, observa-t-il.

Encore sous le choc, elle demanda :

— Qu'est-ce que c'est que cette histoire de meurtre ? C'était faux, n'est-ce pas ?

— Je crains que non.

— Cecil ?

Il lui tapota gentiment la main.

— Sois tranquille. Monty n'a jamais tué personne.

— Alors pourquoi cet homme a-t-il tenu ces propos ?

— Parce que c'est ce que les gens croyaient, à l'époque, à Denver.

Il observa longuement le visage soucieux de la jeune femme puis poussa un soupir las et se leva.

— Viens. Allons manger. Je vais tout t'expliquer.

Elle voulait des explications tout de suite, mais elle s'exhorta à la patience. Elle se demandait dans quel pétrin elle s'était fourrée.

Aux alentours de la gare, aucun établissement n'autorisait les Noirs à entrer. Toutefois, un café leur permit de passer commande par la porte du fond et d'emporter une collation. Leah savait que sa révolte face à ces discriminations n'était partagée que par les gens de son peuple, aussi adressa-t-elle un sourire radieux à la caissière.

Derrière le café, dans un grand pré, ils s'assirent sur un banc. C'était une belle journée. Les autres voyageurs noirs avaient également trouvé refuge en ce lieu. Ils mangeaient et discutaient en petits groupes. Leah déballa son sandwich. À peine eut-elle mordu dedans qu'elle constata que le pain était rassis. Le jambon ne semblait toutefois pas avarié. Leur citronnade contenait surtout de l'eau, mais elle était fraîche et leur permit de se désaltérer.

— Bon, je t'écoute, dit-elle à Cecil.

— Tu pourrais au moins me laisser manger, protesta le vieil homme.

— Non.

Il sourit avec indulgence et secoua la tête.

— Tu ressembles de plus en plus à ta mère, tu sais.

— Merci.

Cecil connaissait trop bien Leah pour voir dans son attitude un manque de respect. Elle exigeait simplement des explications qu'elle méritait après cette rencontre un peu brutale avec Ryder, le fils cadet de Monty.

Cecil avala quelques bouchées de sandwich puis déclara :

— Bien, je vais tout reprendre depuis le début. Sinon, tu ne comprendras pas comment Louis est devenu Satan Montague aux yeux de certains habitants du Colorado.

Leah ne saisissait toujours pas le sens de ce surnom. Elle lui fit signe de poursuivre.

Cecil commença son récit par l'enfance de Monty, fils aîné d'Emile Montague, un planteur français originaire de la Louisiane, et de sa maîtresse, une esclave octavone aux yeux bleus nommée Faith. Comme de nombreux garçons issus de telles unions, Monty fut envoyé faire ses études en France à cause de la ségrégation qui régnait dans le Sud. À la mort de son père, Monty fut affranchi, mais le domaine revint aux deux fils légitimes de son père.

— Il n'a rien obtenu du tout ? demanda Leah.

— Rien. Louis m'a raconté qu'il n'était cité qu'une seule fois dans le testament.

— En quels termes ?

— Le document disait : *À mon fils Louis Montague, j'adresse mes meilleurs vœux et l'espoir que l'éducation que je lui ai offerte lui sera utile.*

— C'est tout ?

Cecil hocha la tête.

— Était-il amer de n'avoir hérité de rien ?

— Très. Sa mère lui avait laissé croire qu'il serait traité comme les fils légitimes, mais ce ne fut pas le cas.

— Qu'a-t-il fait ?

— À la fin des années quarante, il est parti dans l'Ouest et a pris une concession dans les mines d'or de Californie. Il était déterminé à gagner encore plus d'argent que son père. Il n'a mis que deux ans à atteindre son objectif.

La surprise de Leah dut se lire sur son visage, car Cecil ajouta :

— La légende veut que certains hommes aient le don de sentir l'or. Louis en faisait partie. Il lui suffisait d'examiner une roche pour dire si oui ou non elle renfermait un filon. C'était incroyable.

— Où l'as-tu rencontré ?

— Dans les mines d'or. J'étais moi-même un piètre chercheur d'or, mais j'étais doué pour les calculs et je tenais les comptes de ceux qui ne savaient ni lire ni écrire. Louis et moi sommes devenus bons amis. Quand il a quitté la Californie, je l'ai suivi.

Cecil se tut quelques instants, puis reprit :

— Je suis né dans la misère, en Louisiane. J'avais

entendu parler des Créoles élégants et instruits de la Nouvelle-Orléans, mais je n'en avais jamais rencontré avant Louis. Il parlait français, italien et latin. C'est l'homme le plus intelligent et le plus cultivé que j'aie jamais rencontré. J'étais flatté qu'il tolère ma présence à ses côtés.

— Où êtes-vous allés, après la Californie ?

— Dans le Colorado. Nous avons acheté des bois, des terres, acquis des intérêts dans bon nombre de mines. Ensuite, il a fait construire une des plus belles demeures de la région, puis il est parti pour la Louisiane et a trouvé une femme créole superbe.

Leah semblait incrédule.

— Ne me dis pas qu'il était toujours marié avec cette femme quand ma mère et lui vivaient ensemble !

— Non. Bernice est morte un an et demi après la naissance de Seth, leur fils. Beaucoup de gens sont persuadés qu'il l'a tuée, mais ils n'ont jamais rien pu prouver.

— Quoi ?

Il hocha tristement la tête.

— Tu as dit que ce n'était pas un meurtrier, mais est-ce la vérité ? insista Leah.

— Absolument. À l'époque, Louis était capable de beaucoup de choses…

Sa voix s'éteignit, comme s'il venait de replonger dans son passé.

— … oui, de beaucoup de choses, mais pas de tuer sa femme. Elle est tombée gravement malade. Les médecins qu'il avait fait venir de Denver ont pensé à un empoisonnement, mais ils n'avaient aucun moyen de le prouver. La malheureuse a connu une longue et douloureuse agonie.

— Pourquoi Monty a-t-il été accusé ?

— Parce que, en ville, chacun savait que leur union n'était pas très harmonieuse. C'était un mariage arrangé. Bernice détestait la montagne et ne se gênait pas pour exprimer sa rancœur à la moindre occasion.

— Seigneur… Comment réagissait Monty ?

— Mal. Il s'est mis à passer de moins en moins de temps à la maison et accumulait les bénéfices à force de travail. Sans doute cherchait-il dans la réussite la reconnaissance que Bernice ne lui accordait pas. En tout cas, il faisait trimer ses ouvriers et ses mineurs. À l'époque, il était riche comme Crésus.

Leah avait peine à croire que Monty ait pu être aussi fortuné. Les gens de son propre entourage exerçaient des petits métiers et avaient des revenus modestes.

— Comment un homme de couleur a-t-il pu s'enrichir ainsi ?

— En ne s'affirmant pas comme un homme de couleur. Pour les banquiers et les hommes d'affaires avec qui il travaillait, Louis Montague était un Français aux yeux bleus de Louisiane et moi son valet de couleur. S'ils avaient soupçonné la vérité sur ses origines, ces hommes ne lui auraient jamais adressé la parole. Ils n'ont rien dit quand il a ouvert une partie de ses terres à des fermiers noirs du moment qu'ils continuaient à se remplir les poches.

Leah était troublée. Comment l'homme qui lui avait appris à patiner et à faire des crêpes pouvait-il avoir été soupçonné de meurtre ?

— Je ne sais que penser, Cecil, admit-elle.

— Je m'en doute.

— Qu'est-il arrivé au petit Seth après la mort de sa mère ? Monty l'a-t-il élevé ?

Cecil secoua la tête, la mine grave.

— Non. Louis a confié son fils à Ellen, la sœur de sa femme. Elle avait accompagné Bernice pour le mariage et était restée. Par la suite, Monty a très peu vu Seth.

Leah songea avec tristesse aux regrets exprimés par Monty sur son lit de mort.

— Et Ryder ? reprit la jeune femme. Quand est-il venu au monde ?

— Environ deux ans après la mort de Bernice.

— On dirait un métis.

— Il l'est. Sa mère a du sang noir et cheyenne.

Il se tut un instant avant de poursuivre :

— Connais-tu l'histoire du roi David et de Bethsabée, dans la Bible, et la façon dont il l'a faite sienne ?

Leah se souvenait de ce récit qu'elle avait entendu dans son enfance à l'église.

— David a délibérément envoyé Uriah, le mari de Bethsabée, au combat, sachant qu'il serait tué.

— Eh bien, la mère de Ryder était gouvernante chez Louis. En ce temps-là, Louis avait suffisamment d'arrogance et de pouvoir pour obtenir tout ce qu'il voulait. Et il convoitait cette femme. Son mari travaillait dans l'une de ses mines. Louis l'a envoyé travailler sur un filon réputé très dangereux. À l'image de David, il a éliminé son rival. Toutefois, il n'a jamais épousé sa conquête.

Un froid glacial envahit Leah. Elle songea aux paroles de Monty affirmant que Satan lui avait certainement gardé une place en enfer et sa peau se hérissa d'effroi. Quelqu'un vient de fouler ta tombe, lui aurait dit sa mère en de pareilles circonstances.

— Qu'est-elle devenue ?

— Elle est devenue sa maîtresse. Un soir, environ un an après la naissance de Ryder, on l'a retrouvée morte au fond de la mine où son mari avait péri.

Leah porta les mains à sa bouche.

Le regard de Cecil n'exprimait aucune émotion.

— Il y a eu une enquête. Plusieurs témoins ont affirmé que Louis se trouvait sur les lieux et qu'il s'était violemment disputé avec la jeune femme.

Louis n'a pas nié cette querelle, mais il a toujours clamé son innocence. Le shérif n'ayant pas trouvé de preuves pour l'incriminer, il a dû abandonner les charges qui pesaient contre lui. Des rumeurs ont circulé selon lesquelles il aurait acheté sa liberté contre un pot-de-vin.

— J'ai peine à croire que tu me parles du Monty que nous avons enterré, déclara Leah avec stupeur.

— C'est pourtant le cas. Il l'a dit lui-même: il n'était pas le même homme, à l'époque.

Leah croisa son regard et fut à nouveau parcourue d'un frisson.

— Mais il aimait ma mère…

— Il l'aimait passionnément. Elle était la seule que la vie lui ait refusée. Elle l'aimait à sa façon, mais elle n'a jamais voulu l'épouser. Louis a connu des femmes dans le monde entier, mais jamais aucune de la trempe de ta mère.

Les idées se bousculaient tant dans la tête de Leah qu'elle ne savait que dire ni que penser.

— Comment crois-tu que nous allons être accueillis dans le Colorado ? demanda-t-elle enfin.

— S'il existe encore des témoins de cette époque, je crains que l'accueil ne soit pas très chaleureux. En partant, nous avons laissé beaucoup d'amertume et de mauvais souvenirs derrière nous.

La jeune femme regarda devant elle d'un air absent, essayant tant bien que mal d'assimiler toutes ces révélations.

— Lui et moi avons commis des actes répréhensibles, avoua Cecil. Nous avons abusé nos ouvriers, chassé des familles démunies en sachant qu'elles n'avaient nulle part où aller. Nous avons fait des économies au détriment de la sécurité de nos ouvriers. Nous ne cherchions que le profit. Bois, élevage, or, argent, cuivre… Tout était bon pour s'enrichir. Louis aimait l'argent et je faisais de mon mieux pour l'aider à en gagner.

— Pourquoi ?

— Parce que j'aimais le pouvoir et l'argent que je gagnais en son nom. Comme Louis, j'aurai de nombreux comptes à rendre quand viendra mon heure.

Leah regarda Ryder Damien et Sam déambuler dans la clairière. Cecil suivit son regard. Avec ses longs cheveux et son manteau volant au vent, Ryder donnait l'impression d'être le maître du monde. Elle devait reconnaître qu'il avait de la prestance.

— C'est un homme en colère, commenta Cecil.

— S'il est persuadé que son père a tué sa mère, j'imagine qu'il a des raisons de l'être.

Cecil hocha la tête, les lèvres serrées.

Les deux hommes s'installèrent à quelques mètres d'eux. Ryder tourna aussitôt la tête vers Leah, comme s'il sentait son intérêt. Ils échangèrent un long regard, puis Ryder reporta son attention sur son sandwich tout en écoutant ce que Sam lui racontait.

— Tu la vois, là-bas ? lança Sam.

— Oui, répondit Ryder sans demander à son compagnon à qui il faisait allusion.

— Elle est belle femme, non ?

Ryder ne répondit pas.

— Ton frère va fondre sur elle comme un aigle sur sa proie.

— Je n'en doute pas une seconde.

— Et tu comptes le laisser faire ? s'enquit Sam.

— Non.

Sam dévisagea Ryder.

— Après la façon dont tu viens de la traiter, la malheureuse ne t'accordera même pas un regard.

— Bien sûr que si. Les aventurières de son espèce sont prêtes à tout pour avoir des robes à la dernière mode et des bijoux. Je ne devrais pas avoir beaucoup de mal à capter son attention.

— Et si tu faisais fausse route ?

— Certainement pas, assura Ryder en posant sur la jeune femme un regard plein de convoitise.

Ses cheveux relevés en chignon encadraient son beau visage sombre. Sa robe bleue boutonnée très haut lui donnait l'air d'une institutrice austère et non d'une jeune beauté vénale ayant épousé un vieil homme pour son argent.

— Seth va devenir fou si vous courtisez tous deux la même femme.

— C'est bien pour cette raison que je le ferai.

— Tu es certain que tu n'as pas d'autres motivations ?

— Lesquelles, par exemple ? répliqua Ryder en regardant Sam droit dans les yeux.

— Cette femme a épousé ton père. Tu ne peux pas faire porter des cornes à ton père, fiston.

— Mais je peux contrarier les sinistres ambitions de mon cher frère. Louis n'a rien à voir dans cette histoire.

— Si tu le dis, commenta Sam.

— J'en suis certain, mon vieux. Je compte les points, rien de plus.

— En tout cas, elle va ajouter un peu de beauté dans le paysage du Colorado.

Ryder dut admettre qu'il disait vrai. Du temps de son grand-père Cheyenne, une telle beauté lui aurait valu une dot de mille chevaux. Ses yeux en amande, ses lèvres pleines et sensuelles… Toutefois, Ryder se garda d'exprimer à voix haute ses pensées. Après tout, cette femme avait été l'épouse de Louis Montague.

— Combien de temps crois-tu qu'elle va rester dans le Colorado ? reprit Sam.

Ryder s'arracha à la contemplation de la jeune femme.

— Sans doute le temps de lire le testament et de mettre le grappin sur l'héritage.

— Dommage, observa Sam sans dissimuler sa déception. N'importe quel homme aurait envie de se réveiller à ses côtés tous les matins.

Ryder secoua la tête.

— Tu devrais garder tes belles paroles pour la veuve qui t'attend à la maison. Et si tu n'as pas l'intention de manger le dernier sandwich, donne-le-moi. Nous ne savons pas quand nous aurons l'occasion de prendre notre prochain repas.

À la surprise de Ryder, Sam s'exécuta sans discuter. Puis il se leva et annonça :

— J'y vais.

— Pourquoi ? interrogea Ryder, décontenancé.

— J'aimerais simplement lui dire quelques mots.

— Sam, reviens ! Sam !

Mais le vieil homme s'éloignait déjà et Ryder en fut réduit à jurer en silence.

En voyant Sam Waters venir dans leur direction, Leah demanda à Cecil :

— Qu'est-ce qu'il veut, selon toi ?

Elle n'était pas d'humeur à supporter de nouvelles insultes ou d'autres vérités cruelles. Elle avait eu son compte d'émotions pour la journée.

— Je l'ignore, répondit Cecil en haussant les épaules.

— Vivait-il à Denver quand Monty et toi y étiez ?

— Non. Je ne l'avais jamais rencontré.

Quand Sam arriva à leur hauteur, Leah hocha brièvement la tête. Le vieil homme ôta poliment son chapeau et déclara tout de go :

— Je ne voudrais pas vous déranger, madame Montague, mais je tenais simplement à vous informer que si vous aviez besoin d'aide lors de votre séjour à Denver, je me ferais un plaisir de vous rendre service.

Sa proposition semblait aussi sincère que son sourire, mais Leah ne put s'empêcher de rétorquer :

— Je doute que cette perspective réjouisse votre ami, mais je vous remercie.

Sam esquissa un geste désinvolte de la main.

— Je ne m'inquiète pas pour lui, assura-t-il. Parfois, les sang-mêlé sont un peu compliqués, Enfin…

Il haussa de nouveau les épaules comme si cette explication suffisait.

— Je vois, fit Leah qui, en fait, ne voyait rien du tout. Je ne voudrais pas être à l'origine d'une querelle. Cecil et moi ne resterons que peu de temps à Denver.

— Qu'importe. Ma proposition tient tout de même.

— Sam, intervint Cecil, depuis combien de temps connaissez-vous Ryder ?

— Dix ou quinze ans.

— Vous êtes bons amis ?

— Je le pense.

— Dit-il la vérité quand il affirme que son père ne lui a rien laissé ?

— À ma connaissance, Ryder n'a hérité de rien, en effet.

Déconcerté, Cecil secoua la tête.

— Louis leur a pourtant légué la mine de Faith. Que s'est-il passé ?

— Je ne saurais vous le dire, répondit Sam.

— Merci quand même.

— Je vous en prie. En tout cas, n'hésitez pas à m'appeler en cas de besoin.

Il leva son chapeau une nouvelle fois.
— Au revoir, madame Montague.
— Merci, monsieur Waters.
Sam sourit et les laissa finir leur collation.

2

En les croisant sur le quai, le contrôleur leur adressa un regard plein de mépris, mais Leah et Cecil l'ignorèrent et montèrent en voiture. Quelques instants plus tard, un long coup de sifflet retentit, annonçant le départ imminent du train.

Confortablement installée près de la fenêtre, Leah regardait quelques retardataires hâter le pas. Ryder Damien et Sam Waters étaient du lot. La jeune femme laissa échapper un soupir. Certes, elle savait qu'ils étaient en route pour le Colorado, mais elle ne se doutait pas qu'ils voyageraient à bord du même train qu'eux. Même si elle appréciait M. Waters, elle entendait les éviter comme la peste. Sa brève entrevue avec le cynique Ryder lui avait suffi.

Cependant, le récit de Cecil lui avait offert matière à réflexion, notamment sur le double visage de Louis Montague. Si Cecil avait dit la vérité, elle comprenait le sentiment d'amertume exprimé par Monty. Chasser des familles de chez elles, rogner sur la sécurité des employés au nom du profit, tout cela n'était pas digne d'un homme intègre. Si elle l'avait connu, à l'époque, l'aurait-elle traité de Satan ? Le Monty d'alors ne ressemblait en rien à celui qu'elle avait aimé.

Tandis que le train prenait de la vitesse et que le paysage verdoyant défilait sous ses yeux, Leah se remémora sa rencontre avec Ryder Damien. C'était un homme incontestablement séduisant. Son regard envoûtant devait certainement faire succomber toutes les femmes. S'il croyait aux rumeurs sur la mort tragique de sa mère, songea-t-elle, elle ne pouvait lui reprocher de nourrir quelque amertume à l'égard de son père. Seth, son frère, serait-il aussi mal disposé que lui ? Elle s'attendait au pire. Monty était la source de bien des rancœurs et elle avait l'impression que ces premières déconvenues ne constituaient que la partie visible de l'iceberg.

Elle se tourna vers Cecil. Depuis qu'ils étaient remontés dans le train, il n'avait pas ouvert la bouche. Sans doute réfléchissait-il à sa rencontre fortuite avec Ryder.

— L'avenir me réserve-t-il d'autres surprises, Cecil ? s'enquit-elle.

— En toute franchise, je l'ignore, avoua-t-il en esquissant un sourire peu convaincant.

Leah sentit une certaine impatience monter en elle et se demanda si c'était déplacé ou pas, vu les circonstances.

— Comment Monty a-t-il pu négliger ses deux fils à ce point ?

— C'est une excellente question, concéda Cecil. En vérité, le Louis d'autrefois ne s'intéressait qu'à lui-même. Certes, il avait deux fils, mais c'était *lui* qui était accusé de meurtre, c'était son nom qui était traîné dans la boue. Il avait permis à nombre de ses détracteurs de gagner beaucoup d'argent et, pour le remercier, ceux-ci l'avaient enfoncé. Selon lui, c'étaient tous des hypocrites et des ingrats. En partant, il leur a tourné le dos. Ainsi qu'à ses fils.

Leah se rappela les aveux pleins de remords de Monty, la veille de sa mort. Ce souvenir l'aida à montrer un peu d'indulgence.

— Il a fini par regretter cette décision, déclara-t-elle.

— Je sais. Nous en avons discuté ensemble très souvent. Il avait de nombreux regrets. Moi aussi, d'ailleurs.

— Que regrettes-tu le plus ?

— De ne pas m'être marié, répondit Cecil sans hésiter. De ne pas avoir fondé de famille. Comme Louis, j'ai compris trop tard quel était le vrai sens de la vie.

Cet aveu émut la jeune femme. Les regrets de Cecil lui rappelaient les siens. À son âge, elle était persuadée qu'elle ne se marierait jamais, qu'elle n'aurait jamais d'enfants.

— Tu n'as pas eu de fiancée ?

— Oh, j'ai eu quelques aventures, mais j'étais trop occupé à gagner de l'argent pour consacrer du temps à ma vie privée.

— Si cela peut te consoler, sache que ma mère et moi avons toujours considéré que tu faisais partie de la famille. Et je le pense toujours. Sans toi, Mlle Caldwell ne m'aurait jamais réintégrée dans son école.

Le visage du vieil homme s'illumina.

— Ah oui ! L'école qu'elle avait fondée pour les jeunes filles de couleur. On peut dire que tu étais turbulente, à l'époque.

— Vu la façon dont j'étais traitée, j'aurais dû mettre le feu.

Cecil s'esclaffa.

Quelqu'un frappa à la porte du compartiment. Riant encore, Leah alla ouvrir. Elle découvrit le contrôleur accompagné de Sam Waters, visiblement furieux.

— Nous emmenons cet homme de couleur à Denver, annonça le contrôleur d'un air suffisant. Soit il voyage avec vous, soit je le débarque au prochain arrêt.

Leah était abasourdie. Le contrôleur semblait jubiler, savourer son pouvoir. Elle n'hésita pas une seconde. Malgré les tensions qui divisaient les deux camps, jamais elle ne donnerait à cet imbécile la satisfaction de se débarrasser de Sam Waters au bord de la voie ferrée, en pleine campagne.

— Ce monsieur est le bienvenu parmi nous, déclara-t-elle.

Elle jeta un regard à Cecil qui, visiblement, approuvait sa décision. Pas question de laisser ce contrôleur appliquer les infâmes lois racistes en vigueur.

— Entrez, monsieur Waters, je vous en prie.

Sam hocha la tête en guise de remerciement et pénétra dans le compartiment non sans foudroyer le contrôleur du regard au passage.

— Merci, lâcha Leah d'un ton sec au contrôleur. Vous pouvez disposer.

L'homme s'empourpra de colère. C'était la première fois qu'il se faisait congédier de la sorte par une femme de couleur. Mais Leah s'en moquait. Il n'aimait pas les gens de son peuple et elle se fichait éperdument de ce qu'il ressentait. Il parut sur le point de lui lancer une remarque cinglante, puis se ravisa. Il avait lu le document rédigé par le juge et savait qu'ils voyageaient sous sa protection. Il ne lui restait plus qu'à obtempérer. Ce qu'il fit, claquant la porte en signe de réprobation.

— Merci, madame Montague, fit Sam Waters.

— Je vous en prie. Nous ne sommes pas forcément d'accord sur tout, mais j'ose espérer que vous feriez de même pour nous.

— Merci, répéta Sam à l'adresse de Cecil.

— Ce n'est rien, assura ce dernier.

— Où est donc M. Damien ? s'enquit Leah avec logique.

— Dans la voiture-fumoir. Il compte terminer le voyage là-bas. Moi, je suis trop vieux pour passer la nuit à boire et à jouer aux cartes. Le porteur m'a promis de m'apporter une couchette. Cela ne vous ennuie pas, j'espère ?

— Pas du tout. Nous nous organiserons le moment venu, répondit la jeune femme.

— Asseyez-vous, proposa Cecil en désignant les sièges.

Sam s'installa tout en regardant autour de lui d'un air admiratif.

— C'est superbe, commenta-t-il.

— Ce compartiment est celui du juge James Raddock, un ami de mon défunt mari.

Sam parut impressionné. Un silence gêné s'installa.

— Vous jouez aux cartes ? s'enquit Cecil au bout d'un moment.

— Bien sûr, répondit le vieil homme.

— À la bonne heure, car on ne peut pas dire que Leah soit une adversaire redoutable.

La jeune femme fit mine d'être indignée.

Cependant, Cecil n'avait pas tort. Autant Reba était une excellente joueuse de cartes, autant sa fille semblait hermétique aux subtilités de cet art. Cecil sourit et ajouta :

— Toutefois, ne vous avisez pas de l'affronter au backgammon. C'est une spécialiste.

Là encore, il disait la vérité.

Les deux hommes commencèrent leur partie, et Leah s'installa près de la fenêtre pour lire les journaux. Après leur déjeuner sur l'herbe, elle avait eu la chance de dénicher un kiosque qui vendait des publications de la communauté noire. Depuis toujours, elle aimait prendre connaissance des événements touchant les habitants d'autres régions, d'autres pays. Maintenant qu'elle avait la possibilité de voyager, sa curiosité n'en était que plus vive.

Un exemplaire du *Harper's Weekly* datant de quinze jours relatait les troubles sociaux provoqués par un syndicat de travailleurs qui exigeait l'uniformisation de la journée de travail. Société secrète fondée en 1869, à l'origine, le groupe était sorti de l'ombre en 1879. Il réunissait des travailleurs, spécialisés ou non, sans distinction de races. Leah fut étonnée d'apprendre qu'un dixième de ses sept cent mille membres étaient noirs. Au cours de l'année écoulée, ils avaient déclenché plus d'un millier de grèves contre des magnats de l'industrie. Malheureusement, ces mouvements sociaux avaient souvent donné lieu à de violents affrontements.

Les Chevaliers du travail, comme on les appelait, faisaient aussi la une des deux journaux de la communauté noire : le *Cleveland Gazette* et le *Freeman* de T. Thomas Fortune, publié à New York. Les deux journaux leur apportaient un soutien enthousiaste, considérant l'intégration de Noirs dans leurs rangs comme un événement historique.

Leah lut pendant plus d'une heure. Quand ses yeux commencèrent à se fatiguer, elle posa enfin ses journaux et s'étira pour soulager son dos et ses bras engourdis. La partie de cartes était terminée. Sam et Cecil semblaient s'entendre à merveille. Ils avaient ri de bon cœur en jouant quelques pièces de monnaie qu'ils perdaient et gagnaient tour à tour. À présent, ils se querellaient gentiment pour savoir quel était le meilleur régiment noir d'Amérique. Sam était un vétéran de la célèbre neuvième cavalerie. Natif de Louisiane, Cecil préférait la garde indigène de son État.

Rassemblant les cartes, Cecil déclara fièrement :

— Mon régiment a combattu les Français, les Espagnols et, durant la guerre de 1812, il a aidé Andrew Jackson à devenir un héros national en participant à la défaite des Anglais dans les plaines de Chalmette pour défendre la Nouvelle-Orléans.

— Andrew Jackson ? railla Sam. Les Cherokees ne vous diront pas merci. Il les a dépouillés de leurs terres – et je pèse mes mots – avant de leur imposer une marche forcée jusqu'en Oklahoma.

— C'est vraiment l'hôpital qui se moque de la charité. On ne peut pas dire que la cavalerie ait épargné les Indiens.

À leur ton, Leah songea qu'ils ne s'entendaient peut-être pas aussi bien qu'il y paraissait, mais Sam sourit et haussa les épaules.

— J'avoue que vous marquez un point. Toutefois, je n'étais pas comme de nombreux camarades. Certains détestaient les Indiens autant que des types comme Custer ou Jackson. Ils se moquaient que le gouvernement se serve de nous pour massacrer tout un peuple.

Leah n'avait jamais réfléchi à la politique du gouvernement sous cet angle. Elle était obligée d'admettre que Sam avait raison. Washington n'avait pas hésité à faire exterminer une minorité par une autre.

— Je vais faire un tour au fumoir, histoire de me dégourdir un peu les jambes, annonça Cecil en se levant. Vous m'accompagnez, Sam ?

— Avec plaisir. J'en profiterai pour prendre des nouvelles de Ryder.

Cecil se figea, ce qui n'échappa pas à Sam.

— Ne vous inquiétez pas, reprit ce dernier. Il est sans doute trop furieux contre le contrôleur pour se rappeler qu'il l'est aussi contre vous.

— Vous en êtes sûr ? s'inquiéta Leah, qui ne tenait pas à ce que Cecil subisse de nouvelles réflexions fielleuses.

— Madame Montague, fit Sam en la regardant droit dans les yeux, je connais Ryder depuis longtemps. Au fond de son cœur, c'est un homme bon.

Leah ne demandait qu'à le croire, mais l'attitude et le visage glacial de Damien ne l'y incitaient pas vraiment.

Cecil, lui, semblait rassuré.

— Cela ne t'ennuie pas de rester seule ? demanda-t-il.

— Pas du tout. En cas de besoin, je t'enverrai le porteur.

— Très bien. À tout à l'heure, alors. Nous nous absenterons une heure ou deux.

Après le départ des deux hommes, Leah s'attabla et fit quelques réussites. Puis elle retourna près de la fenêtre pour reprendre sa lecture des journaux. Elle venait tout juste de s'y plonger quand on frappa à la porte.

— Entrez ! fit-elle, supposant qu'il s'agissait du porteur venu livrer la couchette de Sam.

C'était Ryder Damien.

Sans un mot, elle posa son journal et se redressa. Le regard de Damien la parcourut sans vergogne de la tête aux pieds. Elle avait ôté ses chaussures et la lueur moqueuse qu'elle vit briller dans ses yeux lui donna envie de cacher ses pieds sous sa robe.

— Vous vous promenez toujours sans chaussures ?

Elle n'appréciait pas cette note réprobatrice qu'elle décelait dans sa voix.

— Oui, rétorqua-t-elle d'un ton provocateur.

Ryder la trouvait encore plus belle que dans son souvenir, et cela l'irritait. Durant l'après-midi, il avait tenté de se persuader qu'il avait simplement imaginé cette bouche sensuelle, ces yeux de chatte, ce grain de peau soyeux. Mais la réalité lui donnait tort. Cette beauté noire le troublait tant qu'il en frissonna. D'instinct, il effleura l'amulette protectrice qu'il portait sous ses vêtements.

Dans le compartiment, le silence se fit si pesant que Leah se crut obligée de dire quelque chose, n'importe quoi.

— Si c'est Sam que vous cherchez, il se trouve au fumoir avec Cecil.

— Quel genre de femme est capable d'épouser un homme ayant l'âge d'être son père ?

Cette attaque directe la déstabilisa, mais elle se ressaisit très vite.

— Une femme qui l'aime beaucoup.

— Lui ou son argent ?

C'était plus une affirmation qu'une question.

— Vous êtes toujours aussi grossier ? répliqua-t-elle en le toisant.

— Certains appellent cela de la grossièreté. Moi, j'appelle cela la vérité.

— Vous seriez incapable de discerner la vérité même si elle vous crevait les yeux.

Ryder haussa les sourcils. Il ne s'attendait pas qu'elle riposte.

— Ainsi, notre ravissante veuve a des griffes. De petites griffes, mais des griffes tout de même. Vous êtes plus courageuse que je ne pensais.

— Vous n'êtes pas au bout de vos surprises, monsieur Damien. Une fois de plus, que voulez-vous ?

Ryder admit à contrecœur qu'il était impressionné par sa combativité. La tête haute, des éclairs dans les yeux… Elle ne se laissait pas facilement intimider. Une aventurière de son espèce devait avoir des tripes pour survivre devina-t-il.

— J'apporte les affaires de Sam.

Pour la première fois, Leah remarqua les malles posées aux pieds de Ryder.

— Posez-les près de la porte.

Il s'exécuta, puis déclara :

— Merci d'héberger Sam.

— M. Waters est le bienvenu parmi nous, répondit-elle froidement.

— Et moi ? Je suis le bienvenu ?

Leah nota sa posture trop assurée, trop charmeuse. Il y avait fort à parier que lorsqu'il jetait son dévolu sur une femme, celle-ci devait avoir du mal à résister.

— Oui, mais il vous faudra laisser votre animosité à la porte.

— Elle est légitime.

Certes, et elle ne la lui reprochait pas. Il avait souffert. Mais elle refusait d'être malmenée à la place de Monty.

— Je n'en doute pas, mais elle est sans objet dans ce compartiment.

Ryder était persuadé qu'elle avait épousé Louis Montague uniquement pour sa fortune. En dépit de la sagesse de ses propos et de sa tenue, elle dégageait une sensualité puissante. Si Louis avait eu le moindre scrupule, ses doutes avaient dû s'envoler dès qu'il l'avait prise dans ses bras. Elle était aussi envoûtante qu'une sirène au clair de lune. Rien que sa bouche avait le pouvoir de mettre un homme à sa merci. Sa taille mince rehaussait la courbe de ses hanches et de sa poitrine généreuse. Peu d'hommes résisteraient à une créature aussi attirante, et Louis Montague moins qu'un autre, lui qui avait toujours apprécié les belles femmes.

Leah se demandait à quoi il pensait en cet instant, puis décida que cela n'avait aucune importance.

— Autre chose ? s'enquit-elle.

— Oui.

Il referma la porte.

La jeune femme se crispa.

— Parlez-moi de vous, fit-il en croisant les bras.

— Pourquoi ? Votre opinion à mon sujet est déjà faite, il me semble.

— Et quelle est-elle, selon vous ?

— Vous me considérez comme une aventurière vénale.

Il haussa ses larges épaules.

— Une aventurière, certes, mais pas n'importe laquelle. D'après ce que je sais de Louis, il n'aurait jamais légué sa fortune à n'importe qui.

— Nous sommes au moins d'accord sur un point.

« Dieu, qu'elle est belle ! » songea Ryder. Seth, son demi-frère, chercherait sans doute à l'attirer dans son lit à peine les présentations effectuées, qu'elle soit ou non sa belle-mère.

Leah n'avait nullement l'intention de lui raconter sa vie. De toute façon, il était si arrogant qu'il n'en croirait sans doute pas un mot. De plus, s'il apprenait que Louis l'avait épousée sur son lit de mort, il remuerait ciel et terre pour récupérer son héritage, et ce, malgré le juge Raddock.

— Alors, reprit-elle, voulez-vous, oui ou non, rester dans ce compartiment jusqu'à notre arrivée à Denver ?

— Non.

Leah s'en réjouit en silence.

— Vous semblez soulagée, remarqua-t-il d'un ton brusque.

— Je le suis, en effet, répliqua-t-elle tout aussi sèchement. Je n'ai aucune envie de consacrer le reste du trajet à de pénibles joutes verbales.

— Vous vous défendez pourtant très bien à ce petit jeu.

— Des compliments, à présent ?

— Non, la vérité.

Ils se jaugèrent en silence.

— Autre chose ? demanda finalement Leah, qui avait hâte qu'il s'en aille.

— Non. Pas pour l'instant.

— Dans ce cas, comme je vous l'ai dit, vous trouverez M. Waters au fumoir.

Ryder tourna les talons et se retira. Une fois la porte refermée, Leah foudroya celle-ci du regard.

Leah dîna en compagnie de Cecil et de Sam. Ils racontèrent des anecdotes amusantes, et nul n'évoqua Ryder Damien.

Tous trois passèrent le reste du voyage à jouer aux cartes, au backgammon et à bavarder. Leah se réjouissait de la présence de Sam. Sa chaleur semblait alléger le chagrin de Cecil que la perte de Monty avait beaucoup affecté. À sa grande satisfaction, Ryder Damien se tint à l'écart de leur petit groupe.

Quand le train entra enfin en gare de Denver, Leah était lasse et impatiente de poser le pied sur la terre ferme. Elle fut étonnée de découvrir une grande ville, aussi animée que les métropoles de la côte Est. Elle s'attendait plutôt à une bourgade de province un peu endormie. Or, la gare grouillait de voyageurs, de porteurs, de vendeurs ambulants, le tout dans un grondement de locomotives. Sur le quai venteux, elle attendit que Cecil récupère leurs bagages. C'était une journée froide et grise, et elle frissonna malgré son épaisse cape noire. Après la monotonie des plaines, elle avait hâte de contempler les montagnes. Hélas, celles-ci se révélèrent aussi grises que le ciel. Leurs cimes déchiquetées semblaient mornes et hostiles.

Croulant sous les bagages, Sam Waters vint saluer la jeune femme.

— À très bientôt, madame Montague. Et merci encore de m'avoir accueilli dans votre compartiment.

— Je vous en prie, Sam.

— N'oubliez pas ce que je vous ai dit : n'hésitez pas à faire appel à moi en cas de besoin.

— Je m'en souviendrai. Merci de nous avoir tenu compagnie.

— Tout le plaisir fut pour moi. J'ai déjà salué Cecil. Il ne devrait plus tarder à vous rejoindre. Souhaitez-vous que je reste avec vous le temps qu'il arrive ?

— Non merci, répondit-elle, touchée par sa sollicitude. Ce ne sera pas nécessaire. De plus, M. Damien vous attend. Je ne voudrais pas le fâcher plus qu'il ne l'est déjà.

Sam se tourna vers son compagnon, qui se tenait à quelques mètres de là, les lèvres pincées.

— Il finira par se calmer, vous verrez, assura-t-il.

Leah n'y tenait pas particulièrement. Elle n'attendait rien du fils cadet de Monty.

Sam lui fit un signe de la main avant de s'éloigner.

Immobile au milieu de la foule, Leah attendit patiemment le retour de Cecil.

— Excusez-moi, madame, fit soudain une voix masculine.

Elle fit volte-face et découvrit un petit homme blanc aux yeux tristes qui flottait dans un costume marron mal taillé. Le contrôleur l'accompagnait. Il affichait une expression satisfaite qui aurait dû l'alerter.

— Vous êtes bien Mme Leah Montague ?

Elle acquiesça.

— J'ai une assignation à vous remettre.

Perplexe, Leah prit le document officiel que lui tendait l'inconnu. Elle brisa le sceau, le cœur battant. Quelqu'un lui intentait un procès !

— Veuillez vous présenter au palais de justice de Denver demain, à 9 heures, précisa l'inconnu.

— De quoi s'agit-il ? s'enquit la jeune femme.

Le petit homme haussa les épaules.

— Je suis simplement chargé de vous remettre cette assignation. Je suppose que vous saurez de quoi il retourne demain.

Le contrôleur semblait jubiler et Leah dut se retenir pour ne pas le gifler.

— Merci, conclut-elle d'un ton glacial avant de leur tourner le dos.

Après le départ des deux hommes, elle chercha désespérément des yeux son compagnon de voyage. Elle l'aperçut un peu plus loin sur le quai, aux côtés d'un porteur qui poussait un lourd chariot. Elle se précipita à sa rencontre.

— Quelque chose ne va pas ? s'inquiéta le vieil homme devant son air désemparé.

Elle lui tendit le document qu'il parcourut rapidement avant de lever sur elle un regard stupéfait.

— Qui t'a remis ceci ?

— Un messager du tribunal. Il devait attendre l'arrivée du train, car le contrôleur l'a aussitôt conduit vers moi. De quoi peut-il s'agir, Cecil ?

— Aucune idée. Quelqu'un conteste sans doute ton droit à l'héritage de Monty.

Il semblait aussi stupéfait que la jeune femme. Il prit le temps de donner un pourboire au porteur qui le remercia et s'éloigna.

— Il s'agit peut-être du second fils ou de quelque parent éloigné, supposa-t-il.

— Cela ne me plaît pas du tout.

— Moi non plus. Dès que nous aurons trouvé une chambre, nous irons nous renseigner.

Ils hélèrent un fiacre délabré conduit par un vieux Noir et gagnèrent le centre-ville. Une fois encore, Leah fut étonnée de découvrir une ville moderne et prospère. Les rues étaient encombrées de véhicules de toutes sortes et ils avançaient lentement, ce qui lui permit de contempler les vitrines des boutiques, les élégants hôtels, les promenades de bois. Des gens de toutes origines, élégamment vêtus, déambulaient. Il y avait même un réseau de tramways.

Peu à peu, la circulation se fluidifia. Les hauts bâtiments et les vitrines firent place à des saloons et à de petites maisons de bois, ainsi qu'à des boutiques dont la clientèle était fort différente.

— C'est notre quartier, confirma le cocher. Vous savez où vous voulez séjourner ?

— Que nous conseillez-vous ? demanda Cecil. Cela fait trente ans que je n'ai pas mis les pieds dans cette ville.

— Ici, c'est très bien.

Il arrêta sa vieille voiture tirée par une mule devant une grande maison sinistre qui trônait au milieu de demeures plus modestes.

Avec sa peinture écaillée, ses corniches et ses pignons, la bâtisse victorienne de deux étages rappelait à Leah les montagnes : imposantes, sombres, austères.

— C'est ce qu'il y a de mieux à Denver, reprit le cocher. La propriétaire s'appelle Mme Ellen. Elle est un peu hautaine, mais la maison est propre et bien tenue.

Cecil semblait pétrifié.

— Seigneur, que se passe-t-il ? lui demanda Leah, soudain alarmée.

Il ne lui répondit pas.

— Quel est son nom de famille ? s'enquit-il.

— Sejours. Il paraît qu'elle est là depuis longtemps. C'est une Créole qui a beaucoup d'allure.

— C'est la maison que Louis avait fait construire pour sa femme Bernice, expliqua Cecil à Leah. Je n'imaginais pas qu'elle était encore debout.

Leah parcourut à nouveau la sinistre demeure du regard. Elle ne put réprimer un frisson.

— Ellen Sejours est la sœur de Bernice, expliqua Cecil.

Leah imaginait sans peine la réaction de cette femme en apprenant qu'elle accueillait la jeune épouse de Monty sous son toit.

— Nous devrions peut-être séjourner ailleurs, suggéra-t-elle.

— Non, nous restons, décréta Cecil.

— Cecil, je ne crois pas que…

— Ce sera très bien, coupa le vieil homme en descendant du fiacre.

Leah en doutait, mais elle préféra ne pas insister.

Une femme à la peau claire, âgée d'une cinquantaine d'années, vint leur ouvrir. Elle portait une robe noire et un tablier blanc de domestique. Ses cheveux bruns striés de gris étaient relevés en un chignon austère, son expression méfiante.

— Que puis-je faire pour vous ? demanda-t-elle.

— Nous voudrions une chambre, répondit Cecil.

La femme les toisa tour à tour. Son regard s'attarda sur le visage de Cecil.

— Vous ne seriez pas Cecil Lee ?

— En effet.

— Vous vous souvenez de moi ? reprit-elle froidement.

— Non, désolé, fit-il en secouant la tête.

— Mable France. Attendez ici. Je vais chercher Mme Ellen.

Leah était intriguée ; pourquoi Cecil aurait-il dû se souvenir de cette femme ? Décidément, ce séjour à Denver ne s'annonçait pas sous les meilleurs auspices. Entre l'assignation au tribunal et cet accueil...

Mable France revint en compagnie d'une femme au visage recouvert d'une épaisse couche de poudre. Il était difficile de lui donner un âge, mais si elle cherchait à se rajeunir en se maquillant, ses efforts étaient vains. Elle était grande et portait une robe verte qui avait visiblement connu des jours meilleurs.

— Ainsi te voilà de retour, dit-elle à Cecil.

— Je suis venu régler les affaires de Louis, rien de plus, riposta-t-il d'une voix neutre. Le cocher nous a appris que tu avais des chambres à louer.

— C'est vrai.

Elle se tourna vers Leah et l'observa avec attention.

— Qui est-ce ?

— Leah, la veuve de Louis.

Ellen ne put dissimuler son étonnement. Elle parcourut la jeune femme d'un œil aussi critique que Mable.

— Elle doit avoir vingt-cinq ans tout au plus, commenta-t-elle.

— Non, j'en ai trente-deux, corrigea Leah froidement.

— Tant que cela ? Et Louis, il avait quel âge ? Soixante ans ? Vous avez dû lui être d'un grand réconfort à la fin de sa vie.

Leah redressa fièrement le menton mais ne dit mot.

— Alors, Ellen, tu as des chambres ou pas ? s'enquit Cecil un peu sèchement.

— Oh, des chambres, j'en ai ! Je suis tellement fauchée que je suis obligée d'ouvrir la maison de ma sœur à qui a les moyens de payer.

Les yeux bleus qui fixaient Leah étaient de glace.

— C'est sept dollars la semaine. Six de plus avec les repas.

— C'est correct, dit Cecil.

— Mme France va vous accompagner à l'étage.

Avec un ultime regard méprisant à l'adresse de Leah, Ellen Sejours pivota et disparut dans la maison.

— Par ici, fit Mme France.

L'intérieur était sombre et encombré. Des fauteuils capitonnés à franges semblaient se battre avec tables et guéridons pour trouver une petite place. Les rideaux de velours bordeaux, sans doute élégants autrefois, étaient élimés et fanés.

Leah et Cecil suivirent Mable dans le grand escalier menant à l'étage.

— Voici votre chambre, annonça-t-elle en ouvrant une porte. Celle de M. Lee se trouve au bout du couloir.

Leah entra et balaya la petite pièce du regard. Les deux fenêtres offraient une vue dégagée sur les arbres et les montagnes au loin. Dehors, le vent soufflait violemment.

— Je vais vous monter du bois pour le poêle, enchaîna Mme France. Cette chambre est rarement occupée.

— C'est très aimable à vous, fit la jeune femme, qui frissonnait et essayait de ne pas le lui laisser voir.

Le lit, orné d'un gros édredon bleu, semblait assez confortable. Les seuls autres meubles de la pièce étaient un secrétaire et une coiffeuse rudimentaire.

— Vous avez d'autres pensionnaires, en ce moment ? s'enquit-elle.

— Non. Vous trouverez les toilettes au bout du couloir. Je ne monte pas l'eau. Si vous voulez prendre un bain, vous devrez faire chauffer l'eau vous-même.

Leah se demanda si l'absence de clients était due à l'attitude hostile de Mable. Était-elle toujours aussi brusque ou était-elle simplement vexée que Cecil ne l'ait pas reconnue ?

Tandis que Mable montrait sa chambre à Cecil, le cocher monta les malles de Leah et les posa à l'entrée de la pièce. Puis il s'occupa des bagages de Cecil, qui lui régla la course.

— Le dîner sera servi dans une heure, les prévint Mme France avant de tourner les talons.

Leah et Cecil échangèrent un regard perplexe.

— Plus vite nous quitterons cet endroit, mieux cela vaudra, avoua Cecil.

— Je ne te le fais pas dire, renchérit la jeune femme. Je dois vraiment me présenter au tribunal, demain ?

— Bien sûr. Il faut savoir de quoi il s'agit.

— Crois-tu que Mme Sejours soit au courant de quelque chose ?

— Mlle Sejours. Elle ne s'est jamais mariée. Je peux toujours lui poser la question, mais rien ne garantit qu'elle me dira la vérité.

— Tu ne lui fais guère confiance, n'est-ce pas ?

— Non.

— Alors pourquoi séjourner ici ?

— Parce que cette maison et tout ce qu'elle contient avaient été légués à Ryder et à sa grand-mère. J'ai la ferme intention de découvrir pourquoi c'est Ellen qui s'y est installée et non Ryder.

Leah réfléchit un instant.

— D'abord, Ryder prétend ne pas avoir hérité des intérêts dans les mines, et, à présent, il semblerait que la maison lui ait aussi échappé. C'est curieux.

— Fort curieux, approuva Cecil. Et c'est en restant ici que nous aurons le plus de chances de découvrir le fin mot de l'histoire.

— J'y parviendrais en deux minutes si tu me laissais faire, mais je préfère te suivre.

— Parfait. Quand nous aurons éclairci cette affaire de tribunal, nous nous sentirons plus à l'aise ici.

Leah espérait qu'il disait vrai.

Le dîner se déroula dans une atmosphère tendue. De toute évidence, Ellen n'avait rien à dire à Cecil, mais elle ne cessait d'observer Leah comme s'il s'agissait d'une bête curieuse.

— Jamais je n'aurais imaginé que Louis puisse épouser une femme encore plus jeune que ses deux fils, déclara-t-elle à brûle-pourpoint.

Leah perçut sa férocité sous son masque poudré.

— En vérité, j'ignorais l'existence de ces deux fils. Je viens seulement d'apprendre qu'il avait une famille à Denver.

— Vous n'auriez pas une pointe d'accent ?

— Ma mère était anglaise.

— Et votre père ?

— Américain.

— Vos parents ont-ils approuvé cette union ?

— Mon père est mort quand j'étais petite et ma mère est décédée l'année dernière, répondit-elle sans hésiter. Mais elle aurait approuvé.

Leah ne mentait pas. Reba aurait certainement remercié Monty d'avoir songé à l'avenir financier de sa fille. Certes, le procédé n'était pas très orthodoxe mais très ingénieux.

Les yeux bleus d'Ellen étaient aussi perçants que ceux d'un faucon.

— Combien de temps comptez-vous rester parmi nous ?

— Nous le saurons dès que certaines questions seront réglées.

Ils furent interrompus par Mable.

— M. Seth est là, madame, annonça-t-elle.

Le visage d'Ellen s'illumina.

— Faites-le entrer et apportez-lui un couvert. Il se joindra à nous.

Tandis que Mable s'éloignait, Ellen se tourna vers Leah.

— Vous avez de la chance, vous allez faire la connaissance du fils de Louis.

L'homme qui pénétra dans la pièce était le portrait craché de Monty ; Leah en eut la chair de poule. Ellen s'adressa à elle mais elle n'entendit pas un mot. Elle était trop occupée à détailler ces cheveux bouclés, cette peau dorée et les traits acérés si familiers du jeune homme. Il était très élégant, comme souvent les Créoles de sa classe. Sa fine moustache soulignait la beauté racée de son visage. Il tendit à Mme France un manteau coupé dans une étoffe de qualité. Ses yeux étaient noisette et non bleus, mais ils étaient tout aussi pétillants que ceux de Monty.

Se ressaisissant, Leah jeta un coup d'œil à Cecil, qui semblait frappé de stupeur.

— Viens, mon chéri ! s'exclama Ellen. J'aimerais te présenter quelqu'un.

Seth Montague était aussi séduisant que son frère.

— Seth, déclara sa tante, voici la femme de ton père, Leah Montague. Leah, voici mon neveu, Seth Montague.

Si l'annonce de sa tante le prit par surprise, il n'en laissa rien voir et s'inclina respectueusement.

— Mes condoléances, madame.

Le contraste avec la grossièreté de son frère était frappant.

— Merci, murmura Leah.

— Et voici l'associé de ton père, Cecil Lee, poursuivit Ellen avec un geste désinvolte en direction du vieil homme.

— Bonsoir, Seth. Tu étais bien jeune la dernière fois que je t'ai vu.

Seth lui serra vigoureusement la main.

— Si je me souviens bien, je n'avais pas plus de sept ou huit ans. Je suis désolé de vous revoir en ces tristes circonstances.

— Moi aussi, assura Cecil en dévisageant ce garçon qui ressemblait tant à son défunt père.

— A-t-il eu une mort paisible ? s'enquit le jeune homme en s'attablant.

— Oui, répondit Leah. Il est parti dans son sommeil.

— Tant mieux. J'étais à Carson City depuis plusieurs semaines. Je n'ai appris la nouvelle qu'à mon retour, ce matin. J'avais prévu de venir vous chercher à la gare et de vous aider à vous installer, mais je suis arrivé trop tard.

— C'est gentil d'y avoir pensé, déclara Leah.

— Bon, intervint Ellen, maintenant que les présentations sont faites, si nous terminions notre repas ?

Leah n'appréciait guère son ton chargé de sarcasme, mais elle s'exécuta sans broncher.

À l'issue du souper, Cecil but une gorgée d'eau et lança tout à trac :

— En arrivant à la gare, Leah s'est vu remettre une assignation. L'un de vous sait-il de quoi il s'agit ?

Seth et Ellen se raidirent. Ils échangèrent un regard furtif.

— L'assignation ne donnait aucune précision ? s'enquit Seth.

— Non, répondit Leah. Je dois me présenter au tribunal demain à 9 heures. Je suppose que cela concerne Monty, car je ne connais personne dans la région.

— Cela pourrait être n'importe quoi, commenta Seth en haussant les épaules. Louis n'a pas laissé beaucoup d'amis derrière lui.

— Donc, vous n'avez aucune idée, insista Cecil.

— Je crains que non. Et toi, tante Ellen ?

— Moi non plus. Mais comme l'a dit mon neveu, ajouta-t-elle à l'intention de Cecil, avec Louis, on peut s'attendre à tout. Il n'était pas très apprécié.

— Y compris par vous-même ? lâcha Leah.

Ellen prit le temps de dévisager la jeune femme.

— Vous n'avez rien de la petite souris vulnérable que je croyais voir en vous, n'est-ce pas ?

— En effet.

— Tant mieux pour vous. Eh bien, la réponse est oui. Je ne l'aimais pas. Louis a tué ma sœur. Je le haïrai jusqu'à la fin de mes jours.

Ellen se leva.

— Je suis certaine que Seth saura répondre à vos éventuelles questions. Veuillez m'excuser.

Sur ces mots, elle quitta la salle à manger.

Seth fut le premier à rompre le silence qui suivit.

— N'en veuillez pas à ma tante. Elle tient mon père pour responsable de tous les malheurs qui lui sont arrivés.

— Ne vous excusez pas. Sa souffrance lui appartient. Qui sommes-nous pour la juger ?

— Merci.

— Bon, fit Cecil en se levant à son tour. Je déteste les embuscades. Je vais tenter d'en apprendre davantage sur cette mystérieuse assignation. Je suis content de t'avoir revu, Seth. Leah, nous discuterons à mon retour.

La jeune femme hocha la tête, et Cecil sortit, la laissant seule avec Seth.

— Je vous en prie, dit-elle, ne vous gênez pas pour moi. Si vous avez un rendez-vous, je peux rester seule.

— Vous essayez de vous débarrasser de moi ?

— Non, répondit-elle avec un sourire. Je…

— Quand je voudrai m'en aller, je vous le ferai savoir.

— D'accord, fit Leah qui se sentait parfaitement à l'aise en sa compagnie.

— À présent, parlez-moi de vous.

— Eh bien, je viens d'un village situé sur la côte du Massachusetts.

— Une femme de la mer.

— Pas vraiment. C'est mon père qui naviguait. D'après ma mère, il était même allé en Chine et en Égypte. Malheureusement, il est mort avant ma naissance.

— Désolé.

— Ne le soyez pas. Et vous, avez-vous parcouru les mers ?

— Je suis allé en France à l'âge de douze ans. Mais j'ai beaucoup voyagé dans l'Ouest.

— Quand Cecil et moi aurons réglé nos affaires ici, j'espère voyager.

— Je vous souhaite de réaliser votre rêve.

Leah ne s'attendait pas à trouver un jeune homme aussi gentil et d'un caractère si différent de celui de son frère. Contemplant ces beaux yeux noisette, elle ne put s'empêcher de se demander s'il était marié.

— J'ai croisé votre frère dans le train, avoua-t-elle.

— Vraiment ? fit Seth sans conviction. Je parie qu'il ne s'est pas très bien comporté.

— Je ne vous le fais pas dire.

Ryder lui avait manqué de respect. Elle sentait encore la froideur de son regard sombre.

— Tout ce que je peux dire de positif au sujet de Ryder, c'est qu'il n'est que mon *demi*-frère. Louis vous a parlé de lui ?

— Non.

Elle se garda de lui révéler que Monty ne lui avait appris l'existence de ses fils que la veille de sa mort. Elle ne voulait pas le blesser inutilement.

— Après tout, il n'y a pas de raison que vous ne connaissiez pas les secrets de la famille Montague. Après la mort de ma mère, mon père a eu une liaison malheureuse avec une métisse mi-africaine mi-cheyenne. Ryder est le fruit illégitime de cette liaison. Je dois avouer qu'il n'a pas été facile de vivre dans la même ville que lui.

Ces quelques phrases suffirent à ternir l'image de Seth aux yeux de Leah. Son propre père ayant péri en mer avant d'avoir pu épouser sa mère, elle avait subi sa vie durant les quolibets des âmes bien-pensantes qui lui reprochaient sa naissance illégitime.

— Je vous conseille d'éviter Ryder, poursuivit-il. Il ne vous apportera que des ennuis. Il a toujours été ainsi.

— J'en conclus que vous ne vous entendez pas très bien, tous les deux.

— En effet.

Son ton coupant suggérait que les différends entre les deux frères ne se limitaient pas aux circonstances de la naissance de Ryder.

— Cette assignation est bien mystérieuse, reprit Seth, visiblement désireux de changer de sujet.

— C'est vrai. D'autant que personne ne savait que Cecil et moi venions à Denver. Nous n'avons envoyé de télégramme qu'à vous et à Ryder.

— Les employés du télégraphe ne sont pas des modèles de discrétion. Ils ont pu parler à n'importe qui de ces messages.

— C'est possible, admit Leah. Quoi qu'il en soit, je brûle de savoir de quoi il retourne. Moi aussi, je déteste les embuscades.

— À son retour, M. Lee en saura peut-être plus.

— Je l'espère.

Leah appréciait sincèrement Seth et n'hésita pas à le lui dire.

— Vous êtes bien plus sympathique que votre frère.

— Mon *demi*-frère, corrigea-t-il.

— Désolée. Votre demi-frère.

— Cependant, je prends cela pour un compliment.

— Telle était mon intention.

— Contrairement à Ryder et à ma tante, je vis dans le présent et non dans le passé, affirma Seth.

L'espace d'un instant, sa mâchoire se crispa, comme si un souvenir désagréable lui revenait en mémoire. Il se ressaisit très vite et retrouva le sourire.

— Si cela vous paraît convenable, je serai ravi de vous servir de guide durant votre séjour. Denver est une ville très agréable.

— Volontiers.

Leah était la veuve de Monty, mais elle ne voyait aucun mal à passer du temps avec Seth. Il était aimable et elle avait promis à Monty de plaider sa cause auprès de ses fils.

— À la bonne heure, fit-il en se levant. Je passerai après l'audience. J'espère que tout se déroulera bien.

— Moi aussi, répondit Leah en l'imitant.

— Ce fut un plaisir de vous rencontrer, madame Montague.

— Je vous en prie, appelez-moi Leah.

— Eh bien, ce fut un plaisir, Leah.

— Un plaisir partagé, assura-t-elle.

Il était si proche d'elle qu'elle sentait la chaleur de son corps. Même si elle lui reprochait ses propos intolérants sur les origines de son frère, elle n'en était pas moins sensible à son charme.

— Bonne soirée, Leah.

— Vous de même.

Il prit congé, laissant la jeune femme seule dans la salle à manger.

À 22 heures, Cecil n'était toujours pas rentré et Leah commença à s'inquiéter. Elle partit à la recherche d'Ellen Sejours et la trouva en train de faire ses comptes. Elle leva les yeux à son approche, visiblement agacée.

— Oui ?

— Je m'inquiète un peu pour Cecil. Cela fait longtemps qu'il est parti.

Ellen se replongea dans son registre.

— Franchement, cela ne m'étonnerait pas qu'il ait pris la fuite. N'oubliez pas que la dernière fois qu'il est parti, il a mis trente ans à revenir.

Si Leah se refusait à envisager une telle éventualité, la brusquerie d'Ellen ne l'en contrariait pas moins.

— Désolée de vous avoir dérangée, répliqua-t-elle avant de tourner les talons.

Elle n'avait pas atteint la porte qu'Ellen l'interpella :

— Restez, je vous en prie. Inutile de filer ainsi. Asseyez-vous donc, que nous bavardions un peu.

— À quoi bon ? rétorqua la jeune femme en pivotant.

Ellen lui répondit d'un bref sourire.

— Vous êtes une femme courageuse, non ? Vous répondez du tac au tac. Louis a toujours aimé les femmes impertinentes.

Leah hésitait à rester. Elle avait du mal à cerner la vraie nature d'Ellen. Un instant, elle se montrait caustique et pleine de sarcasme, l'instant d'après, elle la gratifiait d'un compliment. C'était très déstabilisant.

Ellen lui désigna un fauteuil. Leah soutint son regard bleu glacial. Elle y lut la force, l'ambition. Ce devait être une ennemie redoutable. Mais elle-même avait grandi auprès de la femme la plus redoutable qui soit : Reba, sa mère. Cette dernière lui avait appris à ne jamais fuir, à affronter et à se battre.

Perdue dans ses pensées, Leah s'assit.

— Alors, fit Ellen, depuis combien de temps étiez-vous mariée avec Louis ?

Elle n'avait pas l'intention de lui révéler la vérité. Cela ne la regardait en rien.

— Pas assez longtemps, hélas, répondit-elle.

Ellen se contenta de cette réponse vague.

— Intelligente, avec ça, commenta-t-elle. Comme c'est curieux ! Enfin, je suppose qu'il fallait l'être pour mener Louis devant l'autel. Car vous étiez légalement mariés, n'est-ce pas ?

Leah rit intérieurement de cette remarque cinglante.

— Les gens ont-ils coutume de plier sous vos piques ?

— Oui, en général. Mais vous êtes différente.

— Effectivement. Et sachez que nous étions légalement mariés, déclara Leah en se levant, lasse de ces joutes verbales.

— Bien, je pense que nous nous sommes suffisamment jaugées, pour ce soir, déclara Ellen.

— Je le pense aussi.

— Allez donc vous reposer. Vous aurez besoin de toutes vos forces demain matin.

Une fois de plus, Leah ignorait comment interpréter les paroles de la vieille femme.

— Et ne vous inquiétez pas trop pour Cecil. S'il doit revenir, il reviendra. Sinon...

Elle haussa les épaules comme si cela n'avait aucune importance.

— Franchement, à votre place, je me soucierais d'abord de mon propre bien-être. Les femmes de Louis semblent toutes promises à une fin tragique. Espérons que vous échapperez à ce cruel destin.

Le ton de sa voix et son regard vide glacèrent les sangs de la jeune femme.

— Bonne nuit, mademoiselle Sejours.

— Bonne nuit, ma chère.

Tandis qu'elle s'apprêtait pour la nuit, Leah ne cessait de retourner les paroles d'Ellen dans son esprit. Devait-elle y voir une menace à peine voilée ? Elle ne risquait quand même pas d'être assassinée ! Certes, les deux femmes de Monty étaient mortes dans des circonstances mystérieuses, mais tout de même. N'empêche, Ellen avait délibérément semé le doute dans son esprit. Et elle avait réussi à l'inquiéter. À présent, non seulement elle se faisait du souci à propos de Cecil et de sa comparution au tribunal, mais elle nourrissait des craintes quant à sa propre sécurité. Vivement qu'elle quitte Denver, songea-t-elle.

Le lendemain matin, Leah se réveilla les yeux gonflés et le corps fourbu au terme d'une nuit peuplée de cauchemars. Elle se traîna vers la coiffeuse et se débarbouilla à l'eau froide. Puis elle s'habilla vivement en espérant que Cecil était rentré durant la nuit.

Au rez-de-chaussée un profond silence régnait. Le soleil inondait déjà les pièces de ses rayons brûlants. L'atmosphère était aussi paisible qu'au *Black Swan* à l'aube. Leah ressentit soudain une certaine nostalgie. Il ne manquait plus que l'odeur appétissante du café. Ayant passé son enfance au milieu des marins, elle avait pris goût à ce breuvage corsé et en buvait chaque matin avant d'attaquer sa journée. Elle en avait d'autant plus besoin ce jour-là que l'épreuve du tribunal l'attendait.

Dans la cuisine, elle trouva Mme France déjà attablée. Celle-ci leva les yeux de sa bouillie d'avoine et la fusilla du regard.

— Je ne voudrais pas m'imposer, dit Leah vivement. Il se trouve que j'aime me lever tôt et…

— Vous désirez quelque chose, madame Montague ?

Leah songea amèrement qu'elle aurait pu se dispenser d'excuses.

— Du café. S'il n'y en a plus, je peux en préparer moi-même…

Le regard froid de la gouvernante lui rappelait celui de la directrice d'école lorsqu'elle la sermonnait dans son bureau.

— Si vous n'êtes pas encore de service, je peux revenir plus tard.

Le visage toujours aussi fermé, Mme France lâcha :

— La cafetière est sur le fourneau. En général, Mlle Ellen ne descend pas avant 10 heures.

— 10 heures ? s'exclama Leah.

Consciente de son impolitesse, elle se tut et se dirigea vers le fourneau. De toute sa vie, elle ne s'était jamais levée aussi tard. Sa mère n'aurait jamais toléré une telle paresse, et, de toute façon, elle avait toujours eu des corvées à effectuer, sans parler de l'école.

Leah se servit une tasse de café et, cherchant à briser la glace, risqua une question :

— Connaissiez-vous M. Montague ?

— Oui. Mon mari et mes deux frères sont morts par sa faute, dans l'une de ses mines, il y a trente-deux ans.

Leah fut si surprise par cette réponse qu'elle sursauta et renversa du café sur sa robe. Elle posa sa tasse en hâte et saisit un torchon pour tamponner l'étoffe mouillée. Elle en avait également répandu sur le sol.

— Où se trouve votre lavette ? demanda-t-elle.

— Sous le porche, répondit la gouvernante en désignant la porte de la cuisine.

Il ne fallut pas longtemps à Leah pour nettoyer le plancher.

— Vous maniez la lavette comme si vous aviez fait ça toute votre vie, remarqua Mme France.

— Qu'est-ce qui vous fait penser le contraire ? fit Leah en se raidissant.

— Les femmes sophistiquées comme vous ont en général des domestiques.

Leah ne put réprimer un rire triste.

— Je lave les sols depuis l'âge de huit ans. Je n'ai rien de sophistiqué, vous savez.

Mme France parut sceptique, mais Leah ne vit aucune raison de tenter de la convaincre. Elle alla remettre la lavette à sa place, se servit une autre tasse de café et quitta la cuisine sans un mot, sous le regard soupçonneux de la gouvernante.

Après s'être changée, elle but son café à petites gorgées debout devant la fenêtre de sa chambre tout en songeant à sa conversation avec Mme France. Une femme sophistiquée. Entendait-elle par là qu'elle était riche, ou entretenue ? Aucun de ces qualificatifs ne s'appliquait à sa situation, mais elle imaginait sans peine les ragots qui circuleraient quand les gens apprendraient qu'elle avait épousé Monty la veille de sa mort. L'amertume qui perçait dans la voix de la gouvernante quand elle avait mentionné la mort de ses proches ne lui avait pas échappé. Combien d'autres en voulaient à ce point à Monty? Il y avait tant de questions sans réponses.

Quelques coups frappés à la porte la tirèrent de ses pensées.

— Entrez! lança-t-elle.

Cecil apparut sur le seuil.

— Bonjour, s'écria-t-elle, ravie de le revoir. À quelle heure es-tu rentré?

— Tard. Tu dormais déjà. Je t'ai entendue ronfler.

Les mains sur les hanches, Leah feignit l'indignation.

— Je ne ronfle pas!

— Que tu dis, railla-t-il.

— Alors, qu'as-tu appris de nouveau? l'interrogea-t-elle, reprenant son sérieux.

— Rien. Tous ceux qui auraient pu me renseigner sont morts ou ont quitté la ville. Il y a bien quelques anciens partenaires en affaires, mais ils ont refusé de m'ouvrir leur porte.

Cela ne présageait rien de bon.

— Nous allons donc nous présenter à l'audience sans la moindre information?

— Je le crains.

— Bon, je vais me préparer. J'arrive tout de suite.

Leah aurait pu lui reprocher d'avoir laissé les choses couver pendant trente ans, mais cela n'aurait servi à rien, elle le savait. Le passé était le passé. Elle se retrouvait mêlée à des histoires compliquées dont elle n'était pas responsable et n'avait d'autre choix que d'essayer de débrouiller cet écheveau.

Elle revêtit une robe noire. Après tout, la bonne société s'attendait à voir une veuve. Ignorant tout de ses adversaires, elle espérait que sa tenue leur rappellerait qu'elle venait d'enterrer son mari et qu'ils la traiteraient en conséquence. Naturellement, elle était consciente qu'une femme de couleur n'avait rien à attendre d'une assemblée de Blancs, mais il était hors de question de baisser les bras.

Une fois prête, elle se contempla dans le miroir. Elle paraissait moins fatiguée qu'elle ne s'y attendait. Sans doute parce qu'elle ne s'était pas levée à l'aube pour frotter les sols, porter du bois, après avoir astiqué les tables jusqu'à minuit. Après vingt ans de dur labeur, elle devait reconnaître qu'elle appréciait cette oisiveté que lui offrait l'héritage de Monty. Elle espérait simplement ne pas avoir à se battre pour le conserver.

En descendant, elle eut la surprise de découvrir Seth en grande conversation avec Cecil dans le hall. Les deux hommes levèrent les yeux vers elle. Seth s'inclina poliment. Il portait un élégant costume brun foncé et une chemise d'une blancheur étincelante. Leah se demanda ce qu'il faisait là.

— Bonjour, Leah.

— Bonjour, Seth. Vous venez voir votre tante ?

— Non. Je pensais vous accompagner au tribunal, M. Lee et vous. Peut-être pourrai-je vous être utile ?

— C'est très gentil à vous, répondit la jeune femme avec un large sourire. Qu'en penses-tu, Cecil ?

— Sa présence ne peut pas faire de mal.

Leah partageait son opinion. Elle allait sans doute avoir besoin de tout le soutien possible.

— Nous y allons ? s'enquit-elle en regardant Cecil.

Ce dernier hocha la tête.

— Ma voiture nous attend, annonça Seth.

Leah rabattit sa voilette noire sur son visage et suivit les deux hommes hors de la maison. Tandis que Seth l'aidait à monter dans son élégante voiture, elle lança un dernier regard à la sinistre demeure. À l'étage, elle aperçut Ellen qui l'observait de la fenêtre de sa chambre. Elle arborait un sourire si cruel que la jeune femme sentit un frisson glacé courir le long de son échine.

3

Assise à l'arrière du somptueux attelage, Leah se demandait où était passé le soleil radieux. Le ciel était à présent sombre et menaçant. Elle pria pour que le temps demeure clément. Elle n'avait pas envie d'arriver trempée comme une soupe au tribunal.

Ils parvinrent vite à destination. Seth aida Leah à descendre de voiture. Elle s'efforça d'ignorer les crampes qui lui nouaient l'estomac, mais ne put empêcher ses mains de trembler. Seth s'en aperçut et croisa son regard.

— Gardez la tête haute, lui conseilla-t-il. J'espère que tout sera vite réglé.

Leah lui répondit d'un sourire forcé.

On les conduisit dans le bureau du juge, une petite pièce mal éclairée, où on leur demanda de s'asseoir et d'attendre. Quelques minutes plus tard, sept hommes blancs bien habillés entrèrent à leur tour sans un mot, tel un jury. Aucun ne daigna leur accorder un regard. Cette présence silencieuse ne fit qu'accentuer l'angoisse de la jeune femme.

Elle se pencha vers Cecil.

— Tu les connais ?

— Seulement deux d'entre eux. Ce n'étaient pas des amis de Monty, bien au contraire.

Saisie d'effroi, Leah ferma les yeux.

Elle les rouvrit à l'entrée du juge. Andrew Moss était un homme corpulent. Avec sa petite moustache tombante, il ressemblait à un morse. L'assemblée se leva puis se rassit dès qu'il se fut installé.

— Que les représentants du patrimoine Montague se lèvent, ordonna-t-il.

Cecil et Leah s'exécutèrent.

Le juge parut étonné. Leah se demanda s'il allait annuler l'audience à cause de sa couleur de peau. Il en avait la possibilité. Dans de nombreuses régions, les représentants du peuple noir ne pouvaient faire valoir leurs droits au tribunal. Il leur était interdit de témoigner contre des Blancs. Tout manquement était passible de poursuites. Le juge Moss avait le pouvoir d'annuler son droit à la succession uniquement parce que Leah était Noire. Dans ce cas, elle n'aurait aucun recours. « Monty, dans quel pétrin m'as-tu entraînée ? » dit-elle silencieusement.

Le juge dévisagea d'abord Cecil, puis Leah à travers sa voilette.

— Où est votre avocat ?

— Nous n'avons pas eu le temps d'en engager un, Votre Honneur, répondit Cecil. Nous n'avons reçu votre assignation qu'hier, en arrivant à Denver.

— Je vois, fit le juge en parcourant le dossier posé devant lui. Je constate que la décision de justice dont il est question remonte à plus de trente ans, mais que le patrimoine n'a été porté au dossier qu'il y a trois semaines parce que M. Louis Montague demeurait introuvable.

— Je n'étais pas au courant de cette décision de justice, Votre Honneur, assura Cecil en haussant les sourcils.

— Êtes-vous Louis Montague ?

— Non. M. Montague est décédé récemment. Je m'appelle Cecil Lee, je suis son ancien associé, et voici sa veuve, Mme Leah Montague.

Le juge Moss reporta son attention sur la jeune femme.

— Mes condoléances, madame.

— Merci, Votre Honneur.

— Eh bien, monsieur Lee, ces messieurs représentent des personnes qui affirment que votre patron et vous les avez ruinés il y a plus de trente ans. Selon les plaignants, vous auriez laissé des factures impayées, vous les auriez escroqués en leur conseillant certains placements financiers frauduleux. Puis vous seriez partis à la sauvette pour échapper à vos dettes.

— C'est faux, rétorqua Cecil en se raidissant de colère. Nous avons mis un point d'honneur à régler nos dettes avant de quitter la région. Les pertes financières subies par ces messieurs ont également touché mon employeur. Et nous ne sommes pas partis à la sauvette.

— Votre Honneur, coupa avec impatience l'un des hommes présents, tout cela est hors de propos. Le jugement dont il est question a été rendu par un tribunal du Colorado. Le patrimoine de Louis Montague doit servir au remboursement des dettes.

Au bord de la panique, Leah se força à respirer lentement.

— M. Montague a-t-il rédigé un testament ? demanda le juge à Cecil.

— Absolument, Votre Honneur. Mme Montague est son unique héritière.

— Avez-vous apporté ce document ?

— Non, Votre Honneur. Il se trouve dans le coffre d'une banque de la côte Est.

Le juge étudia le dossier plus attentivement.

— Les plaignants ont découvert que le patrimoine avait une valeur d'environ soixante-quinze mille dollars en espèces et en terres. Cette estimation vous semble-t-elle exacte ?

— Oui, Votre Honneur.

— Le montant total de la dette s'élève à quatre-vingt-dix mille dollars. Comment comptez-vous rembourser les quinze mille dollars de différence, madame ?

Leah se sentit prise d'un vertige. Non seulement elle venait de perdre soixante-quinze mille dollars, mais il lui restait encore une dette de quinze mille dollars à honorer ! Elle ne voyait aucune solution.

— Votre Honneur, j'aimerais que vous m'accordiez quelques jours de délai afin que je m'entretienne avec M. Lee de mes possibilités, répondit-elle.

— Vous n'avez que deux possibilités, ma jolie, railla un témoin. Soit vous payez, soit vous allez en prison !

Des ricanements moqueurs fusèrent. Humiliée, Leah serra les dents.

— Allons, messieurs, un peu de respect ! aboya le juge.

Quand le silence fut rétabli, il déclara à Leah :

— Malheureusement, ce monsieur a raison. Le tribunal va saisir votre patrimoine pour rembourser une partie des dettes de votre mari. Si vous ne pouvez régler le solde, vous serez incarcérée à la prison pour femmes de ce comté. Vous avez jusqu'à après-demain, à midi, pour vous acquitter de cette somme. La séance est levée.

D'autres à sa place se seraient évanouies, mais pas Leah. Elle s'empara de sa capeline et de son sac, et sortit la tête haute. La mine sombre, Cecil et Seth lui emboîtèrent le pas.

Durant tout le trajet de retour, elle maudit le destin. Elle était venue dans le Colorado pleine d'espoir et voilà qu'elle risquait d'être emprisonnée. Elle n'aspirait qu'à être heureuse. Était-ce un crime ?

— Ils ne te jetteront pas en prison, Leah, assura Cecil en se tournant vers elle.

— Monty avait-il placé de l'argent ailleurs ? demanda-t-elle sans se faire d'illusions.

— Pas à ma connaissance.

— Tes finances personnelles pourraient-elles couvrir les dettes ?

Cecil secoua négativement la tête.

— Alors j'irai en prison.

Seth, qui n'avait pas ouvert la bouche, prit la parole :

— Le juge a déclaré que ce jugement remontait à plus de trente ans. J'ai peine à croire que le tribunal vous réclame encore cet argent.

Leah n'y croyait pas non plus.

En arrivant chez Ellen, elle avait les nerfs à fleur de peau. La perspective d'être incarcérée la terrorisait. Il avait suffi de quelques minutes pour que tous ses espoirs s'effondrent.

— J'ai l'impression que l'audience ne s'est pas très bien passée, déclara Ellen devant sa mine renfrognée.

— Le juge a menacé de jeter Leah en prison, expliqua Seth.

— Pour quel motif ?

— À cause d'un jugement vieux de plus de trente ans dont j'ignorais tout.

— Passons au salon, suggéra Ellen.

Leah aurait préféré monter dans sa chambre, mais elle n'en fit rien et suivit les autres.

— Racontez-moi tout, dit Ellen quand ils furent installés.

Seth lui relata l'audience en détail. Quand il eut terminé, Ellen se tourna vers Leah et secoua la tête d'un air compatissant.

— C'est une honte. La prison pour femmes est un lieu immonde.

Leah releva fièrement la tête. Le sourire faux et le regard triomphant d'Ellen n'amélioraient en rien son humeur.

— Maintenant que j'y pense, reprit Ellen, je crois me rappeler un jugement prononcé contre Louis. C'était juste après votre disparition, Cecil.

— Pourquoi n'en as-tu pas parlé hier? demanda-t-il.

— Je te l'ai dit, cela vient de me revenir. Une sale affaire si je me souviens bien.

Leah aurait pu l'étrangler.

— Vas-y, nous t'écoutons, fit Cecil d'un ton posé.

— Voyons... Il s'agissait de mineurs de Central City qui n'avaient jamais été payés. De bûcherons de Boulder, de divers fournisseurs de Virginia City à Saint-Louis. Il y avait aussi ces actions minières que Louis et toi aviez conseillé à tout le monde d'acheter. C'était un mauvais tuyau. Les gens étaient furieux en apprenant que vous aviez tous les deux filé à l'anglaise en pleine nuit, comme des voleurs.

Curieusement, Ellen avait retrouvé la mémoire maintenant qu'il était trop tard.

— Louis et moi avons perdu beaucoup d'argent sur ce coup, répliqua Cecil. Tu sais aussi bien que moi que nous ne sommes pas partis comme des voleurs. Et nous n'avons pas laissé de factures impayées.

— Ce n'est pas ce que vos ouvriers et partenaires ont affirmé au tribunal. Trois mois après votre disparition, certains de vos associés blancs ont porté plainte contre Louis pour factures impayées. Comme il n'était pas là pour se défendre et que nul ne savait où il se trouvait, il a été condamné pour escroquerie et abus de confiance. Des centaines de personnes sont venues s'inscrire sur la liste de ses victimes.

Leah écarquilla les yeux. Cette affaire lui semblait de plus en plus compliquée.

— J'imagine que la dette a aujourd'hui atteint des sommets, susurra Ellen.

— En effet, confirma Seth. Et l'héritage de Louis ne suffit pas à tout éponger.

— Que c'est triste, commenta Ellen d'un ton hypocrite. Je suis sûre que, là où il est, Louis doit s'en vouloir de vous avoir fourrée dans un tel guêpier, ma chère.

Cecil foudroya Ellen du regard.

— Quoi qu'il en soit, nous avons une journée et demie pour trouver une solution. Je retourne en ville pour discuter avec le juge Moss. Peut-être se rendra-t-il à la raison.

— Je rentre, annonça Seth en se levant. Je vous dépose. Ne vous inquiétez pas, Leah. M. Lee et moi allons trouver une solution.

Leah lui sourit sans conviction.

— Seth a raison, renchérit Cecil. Ne t'en fais pas.

— Je ne m'en fais pas, répondit la jeune femme pour le rassurer. Je vous fais confiance.

— Bien sûr qu'il trouvera une solution, intervint Ellen d'un ton doucereux. N'est-il pas le majordome de Satan ? Dans sa jeunesse, il trouvait une solution à tous les problèmes.

— À tout à l'heure, Leah, conclut Cecil en ignorant la remarque d'Ellen.

— Je vous reverrai plus tard, promit Seth en emboîtant le pas à Cecil.

N'ayant plus rien à dire à la sournoise Ellen, Leah l'abandonna au salon.

Elle prit un déjeuner solitaire dans sa chambre et passa une partie de l'après-midi à faire les cent pas tel un lion en cage, cherchant désespérément une solution. Elle voyait approcher le moment de son incarcération. Où diable trouver quinze mille dollars en moins de deux jours ? Elle pouvait vendre le *Black Swan*, mais la transaction était impossible à effectuer en si peu du temps, même si elle trouvait un acheteur. Vendre toutes ses robes ne suffirait pas non plus. Elle ne possédait en outre ni bijoux ni objets de valeur. Autrefois, elle ne pouvait s'offrir de telles futilités. Bientôt, elle ne jouirait même plus de sa liberté.

Assis dans son bureau de la Société minière Damien, Ryder étudiait non sans inquiétude les chiffres de sa production de cuivre. Les veines des mines du Colorado commençaient à s'épuiser. Extraire le métal devenait de plus en plus coûteux, ce qui rendait ses entreprises moins rentables. Cela faisait des semaines qu'il songeait à vendre ses parts. Ces chiffres ne faisaient que renforcer sa détermination. Sam entra sans frapper, comme à son habitude, et jeta un journal sur son bureau.

— Tu as lu ce torchon ? s'exclama-t-il.

Ryder prit le journal, un quotidien local.

— C'est l'édition de cet après-midi, précisa Sam, l'air écœuré.

Ryder parcourut un article annonçant un récital de musique à Denver, puis un autre sur la naissance d'un veau à deux têtes chez un fermier de Boulder.

— Que suis-je censé lire ? s'enquit-il.

Fulminant, Sam posa un doigt noueux sur un article situé en bas de page.

— Ceci !

Ce matin, la veuve de Louis Montague, un ancien magnat de la prospection minière, a été condamnée à rembourser quatre-vingt-dix mille dollars de dettes de son défunt mari. Il y a trente ans, Montague et son associé, Cecil Lee, avaient disparu sans laisser d'adresse, laissant de nombreux créanciers. Montague est soupçonné d'escroquerie, de vol et même de meurtre. Mme Montague, une femme de couleur, a été condamnée à régler ces dettes, faute de quoi elle sera incarcérée à la prison pour femmes.

L'article relatait ensuite le scandale entourant la mort de Bernice, la première femme de Monty, et de Chant d'Oiseau, la mère de Ryder, mais celui-ci ne prit pas la peine de lire la suite.

Baissant le journal, il regarda Sam, qui affichait une expression furieuse.

— Pourquoi te mets-tu dans cet état ?

— Cette jeune femme n'a rien à voir avec tout cela, c'est évident, riposta Sam.

— C'est la veuve de Louis.

— Et si elle n'a pas assez d'argent pour rembourser ?

Ryder haussa les épaules.

— Tu comptes t'en laver les mains et la laisser croupir en prison parmi les prostituées et les meurtrières ?

— Ils ne la jetteront pas en prison. Ce jugement remonte à plus de trente ans.

— Tu crois que le juge en a tenu compte ? Pour une malheureuse Noire ? Ils vont l'emprisonner et tu le sais aussi bien que moi.

Ryder devait admettre que Sam avait raison. Certes, la justice n'était pas la même pour tous, mais l'argent avait le pouvoir de tout arranger. De nombreux anciens partenaires en affaires de Louis étaient encore en vie et se comportaient comme de véritables vautours. Il ignorait combien Louis avait légué à sa veuve, mais quelle que soit la somme, les nombreux ennemis de Montague allaient la dépouiller tels des charognards s'acharnant sur un cadavre.

Un peu troublé par cette nouvelle, Ryder jeta le journal sur son bureau.

— Que veux-tu que je fasse ?

— Je ne sais pas, mais il faut faire quelque chose.

Ryder dévisagea le vieil homme.

— Depuis quand joues-tu les justiciers ? Tu ne connais cette femme que depuis quelques jours.

— Peut-être, mais toi, je te connais depuis plus longtemps. Tu ne cesses de penser à elle, avoue-le. Je sais aussi qu'une femme qui te résiste vaut son pesant d'or. Tu as besoin d'une épouse et je trouve qu'elle te conviendrait à merveille.

Sidéré, Ryder écarquilla les yeux.

— Une épouse ? Tu as bu ou quoi ? Pas question de me marier, surtout avec une fille au tempérament aussi explosif, qui est aussi une aventurière, je te le rappelle.

Sam se contenta de le fixer sans rien dire.

Le silence s'éternisa, pesant, puis Ryder lâcha un soupir résigné.

— Très bien. Je vais voir ce que je peux faire. Mais c'est uniquement pour éviter que tu me harcèles jusqu'à Noël.

Sam lui sourit.

— Ne te réjouis pas trop vite, prévint Ryder. Si je dois intervenir, j'agirai à ma façon, et je ne veux pas entendre le moindre commentaire de ta part sur la méthode employée.

— Je resterai bouche cousue, promit le vieil homme.

Tous deux savaient que c'était faux. Sam était incapable de garder pour lui ses opinions.

— Allez, rentre à la maison. J'ai du travail.

Ravi d'avoir obtenu gain de cause, Sam prit congé.

Tandis que la porte se refermait, Ryder songea que Sam était le seul avec lequel il se permettait d'être vraiment lui-même. Après la mort de sa mère, c'était Petites Larmes, sa grand-mère Cheyenne, qui avait élevé Ryder. Elle lui avait appris la vie, l'histoire des Cheyennes, l'art de survivre malgré la cruauté et l'ignorance dont les autorités américaines faisaient preuve à l'égard des tribus indiennes. Elle était morte le lendemain de son arrivée dans le Minnesota, où il était parti faire ses études, comme si elle avait perdu son unique raison de vivre. C'était Éloïse, une voisine, qui lui avait envoyé un télégramme annonçant la terrible nouvelle. Sans elle, Ryder ne l'aurait jamais su.

En ville, nul ne se souciait de lui ou de sa grand-mère peau-rouge.

Un mois après son arrivée dans le Minnesota, il avait rencontré Sam. À l'époque, celui-ci était cuisinier dans la pension où le jeune homme louait une chambre. Cet emploi convenait très bien à Sam qui avait été cuisinier durant des années dans la prestigieuse neuvième cavalerie de l'armée américaine. Au début, Ryder s'était méfié des tentatives de Sam pour se lier avec lui. À ses yeux, un soldat, même à la retraite, était symbole de mort, d'amertume et de trahison. D'autant plus qu'il avait été touché personnellement par le terrible massacre des Cheyennes et des Arapahos de Sand Creek. Il ne voulait en rien avoir affaire avec Sam et ne s'était pas gêné pour le lui dire.

Toutefois, il avait changé d'attitude le jour où Sam avait surpris une bande de malfrats en train de le molester. Ils étaient six contre un. Ryder était costaud et aurait sans doute réussi à en maîtriser trois, voire quatre, mais il ne pouvait se battre contre six lâches. Le malheureux s'était vite retrouvé face contre terre, presque inconscient, le visage tuméfié.

Sam avait toujours refusé de lui raconter comment il avait réussi à le tirer de ce mauvais pas, mais Ryder savait qu'il serait mort sans l'intervention de Sam. Les deux hommes devinrent vite inséparables, si bien que, à la fin de ses études, Ryder proposa à Sam de l'accompagner dans le Colorado pour l'aider à faire fortune. Sam accepta volontiers. Depuis, ils ne s'étaient plus quittés.

Cependant, Ryder trouvait étrange que Sam prenne la défense de la veuve Montague avec tant de passion. Le vieil homme n'avait pas pour habitude de s'immiscer dans sa vie privée, et jamais il n'avait évoqué la question du mariage avec lui. Ryder secoua la tête. L'espace d'un instant, il s'imagina marié avec Leah Montague. Ils passeraient leur temps à se quereller.

Non, il ne risquait pas de lier son destin à celui d'une femme aussi entêtée. S'il se décidait un jour à convoler, il choisirait une jeune fille sage et docile. Ce qui ne signifiait pas qu'il n'avait pas envie de partager le lit de Leah. Sam avait raison, il ne cessait de penser à elle. Il trouvait cette fille aussi désirable et fascinante qu'une mine d'or. Mais pour la conquérir, il lui faudrait faire preuve de bien plus de patience qu'il n'en montrait en général avec les femmes qui lui plaisaient. D'ordinaire, il lui suffisait d'un signe, d'un sourire pour avoir les plus belles créatures à ses pieds. Il avait dans l'idée que la veuve Montague était femme à résister avec la fougue d'une jument sauvage. Qu'importe, songea-t-il, le plaisir de la victoire n'en serait que plus intense, sans parler de la satisfaction qu'il aurait à contrarier Seth.

Il reporta son attention sur le journal. Si l'article disait vrai, la jeune femme risquait bel et bien la prison. Cecil allait sans doute essayer d'obtenir la clémence du tribunal en usant d'un subterfuge plus ou moins légal, comme à la grande époque avec Louis Montague, mais il se rendrait vite compte que les temps avaient changé. Certes, les règles du jeu étaient les mêmes, mais les joueurs en présence avaient un autre visage. Le monde des affaires appartenait désormais aux syndicats et aux investisseurs étrangers. Ils étaient riches comme Crésus et entourés d'une armée d'avocats. Le climat politique avait également évolué. Les hommes de couleur étaient moins bien tolérés. Sans l'influence et la fortune de Louis, Cecil avait peu de chances d'atteindre un personnage assez puissant pour sortir la veuve de ce pétrin. Sam avait peut-être raison en affirmant qu'il devait intervenir. Mais qu'aurait-il à y gagner ? Leah n'apprécierait sans doute pas son aide à sa juste valeur. Justement... Elle allait lutter pour lui tenir tête mais, en insistant un peu, il finirait bien par la faire plier. Après tout, les Cheyennes n'étaient-ils pas d'excellents dresseurs de chevaux ?

Plus tard dans la journée, Mme France monta dans la chambre de Leah pour l'informer qu'un visiteur l'attendait au salon.

— Qui est-ce ? demanda celle-ci, étonnée.

— M. Damien.

— Ryder Damien ?

— Oui, madame.

Leah était perplexe. Pourquoi souhaitait-il la voir ? Se pouvait-il qu'il ait eu vent de ses problèmes et qu'il soit venu la provoquer ? Comme si elle n'avait pas suffisamment de soucis…

— Dites-lui que j'arrive, fit-elle à Mable qui s'impatientait.

Elle prit une profonde inspiration. Ryder Damien était bien la dernière personne qu'elle avait envie de voir.

Dès qu'elle pénétra dans le salon, Ryder fut à nouveau frappé par sa beauté. Sa peau sombre était aussi lisse et éclatante qu'un bois précieux. Ses cheveux étaient relevés en un élégant chignon, mais il les imaginait aisément cascadant sur ses épaules, emmêlés, après une nuit d'amour. Ses yeux s'attardèrent sur sa silhouette altière, glissèrent sur sa stricte robe noire qu'égayait à peine une bande de dentelle au col et aux poignets. Elle offrait l'image même de l'innocence alors qu'il savait pertinemment qu'elle l'avait perdue depuis longtemps, ce qui ne la rendait que plus désirable à ses yeux.

— Vous souhaitiez me voir ? s'enquit-elle du seuil.

— En effet. J'ai entendu dire que vous aviez des problèmes financiers.

— C'est exact. Vous êtes venu vous réjouir de mon malheur ?

— Non.
— C'est Seth qui vous envoie ?
— Le seul endroit où mon frère souhaite m'envoyer, c'est en enfer.
— N'y sommes-nous pas déjà ? répliqua-t-elle d'un ton acerbe.
— Vous êtes bien sarcastique, commenta-t-il en levant les sourcils.
— Ce n'est que la vérité.
Elle se décida enfin à entrer dans la pièce et s'arrêta près de la fenêtre, lui tournant le dos.
— Vous êtes encore plus déterminée que je ne le pensais, avoua-t-il.
Elle l'observa par-dessus son épaule.
— Vous faites toujours des compliments à double sens ?
— Uniquement quand c'est nécessaire.
Leah sentit son regard viril la jauger. Gênée, elle se détourna.
— Que voulez-vous ?
— Sam pense que je devrais vous aider.
— Vous avez quinze mille dollars dont vous ne savez pas quoi faire ? demanda-t-elle d'un ton provocateur.
— Il se trouve que oui.
Interloquée, Leah posa de nouveau les yeux sur lui.
— Manifestement, je tiens davantage de mon père que je ne veux l'admettre, reprit-il en haussant ses épaules magnifiques. Je n'ai aucune difficulté à gagner de l'argent.
Leah le scruta en silence. Cet homme pouvait-il vraiment lui sauver la mise ? Si oui, qu'exigerait-il d'elle en échange ? Au fond d'elle-même, elle connaissait déjà la réponse, mais elle éprouvait le besoin de le lui entendre dire à haute voix.
— En échange de quoi ?

— Je veux vous avoir à mon bras, je veux que vous apportiez un peu de grâce à ma table. Le reste, vous connaissez.

Leah évita son regard indéchiffrable. C'était indiscutablement un homme superbe, et d'autant plus redoutable.

— J'aimerais attendre le retour de Cecil et de Seth avant de prendre une décision. Peut-être auront-ils trouvé une autre solution ?

Ryder se doutait qu'elle n'accepterait pas sur-le-champ, et ne fut donc pas déçu.

— Aucun problème.

Pour la première fois depuis leur rencontre, Leah discernait chez lui une ressemblance troublante avec son père. Ryder avait le même menton et la même bouche que Monty. Des souvenirs heureux revinrent à la mémoire de la jeune femme.

— Votre père était un homme bien.

— Il est parti en laissant derrière lui deux femmes mortes et deux petits garçons qu'il a abandonnés à leur triste sort. Je ne vois rien de bien là-dedans.

Piquée au vif, Leah releva fièrement le menton.

— À la fin de sa vie, il a exprimé ses regrets de vous avoir abandonnés. Il avait envie de reprendre contact avec vous, mais il craignait d'être rejeté. Il pensait que Seth et vous le détestiez.

— Il était décidément très perspicace.

Leah se demanda quelles étaient la part de la colère et celle de la souffrance dans l'amertume de Ryder.

— Vous le haïssez vraiment ?

— Je déteste ce qu'il a fait à ma mère. Et à moi.

— C'est pour cette raison que vous ne portez pas son nom ?

— Je ne porte pas son nom parce qu'il n'a jamais épousé ma mère.

Son ton était glacial.

— Mais vous ne croyez pas vraiment qu'il l'ait assassinée, n'est-ce pas ?

— Et si je vous répondais que si ?

— Je vous dirais que vous vous trompez.

— Alors nous ne sommes pas d'accord.

Ryder supposait qu'il était plus rassurant pour elle de croire en la version de Louis. Mais lui connaissait la vérité depuis toujours.

— Une femme comme vous devrait savoir que les hommes sont capables de tout.

— Comment cela, une femme comme moi ? demanda-t-elle en se figeant.

— On est comme on est, riposta Ryder, percevant sa colère.

— Comme je vous l'ai déjà dit à une autre occasion, vous seriez incapable de voir la vérité même si elle vous crevait les yeux.

— Vous n'avez pas épousé Louis pour son argent ?

Ryder semblait si sûr d'avoir raison que Leah jugea inutile de le détromper. À quoi bon ? Il ne la croirait pas, de toute façon.

— Je mentirais en vous disant « à bientôt », conclut-elle d'un ton chargé de sarcasme. Je me contenterai donc de vous souhaiter une bonne fin de journée, déclara-t-elle en tournant les talons.

Quand Ryder fit un pas en avant pour lui barrer le passage, elle ne se sentit pas menacée. Au contraire, la chaleur de son corps puissant parut se mêler à la sienne. Des effluves de son parfum épicé lui envahirent les narines.

— Vous jouez à merveille les veuves outragées, vous savez.

— Et vous les fils perdus et amers.

— Vous excellez également dans les joutes verbales.

— Encore des flatteries ?

— Une simple remarque. Je n'aime pas les femmes qui s'enfuient à la première occasion.

— Je transmettrai l'information à qui veut l'entendre.

— Vous sortez vos griffes...

Ayant grandi dans un port, Leah avait croisé des marins du monde entier, mais aucun qui soit aussi imposant et provocateur que Ryder Damien.

Malgré la tension qui régnait dans la pièce, Ryder n'avait pas envie qu'elle parte, quand bien même il se demandait combien d'hommes elle avait connus par le passé.

— Mon cher frère se comporte bien avec vous ? s'enquit-il d'un ton désinvolte.

— Contrairement à vous, Seth est un vrai gentleman.

— Il est très doué à ce petit jeu. Dois-je l'imiter ?

Leah scruta son beau visage aux traits parfaitement ciselés.

— Dans quel intérêt ?

— Le mien.

À ces mots, énoncés d'une voix sourde, elle éprouva une sensation étrange, inconnue jusqu'alors. Soudain, il l'attirait comme un aimant.

— Les femmes vous cèdent facilement, n'est-ce pas ?

— Je n'ai jamais eu de problèmes dans ce domaine, confirma-t-il.

— Cela se voit.

— Vous me plaisez.

— Je n'en dirai autant de vous, répliqua-t-elle en soutenant son regard.

— Vous préférez mon frère ?

— Quelle importance ?

— Lui et moi avons toujours été rivaux.

— Et s'il m'intéressait ?

— Je ferais tout ce qui est en mon pouvoir pour que votre intérêt se reporte sur moi.

D'abord, Leah crut à un nouveau sarcasme, mais elle comprit vite qu'il était sérieux. Il émanait de lui une telle puissance qu'elle se sentit troublée comme jamais auparavant. Elle était si inexpérimentée, elle ignorait quelles armes utiliser contre un homme aussi fascinant. Et pourtant, elle envisageait de se donner à lui pour de l'argent.

Ryder mourait d'envie de la prendre dans ses bras pour vérifier si ses lèvres étaient aussi douces qu'elles le paraissaient. L'atmosphère s'était soudain chargée d'électricité, trahissant la forte attirance mutuelle qui les poussait l'un vers l'autre. Sous peu, la situation deviendrait explosive, mais Ryder savait se montrer patient.

Ils étaient tous deux si concentrés sur ce qui se passait entre eux qu'ils n'entendirent pas Seth entrer.

— Leah, que fait-il ici ? s'exclama ce dernier.

— Je suis venu offrir à cette dame un moyen de se libérer du piège tendu par Louis, répondit Ryder en posant un regard glacial sur son frère.

Ils se toisèrent longuement, en adversaires.

— Que pourrais-tu donc offrir ? s'enquit Seth d'un ton doucereux.

Ryder répondit à sa question par une autre question :

— Ainsi, tu possèdes la somme dont elle a besoin ?

Seth s'empourpra.

— C'est bien ce que je pensais, observa Ryder avec un sourire froid.

Il se tourna vers Leah.

— Je passerai demain matin, vous me ferez connaître votre décision.

La jeune femme hocha imperceptiblement la tête.

Seth ne semblait pas disposé à reconnaître sa défaite.

— Leah, vous ne songez pas sérieusement à accepter une quelconque offre de sa part ?

— Vous pensez que je ferais mieux d'aller en prison ? rétorqua-t-elle.

Elle attendit une réponse qui ne vint pas. Elle avait beau apprécier la compagnie de Seth, elle devait laisser ses émotions de côté et affronter la réalité. Pour l'heure, seul Ryder proposait une solution à son problème.

Seth regarda son frère droit dans les yeux.

— M. Lee ne lui permettra jamais d'accepter, affirma-t-il.

— De quoi s'agit-il ? demanda le vieil homme en surgissant dans la pièce.

Leah redressa la tête.

— M. Damien et moi discutions d'une éventuelle solution à mes difficultés financières.

— Moyennant quoi ?

— C'est entre lui et moi, Cecil, répondit posément Leah.

Cecil la dévisagea longuement puis reporta son attention sur Ryder.

— Si tu comptes profiter de la situation, tu es vraiment le fils de ton père.

Ryder demeura impassible.

— Lui offriras-tu au moins le mariage ?

Silence.

Seth étouffa un juron. Leah se sentait soudain si oppressée, il fallait qu'elle sorte.

— Messieurs, j'ai besoin de prendre l'air. Veuillez m'excuser.

Empoignant ses jupes, elle quitta précipitamment la pièce.

Il pleuvait, et elle demeura à l'abri du porche. Envisageait-elle vraiment de se vendre comme une vulgaire catin ? Sachant que l'alternative serait une prison sordide et dangereuse, elle ne pouvait répondre que par l'affirmative. Elle comprenait l'inquiétude de Cecil ; il prenait très au sérieux son rôle de père de substitution, et devenir la maîtresse d'un homme riche n'était pas le destin auquel l'avait préparée son éducation. Mais après tout, c'était *elle* qui risquait de croupir au fond d'une cellule. Ryder Damien lui jetait une bouée de sauvetage. Il faudrait être stupide pour ne pas la saisir. Par chance, elle ne connaissait personne dans la région, car sa réputation serait à jamais entachée. Mais quelle importance avait une réputation en regard d'un séjour en prison ?

Elle entendit quelqu'un s'approcher. Sa présence était si troublante qu'elle n'eut pas à se retourner pour savoir qu'il s'agissait de Ryder.

— Je rentre chez moi.

Leah hocha la tête sans dire un mot ni le regarder.

— Sachez que je n'ai jamais levé la main sur une femme, que je ne me suis jamais imposé dans le lit d'aucune femme et que je n'ai pas l'intention de commencer avec vous.

— Merci, murmura-t-elle, les yeux fermés.

Se pouvait-il qu'elle soit aussi bonne comédienne ? se demanda Ryder. Tout homme moins cynique aurait été touché pas la détresse qui se dissimulait sous ce masque d'indifférence et l'aurait réconfortée. Mais Ryder, lui, était persuadé qu'il s'agissait d'une mascarade, efficace certes, mais mascarade tout de même. Tous deux savaient qu'elle n'avait rien d'un agneau sur le point d'être sacrifié.

— Si vous acceptez mon offre, il y aura des documents à signer au tribunal.

— Je serai prête.

— Alors à demain.

Leah ne répondit pas. Elle ne savait que dire.

Ryder courut sous la pluie jusqu'à sa voiture. Elle le suivit des yeux jusqu'à ce qu'il soit hors de vue. Ce n'est qu'à ce moment-là qu'elle se demanda ce qu'elle venait de faire.

En rentrant, elle trouva Seth et Cecil au salon. Ellen les avait rejoints et leur servait de l'alcool dans de petits verres ciselés. À voir sa mine réjouie, on aurait juré qu'elle célébrait un événement heureux.

— Ah, la voilà ! lança-t-elle en voyant Leah. Un verre, ma chère ?

— Non merci. Cecil, j'aimerais te parler.

Elle vit dans le regard accusateur de Seth qu'il était toujours en colère, mais elle n'avait aucune intention de le consoler. Elle avait d'autres problèmes à régler.

Cecil et Leah montèrent dans la chambre de la jeune femme. Derrière la porte close, ils discutèrent de la situation.

— As-tu pensé à ta réputation ? lui demanda le vieil homme. La ville n'est pas si grande, tu sais.

— Être une femme entretenue me semble plus supportable que de croupir en prison. Je n'ai vraiment pas le choix, Cecil.

— Naturellement, tu as raison, mais…

Il s'inquiétait pour elle, elle le lut dans son regard.

— Je sais. Aucune femme ne souhaiterait en être réduite à cela, mais la prison…

Leah aimait tendrement Monty mais elle n'était pas disposée à aller en prison à cause de lui, surtout pour un crime qu'elle n'avait pas commis.

— Tu as pu parler au juge Moss ? s'enquit-elle.

— Non. Il a refusé de me recevoir.

— Pouvons-nous faire appel auprès d'un autre tribunal ?

— J'y ai songé, mais il nous faudrait un avocat. D'après le greffier, aucun des avocats de la ville n'accepte de plaider les affaires des Noirs.

— L'héritage est donc perdu…

Cecil hocha tristement la tête.

— Eh oui. Tout ce que Louis avait réussi à économiser depuis son départ de Denver, il y a trente ans, ira dans la poche de ces prétendus créanciers.

— C'est toujours mieux que la prison, dit-elle doucement.

Elle s'était résignée à l'inévitable. Le lendemain à cette heure, elle serait une femme entretenue. Même si elle avait échangé une prison contre une autre, ce ne serait tout de même pas l'enfer d'une cellule humide, la promiscuité. Ce n'est qu'en songeant à cela qu'elle parviendrait à se regarder dans la glace chaque matin.

— Merci d'avoir essayé, dit-elle à Cecil avec un sourire.

— J'ai l'impression de n'avoir pas été à la hauteur, fit-il, les lèvres pincées.

— Tu as fait de ton mieux. Tu n'étais pas plus au courant de ce jugement que Monty.

— Tout de même… t'abaisser à cela avec Ryder…

— Je te le répète, je n'ai pas le choix.

Cecil soupira, la mine grave.

— Cela te plairait de dîner à Denver, ce soir ? lui proposa-t-il. J'ai quelques personnes à voir à propos de cette affaire.

— Non, répondit-elle en secouant la tête. Je me contenterai d'un plateau dans ma chambre. Je te verrai demain matin.

Il la gratifia d'un faible sourire et prit congé.

Le lendemain, Leah se leva de bonne heure. En dépit de ses tourments, elle avait étonnamment bien dormi et se sentait fraîche et dispose. Cet optimisme la surprit à l'aube d'une journée qui s'annonçait pourtant si funeste. Curieusement, elle ne ressentait ni angoisse ni tristesse. À croire qu'elle avait perdu la tête durant la nuit. Elle sentait en elle une incroyable volonté de survivre, et comme avait toujours affirmé sa mère, une fille n'avait pas besoin de grand-chose d'autre.

Elle s'habilla avec soin. Malheureusement, lorsqu'elle eut terminé de se coiffer et choisit ses boucles d'oreilles en or, sa belle assurance avait disparu. Elle se sentait comme une bête qu'on mène à l'abattoir. Les doigts tremblants, elle eut du mal à fixer ses anneaux. Elle avait beau se répéter qu'elle devait garder son calme, rien n'y fit. Dans moins d'une heure, sa vie allait changer radicalement et cette perspective la terrifiait.

Au rez-de-chaussée, elle dédaigna le petit-déjeuner que Mme France avait disposé sur la table à son intention et se contenta d'une tasse de café brûlant. Déjà attablé, Cecil mangeait distraitement ses œufs brouillés.

— Cecil, jamais je ne parviendrai à surmonter cette épreuve si tu fais cette tête.

Il leva les yeux sur elle et esquissa un sourire forcé.

— Je suis désolé, Leah. Mais rien ne se déroule comme prévu. Nous étions supposés venir ici, retrouver les garçons et repartir. Et maintenant…

— Apparemment, le destin en a décidé autrement, mais au moins, je n'irai pas en prison. Rien que cela, c'est une bénédiction.

— Alors tu vas accepter son offre ?

— Oui.

La jeune femme soutint son regard, et chercha à le rassurer.

— Ne t'inquiète pas. Ryder et moi nous entendons comme chien et chat. Peut-être changera-t-il d'avis en se rendant compte que nous ne pouvons pas nous accorder. Ainsi, nous pourrons reprendre le cours de notre vie, toi et moi.

Ryder se présenta moins d'un quart d'heure plus tard. Mme France l'introduisit au salon où l'attendait Leah.

— Bonjour, dit-il simplement.

— Bonjour, lui répondit-elle avec une assurance qu'elle était loin de ressentir.

Il était toujours aussi séduisant. Ses cheveux noirs tirés en arrière en une tresse mettaient en valeur ses traits réguliers. Son costume à la coupe impeccable et sa chemise bleu pâle dénotaient un bon goût indiscutable. Il semblait emplir la pièce de sa présence.

— Avez-vous pris une décision ?

— Oui. Je... j'accepte votre proposition.

Bien que satisfait, Ryder ne put s'empêcher de noter à quel point elle semblait jeune, mal à l'aise, effrayée. Cela lui parut d'autant plus étrange qu'elle n'avait aucune raison d'avoir peur. Il était en bonne santé, riche, soigné. Que demander de plus ?

— Dans ce cas, nous devrions nous rendre au tribunal pour régler les formalités.

Il désigna la porte. Dans le vestibule, ils tombèrent sur Cecil qui les attendait, visiblement anxieux.

— Alors ? fit-il avec un regard interrogateur.

— J'ai accepté, répondit Leah. Nous nous rendons au tribunal.

— Ce que tu fais n'est pas bien, déclara Cecil à Ryder.

— Vous préféreriez qu'elle aille en prison ? répliqua celui-ci.

Cecil soutint longuement son regard. Puis il poussa un soupir résigné et détourna les yeux.

Réprimant son émotion, Leah saisit sa capeline et se laissa guider hors de la maison, jusqu'à la voiture de Ryder.

Le trajet se déroula en silence. Une conversation polie aurait sans doute été de mise, mais Leah s'en sentait incapable. Elle était trop consciente de la présence de Ryder pour pouvoir se concentrer sur quoi que ce soit d'autre. Quelle serait sa vie à ses côtés ? Où vivrait-elle ? Lui permettrait-il d'aller et venir à sa guise ? Tant de questions se bousculaient dans sa tête… N'ayant jamais été entretenue par un homme, elle ne savait à quoi s'attendre.

Devant le palais de justice, Ryder l'aida à descendre de voiture. Elle sentit la chaleur de sa main à travers le fin tissu de ses gants, et s'efforça de l'ignorer, mais cette douce chaleur s'attarda bien après qu'il l'eut lâchée.

La signature des documents officiels ne prit que quelques minutes. Ryder signa aux endroits indiqués par l'employé puis lui tendit un mandat de quinze mille dollars. Quand tous les papiers furent tamponnés et datés, la jeune femme se retrouva libérée de ses dettes. Elle ne devait plus rien à personne, hormis Ryder Damien.

Ils quittèrent le tribunal. La bruine qui commençait à tomber ne faisait que rendre cette journée encore plus morne.

— Nous allons faire un saut chez Ellen pour que vous puissiez récupérer vos affaires, annonça-t-il une fois dans la voiture.

— Et ensuite ?

— Nous irons chez moi. Du moins dans l'immédiat.

Leah avait enfin la réponse à l'une des questions qu'elle se posait : elle vivrait désormais sous le toit de Ryder.

— Très bien.

Bien qu'elle n'envisageât pas avec enthousiasme l'avenir avec lui, elle lui était cependant reconnaissante de son intervention.

— Merci de m'avoir rendu ce service. Quinze mille dollars, c'est une grosse somme.

— C'est vrai, reconnut-il, mais du temps de mon grand-père, le prix aurait été tout autre.

— Que voulez-vous dire ? demanda Leah, perplexe.

— Une femme comme vous m'aurait coûté la bagatelle de centaines de chevaux...

Ses yeux se posèrent sur la bouche de Leah, qui sentit son cœur tambouriner dans sa poitrine. Lorsqu'il plongea son regard dans le sien, elle se mit à trembler.

— Après quoi, je vous aurais emmenée dans la montagne et je vous aurais fait l'amour jusqu'à la prochaine saison...

Leah eut l'impression de recevoir un coup de poignard en plein cœur, au point qu'elle en eut le souffle coupé.

— Jamais je n'aurais cru vous voir un jour bouche bée ! s'esclaffa-t-il.

Sur ces mots, il fit claquer les rênes et l'attelage s'ébranla.

Les paroles troublantes de Ryder résonnaient encore dans la tête de la jeune femme tandis qu'elle regardait défiler le paysage sans le voir. Sa présence à ses côtés éclipsait tout le reste : le ciel, les arbres, les montagnes, au loin... Elle n'entendait plus ni le chant des oiseaux ni le grincement des roues. Ryder Damien avait envahi son esprit, son âme, son être même. *Après quoi, je vous aurais emmenée dans la montagne et je vous aurais fait l'amour jusqu'à la prochaine saison...*

Elle serra les bras autour d'elle-même pour réprimer un frisson sensuel.

— Vous avez froid ? s'enquit-il en lui jetant un coup d'œil.

— Non, ça va.

— Il y a une couverture sous votre siège. N'hésitez pas à vous en servir.

Elle le remercia puis fit mine de s'intéresser au paysage.

Ryder crispa la mâchoire. Combien de temps cette comédie allait-elle durer ? Elle se comportait comme une reine déchue en route pour l'exil. Il n'avait pas dépensé quinze mille dollars pour avoir à subir pareille attitude. Cela dit, il commençait à se demander s'il ne s'était pas mépris sur son compte. Et si elle était vraiment une femme honorable, comme Sam ne cessait de le lui répéter, et non une aventurière vénale ? Il ne voulait même pas envisager une telle éventualité et chassa bien vite ces pensées. Non, il ne se trompait pas.

De retour chez Ellen, Leah prépara ses malles sous le regard attristé de Cecil. Leur séjour avait été si court qu'il ne lui fallut guère de temps pour rassembler ses affaires.

— Tu crois que je pourrai au moins venir te voir ? risqua Cecil.

Leah haussa les épaules tout en pliant un corsage.

— Je peux toujours lui poser la question.

— Je me sens affreusement mal à cause de toute cette histoire, reprit le vieil homme en secouant la tête.

— Il ne faut pas. Ni toi ni moi n'y pouvions rien, alors…

Elle referma sa malle et enclencha le cadenas.

Cecil semblait si désespéré qu'elle vint à lui et l'étreignit longuement.

— Ne t'inquiète pas pour moi, murmura-t-elle, la gorge serrée. Tout se passera bien, tu verras.

Il la serra dans ses bras avec force.

— Si tu as besoin de me joindre, va voir Sam. Je compte rester quelque temps à Denver pour m'assurer que tout va bien pour toi.

— Cela me ferait plaisir.

— Allez, descends. Je t'apporte tes malles.

Ellen se tenait au pied de l'escalier, arborant un air suffisant.

— Vous êtes prête, ma chère ? demanda-t-elle d'un ton mielleux.

— Oui. Cecil arrive avec mes bagages.

Ryder n'était nulle part visible et Leah se demanda où il était passé.

— Il est dehors, fit Ellen comme si elle lisait ses pensées. Lui et moi ne sommes pas en très bons termes. Je lui rappelle son passé et il me rappelle le mien. J'avoue que j'avais très envie d'assister à la chute de Louis, mais vous faites un parfait substitut.

Leah se raidit.

— Ce n'est que de la franchise. Louis nous a laissés pourrir ici, avec Seth. Mais je viens d'avoir ma revanche. Vous avez été contrainte de vous vendre au plus offrant et j'espère que, là où il se trouve, Louis hurle de douleur à l'idée que sa superbe femme va coucher avec son bâtard de fils.

— Assez !

La voix glaciale et menaçante de Ryder la fit taire. Leah ne l'avait pas entendu entrer tant elle était sidérée par la cruauté d'Ellen.

Celle-ci inclina la tête d'un air moqueur et s'éloigna, le sourire aux lèvres.

— Vous êtes prête ? demanda Ryder à Leah.

— Je... oui, balbutia-t-elle en apercevant Cecil avec ses malles.

Les deux hommes se firent face un moment sans mot dire, puis Cecil rompit le silence :

— Je vais vous aider à porter les bagages.

Leah les suivit.

La voiture s'ébranla quelques minutes plus tard. Pour la première fois de sa vie, Leah Jane Barnett Montague ne pouvait compter que sur elle-même. Ravalant ses larmes, elle regarda droit devant elle.

— Ellen a-t-elle toujours eu une telle langue de vipère ? demanda-t-elle au bout d'un certain temps.

— Oui. Quand j'étais jeune, elle avait beaucoup de pouvoir, par ici, mais quand Faith Mine a fermé, elle a perdu de son influence. La pauvreté l'a obligée à louer des chambres pour joindre les deux bouts. Tomber si bas l'a achevée.

— Monty m'a affirmé qu'il avait légué cette mine à ses deux fils.

— Seul Seth en a hérité.

— Mais ce n'est pas…

— Et si nous parlions d'autre chose ?

Leah se tut un instant puis reprit :

— Nous devrons bien aborder ce sujet un jour ou l'autre.

— Je sais, répondit-il en se tournant vers elle, mais pas maintenant.

Leah dut se résigner.

Ils empruntèrent une route étroite qui grimpait en direction des montagnes au milieu de grands espaces peu peuplés hormis, çà et là, un cabanon ou une modeste fermette. Juste après un virage apparut soudain une petite maison bien entretenue entourée de fleurs. Cette explosion de couleurs était un régal pour les yeux.

— Qui habite ici ? demanda Leah.

— Une dame qu'on appelle Mlle Éloïse. Autrefois, elle était lavandière. À présent, elle peint et s'occupe de son jardin.

La voix de Ryder s'était adoucie à l'évocation de cette femme.

— C'est l'une de vos amies ?

— Oui.

— Eh bien, elle possède un jardin superbe.

— Vous ne manquerez pas de faire sa connaissance.

Cette perspective fit plaisir à la jeune femme.

Durant une heure et demie, ils roulèrent parmi les grands pins et les prés verdoyants. Aigles et faucons dessinaient des cercles au-dessus de leurs têtes tandis que les petits oiseaux semblaient les provoquer de leurs pépiements. Le soleil apparut enfin. Pour la première fois, Leah découvrit la splendeur du paysage. Ce pays était luxuriant, les terres semblaient plus riches, l'herbe plus verte que partout ailleurs. À présent, elle comprenait pourquoi Cecil évoquait souvent la beauté du Colorado. Sous le soleil, la montagne était majestueuse.

Ils atteignirent enfin le domaine de Ryder et s'engagèrent dans une longue allée bordée d'immenses pins. Bientôt, la maison apparut. C'était une élégante bâtisse de deux étages, toute de bois, de pierre et de verre, surmontée d'une toiture plate. Tout autour, le sol était recouvert de dalles de pierre lisses. À droite se dressaient les dépendances, hangar et poulailler. Un peu plus loin, un vaste enclos.

À nouveau des questions affluèrent à l'esprit de Leah. Quel serait son rôle ici ? Où et qui serait-elle dans un an ?

En entendant Ryder décharger ses bagages, elle revint sur terre. Elle allait lui demander combien de temps elle était censée rester quand la porte s'ouvrit sur Sam.

— Il était temps, bougonna-t-il. Je...

En découvrant la jeune femme, il demeura bouche bée.

— Bonjour, Sam.

— Leah ?

— C'est bien moi. Comment allez-vous ?

Il la dévisageait comme s'il la voyait pour la première fois.

— Très bien. Que faites-vous ici ?

Leah lança un coup d'œil à Ryder par-dessus son épaule. Allait-il se charger d'expliquer la situation ou l'obligerait-il à le faire elle-même ?

— Je l'ai invitée à séjourner quelques jours ici, déclara-t-il.

Leah espéra que Sam ne se rendait pas compte à quel point son sourire était forcé. Hélas, il s'en rendait parfaitement compte.

— Entrez donc ! lança-t-il avec entrain.

Il s'approcha pour l'aider à descendre de voiture.

Elle le remercia d'un sourire sincère.

Il hocha la tête et la guida à l'intérieur.

4

L'intérieur de la maison était aussi impressionnant que le propriétaire des lieux. Jamais Leah n'avait vu de demeure plus fastueuse. Un énorme feu flambait dans la pièce où Sam la conduisit. Le foyer de la cheminée était constitué de gros blocs de pierre polie qui se dressaient jusqu'au plafond.

Leah fut étonnée de découvrir des meubles de bois noir, mais elle dut admettre que l'ensemble était de très bon goût. Elle se demanda si Ryder avait choisi lui-même cette décoration sobre et masculine. Guéridons cirés, vitrines étincelantes renfermant une porcelaine délicate et des verres en cristal. De part et d'autre de la cheminée trônaient deux têtes d'élan surmontées de bois imposants qui s'intégraient parfaitement dans le décor. Les tapis qui recouvraient le sol étaient de couleur vive et ornés de motifs indiens. Mais ce fut surtout la baie vitrée occupant tout un pan de mur qui la laissa sans voix. Elle avait dû coûter une fortune.

Les yeux écarquillés, elle pivota sur elle-même et croisa le regard de Ryder.

— Je suis désolée. Je sais qu'il est impoli de détailler ainsi un endroit, mais je suis impressionnée par votre demeure.

— Ça vous plaît ? demanda Sam.

— Beaucoup, répondit-elle avec franchise.

Il adressa à Ryder un regard triomphal, puis reprit :

— Avez-vous déjeuné ?
— Vous avez faim ? renchérit Ryder.
— Je prendrais volontiers quelque chose de léger. Un sandwich, peut-être ?
Sam hocha la tête, l'œil pétillant.
— Suivez-moi, fit Ryder. Je vais vous montrer votre chambre.
Confiant sa capeline et son manchon à Sam, Leah emboîta le pas à son hôte. Il la conduisit à l'arrière de la maison, jusqu'à une vaste pièce. Là encore, de superbes tapis ornaient le sol et la cheminée était immense. Le lit, de belle taille, était recouvert d'une couverture indienne. L'unique autre meuble était une armoire en bois sculpté.
— Je vais charger Sam de vous procurer d'autres meubles, déclara Ryder.
— Ce ne sera pas nécessaire. C'est parfait.
C'était bien plus que ce à quoi elle s'attendait. Elle n'imaginait pas qu'elle bénéficierait d'une chambre particulière. Les hautes fenêtres ouvraient sur la forêt qui semblait s'étendre à l'infini.
— En attendant, vous pouvez ranger vos affaires dans ma chambre.
— Cela ne m'ennuie pas de les laisser dans mes malles pendant un moment.
— Moi, cela me dérange.
Leah se demanda où il voulait en venir.
— Si vous tenez à ce que je m'installe dans votre chambre, dites-le tout de suite.
— Je le souhaite, en effet, mais rien ne presse.
Elle se sentit envahie d'une douce chaleur, une sensation troublante, désormais familière.
— Rangez ce que vous pourrez dans l'armoire. Sam emportera le reste dans ma chambre.
Sur ces mots, il se retira. Leah laissa échapper un long soupir.

Elle s'affairait à vider ses malles quand Sam revint avec un sandwich et un verre de citronnade glacée.

— Tout va bien ? s'enquit-il en posant l'assiette sur le manteau de la cheminée.

— Cette armoire est pratiquement assez grande pour toutes mes robes. Il tient à ce que le reste de mes affaires soient rangées dans sa chambre. Mais dès que j'aurai d'autres meubles, je rapporterai tout ici.

Leah se rendait compte qu'elle bredouillait, mais elle n'y pouvait rien. Elle ignorait ce que Sam savait de sa situation et ne tenait pas à la lui expliquer, du moins pas dans l'immédiat. Quelle opinion aurait-il d'elle s'il apprenait la triste vérité ?

— Vous êtes entourée d'amis dans cette maison, déclara-t-il d'un ton rassurant. Je n'approuve certes pas les méthodes un peu particulières de Ryder, mais il était hors de question que vous alliez en prison.

Ainsi, Sam était au courant de leur marché.

— Je sais, répondit-elle, les lèvres pincées.

— Je vous laisse. Si vous avez besoin de quelque chose, je serai à la cuisine en train de préparer le dîner.

— Merci.

Il lui sourit et prit congé.

Leah grignota son sandwich tout en admirant le paysage par la fenêtre. Pour la première fois depuis qu'elle avait quitté le tribunal, elle commençait à se détendre. Il fallait qu'elle oublie sa peur et affronte la vérité. Il ne tenait qu'à elle que cette situation soit pénible ou pas. Si on lui avait dit qu'elle se vendrait à un homme qu'elle connaissait à peine, qu'elle lui ferait don de son innocence, elle n'y aurait pas cru. Pourtant, c'était exactement ce qui était en train de lui arriver. Ryder la considérait comme une aventurière. Comment réagirait-il en apprenant qu'il avait fait fausse route ? Aurait-il honte de sa conduite ? Elle l'ignorait, mais la perspective d'assister à sa déconvenue ne lui déplaisait pas.

Quand elle eut terminé son sandwich, elle prit son assiette et partit à la recherche de Sam. C'était sans doute Ryder qu'elle aurait dû chercher, mais elle songea qu'elle le reverrait bien assez tôt.

Au bout du couloir, une porte s'ouvrait sur une élégante salle à manger décorée de meubles coûteux. Leah savait qu'il était mal élevé de fouiner, mais la curiosité l'emporta et elle jeta un œil à l'intérieur. La pièce rivalisait avec les plus beaux salons de la côte Est. Elle se demanda qui étaient les amis de Ryder et s'il recevait beaucoup. Elle s'imagina, trônant au bout de la table, en face de lui. Les gens colporteraient-ils des ragots sur la maîtresse de Ryder Damien ? Elle chassa aussitôt ces pensées et remonta le couloir.

Un peu plus loin, une autre porte donnait sur ce qui semblait être le bureau de Ryder. Les murs étaient tapissés de livres. Elle ne s'était jamais interrogée sur son degré d'instruction, mais ces ouvrages reliés lui en offraient un aperçu.

En revenant vers l'avant de la maison, elle découvrit un salon de musique meublé d'un piano. Jamais elle n'en avait vu de plus beau. Était-il là pour impressionner les invités ou le maître des lieux savait-il en jouer ? L'instrument étincelant n'avait rien à voir avec le vieux piano désaccordé du *Black Swan*. Leah s'éloigna en se promettant d'interroger Sam sur la question.

Elle finit par dénicher la cuisine. À son entrée, Sam, qui était occupé à plumer un poulet, leva la tête et sourit.

— Je vois que vous m'avez débusqué, lança-t-il.

— En effet, répondit-elle en s'installant sur un tabouret.

Elle balaya la pièce du regard. Comme le reste de la maison, la cuisine était vaste et bien équipée. Le fourneau semblait récent et de nombreux placards recouvraient les murs. Un vrai paradis pour une ménagère.

— J'aime beaucoup cette cuisine, déclara-t-elle après avoir terminé son examen.

— C'est ce qu'on fait de mieux dans ce domaine, dit-il avec fierté. Vous avez jeté un coup d'œil dans les autres pièces ?

— Moi qui me disais qu'il était impoli de fouiner partout ! gloussa-t-elle.

— Il n'y a rien d'impoli à vouloir reconnaître le terrain. Je dirai à Ryder de vous faire faire le tour du propriétaire dès son retour.

— Où est-il ?

— Il est sorti repérer des traces du roi des cerfs.

— Le roi des cerfs ?

— Oui. C'est le plus gros de la région. Il a des bois si énormes qu'on dirait un arbre. Ryder le traque depuis longtemps. Le problème, c'est qu'il refuse d'admettre que l'animal est plus rusé que lui. Selon moi, le seul moyen d'abattre ce cerf serait de le persuader de se suicider !

Leah s'esclaffa.

— C'est la vérité, insista Sam. Tous les ans, Ryder le traque et la bête s'en tire toujours. J'aime vous entendre rire, ajouta-t-il en levant les yeux vers elle.

Leah baissa la tête.

— Tout se passera bien.

Elle ignorait si elle devait le croire, mais elle était persuadée qu'il était sincère.

— Quand rentre-t-il ?

— Sans doute pas avant le dîner. Il souhaite que vous soyez élégante.

La jeune femme redressa fièrement la tête.

— Vous n'aimez pas recevoir des ordres, hein ?

— Non, admit-elle en croisant son regard.

— Moi non plus. Vous serez très bien pour Ryder.

Elle ne tenait pas à être quoi que ce soit pour Ryder.

— On verra, fit-elle.

— Vous aimez le poulet ?

Elle hocha la tête.

— La purée de courge ?

— Oui, Sam, assura-t-elle, touchée par ses efforts pour lui faire plaisir. Je mangerai volontiers tout ce que vous me préparerez.

— Vous êtes sûre ? Je ne voudrais pas vous imposer un plat que vous n'aimeriez pas.

— J'aime tout hormis la rhubarbe, affirma-t-elle avec un large sourire. J'y suis allergique.

— Vous faites bien de m'avertir. Moi non plus, je n'aime pas la rhubarbe, mais imaginez que j'aie préparé une tourte, vous auriez été privée de dessert.

Elle secoua la tête et se leva.

— Je vais faire un tour, annonça-t-elle. À quelle heure est servi le dîner ?

— À 17 heures pile. Ne vous perdez pas.

— Ne vous inquiétez pas. Je rentrerai à temps pour me préparer.

Sam hocha la tête pour marquer son approbation. Sur le seuil, elle se retourna soudain et demanda :

— Dites-moi, quelqu'un joue-t-il de ce piano que j'ai vu dans le salon de musique ?

— Bien sûr. Ryder.

Dissimulant son étonnement, Leah laissa le vieil homme à ses fourneaux.

Dehors, il faisait doux. Le soleil était éclatant et Leah offrit quelques instants son visage à sa caresse avant de s'aventurer en direction de la basse-cour. Là, elle découvrit des cochons, des poules, un bélier à l'épaisse toison et deux chèvres joueuses au pelage noir et blanc. Elle les regarda folâtrer un moment, prit le temps d'admirer le paisible paysage bucolique qui l'entourait. Il ne lui manquait plus que l'Océan.

Elle s'éloigna de la maison en prenant garde de ne pas la perdre de vue. Au bout d'une demi-heure de marche, elle se retrouva sur un promontoire boisé qui surplombait l'imposante bâtisse. Elle s'aperçut alors qu'elle avait sali le bas de sa robe, perdu l'un des talons de ses bottines, que ses cheveux étaient tout décoiffés, et qu'elle se sentait étonnamment bien. L'air était frais et pur. Il y flottait une odeur de pin et de terre humide. Cela faisait bien longtemps qu'elle ne s'était pas promenée ainsi dans les bois, en toute liberté. Depuis l'âge de treize ou quatorze ans, peut-être. Ses souvenirs étaient flous, mais elle se rappelait néanmoins que, dès la puberté, on lui avait interdit d'errer en forêt avec ses camarades de sexe masculin. Sa mère lui avait expliqué qu'elle ne pouvait plus plonger des falaises, partir en quête de trésors ou s'adonner à des jeux de garçons maintenant qu'elle était une jeune fille. À l'époque, elle avait cru que Cecil était à l'origine de cette sévérité soudaine. Ce n'était que plus tard qu'elle avait compris que sa mère ne songeait qu'à son bien.

Maintenant qu'elle était adulte, elle était libre d'agir comme bon lui semblait et plus que jamais décidée à parcourir les bois, à donner des coups de pied dans les feuilles mortes, à laisser les branchages défaire son chignon. Elle aimait cet endroit. Elle aimait avoir pour toute compagnie le ciel et les arbres. Elle se sentait à l'abri des épreuves que la vie lui imposait. C'était le lieu idéal pour méditer. Elle se promit d'y revenir aussi souvent qu'elle le pourrait.

La position du soleil lui indiqua qu'il était temps de rentrer. Elle était à une demi-heure de marche de la maison et elle ne voulait pas être en retard pour le dîner. Il n'était pas aisé de marcher avec un talon en moins, heureusement le chemin descendait. Soudain, elle butta sur une racine et bascula en arrière, avant de dévaler la pente. Elle glissa parmi les souches et les pierres. Les arbres défilaient à une vitesse vertigineuse, c'était à la fois palpitant et effrayant. Elle ne put s'empêcher de lâcher un cri de terreur joyeuse, telle une enfant, avant d'atteindre le bas de la pente et de s'immobiliser brutalement. Prise d'un fou rire, elle rejeta la tête en arrière et se figea. Ryder Damien la dominait de toute sa hauteur, monté sur le plus gigantesque cheval qu'elle ait jamais vu. Il n'avait pas l'air vraiment ravi.

Avec toute la dignité dont elle fut capable, Leah se releva lentement. Elle essaya de débarrasser sa robe de la boue et des brindilles qui y étaient collées. Sans succès. Ce geste lui permit toutefois de se ressaisir avant d'affronter le regard de marbre de Ryder.

— Bonjour, dit-elle.

— Vous m'avez fait une de ces peurs, lâcha-t-il. J'ai cru que vous étiez en difficulté.

Se sentant coupable, la jeune femme baissa les yeux.

— Je… Veuillez m'excuser, bredouilla-t-elle. J'ai glissé et, soudain, j'ai eu l'impression d'être à la fête foraine.

Elle sentit qu'il la détaillait, de ses bottines crottées à ses cheveux en bataille et son visage maculé de terre.

— C'est donc la raison de vos cris ?

— Oui. Je pense que j'ai été surprise.

Ryder secoua la tête. Aurait-il par inadvertance payé pour une folle ?

— Au fait, qu'est-ce que vous fabriquez ici ?

— Je me promenais.

— Quelle promenade, railla-t-il en la scrutant à nouveau d'un œil critique. Si ce n'était pour Sam – il déteste qu'on soit en retard –, je vous laisserais rentrer à pied, car vous êtes bien trop sale pour monter en selle avec moi.

— Je peux très bien rentrer à pied.
— Pas avec ces bottines.

Leah regarda ses pieds, puis leva les yeux sur Ryder. Il lui tendit la main. Elle s'en saisit à contrecœur et grimpa derrière lui. Elle aurait voulu lui tenir tête, mais cela n'aurait servi à rien. De plus, elle ne tenait pas à contrarier Sam en arrivant en retard pour le dîner.

Elle s'aperçut avec surprise qu'elle était assise sur une simple couverture.

— Où est la selle ? s'enquit-elle.

— Les Cheyennes n'ont pas besoin d'une selle pour maîtriser leur monture. Accrochez-vous si vous ne voulez pas tomber.

Leah aurait préféré se blottir dans les orties. Elle obéit cependant et glissa les bras autour de sa taille.

— Plus près, ordonna Ryder.

Leah protesta en silence. Elle remonta sa robe sur ses cuisses puis se plaqua contre le dos du cavalier. Quand elle fut bien installée, il fit volter le cheval et ils se mirent en route.

Sur ce terrain accidenté, le cheval avançait à peine plus vite que Leah ne l'aurait fait à pied. Cette constatation la chagrina, car cela signifiait qu'elle devrait supporter la proximité de Ryder un certain temps encore. Elle avait l'impression que sa peau était en feu là où elle était en contact avec lui : ses bras, ses seins, l'intérieur de ses cuisses. Toute autre femme qu'elle aurait déjà défailli.

Ryder devait admettre qu'il aimait la sentir contre lui, même si elle était trempée et pleine de boue. Il trouvait agréable la façon qu'elle avait de s'agripper à lui. En réalité, il aurait dû la sermonner, lui reprocher sa conduite. D'abord, elle n'avait pas à traîner seule dans les bois. Ensuite, elle aurait pu se briser une jambe ou se rompre le cou à se livrer à des glissades comme une gamine de dix ans. En entendant ses cris stridents déchirer le silence, il s'était précipité à sa recherche, au bord de la panique. Il venait de s'arrêter dans une clairière pour essayer de la repérer quand elle avait jailli à ses pieds tel un boulet de canon. Il avait été si surpris qu'il en était resté bouche bée. Lorsqu'il l'avait enfin reconnu sous la boue et la poussière, il avait eu toutes les peines du monde à ne pas éclater de rire.

Il se retourna pour l'observer, même si elle semblait se cacher derrière lui.

— Cela vous arrive souvent de vous amuser dans la boue ?

Elle se risqua à croiser son regard et y décela une lueur amusée.

— Seulement quand j'en ai l'occasion.

— J'ai l'impression que vous n'allez pas être une maîtresse très conventionnelle.

— Est-ce ce que je suis censée être ?

— Oui. À moins que vous ne connaissiez un terme plus approprié.

Elle n'en connaissait aucun de très flatteur.

— Je suppose que le mot maîtresse conviendra. J'imagine que je ne serai pas la première.

— Non. Pas plus que je ne serai votre premier amant.

Leah se crispa.

— Oh, cessez de jouer les saintes-nitouches ! Je ne serai pas le premier, et vous le savez parfaitement.

— Regardez plutôt devant vous si vous ne voulez pas heurter un arbre, riposta-t-elle.

Ryder n'en fit rien.

— Qu'est-ce qui vous met dans une telle colère ?

— Rien. J'adore me faire traiter de catin ! railla-t-elle.

— Personne ne vous a traitée de…

— C'est tout comme, coupa-t-elle. Depuis que vous avez posé les yeux sur moi, vous me regardez de haut. Je ne suis pas une vulgaire prostituée qui se vend pour quelques pièces.

Leah n'avait pas réalisé à quel point elle était furieuse jusqu'à ce qu'elle lui ordonne :

— Arrêtez-vous !

Il obéit. Avant qu'il ait le temps de se retourner, elle avait glissé à terre et s'éloignait d'un pas décidé. Du moins essaya-t-elle, car son talon cassé lui donnait une démarche comique. Ryder eut un mal fou à ne pas s'esclaffer.

Leah savait qu'elle mettrait des heures à regagner la maison, mais elle s'en moquait. Elle lâcha un peu féminin juron pour se soulager.

— Il va vous falloir un bout de temps pour rentrer avec ces bottines.

— Allez-vous-en !

— Écoutez, vous allez nous mettre en retard pour le dîner.

Elle continua à avancer tête baissée.

— Et si vous me parliez un peu de vous, je connaîtrais la vérité…

— Pourquoi vous fournirais-je des armes supplémentaires pour me tirer dans le dos à la première occasion ? Il me semble que nous en avons déjà parlé dans le train. Vous vous êtes forgé une opinion précise à mon sujet et vous ne démordrez pas, quoi que je vous dise.

Elle consentit enfin à s'arrêter et leva les yeux vers lui.

— Vous ne savez rien de moi, murmura-t-elle farouchement. Absolument rien.

Son émotion n'était pas feinte et Ryder en fut touché.

— Vous avez raison, admit-il. Et si vous me dites que vous n'avez pas épousé Louis pour son argent, je vous crois.

— Il ne s'agit pas de ce que vous croyez, répliqua-t-elle en secouant la tête. Depuis le début, vous me prenez pour une catin. Vous n'avez certainement pas changé d'avis en si peu de temps.

Il pinça les lèvres, piqué au vif. Il n'aimait pas s'entendre décrire avec une telle perspicacité. S'était-il trompé sur son compte ? Ou jouait-elle simplement très bien la comédie ?

— Je regrette de vous avoir offensée.

Leah se remit en marche.

Chevauchant à sa hauteur, il poursuivit :

— Vous êtes décidément très entêtée.

— En tout cas, une chose est sûre, je ne vous aime pas.

— Vous vous emportez souvent ainsi ?

— Seulement en présence de goujats tels que vous.

Il leva les yeux au ciel. Elle venait de lui donner une leçon bien méritée. La seule personne qu'il autorisait à le rembarrer ainsi était Sam. Et maintenant elle. À vrai dire, qu'elle soit vierge ou catin lui importait peu, du moment qu'elle acceptait d'être sienne. Il sentait qu'il l'avait vraiment blessée, mais ne savait comment réparer son erreur.

— Je demande rarement pardon, mais je suis en train d'essayer…

La force tranquille de sa voix apaisa quelque peu la colère de la jeune femme malgré elle. Incapable de s'en empêcher, elle se tourna vers lui. Le regard de Ryder semblait sincère.

Il lui tendit la main. Elle l'observa un instant sans mot dire, puis s'en empara. Il l'aida à remonter en selle derrière lui. Tous deux savaient que le problème n'était pas réglé et que de nouvelles confrontations auraient lieu, mais par un accord tacite, ils se gardèrent de reprendre le débat.

Sam les attendait à la porte de service. Leah ne voulait pas qu'il s'aperçoive qu'elle était en colère, mais il aurait fallu qu'il soit aveugle.

— Je vois que vous vous êtes rencontrés, dit-il, l'air inquiet.

— En effet, confirma-t-elle en descendant de cheval sans attendre qu'on l'aide.

Sam écarquilla les yeux.

— Que vous est-il arrivé ?

— Elle a voulu s'amuser dans la boue, répondit Ryder d'un ton moqueur.

— Pas du tout ! protesta Leah.

Sam la fixait toujours comme s'il venait de voir une apparition.

— Où puis-je faire chauffer de l'eau ? J'ai besoin de faire un brin de toilette avant le dîner.

— C'est le moins que l'on puisse dire, fit Sam, médusé. Vous avez vu vos cheveux ?

— Sam ! s'exclama Leah d'un ton menaçant. De l'eau, s'il vous plaît.

— Oui, bien sûr. Mais vous n'entrerez pas dans la maison avec ces bottines crottées. Enlevez-les.

Leah lui lança un regard de biais, puis claudiqua jusqu'à l'un des poteaux de l'enclos et s'y appuya. Elle ôta son soulier abîmé et le jeta de côté. Elle fit de même avec l'autre et se rua dans la maison.

Les deux hommes la suivirent des yeux en silence.

— À mon avis, tu vas en baver, déclara Sam.

— Je sais, répondit Ryder, l'œil pétillant d'enthousiasme face à ce nouveau défi.

Tandis que la jeune femme faisait les cent pas dans sa chambre en attendant son eau chaude, les paroles suffisantes de Ryder ne cessaient de lui revenir à l'esprit. Elle était presque impatiente de se retrouver dans son lit pour savourer sa déconvenue lorsqu'il se rendrait compte qu'elle était vierge. Il serait obligé de lui présenter des excuses…

Quelqu'un frappa à la porte.

— Entrez !

En voyant sa mine renfrognée, Sam fronça les sourcils.

— Gardez donc vos regards mauvais pour lui, demoiselle. C'est moi qui vous ai préparé un gâteau au chocolat pour le dessert.

Leah ne put réprimer un sourire.

— Je suis désolée. Je ne devrais pas m'en prendre à vous.

— Ryder vous a contrariée ?

— Il m'a rendue folle de rage, vous voulez dire.

— Suivez-moi. Je vais vous montrer où vous laver.

Leah prit un peignoir et emboîta le pas au vieil homme. Au bout d'un long couloir, il ouvrit la porte d'une salle de bains somptueuse.

En découvrant une plomberie compliquée, Leah comprit que la maison était équipée du confort le plus moderne, ce qui n'était pas vraiment répandu chez les gens qu'elle connaissait dans le Massachusetts. Il y avait une douche et une gigantesque baignoire rouge et or.

Les mots lui manquaient pour décrire la splendeur de ce décor. Fascinée, elle fit un pas en avant.

— Ryder a gagné cette baignoire au poker, à San Francisco, dans une partie contre un comte français. Il a dû la faire transporter à grands frais jusqu'ici.

Leah ne put résister à l'envie de caresser l'une des fleurs de lys dorées qui ornaient les coins de la baignoire.

— Il s'en sert souvent ?

— Rarement.

— Et moi ? Je pourrai m'en servir de temps en temps ?

— Je ne vois pas pourquoi vous ne pourriez pas.

— Qui a installé tout cela ? s'enquit-elle.

— C'est Ryder. Il est ingénieur, vous savez.

— Je l'ignorais, avoua Leah, surprise.

— Il est diplômé de l'école des mines du Minnesota. C'est là que je l'ai rencontré.

Leah nota que Sam parlait de lui avec une fierté digne d'un père ou d'un oncle.

— Vous êtes très fier de lui, n'est-ce pas ?

— Oui. Il s'est débrouillé tout seul et a eu la bonté de m'inviter à l'accompagner. Je ne l'ai jamais regretté.

Elle réfléchit à ces paroles. Essayait-il de lui suggérer qu'elle avait pris la bonne décision en acceptant la proposition de Ryder ? Difficile à dire. La boue qui maculait sa peau commençait à l'irriter sérieusement et il était grand temps qu'elle se lave. Quand Sam lui eut expliqué le fonctionnement des robinets, elle le mit à la porte, poussa le verrou et se déshabilla.

Faute de temps, elle opta pour la douche. Elle ouvrit les robinets chercha la température idéale, puis laissa le jet bienfaisant couler sur son corps pour en chasser les contrariétés de la journée. Elle se hâta tout de même, de crainte d'épuiser les réserves d'eau chaude ce qui ne manquerait pas d'agacer Ryder.

De retour dans sa chambre, elle fit l'inventaire de ses robes. Devait-elle se montrer sage ou audacieuse ? Puisque Ryder voyait en elle une femme légère, autant jouer le jeu et s'habiller en conséquence. Elle choisit une toilette qui avait provoqué une dispute entre Cecil et elle, chez une modiste de Boston. Certes, la robe était magnifique, mais elle coûtait la bagatelle de vingt-sept dollars, une véritable fortune. Cecil avait cependant insisté pour la lui acheter.

Elle regrettait de ne pas avoir de miroir pour voir à quoi elle ressemblait dans cette tenue si inhabituelle pour elle. Les épaules dénudées, elle se sentait sophistiquée, mondaine. Elle n'avait plus rien de la petite provinciale voulant jouer les grandes dames, ce qu'elle était pourtant. Son décolleté plongeant était bien plus osé que ce à quoi elle était habituée. Toutefois, elle avait vu des robes encore plus scandaleuses dans les vitrines de Boston. Tant qu'elle ne se penchait pas en avant, elle ne risquait pas de s'exposer aux regards. C'était la première fois qu'elle s'habillait ainsi. Elle croisa les doigts pour que la robe reste bien en place.

Elle sortit son miroir de poche et se farda légèrement les lèvres et les joues. Puis elle rassembla ses cheveux en un chignon souple sur la nuque. Enfin, elle enfila ses souliers et couvrit ses épaules d'un châle en soie noire.

Elle croisa Ryder dans le couloir. Il portait un costume noir impeccable coupé et une chemise blanche. Ses cheveux de jais encadraient son beau visage. Jamais elle n'avait vu d'homme plus séduisant.

Il la scruta, cherchant à deviner si elle était encore en colère. Il la trouvait déjà superbe, mais en cet instant les mots lui manquaient pour qualifier sa beauté. Dans un conte pour enfant, elle serait la princesse et lui le prince charmant. Cette robe, sa coiffure, ses lèvres légèrement peintes le laissèrent sans voix. Il avait envie de faire d'elle le festin de sa soirée.

— Je venais vous chercher, au cas où vous ne sauriez où aller, expliqua-t-il.

— Merci. Effectivement, je ne savais pas.

— Nous dînons sur la terrasse. Par ici, ajouta-t-il en lui offrant son bras.

Leah croisa furtivement son regard puis posa la main sur son avant-bras.

La terrasse n'était autre qu'une vaste verrière installée à l'arrière de la maison. La baie vitrée s'ouvrait sur un paysage magnifique qui devait l'être encore plus au couchant. Là encore, le plafond était haut. Au-dessus de la cheminée trônaient deux têtes d'ours au regard féroce.

Sam les attendait. Il avait dressé une petite table près de la baie vitrée, avec une nappe blanche, de la porcelaine et des plateaux d'argent.

— Vous êtes ravissante, Leah, la complimenta-t-il.

— Merci, répondit-elle. Quelle table somptueuse !

— Je reviendrai plus tard vous servir le gâteau au chocolat.

Ryder et elle se retrouvèrent seuls. Elle était si troublée qu'elle feignit d'admirer le paysage pour se donner une contenance. Jetant un regard discret par-dessus son épaule, elle s'aperçut qu'il l'observait en silence, à l'autre extrémité de la pièce. Elle ne voulait surtout pas déclencher une nouvelle querelle. Elle se détourna, regrettant de ne pouvoir deviner ses pensées.

— Vous croyez que nous arriverons à dîner sans nous battre comme des chiffonniers ? s'enquit-il posément.

Pour une raison inconnue, elle ne fut guère étonnée que *lui* puisse deviner ses pensées.

— On peut toujours essayer.

Cependant, une question la tenaillait : quelles étaient ses véritables intentions ?

— Que cherchez-vous, Ryder Damien ? demanda-t-elle sans préambule. Toute cette histoire n'est-elle pour vous qu'un moyen de vous venger de votre père ?

— Si je vous répondais non, cela aurait-il de l'importance ?

— Peut-être, avoua-t-elle sincèrement.

Elle regretta aussitôt ses paroles. Il allait en conclure qu'elle était exactement ce qu'il l'accusait d'être, une aventurière prête à tout pour être entretenue.

— Ce n'est pas ce que je voulais dire, se reprit-elle.

— Que vouliez-vous dire ?

— Qu'un homme devrait désirer une femme pour elle-même et non pour ce qu'elle représente.

— Donc, si je vous voulais pour moi, vous ne seriez pas contrariée par notre marché ?

Cette question la prit au dépourvu, tout comme la douce chaleur qui se propageait en elle.

— Je ne vous connais que depuis quelques jours et, franchement, ce que j'ai vu de vous n'est guère attirant.

— Vous n'épargnez pas la fierté d'un homme, répliqua-t-il, la gratifiant de l'un de ses rares sourires.

— Cela fait partie de mon charme, je suppose, répliqua-t-elle en haussant les épaules.

— Alors restez charmante et ne vous excusez jamais d'avoir dit la vérité. Il paraît que cela me fait du bien. Si nous passions à table, suggéra-t-il.

Leah hocha la tête et le suivit. Il l'aida galamment à s'installer. Elle était si consciente de sa proximité qu'elle se prit à imaginer l'issue de cette soirée.

Ryder, de son côté, sentit son parfum léger lui effleurer les narines. Il mourait d'envie de le respirer à pleins poumons et dut faire un effort pour s'écarter d'elle.

Ils déplièrent leur serviette en silence. Leah était aussi intimidée qu'une vierge concubine dînant en compagnie d'un roi en son palais. Un roi dont les cheveux de jais soulignaient magnifiquement la mâchoire volontaire, le nez droit, les yeux noirs. Lorsqu'elle se risqua à croiser son regard, elle s'aperçut qu'il la fixait.

Ryder se demandait combien de temps il pourrait se contenir. Il avait certes l'intention de la traiter avec le respect qu'elle semblait attendre de lui, mais il devinait que la soirée serait longue et sans doute frustrante.

— Veuillez me passer votre assiette.

Leah s'exécuta.

Il ôta les cloches d'argent qui gardaient au chaud le poulet rôti, les pommes de terre et la purée de courge et garnit généreusement l'assiette de la jeune femme. Puis il se servit à son tour.

— Nous devrions dire le bénédicité, lui rappela Leah alors qu'il saisissait sa fourchette.

Ryder l'observa quelques instants puis posa sa fourchette et inclina la tête. Le silence s'éternisant, Ryder leva les yeux et constata qu'elle attendait.

— Vous êtes le maître de maison, dit-elle tranquillement. C'est à vous de réciter le bénédicité.

L'espace d'un instant, il crut qu'elle plaisantait, mais à sa mine grave, il comprit qu'elle était sérieuse. Pris de court, il fouilla désespérément dans sa mémoire. Et soudain, des mots longtemps enfouis remontèrent à la surface et il les prononça avec respect :

— Ô Grand Esprit dont la voix nous parvient dans le vent, dont le souffle anime le monde, écoute-moi. Je suis petit et faible. J'ai besoin de ta force et de ta sagesse.

Dans le silence qui suivit, il leva les yeux.

— C'était très inspiré, commenta Leah, visiblement touchée.

Ryder se sentait partagé entre la gêne et le ressentiment. Il n'avait pas prié depuis des années. Que cette femme ait été capable de faire ressurgir une partie de lui-même à laquelle il avait tourné le dos le poussa à tripoter machinalement l'amulette qu'il cachait sous ses vêtements.

— C'était une prière de ma grand-mère, expliqua-t-il.

Leah se demanda ce qui pendait au bout du cordon entourant son cou.

— Elle est toujours de ce monde ?

— Non.

Son visage se ferma et Leah comprit qu'évoquer sa grand-mère lui était douloureux, aussi se gardat-elle d'insister. Elle reporta son attention sur son assiette.

— Tout cela semble très appétissant, déclara-t-elle.

Ryder fut reconnaissant à Leah de changer de sujet – il détestait parler de Petites Larmes.

— Sam était cuisinier dans l'armée. C'est un véritable cordon-bleu.

— Je savais qu'il avait servi dans l'armée, mais j'ignorais que c'était en tant que cuisinier. Il m'a raconté que vous vous étiez rencontrés dans le Minnesota, mais il ne m'a pas dit quand.

— Nous sommes amis depuis plus de dix ans. Je l'ai connu alors que j'étais étudiant là-bas.

— C'est un brave homme.

Ryder observa la jeune femme puis demanda :

— Y a-t-il quelqu'un à qui vous confieriez votre vie ?

Leah n'eut pas besoin de réfléchir.

— Cecil est la personne qui m'est la plus proche. Ce ne pourrait être que lui.

À son expression, elle devina qu'il n'approuvait pas son choix, mais elle s'en moquait. Chaque fois qu'elle s'était retrouvée en difficulté à l'école de Mlle Caldwell, Cecil avait sauté dans le premier train et était venu réparer les dégâts. Il avait déployé des trésors de diplomatie auprès de la directrice, lui évitant à plusieurs reprises d'être renvoyée.

L'allusion au vieil homme sembla raviver les tensions entre les deux convives. Un silence pesant s'installa au cours duquel chacun se concentra sur son assiette. Au bout d'un moment, cependant, l'atmosphère devint tellement irrespirable que la jeune femme tenta de relancer la conversation.

— Le coucher de soleil doit être spectaculaire vu d'ici.

— Effectivement, répondit Ryder, saisissant la balle au bond. Les gens m'ont traité de fou quand j'ai fait installer cette verrière, mais il se trouve que j'ai grandi dans une hutte dépourvue de fenêtres.

Leah cessa un instant de manger et le dévisagea.

— Vous n'avez pas eu la vie facile, apparemment.

— Certes, mais c'est du passé. Je préfère me tourner vers l'avenir.

— Sauf quand il s'agit de votre père.

Il releva vivement la tête.

— Voilà une excellente façon de déclencher une querelle, remarqua-t-il d'une voix traînante.

Leah tressaillit.

— Je suis désolée. Vous ne méritiez pas une réflexion aussi désinvolte.

— Même si elle est pertinente ?

Elle ne répondit pas.

— Elle l'était, pourtant, reprit Ryder. J'en veux à mon père de m'avoir imposé une vie de misère.

Si seulement il avait connu le Monty qu'elle avait aimé, songea la jeune femme. Si le père et le fils avaient pu se réconcilier, l'un comme l'autre en auraient tiré profit.

— Il a eu une longue et pénible agonie, murmura-t-elle.

— Je n'ai pas de compassion à lui offrir, alors parlons d'autre chose.

— De quoi, par exemple ?

Ryder haussa les épaules.

— Où avez-vous fait vos études ?

— À l'institution pour jeunes filles de couleur de Mlle Caldwell.

— Voilà qui sonne bien.

— Je passais plus de temps dans le bureau de la directrice qu'en classe.

— Pourquoi ? s'enquit-il en riant.

— Je n'en faisais qu'à ma tête, selon mes professeurs. On me citait en exemple pour montrer ce qu'une jeune fille de couleur respectable ne devait *pas* faire.

— Ainsi, vous êtes un trublion, commenta Ryder, les yeux pétillants.

— Seulement quand c'est nécessaire. Mais au fil du temps, ça l'est devenu de plus en plus souvent.

Il trouvait son accent de la côte Est charmant.

— Les professeurs ne vous appréciaient donc pas ?

— Oh si ! C'est avec les autres filles que je ne cessais de me battre.

— Pourquoi ?

À l'évocation de ces souvenirs, toutes les souffrances endurées lui revinrent à l'esprit avec une douloureuse acuité.

— J'étais différente, avoua-t-elle doucement. Je n'avais pas de père légitime, j'étais pauvre et ma mère possédait une taverne.

— Votre mère possédait une *taverne* ? répéta-t-il en la regardant dans les yeux.

— Oui. Contrairement à ce que vous pourriez penser, c'était un établissement tout à fait respectable. Le *Black Swan*. C'est là que j'ai grandi.

Il but une gorgée d'eau sans la quitter des yeux.

— Nous avons des points communs, vous et moi, conclut-elle. Nous sommes tous deux des bâtards.

Ryder faillit s'étrangler, et Leah sourit.

— Vous voyez ce que je veux dire quand je parle de mes bêtises ? Je sais qu'une femme respectable ne doit pas même chuchoter ce mot, mais il n'est que le reflet de la vérité. Du reste, on m'a traitée de bâtarde toute ma vie.

Ryder réalisa soudain que cette femme était tout sauf banale.

— Cela ne vous ennuyait pas d'être ainsi traînée dans la boue ?

— Bien sûr que si ! Pourquoi croyez-vous que je passais autant de temps dans le bureau de la directrice ? Au bout d'un moment, les autres filles ont cessé de m'insulter en face – surtout celles avec qui je me battais –, et se sont lancées dans une campagne plus subtile. Elles vidaient leurs pots de chambre sur mon lit, collaient mes chaussures au plancher avec du goudron. Une nuit, quelqu'un m'a même coupé les cheveux pendant mon sommeil. J'ai fait un tel raffut que j'ai été renvoyée pour le reste du trimestre.

Ryder essaya d'imaginer Leah avec les cheveux courts.

— Où se trouvait cette école ?

— Dans le nord du Massachusetts.

— Et vous y êtes restée combien de temps ?

— Trois ans.

— Quel âge aviez-vous en sortant ?

— Douze ans.

— Votre mère devait avoir de bons revenus pour vous payer cette école.

— C'est Monty qui payait.

Une fois de plus, Ryder demeura sans voix. Il scruta le beau visage de la jeune femme.

— Mon père vous a attendue longtemps, semble-t-il.

Leah l'aurait giflé pour cette remarque, même si elle n'était pas intentionnellement malveillante.

— Nous sommes quittes, rétorqua-t-elle froidement. Une pique de chaque côté.

— Cela signifie-t-il que Louis n'a même pas attendu que vous ayez grandi pour vous séduire ? demanda Ryder en haussant les sourcils.

— Si vous sous-entendez qu'il prenait ses partenaires au berceau, vous vous trompez.

— Alors expliquez-moi. Si vous me disiez toute la vérité, je n'en viendrais pas à de telles conclusions.

Leah ne pouvait pas la lui révéler. En tout cas, il n'était pas question d'avouer qu'elle avait épousé Monty sur son lit de mort.

— Il n'y a rien à dire.

Ryder n'en croyait pas un mot. Sous l'air irrité de Leah perçait un profond malaise, ce qui ne fit que renforcer sa détermination à découvrir ce qu'elle cherchait à lui cacher.

— Combien de temps avez-vous été mariés ? s'enquit-il.

Elle lui servit la même réponse qu'à Ellen :

— Pas assez longtemps.

Ce n'était pas une réponse satisfaisante, et tous deux le savaient. Elle vit sa mâchoire se crisper. Ce tête-à-tête promettait de tourner une fois de plus à la confrontation.

— Peut-être ferais-je mieux de monter dans ma chambre, reprit Leah. Il est clair que vous et moi nous entendons comme chien et chat.

— Disons plutôt que nous sommes comme une allumette et un bâton de dynamite.

Il soutint son regard, et la lueur d'amusement qu'elle y vit briller fit naître un sourire sur ses lèvres.

— La comparaison est sans doute plus appropriée, concéda-t-elle.

— Que diriez-vous de conclure un pacte ? suggéra-t-il, ravi de sa réaction.

— Quel genre de pacte ?

— Nous pourrions oublier le passé pour quelques heures et profiter de la soirée.

C'était une requête simple et assez légitime. Elle n'avait aucune raison de refuser, aussi tendit-elle la main. Dès qu'il s'en empara, elle sentit comme une décharge électrique traverser tout son corps. Instinctivement, elle tenta de se dégager de son emprise, mais il la retint doucement.

Le cœur battant à tout rompre, elle le vit retourner sa main et en examiner la paume. Les années passées à frotter le sol de la taverne au savon noir avaient laissé des traces. Jamais elle n'aurait les mains douces d'une dame.

Ryder fut à la fois étonné et troublé par cette main rugueuse et abîmée. De toute évidence, cette femme avait connu une vie de labeur.

Il chercha son regard et demanda :

— C'est le nettoyage ?

Leah hocha la tête. Elle voulut retirer sa main de la sienne, honteuse de ses ongles cassés et de sa peau sèche.

— Apparemment, elles cicatrisent.

— C'est sans doute parce que je n'ai pas eu à frotter... bredouilla-t-elle avant de s'interrompre.

— Qui êtes-vous vraiment, Leah ? demanda-t-il, les yeux rivés aux siens.

Elle avait affreusement chaud, soudain. Elle savait qu'elle ne pourrait lui mentir très longtemps. Quelque chose dans son regard exigeait la vérité, et sa capacité à lui résister commençait à s'effriter.

— Je vous l'ai dit, je suis Leah Barnett Montague.

— Vous n'êtes donc pas une actrice que Cecil Lee aurait engagée pour mettre le grappin sur l'héritage de Louis ?

— Non. Je connaissais votre père depuis toujours, ou presque. Je l'aimais et il m'aimait.

Leah ne mentait pas. Ryder recommença à examiner sa main, ce qui ne fit qu'accroître son trouble. Il passa doucement le pouce sur les callosités de sa paume et ce fut comme une caresse.

— Je vous donnerai de l'aloès, proposa-t-il. Cela devrait adoucir votre peau.

Bien que n'ayant aucune idée de ce qu'était l'aloès, la jeune femme hocha nerveusement la tête.

— Vous pouvez lâcher ma main, maintenant ?

Il l'étudia quelques instants avant de s'exécuter. Le cœur de la jeune femme battait si fort qu'elle dut fermer les paupières et respirer profondément pour retrouver son calme.

Avec ses longs cheveux noirs, ses yeux de braise et son corps d'athlète, Ryder Damien était décidément trop impressionnant pour une simple fille comme elle.

Une tension presque palpable régnait à présent dans la pièce. Une tension qui n'avait rien à voir avec la colère ou un quelconque malentendu, et tout à voir avec cette attirance ancestrale qui régissait les rapports entre les hommes et les femmes. Leah eut envie de prendre ses jambes à son cou. Elle se sentait prise au piège.

Ryder s'adossa à son siège. Il était intrigué et cherchait à cerner la jeune femme qui se tenait devant lui. Elle était aussi sensuelle qu'une courtisane et, pourtant, elle se comportait comme si aucun homme ne l'avait jamais touchée. Il sentait encore sa main trembler dans la sienne. Il avait eu l'impression de caresser la main d'une vierge. Or Leah n'était pas vierge. Une veuve ne pouvait l'être. Si ? Quel secret lui cachait-elle ? Il avait le sentiment que la réponse à cette énigme se trouvait sous son nez mais qu'il ne la voyait pas. Il finirait bien par découvrir la vérité. Ce n'était qu'une question de temps.

Sam choisit cet instant pour faire irruption dans la pièce.

— Comment avez-vous trouvé le repas ? s'enquit-il en s'approchant de la table pour débarrasser.

— Parfait, répondit Leah. Absolument parfait.

— Je peux servir le gâteau au chocolat ? Il y a aussi de la crème glacée.

— Volontiers.

Sam reparut quelques minutes plus tard.

— C'est un pur délice, déclara Leah dès la première bouchée.

Le plaisir qui se lisait sur son visage parut plus doux que tous les desserts aux yeux de Ryder. Il se surprit à se demander si ses baisers étaient aussi délicieux. Il se souvenait très vaguement des traits de son père, mais il se prit soudain à imaginer la jeune femme entre les bras d'un vieillard. Elle l'embrassait, acceptait ses caresses, se donnait à lui. Irrité, il repoussa son assiette.

Leah leva les yeux.

— Quelque chose ne va pas ? demanda-t-elle.

Il semblait soudain si sombre, si amer.

Il lui décocha un regard si menaçant qu'elle eut un mouvement de recul.

— Non, mentit-il.

Elle savait qu'il ne lui disait pas la vérité. Avait-elle commis une maladresse ? Laissé échapper une parole malheureuse ? Elle avait beau chercher, elle ne trouvait aucune explication à ce brusque changement d'humeur.

Ryder sentait qu'elle ne le croyait pas. Tandis que son regard s'attardait sur sa peau veloutée, ses yeux de chatte, sa bouche pulpeuse, il songea que l'homme qu'il détestait le plus au monde l'avait possédée avant lui.

Cela lui était tellement insupportable qu'il posa sa fourchette et se leva.

— Je suis désolé. Je viens de me rappeler que j'avais un rapport à finir ce soir. Je vous verrai demain.

Leah en demeura coite. Elle se sentait tout à la fois blessée, perplexe et furieuse. L'avait-il fait exprès ? Lui avait-il demandé de se faire belle pour ensuite la traiter de la sorte ? Elle décida que cela n'avait aucune importance et se retrancha derrière un masque de froideur.

— Prenez le temps de terminer votre dessert, ajouta-t-il.

— Non, merci, répliqua-t-elle en se levant à son tour. Je n'ai plus faim.

L'espace d'un instant, elle crut déceler du regret dans ses yeux, mais peu lui importait. Qu'il parte donc, et le plus vite possible !

Il s'inclina brièvement et sortit.

Une fois seule, Leah poussa un profond soupir. Comment décrire ce qu'elle ressentait ? Elle avait passé de bons moments, au cours de ce repas, mais quelque chose l'avait contrarié. Elle était prête à parier que ce changement d'humeur avait un rapport avec Monty. Son souvenir semblait provoquer un conflit chaque fois qu'il remontait à la surface.

Elle entendit des pas derrière elle et se retourna. C'était Sam, qui semblait désolé de la tournure prise par la soirée.

— Il est parti, à ce que je vois.

— Oui. Je vais dans ma chambre, répondit Leah d'une voix volontairement neutre. Il m'a dit qu'il me verrait demain.

— Vous ne voulez pas que nous finissions ce gâteau ensemble ? proposa-t-il.

Son regard suppliant toucha la jeune femme qui capitula.

— Avec plaisir.

Sam entretint la conversation, racontant des anecdotes sur sa vie dans l'armée, tant et si bien qu'il parvint à lui faire oublier les sautes d'humeur de Ryder Damien.

— Eh oui, j'ai passé pas mal d'années dans le Montana. Les hivers y sont très rudes. Après le blizzard, on retrouvait les mules figées dans la glace. Naturellement, on les mangeait.

— Naturellement, renchérit Leah avec un sourire.

Elle aimait beaucoup Sam. Sa simplicité et son optimisme offraient un tel contraste avec la personnalité sombre de Ryder.

— Vous savez, Leah, même si on a beaucoup parlé du dixième régiment, le neuvième a connu sa part d'aventures et de décorations. Nous avons pourchassé des bandits, les Kickapoos, les Apaches, nous avons monté la garde sur les trains de marchandises, dressé des poteaux de télégraphe, tracé des routes. Nous avons tout fait. J'ai servi sous les ordres du major Albert P. Morrow.

— Vous semblez très fier de votre passage dans l'armée.

— Et comment ! C'est le seul endroit où on permet à un Noir d'être un homme. Bien sûr, comme dans le dixième régiment, on avait droit aux munitions de deuxième qualité et aux vieux chevaux, mais tant pis. Nous nous efforcions d'être les meilleurs de l'Ouest. Et nous l'étions. La dixième affirmera sans doute le contraire, mais nous étions les meilleurs.

Quand il eut fini de fanfaronner, il la regarda bien en face et lui demanda :

— À quel propos vous vous êtes disputés ?

Leah savait qu'il faisait allusion à Ryder.

— Rien de précis, en fait. Nous étions en train de manger quand son visage s'est soudain obscurci. Il semblerait que je me sois apprêtée pour rien.

— Il peut être lent à comprendre, parfois, mais…

Le vieil homme se tut pour souligner son effet.

— Mais quoi ?

— C'est la première fois qu'il amène une femme à Sunrise.

— Sunrise ?

— C'est le nom de ce ranch.

— La première fois ? répéta-t-elle, sidérée par les implications de cette révélation.

— Absolument. C'est pourquoi j'ai eu l'air aussi surpris en vous voyant.

— Je suis vraiment la première ?

— Puisque je vous le dis.

La jeune femme ne savait que penser.

— Vous semblez abasourdie.

— Je le suis.

— Ça signifie que vous êtes différente.

— Ça signifie qu'il a payé quinze mille dollars pour m'avoir. Je ne veux pas être différente. De plus, lui et moi ne résoudrons jamais le problème de son père.

— Accordez-lui un peu de temps. Je vous l'ai dit, il est parfois un peu lent à réagir, mais il finit toujours par se réveiller.

— Vous a-t-il dit combien de temps j'allais rester ici ?

— Vous n'avez qu'à lui poser la question.

— Certes. Mais je ne le ferai pas ce soir. J'en ai assez de lui pour aujourd'hui.

— Il est parfois un peu brusque, mais il a bon cœur. Ce qui lui manque, c'est une femme bien.

— Cette fois, il est temps que je monte dans ma chambre, répliqua-t-elle d'un air moqueur. Une femme bien ?

Elle ne put s'empêcher de s'esclaffer.

— Sam, essayeriez-vous de jouer les entremetteurs ?

Il posa la main sur son cœur.

— Il ne sera pas dit que j'ai menti à une belle femme. Eh bien, oui, vous avez raison. Voyez-vous, je me fais vieux et Ryder aura besoin de quelqu'un pour s'occuper de lui quand je ne serai plus là.

— Il n'a qu'à engager une gouvernante.

— Vous ferez bien mieux l'affaire.

— Si j'étais la femme en question, c'est d'un croque-mort qu'il aurait besoin, pas d'une gouvernante.

— Vous ferez fort bien l'affaire, s'entêta Sam, l'air malicieux.

Leah s'avoua vaincue et sourit. Elle s'imaginait mariée avec le seigneur des ténèbres. Ils passeraient leur temps à s'envoyer des piques, à faire peur aux enfants et aux animaux.

Ce qui n'empêchait pas qu'elle ait beaucoup de tendresse pour Sam.

Debout devant la fenêtre de sa chambre, Ryder ruminait de sombres pensées. Seul le feu qui brûlait dans la cheminée éclairait la pièce. Leah le hantait. Pourquoi ne l'avait-il pas rencontrée par hasard ? Pourquoi fallait-il qu'elle soit la veuve de son père ?

Il entendit Sam entrer, mais ne prit pas la peine de se retourner.

— Elle va bien ?

— Oui, répondit son vieil ami d'une voix tendue.

— Je sens ta réprobation.

— Tu n'as pas été très correct avec elle, ce soir.

— Je sais, répondit tranquillement Ryder.

Il n'était pourtant pas homme à admettre facilement ses torts.

— Pourquoi la traites-tu aussi mal ?

— Parce que je la désire et que je ne peux l'avoir.

— Pourquoi pas ?

— Tu voudrais d'une femme qui a couché avec ton pire ennemi ?

— Tout dépend de la femme. Prends-la pour ce qu'elle est aujourd'hui, pas pour ce qu'elle a été.

— Facile à dire, riposta Ryder en lui faisant face.

— Certes, mais une femme comme elle…

Sam ne termina pas sa phrase, c'était inutile.

— Même pour une femme comme elle.

Le silence tomba entre eux.

— Bon, je vais me coucher, annonça Sam. Cette fille est trop gentille pour être traitée comme une moins que rien, Ryder.

Ryder ne réagit pas.

— À demain, lança Sam.

— Bonne nuit.

De nouveau seul, Ryder médita les paroles du vieil homme. *Prends-la pour ce qu'elle est aujourd'hui, pas pour ce qu'elle a été*. Si seulement les choses étaient aussi simples… Il avait envie de tourner la page et de la courtiser, mais agir ainsi reviendrait à se trahir lui-même. Avant son arrivée, il menait une vie tranquille. À présent, il pensait jour et nuit à un diamant noir nommé Leah Barnett Montague et ne supportait pas l'idée qu'elle ait appartenu à son père.

5

Le lendemain matin, Leah fut réveillée par une appétissante odeur de café. Elle ouvrit les yeux sur les ombres qui s'étiraient sur le plafond blanc et songea à la soirée de la veille. Son destin était-il donc d'être porté par les courants tel un frêle esquif sur l'océan capricieux de la vie ? Ryder lui avait caressé la main avant de se renfermer comme une huître en une fraction de seconde. Ce revirement ne présageait rien de bon.

Avec un soupir, elle se leva et se prépara à affronter cette nouvelle journée.

— Bonjour, Sam ! lança-t-elle en entrant dans la cuisine. Ce café sent très b…

Sa voix s'éteignit dès qu'elle vit Ryder entrer par la porte du fond. Torse nu, il portait une brassée de bûches. Les muscles saillants de ses bras et de ses épaules luisaient de sueur. Elle se força à détourner pudiquement les yeux de ce corps sculptural.

— Bonjour, dit-il d'un ton neutre.

Il posa le bois près du fourneau. Une chemise en flanelle bleue était accrochée à une patère, derrière la porte. Il s'en saisit et l'enfila.

— Sam est allé chercher des œufs au poulailler.

Vu la façon dont ils s'étaient séparés, la veille, Leah ne savait trop quelle attitude adopter.

— Où range-t-il les tasses ?

Sans un mot, Ryder ouvrit un placard et lui tendit une tasse à café. Leah posa un regard sceptique sur la délicate porcelaine ornée d'un motif floral.

— Vous n'avez rien de plus grand ?

Il fouilla dans le placard et en sortit un bol de bonne contenance.

— Cela vous suffira ?

— Oui.

Évitant son regard, elle prit le bol et alla se servir du café. Elle huma avec plaisir la vapeur parfumée puis but une première gorgée.

— Mon Dieu, mais qui a préparé ce café ? s'exclama-t-elle.

— C'est moi, répondit-il, les sourcils arqués.

— Auriez-vous une autre cafetière. J'aimerais en préparer moi-même.

Jamais Ryder n'avait rencontré de femme aussi franche.

— Mon café est tout à fait buvable ! protesta-t-il.

— Pour qui ? Pour vos chevaux ?

Interloqué, il la regarda fixement. Il avait toujours les yeux rivés sur elle quand Sam entra dans la cuisine. Il nota aussitôt l'air furibond de Ryder et l'expression déterminée de Leah.

— J'ai raté quelque chose ? demanda-t-il d'un ton enjoué.

— Elle était en train de m'expliquer combien mon café était mauvais, riposta Ryder froidement.

— Je savais qu'elle était intelligente, répondit Sam avec un sourire. Bonjour, Leah.

— Bonjour, Sam. Avez-vous une autre cafetière ?

— Bien sûr. Ryder, donne-lui donc celle qui se trouve dans le placard, derrière toi.

Leah voyait bien que Ryder était vexé, mais elle n'avait aucune intention de commencer son séjour en ingurgitant un café aussi infâme, même pour quinze mille dollars.

Sam entreprit de casser les œufs dans un saladier.

— Cela fait des années que je lui répète qu'il ne sait pas préparer le café. Il est bien le seul à pouvoir l'avaler. Même les cochons n'en veulent pas, et Dieu sait qu'ils dévorent n'importe quoi.

Leah ne put réprimer un gloussement moqueur.

— Appelle-moi quand ce sera prêt, ordonna Ryder d'un ton glacial.

— Promis, dit Sam.

Sans un mot, Ryder tourna les talons et quitta la pièce.

D'humeur morose, Ryder attendait devant la fenêtre de son bureau que Sam ait fini de préparer le petit-déjeuner. La brume matinale se dissipait lentement, laissant la place au soleil. Il espérait commencer sa journée par un solide petit-déjeuner tout en prenant connaissance des chiffres de la Bourse dans les journaux, pas en subissant les critiques de Leah sur la qualité de son café. Ses quinze mille dollars n'avaient pas seulement acheté la jeune femme mais aussi ses opinions. Or elle se révélait aussi directe que belle.

Les belles femmes étaient supposées dociles, faciles à vivre. Elles n'avaient pas une nature compliquée et n'étaient pas censées se plaindre de son café.

Lorsque Leah apparut sur le seuil avec une tasse de café fumant, il fronça les sourcils. Une aventurière n'avait pas le droit d'être aussi attirante tout en affichant un air aussi sage et convenable, songea-t-il. Elle portait un corsage blanc à col strict et une jupe bleu marine.

— Voulez-vous y goûter ? proposa-t-elle en s'approchant. Je souhaitais simplement savoir s'il était assez fort à votre goût, ajouta-t-elle devant sa mine renfrognée.

Elle lui tendit la tasse et il prit la tasse d'un air méfiant.

— Vous envisagez de vous charger de la préparation du café désormais ?

— Peut-être.

Il l'observa un moment, puis but une gorgée de breuvage brûlant.

— Pas mauvais, commenta-t-il.

En réalité, il le trouvait excellent.

— Au *Black Swan*, c'est moi qui préparais le café du matin, expliqua-t-elle. Les clients en redemandaient toujours. Je suppose donc qu'ils le trouvaient bon.

Ryder n'eut aucune difficulté à admettre que ce café avait du goût. Le charme de la jeune femme acheva de dissiper sa mauvaise humeur.

— Si vous me promettez de préparer le même chaque matin, je vous promets de ne plus jamais m'en charger à l'avenir.

La lueur malicieuse qui dansait dans son regard fit naître un sourire timide sur les lèvres de Leah.

— Marché conclu, répondit-elle.

— Je peux garder celui-ci ?

— Bien sûr.

Il posa la tasse sur le rebord de la fenêtre.

— Je croyais que les femmes buvaient du thé sur la côte Est.

— J'en bois volontiers, mais, le matin, j'ai besoin de quelque chose de stimulant pour démarrer la journée.

L'intérêt qu'elle lut dans son regard sombre éveilla son inquiétude. Cherchant à se donner une contenance, elle se mit à examiner les ouvrages qui tapissaient les murs. Ils traitaient surtout de géologie, de mines, de travaux.

— Jamais je n'avais vu autant de livres réunis en un seul endroit.

— Je suis heureux que quelque chose vous impressionne enfin chez moi.

Leah le regarda par-dessus son épaule. Les inflexions graves de sa voix enflammèrent ses sens. Elle ignorait ce qui la rendait à ce point sensible à sa présence, et ne savait comment réagir. Elle n'avait pas oublié leur souper désastreux de la veille.

— Je serais certainement impressionnée par un tas de choses, chez vous, si... Enfin, en d'autres circonstances.

— Vous voulez dire si nous n'avions pas conclu ce marché.

Elle hocha la tête en évitant son regard.

— Resteriez-vous ici sans ce marché ? demanda-t-il.

Leah lui jeta un coup d'œil. Elle ne le connaissait pas très bien, mais elle ne doutait pas de la sincérité de sa question.

— Je ne sais pas. Vous êtes beau, intelligent mais... Je ne vous connais pas assez pour affirmer que je deviendrais votre maîtresse sans y être obligée.

Il apprécia sa franchise.

— Dois-je vous faire la cour comme un gentleman, dans ce cas ?

Malgré elle, Leah se mit à trembler.

Lentement, il s'approcha d'elle, le regard intense. Il émanait de lui une puissance, une virilité qui enveloppa la jeune femme telle une vapeur paralysante, mais elle voulait savoir :

— Pourquoi m'avez-vous abandonnée comme vous l'avez fait, hier soir ?

Ryder décela quelque chose qui ressemblait à de la douleur dans sa voix. Il savait que son départ brutal l'avait contrariée, mais il ignorait à quel point.

— Je n'avais pas l'intention de vous blesser.

Elle se détourna. Elle ne voulait pas qu'il sache combien il avait heurté ses sentiments. D'un geste doux, il fit pivoter son visage de façon à plonger son regard dans ses yeux sombres.

— Mes vieux démons ont pris le dessus, avoua-t-il. Je suis désolé.

— Si vous ne tournez pas la page sur votre passé, il finira par vous consumer.

— Je sais, mais c'est plus facile à dire qu'à faire.

Les yeux de Ryder s'attardèrent sur ses lèvres et Leah sentit son cœur s'emballer.

Elle chercha son regard. Un frisson parcourut son corps innocent qui n'avait jamais connu le désir masculin. Et lorsqu'il se pencha sur elle pour l'embrasser, elle ne se déroba pas. Elle laissa ses lèvres chaudes effleurer les siennes telle une douce brise. Il recommença, puis approfondit son baiser tout en l'attirant contre lui. Leah vacilla, submergée par la force de son corps musclé.

Au bout d'un long moment, il la relâcha. Elle avait les paupières closes. Quand elle les rouvrit, son regard était voilé par les prémices de la passion.

Esquissant un sourire, Ryder caressa du pouce ses lèvres entrouvertes, fasciné par leur douceur.

— Vous avez une bouche superbe…

Incapable de résister à la tentation, il l'embrassa de nouveau. Cette fois, son baiser se fit plus ardent tandis que ses mains se promenaient lentement le long de son dos.

— Je préférerais vous séduire plutôt que vous faire la cour… lui chuchota-t-il à l'oreille d'une voix rauque.

Leah avait la sensation de se trouver prise dans une tempête. À présent, Ryder déposait un chapelet de baisers brûlants dans son cou et il lui semblait qu'elle s'embrasait à chaque frôlement de ses lèvres. Il la croyait expérimentée dans ce domaine, mais chacun de ses baisers était pour elle une découverte sensuelle, au point que son corps de vierge commençait à réagir malgré ses efforts pour le contrôler. Elle avait soif de ses baisers, soif d'apprendre tout ce qu'il pourrait lui enseigner, quand bien même cela ne les engageait en rien pour l'avenir.

Bouleversée par cette révélation, Leah aurait voulu s'écarter de lui pour réfléchir, reprendre son souffle, mais la femme ardente qui vibrait en elle s'y refusait. Ryder effleura son oreille de son souffle chaud et murmura :

— Dois-je vous faire la cour… ou vous séduire ?

Leah crut fondre sur place. Ses jambes se dérobaient sous elle, sa raison l'avait abandonnée.

— Dois-je vous emmener au théâtre, comme un gentleman… Ou vous apprendre à chevaucher un guerrier cheyenne…

La jeune femme ne put réprimer un gémissement. Tandis que les lèvres de Ryder traçaient un sillon brûlant sur sa peau, ses mains se faisaient plus audacieuses, explorant les courbes de son corps. Sous ses paumes, les seins de Leah se dressèrent. Submergée par ces sensations inconnues, elle se cambra. Une douce chaleur se déploya entre ses cuisses.

Dans un recoin de sa conscience, Ryder entendit Sam les appeler pour le petit-déjeuner, mais il trouvait Leah bien plus appétissante. En la sentant se lover contre lui, répondre à ses caresses, il eut envie de fermer la porte du bureau à double tour et de la faire sienne sur-le-champ. Il savait toutefois que Sam risquait de surgir à tout moment. À contrecœur, il s'arracha à la jeune femme et lança :

— On arrive !

Leah n'avait pas entendu la voix de Sam. Elle n'entendait rien d'autre que l'appel de ses sens en émoi. Ce qu'elle venait de vivre dans les bras de Ryder lui donnait le vertige. Était-ce là ce que lui réservait l'avenir, une succession d'expériences intenses, à couper le souffle ? Jamais elle n'aurait imaginé que le corps d'une femme puisse se consumer ainsi sous les caresses d'un homme.

— Quelque chose me dit que je viens à nouveau de vous impressionner, fit Ryder en baissant les yeux sur elle.

Leah ne pouvait le nier. Elle sentait encore tout son corps palpiter de désir.

— Tous les guerriers cheyennes sont-ils aussi modestes que vous ? s'enquit-elle d'un ton espiègle.

Pour toute réponse, il se pencha pour l'embrasser. Puis il s'écarta, croisa son regard brûlant de passion, et demanda :

— D'après vous ?

— Nous devrions nous rendre à la cuisine avant que Sam ne vienne nous chercher armé de son fouet.

Sous le charme, il dessina le contour de ses lèvres d'un doigt possessif.

— Répondez d'abord à ma question.

— Quelle question ? fit-elle, perdue.

Attiré par sa bouche comme par un aimant, Ryder s'en empara une fois de plus.

— Vous préférez que je vous séduise ou que je vous fasse la cour ?

Leah s'efforça d'émerger du brouillard voluptueux qui semblait l'envelopper.

— Les deux... souffla la maîtresse ardente qui sommeillait en elle.

Ryder sentit son désir grimper d'un cran. Il avait vu juste : sous ses airs sages se cachait une femme torride.

— À votre guise... répondit-il.

Assise en de face Ryder, dans la véranda, Leah frémissait encore au souvenir de ses baisers. Elle avait les lèvres gonflées et son sang bouillonnait dans ses veines. Jamais elle n'aurait imaginé que cet homme insaisissable puisse produire un tel effet sur elle. Pour la première fois de sa vie, elle se sentait désirée. Mais Ryder la désirait-il pour elle-même ? Elle aurait été bien en peine de le dire.

Elle décida de ne pas approfondir la question pour le moment et se concentra sur un sujet plus anodin : le petit-déjeuner. Sam préparait-il un tel festin tous les matins ? La table regorgeait d'œufs sous diverses formes, de petits pains chauds, de bacon grillé, de fruits et de compotes. À sa grande surprise, Ryder se servit de tout.

— Qu'y a-t-il ? fit-il en beurrant une tranche de pain grillé.

— Vous allez manger tout ça ?

— Bien sûr, répondit-il, visiblement étonné par cette question incongrue.

— Je suis désolée, se reprit-elle. C'est que… je n'ai jamais vu quelqu'un manger autant.

Il haussa les sourcils.

— À vous de dire le bénédicité.

Réprimant un sourire, Leah réfléchit quelques instants puis commença :

— Seigneur bénissez ce repas et ceux qui l'ont préparé, et donnez du pain à ceux qui n'en ont pas.

Ainsi commença leur première journée ensemble.

C'était la première fois que Leah prenait le petit-déjeuner en tête à tête avec un homme. Cette atmosphère intime lui était nouvelle, tout comme les baisers ardents qu'ils venaient d'échanger quelques minutes auparavant. Elle supposait que les couples mariés devaient évoquer la journée à venir, faire des projets pour le souper, commenter les événements de la veille. Mais de quoi parlaient un homme et sa maîtresse ? N'ayant pas de réponse, elle décida de manger.

Tout en savourant ses œufs brouillés, Ryder songeait au corps souple de Leah entre ses bras, à ses lèvres douces à mourir. Ce souvenir était si vivace dans son esprit qu'il sentit son désir renaître instantanément. Il se promit de poursuivre son exploration dès que l'occasion se présenterait.

Chaque fois qu'elle croisait son regard, Leah sentait la chaleur s'intensifier au creux de son ventre. Les pointes de ses seins se dressaient sans vergogne et son pouls s'emballait. Elle savait que ces réactions n'étaient pas très convenables mais peu lui importait. Ryder Damien avait des ancêtres noirs et cheyennes, et il avait promis de lui apprendre à chevaucher.

Choquée par la tournure que prenaient ses pensées, Leah s'empara de sa tasse pour tenter de se ressaisir. Ces baisers fébriles lui avaient embrumé l'esprit. Ryder l'avait achetée, il avait payé pour l'avoir à ses côtés. Elle n'était pas censée apprécier ses caresses. Ou peu importait ? Dans le bureau, quelques instants plus tôt, elle ne s'était certainement pas posé la question.

— Après le petit-déjeuner, je dois partir pour Denver. Cela vous ennuie de rester avec Sam ?

— Pas du tout. Nous nous entendons à merveille.

— Tant mieux. Je vais lui demander de vous emmener faire un tour dans la campagne s'il n'est pas trop occupé.

— Cela me plairait.

— Et mes baisers, ils vous ont plu ?

La question la prit au dépourvu. En le regardant, elle se souvint du plaisir qu'elle avait ressenti entre ses bras. À quoi bon mentir ?

— Oui, avoua-t-elle.

— J'ai aimé les vôtres.

Ce qui l'excitait le plus, c'était ce parfum d'innocence qui se dégageait d'elle. Elle avait beau ne pas être vierge, elle s'était révélée timide, hésitante, comme si elle n'avait jamais embrassé un homme de sa vie. Peut-être n'avait-elle pas tout appris de l'art d'aimer ? La perspective de lui servir de professeur lui donna envie d'envoyer Denver au diable et de l'entraîner dans sa chambre.

— Je rentrerai sans doute tard ce soir. M'attendrez-vous pour le souper ? Je promets de ne pas vous abandonner… et de bien me conduire.

Ses allusions étaient à peine voilées et Leah sentit son cœur battre à coups redoublés, son souffle s'accélérer. Ses yeux se posèrent sur ses lèvres. Allait-elle finir la soirée dans son lit ? Cette seule perspective déclencha une série de frissons dans tout son corps.

— Je vous attendrai.

Il la gratifia de l'un de ses rares sourires. Repoussant son assiette vide, il s'essuya la bouche avec sa serviette en lin.

— Eh bien, je m'en vais.

Leah avait du mal à se faire à l'idée d'être désirée par un tel homme. Vu son âge et sa condition, elle avait abandonné tout espoir de connaître un jour les caresses d'un amant.

En le voyant contourner la table pour venir vers elle, elle frissonna de nouveau. Il lui tendit la main et la fit lever. Puis il plongea son regard dans le sien.

— Accordez-moi un baiser. Je n'ai pas assez de temps pour davantage.

Leah eut l'impression de se liquéfier sur place tandis qu'il soulevait son menton et capturait ses lèvres en un long baiser passionné.

En guise d'au revoir, il effleura sa joue veloutée d'une caresse, puis s'éloigna, la laissant pantelante et brûlante de désir.

Finalement, Sam n'eut pas le temps de l'emmener en promenade.

— Je dois passer chez Éloïse, aujourd'hui. Le jeudi, je vais toujours lui couper du bois. Mais vous pouvez m'accompagner, si vous voulez.

Leah accepta volontiers.

C'était une journée ensoleillée. Il faisait si doux que la jeune femme se dispensa de capeline. Tout en conduisant le chariot sur la route accidentée, Sam lui apprenait le nom des fleurs sauvages, des papillons et des rapaces qui tournoyaient dans le ciel sans nuage. Ils virent renards, lièvres et biches. Le paysage était superbe, mais Leah trouvait qu'il y manquait la mer.

— Sam, qui est cette Éloïse ?

— C'est une vieille amie de Ryder. Elle a à peu près mon âge. Il paraît qu'elle connaissait son père. En tout cas, ça fait un bout de temps qu'elle vit dans le coin.

— Je crois qu'elle va me plaire, décréta Leah en se rappelant la jolie maison fleurie.

— Normal. Tout le monde l'aime.

— Même Ellen Sejours ?

— Bon, d'accord, *presque* tout le monde, corrigea-t-il tandis qu'il immobilisait le chariot devant le petit cottage.

Alors que Leah venait de sauter à terre, elle aperçut parmi les fleurs une femme vêtue d'un vieux pantalon, d'une chemise d'homme et coiffée d'un chapeau de paille. Elle salua les nouveaux arrivants d'un signe de la main.

— Bonjour !

— Bonjour, Éloïse. Je vous présente Leah Montague.

Éloïse vint à leur rencontre.

— Enchantée de vous rencontrer. Leah ? Vous êtes la veuve de Montague, n'est-ce pas ?

Un peu hésitante, Leah hocha la tête. Même si Éloïse avait la réputation d'être aimable, elle ignorait quel souvenir elle avait gardé de Monty. Faisait-elle partie de ses détracteurs ?

La vieille femme la dévisagea quelques instants.

— J'ai appris que vous étiez en ville. Mes condoléances, ajouta-t-elle, et son ton était sincère. Il ne manquera pas à grand monde, mais à moi si.

Leah se prit aussitôt de sympathie pour elle.

— Merci. Vos fleurs sont magnifiques.

— Elles sont désormais ma raison de vivre, avec la peinture.

Éloïse ôta ses gants maculés de terre.

— Je vous fais visiter ?

— Volontiers, répondit Leah.

— Suivez-moi. Je vais vous montrer le jardin pendant que Sam coupe du bois.

Sam se dirigea sans attendre vers l'arrière de la maison.

Éloïse guida Leah dans une allée qui serpentait parmi les massifs multicolores. Il y avait aussi un potager. Derrière la maison, au milieu d'un véritable champ de fleurs, se dressait une statue représentant une fillette rieuse tenant une corbeille. Jamais Leah n'avait vu de vasque plus originale et réaliste à la fois.

— Où l'avez-vous trouvée ? s'enquit-elle.

Le moindre détail était rendu avec tendresse par l'artiste, de l'étincelle dans le regard au bas de la robe qui voletait au vent, jusqu'aux minuscules boutons des bottines. Même les boucles de ses cheveux semblaient soyeuses.

— C'est moi qui l'ai sculptée, répondit fièrement Éloïse. Elle s'appelle Alice.

— C'est vous, vraiment ? fit Leah, incapable de dissimuler son étonnement.

— Oui.

— Vous avez sans doute pris une enfant du village comme modèle.

— Non. Elle est sortie tout droit de mon imagination.

— Elle est adorable, déclara Leah.

— Je dis toujours que c'est la fille que je n'ai pas eue, fit Éloïse en caressant la tête d'Alice d'une main légère. Elle ne grandira jamais et ne me quittera jamais.

Leah sourit.

— J'allais mettre de l'eau à chauffer pour le thé, reprit la vieille dame. Entrez donc.

Leah découvrit un petit cottage douillet, meublé avec simplicité – le contraire de la maison d'Ellen. Au lieu du velours et des franges, il y avait des tableaux partout, surtout des portraits et des paysages. Tous exécutés avec le même talent que la petite Alice.

— Sam m'avait dit que vous étiez peintre, mais je ne vous savais pas aussi douée et prolifique.

— Chercheriez-vous à me flatter, jeune demoiselle ?

Leah lui sourit.

— Pas du tout. C'est la stricte vérité.

— Eh bien, je serais honorée de faire votre portrait.

— Volontiers.

Les deux femmes passèrent une heure agréable à bavarder de tout et de rien. Leah apprit sans surprise qu'Éloïse était arrivée du Texas, où elle était esclave, en 1845. Toutes les personnes que Leah connaissait avaient été captives à un moment de leur vie.

— J'avais dix-sept ans, expliqua Éloïse. J'étais avec mon maître et une vache. J'ai parcouru pratiquement tout le chemin à pied. Mon maître est mort trois jours après notre arrivée.

— Qu'avez-vous fait, alors ?

— Je me suis affranchie et je suis devenue lavandière. Les affaires marchaient bien.

Elle posa son regard franc sur Leah.

— Comment vous entendez-vous avec Ryder ? demanda-t-elle.

Leah ne savait que répondre, car elle ignorait ce qu'elle connaissait de la situation.

— Je ne voudrais pas être indiscrète, reprit Éloïse en la voyant hésiter. Enfin... Je suppose que je le suis quand même, mais les ragots vont bon train à propos de ce fameux héritage. Je pense que vous avez fait le bon choix. Il faudrait être folle pour choisir la prison quand on vous offre une porte de sortie. En plus, Ryder est un homme bien. Je le connais depuis toujours ou presque.

— Nous nous entendons aussi bien que possible, j'imagine.

— Il est parfois énigmatique. Un peu comme son père. Toutes les femmes de la région étaient amoureuses de Louis. Même moi. J'espère que je ne vous choque pas ? ajouta-t-elle en regardant Leah droit dans les yeux.

— Non, assura-t-elle.

Non seulement elle ne se sentait nullement offensée par ces propos, mais elle était ravie qu'Éloïse se sente suffisamment à l'aise en sa compagnie pour s'exprimer avec une telle franchise.

Soudain, le regard d'Éloïse se voila.

— Naturellement, il n'a pas voulu de moi, raconta-t-elle d'une voix plus douce. Je n'étais qu'une modeste lavandière. Il voulait une femme bien, comme cette Créole sophistiquée de Bernice qu'il a fait venir pour l'épouser.

— Était-elle aussi malheureuse que je l'ai entendu dire ? s'enquit Leah.

— Plus encore. Les premières semaines, elle était terrorisée à l'idée d'être scalpée par les Utes ou les Cheyennes. Pourtant, la plupart des tribus avaient déjà été décimées ou parquées dans des réserves. Les pauvres gens… Il faudra demander à Ryder qu'il vous parle de cette époque, un jour.

— Monty connaissait-il vos sentiments pour lui ?

— Oh oui ! Mais je ne l'intéressais pas. Une modeste lavandière n'avait rien à faire à sa table ou dans son foyer.

Leah crut déceler une note d'amertume dans ces propos, mais Éloïse retrouva vite le sourire.

— Vous voulez d'autres biscuits ? proposa-t-elle.

— Non merci. Je crois que j'ai assez mangé.

Leah s'était régalée. Les biscuits d'Éloïse lui rappelaient ceux que lui préparait sa mère au moment des vacances.

— J'ai entendu dire que vous aviez séjourné chez Ellen, reprit Éloïse en se servant du thé. Comment vous a-t-elle traitée ?

Après une brève hésitation, Leah décida de dire la vérité.

— Franchement ? Pas très bien.

Éloïse secoua la tête, l'air écœuré.

— Je ne l'ai jamais aimée, et cela ne risque guère de changer. Sa sœur et elle sont arrivées de la Nouvelle-Orléans. Elles se prenaient pour des reines. D'ailleurs, elles n'ont jamais cessé de regarder de haut les gens d'ici.

Leah était contente de constater qu'elle n'était pas la seule à trouver Ellen antipathique.

— Je dois admettre qu'elle s'est bien occupée de Seth quand il était petit, mais il n'empêche que cette femme est une intrigante.

Sam passa la tête par l'entrebâillement de la porte. Il était temps de partir.

— Déjà ? fit Éloïse, visiblement déçue.

— Eh oui ! Il faut rentrer.

— Reviendrez-vous me voir, maintenant que vous savez où me trouver ? demanda Éloïse à Leah.

— Dès que possible. Vous avez promis de faire mon portrait, rappelez-vous.

— Et je tiendrai ma promesse. Vous saluerez Ryder de ma part.

Leah et Sam prirent congé après un dernier signe d'adieu.

— Vous aviez raison, elle est très gentille, déclara la jeune femme.

— Effectivement. Elle soigne la plupart des nôtres dans la région parce que l'hôpital de Denver refuse de nous soigner.

— Elle a une formation médicale ?

— Non, mais elle connaît les herbes médicinales mieux que quiconque. Il paraît que c'est la grand-mère de Ryder qui lui a enseigné les secrets des plantes. Autrefois, Éloïse était l'une des rares à respecter Ryder.

— Que voulez-vous dire ?

— Quand il était jeune, tout le monde l'appelait le peau-rouge.

— Le peau-rouge ?

— Oui. À présent, c'est l'un des hommes les plus riches du Colorado. Quelle ironie, non ?

Leah acquiesça. Elle savait ce qu'être rejeté signifiait et elle se demandait comment Ryder avait vécu cela ? Faire fortune pour prouver sa valeur à ses anciens détracteurs ressemblait fort à une revanche sur la vie, songea-t-elle. Les gens le respectaient-ils, désormais ?

De retour à la maison, Leah aida Sam à éplucher les légumes, puis elle passa l'après-midi à essayer de penser à autre chose qu'à Ryder et à la perspective de partager son lit. Elle tenta de lire un journal de Denver mais ne parvint pas à se concentrer sur les articles. Les baisers de Ryder la hantaient, de même que son corps musclé. Elle se rendit à la bibliothèque dans l'espoir de se plonger dans un roman. En vain. Elle ne trouva que des ouvrages scientifiques et techniques.

Finalement, elle sortit dans le jardin et s'installa sur un banc, face aux montagnes. Là, elle laissa ses pensées dériver. Elle était plus que jamais consciente que sa vie venait de prendre un tour nouveau. En peu de temps, la veuve de Monty était devenue la maîtresse de son fils. Naturellement, ce titre contestable ne serait officiel que lorsque leur union serait consommée, ce qui ne tarderait sans doute pas. Elle avait préféré le scandale à la prison et restait convaincue d'avoir pris la bonne décision. Elle se moquait des ragots qui ne manqueraient pas de circuler. Elle en faisait l'objet depuis le jour de sa naissance. En revanche, elle craignait le moment où elle devrait respecter sa part du contrat. Elle était même terrifiée à cette perspective. Ses connaissances en matière de rapports physiques entre hommes et femmes se limitaient aux ouvrages coquins qui lui étaient parfois tombés entre les mains quand elle était en pension. Mais elle s'imaginait mal se comportant comme une héroïne de romans. Monty et Reba étaient certes très amoureux, mais ils n'exprimaient pas leurs sentiments en public. Elle n'avait jamais rien surpris de plus entre eux que de petits baisers échangés à la sauvette.

Certes, Ryder saurait quoi faire. Mais comment allait-il réagir en découvrant sa virginité ? Il n'allait certainement pas sauter de joie. Sans doute allait-il lui reprocher de l'avoir dupé. À juste titre. Écouterait-il ses explications et applaudirait-il à l'ingéniosité de son père ? Elle ne pouvait que l'espérer, cependant, elle savait qu'elle n'était pas à l'abri d'une catastrophe.

En enfilant sa superbe robe en soie bleu marine, Leah sentit sa nervosité s'accroître. Elle quitta ensuite sa chambre pour aller proposer son aide à Sam. Elle savait pertinemment qu'une telle élégance ne lui permettrait que de mettre le couvert. Du reste, Sam était si efficace qu'il n'avait pas besoin d'elle, mais il lui fallait s'occuper l'esprit d'une manière ou d'une autre, pour ne plus penser à la soirée à venir qui ferait enfin d'elle une femme à part entière.

Sur le seuil de la cuisine, elle demanda :

— Sam, à quelle heure...

Ryder fit volte-face. Il allait porter un verre de citronnade à ses lèvres. Pendant un interminable moment, il se contenta de dévorer la jeune femme des yeux. Comment diable se débrouillait-elle pour être plus belle chaque jour ? se demanda-t-il. Une fois encore, il eut l'impression de contempler une princesse de conte de fées. La soie bleue semblait scintiller contre sa peau d'ébène. Il admira les courbes de son cou et de ses épaules nues, son décolleté plongeant. Elle portait un pendentif en saphir niché juste au-dessus de ses seins généreux. Il mourait d'envie d'y déposer un baiser.

Leah ne s'attendait pas à la trouver là. Elle lut dans son regard appuyé qu'il la trouvait à son goût, ce qui éveilla en elle un mélange de crainte et de fierté.

— J'ignorais que vous étiez de retour.

— Je viens de rentrer. Vous êtes superbe...

— Merci.

— Sam est allé s'occuper de l'attelage.

— Il s'en va ?

— Oui. Il a un rendez-vous galant. Ce soir, si je ne m'abuse, il s'agit de Mable France.

Leah écarquilla les yeux.

— Mable France ? Cette dame austère qui travaille chez Ellen Sejours ?

— En effet. Figurez-vous que ce vieux bougre de Sam est un beau parti. Cela fait des années que les veuves de la région essaient de lui mettre le grappin dessus.

— Mais... Mable France ? J'ignorais même qu'elle était capable de sourire.

— Travailler pour Ellen ne prête pas à sourire.

Leah ne pouvait affirmer le contraire.

Ryder but sa citronnade et posa son verre vide dans l'évier.

— Lorsqu'elle est loin d'Ellen, Mable est plutôt gentille.

Leah avait du mal à le croire, mais Sam avait le don de faire ressortir le meilleur de n'importe qui.

L'intéressé apparut sur le seuil, vêtu d'un costume sombre, d'une chemise amidonnée et d'une cravate lacet. Ses cheveux gris étaient coiffés avec soin. La jeune femme perçut des effluves d'eau de Cologne.

— Comment me trouvez-vous, Leah ?

— Très séduisant.

— Vous aussi, si je puis me permettre.

— C'est vrai, renchérit Ryder, les yeux brillants.

Leah se détourna pour dissimuler son sourire.

— Bien, je vous laisse, annonça Sam. Mable n'aime pas que je sois en retard. J'allais vous demander si vous n'aviez besoin de rien, mais je constate que c'est une question idiote, ajouta-t-il tandis que son regard passait de l'un à l'autre. Surtout, ne m'attendez pas.

— D'accord, répondit distraitement Ryder qui n'avait d'yeux que pour Leah.

Il suffisait à Leah de le regarder pour se remémorer les baisers qu'ils avaient échangés. La nuit serait sans doute tout aussi troublante, voire davantage. Elle aurait voulu jouer les femmes expérimentées mais en était incapable. Le souvenir de l'étreinte de Ryder faisait bouillir son sang dans ses veines. Et cependant, elle avait des craintes quant à ce qui se passerait *après* le dîner. Et si elle lui disait qu'elle avait changé d'avis ? « Pense à la prison », lui chuchota une petite voix.

Ryder crut déceler une ombre inquiète sur le visage de la jeune femme, mais elle disparut si vite qu'il se dit qu'il avait rêvé. Qu'est-ce qui pouvait bien la tourmenter ?

— Quelque chose vous tracasse ? demanda-t-il.

— Non, mentit-elle.

De peur qu'il n'insiste, elle s'empressa d'ajouter :

— Je ne pensais vous voir que plus tard.

— J'ai fait ce que j'avais à faire et j'ai annulé le reste. J'avais un rendez-vous… plus urgent.

Leah devinait qu'il faisait allusion à leur dîner en tête à tête.

— J'aurais pu vous attendre, répondit-elle en toute sincérité.

— Pas moi…

Sa réponse modifia soudain l'atmosphère de la pièce. Leah entrouvrit les lèvres. Elle ressentit un trouble désormais familier au plus profond de son être, au cœur même de son intimité. Elle se tourna le dos à Ryder pour ne pas trahir son excitation.

Elle l'entendit traverser la cuisine pour s'approcher d'elle et ferma les yeux. En sentant ses doigts effleurer d'abord une épaule nue puis l'autre, elle retint son souffle. Les doigts remontèrent doucement, puis il se pencha pour déposer un baiser à la base de son cou. Aussitôt, elle s'embrasa. Ryder se mit à titiller son épaule du bout de la langue. Elle fondit. Il recommença. Cette fois, elle ne put réprimer un gémissement. Il la fit pivoter doucement et l'embrassa avec une telle tendresse qu'elle perdit toute notion du lieu et du temps. Quand leurs lèvres se séparèrent, elle avait oublié jusqu'à son nom.

— Je vais me rafraîchir un peu, murmura-t-il.

Retrouvons-nous dans la salle à manger dans, disons, vingt minutes…

Incapable de prononcer un mot, elle se contenta de hocher la tête.

Il sourit et s'éloigna.

Lorsqu'il la rejoignit, un peu plus tard, Leah se tenait près de la fenêtre, le dos tourné à la pièce. À son entrée, elle fit volte-face. Elle fut aussitôt parcourue d'un frisson d'impatience. D'instinct, elle eut envie de reculer pour échapper à ce qu'elle lisait dans ses yeux, mais elle n'en fit rien. Elle s'offrit au contraire à son regard caressant et intense. Il était trop tard pour reculer.

— J'espère que je n'ai pas été trop long, dit-il.

Ses mains brûlaient de caresser sa peau soyeuse.

— Non, balbutia-t-elle, le souffle court.

— Vous êtes prête à dîner ?

La nuit tombait, envahissant la salle à manger de ses ombres envoûtantes.

— Oui.

Il désigna la table et aida la jeune femme à prendre place. Comme la veille, elle ressentit la chaleur diffuse de son corps si proche. Un courant de désir passa entre eux. Elle se rappela ses paroles : « Je vous aurais emmenée dans la montagne et je vous aurais fait l'amour jusqu'à la prochaine saison. »

Debout derrière elle, il dut se forcer à s'écarter. Il eut toutes les peines du monde à se retenir de poser les lèvres sur sa nuque. Une fois de plus, il avait envie de la faire sienne sans attendre.

— Sam nous a préparé un souper. Je vais le chercher.

Leah demeura seule. Elle porta les mains à ses joues, luttant pour se ressaisir. Ses paumes étaient moites, son cœur tambourinait dans sa poitrine.

Ryder réapparut avec un plateau chargé de plats en argent. Sam avait dressé la table avant de partir.

Ce souper s'annonçait encore plus intime que celui de la veille.

Il s'assit face à la jeune femme. Pour se soustraire à son regard de braise, Leah déplia sa serviette les yeux baissés et la posa sur ses genoux.

— Vous paraissez nerveuse, remarqua-t-il en se servant un verre de vin.

— Je le suis un peu, en effet, reconnut-elle.

— Nous prendrons tout notre temps. Cela vous permettra de vous détendre.

Leah en doutait. Son âme et ses sens étaient en plein chaos.

— Un peu de vin ? proposa-t-il.

— Non, merci. Je ne bois presque jamais d'alcool.

Il reposa la bouteille sur la table et leva son verre.

— À la beauté…

Troublée, Leah détourna de nouveau les yeux. Si elle avait eu un soupirant dans sa jeunesse, elle aurait peut-être su comment se comporter, mais cela ne lui était jamais arrivé. Quel jeune homme respectable aurait voulu présenter une bâtarde à sa mère ? Elle releva la tête. Ryder attendait.

— À vous de dire le bénédicité, déclara-t-il.

Elle était si distraite par sa présence qu'elle redouta de ne rien trouver à dire ; elle parvint tout de même à prononcer quelques mots.

— Seigneur bénissez ce repas…

Elle leva les yeux.

— Cela vous ira ?

— Parfaitement.

Sa voix grave lui fit l'effet d'une caresse. Les yeux de la jeune femme s'attardèrent sur sa bouche. Elle mourait d'envie qu'il l'embrasse, malgré les conséquences qu'un simple baiser impliquait.

— Quand une femme regarde la bouche d'un homme de la sorte, elle lui donne envie de regarder la sienne de même…

Leah se sentit rougir.

— Désolée, fit-elle.

— Ne vous excusez pas. Cela prouve que je vous intéresse toujours.

— Vous m'aviez promis de bien vous conduire, protesta-t-elle en s'empourprant davantage.

— C'est ce que je fais.

Elle avait l'impression de badiner avec un fauve qui se préparait à la dévorer. Mais elle était si fascinée par son rayonnement qu'elle s'en moquait.

— Donnez-moi votre assiette. Plus vite nous aurons terminé ce repas, plus vite nous pourrons profiter l'un de l'autre.

Le désir qui flamba dans son regard à cet instant la frappa de plein fouet. L'espace d'une seconde, elle se sentit chanceler et porta la main à son pendentif. Jamais elle n'aurait soupçonné l'existence d'un tel homme sur terre.

Ryder découvrit les mets préparés par Sam. Du jambon braisé garni de petits légumes variés, ainsi que des pêches aux épices.

— Qu'est-ce qui vous ferait plaisir ? s'enquit-il en pensant à tout autre chose qu'à la nourriture.

— Un peu de tout.

Il la servit, lui tendit son assiette puis se servit à son tour.

Il lui jetait de fréquents coups d'œil tandis qu'elle dégustait jambon et légumes. Mais quand elle piqua sa fourchette dans un morceau de pêche et le porta à sa bouche, il ressentit l'envie d'en goûter la saveur épicée sur ses lèvres. Sentant monter un désir irrépressible, il remua sur sa chaise.

— C'est bon ? s'enquit-il.

— Délicieux, répondit-elle en passant machinalement la langue sur ses lèvres.

Bien qu'innocent, le geste était si provocant que Ryder crut exploser. Il prit une profonde inspiration et s'efforça de se concentrer sur son assiette.

— Sam m'a dit que vous aviez rencontré Éloïse.

— Oui. Elle souhaite réaliser mon portrait.

— C'est un honneur qu'elle n'accorde pas à n'importe qui.

Songeant à sa visite au cottage, Leah se rappela qu'Éloïse lui avait conseillé d'interroger Ryder sur les tribus indiennes. Le moment était peut-être mal choisi, mais elle se lança :

— Vous considérez-vous comme un Noir ou un Indien ?

— J'ai reçu l'éducation d'un Cheyenne, mais je me suis toujours considéré comme un mélange des deux. Les deux cultures valorisent la force et l'honneur. Ce serait manquer de respect à mes ancêtres que de choisir un camp contre l'autre.

— Ces terres appartenaient-elles aux Cheyennes, autrefois ?

— Non. Elles appartenaient aux Arapahos. Nous vivions dans les plaines de la frontière entre le Colorado et le Kansas.

Leah connaissait mal cette tribu. Dans l'Est, les journaux se contentaient d'évoquer les plus connues comme les Cheyennes ou les Sioux. Son séjour ici lui permettrait peut-être d'approfondir ses connaissances dans ce domaine.

Quand ils eurent terminé, Ryder se leva pour ajouter une bûche dans la cheminée. La brusque flambée éclaira la pièce d'une douce lueur dorée. Il ôta sa veste et la posa sur le dossier d'un fauteuil, puis dégrafa les premiers boutons de sa chemise. Leah éprouva un léger vertige.

— Je crois que je vais manger mes pêches ici, près de la cheminée. Vous vous joignez à moi ? proposa-t-il.

Les jambes flageolantes, la jeune femme saisit les deux coupes en cristal et s'approcha de la cheminée. Il lui prit la sienne des mains en la remerciant.

Très nerveuse, Leah s'assit sur un petit canapé. Ryder s'installa près d'elle, étendit les jambes confortablement devant lui. Elle sentait sa proximité par toutes les fibres de son corps et était si intimidée qu'elle n'osait croiser son regard. Ne sachant que faire, elle trempa le petit doigt dans le sirop épicé et le porta à ses lèvres.

Ryder retint son souffle. Se rendait-elle compte de l'effet qu'elle produisait sur un homme ? Sans doute. La côtoyer tous les jours serait une véritable torture sensuelle.

— Vous semblez aimer ces pêches, observa-t-il.

— C'est vrai, admit-elle en piquant la dernière bouchée de sa fourchette. Je n'ai jamais rien goûté d'aussi bon. Sam les a préparées lui-même ?

— Il fait tout lui-même. Il met des pêches en bocaux pour tout l'hiver. Mais je crois qu'il s'agissait du dernier bocal.

La déception se peignit sur le visage de Leah.

— Il en fera d'autres, c'est promis, assura Ryder en riant. En attendant, je veux bien partager les miennes avec vous.

— Non merci, fit-elle en secouant la tête.

— Vous êtes sûre ?

Leah en aurait volontiers mangé une de plus, mais elle ne voulait pas paraître trop gourmande.

— Oui, vraiment. Finissez votre assiette.

Il la regarda droit dans les yeux.

— Vous n'êtes pas obligée de jouer les jeunes femmes modèles avec moi. Si vous en voulez encore, dites-le simplement.

Elle baissa la tête pour dissimuler son embarras.

— Eh bien, j'en prendrais volontiers une petite bouchée.

— Tenez, dit-il en lui tendant sa fourchette.

Leah voulut la saisir, mais il recula. Confuse, elle s'immobilisa.

— Ouvrez la bouche, ordonna-t-il doucement.

Elle lut à nouveau le désir dans ses yeux, et une onde de chaleur la parcourut. Elle se pencha pour saisir entre ses lèvres le morceau de fruit avant de l'avaler sous le regard brûlant de Ryder. Il recommença avec un autre morceau, elle se mit à trembler de tous ses membres. Enfin, il piqua sa fourchette dans la dernière bouchée, s'attardant cette fois sur ses lèvres pour l'obliger à les ouvrir. Aussitôt, il s'inclina et l'embrassa avidement, savourant la saveur sucrée de sa bouche. Lorsqu'il s'écarta, Leah flottait sur un nuage, la tête appuyée contre le dossier du canapé.

Ryder trempa alors le doigt dans le sirop épicé et le promena le long de son décolleté. Leah ferma les yeux, les narines frémissantes. Elle sentit les lèvres brûlantes de Ryder emprunter le même chemin que son doigt. Elle gémit doucement. Il renouvela son petit jeu sensuel et l'embrassa avec une ardeur décuplée.

— Je sais que nous avons conclu un accord, mais nous sommes amants, ce soir, rien de plus…

Amants. Comment allait-il réagir en découvrant qu'elle était vierge ? La question traversa son esprit que déjà elle l'avait oubliée. Un filet de jus coulait dans son cou, que Ryder avait entrepris de lécher voluptueusement. Plus jamais elle ne verrait une pêche sans songer à ces instants.

Tandis qu'il goûtait chaque centimètre carré de sa peau, ses mains se firent plus audacieuses. Le mâle en lui la voulait nue et gémissante entre ses bras, mais l'amant avait envie de prolonger ces jeux érotiques à l'infini.

— Levez-vous… souffla-t-il.

Leah obéit tel un automate, le regard embrumé, les lèvres entrouvertes.

— Dieu que vous êtes belle... murmura-t-il d'une voix sourde. Vous voulez bien ôter votre robe ?

Un brasier s'alluma au creux du ventre de Leah. Jamais un homme ne lui avait demandé de faire une telle chose. Elle glissa pourtant les mains dans son dos, consciente de son regard rivé sur elle, et entreprit de dégrafer les petits crochets à la base de ses reins. Ryder eut le temps d'apercevoir un élégant corset noir, mais déjà Leah plaquait sa robe contre sa poitrine. Elle sortit les bras de ses manches l'un après l'autre.

Ryder esquissa un sourire. L'air innocent de Leah était terriblement excitant. Ses gestes hésitants contrastaient avec son regard voilé par le désir. En cet instant, il se moquait de savoir combien d'amants avaient partagé son lit ou qui ils étaient. Seule comptait cette nuit torride qui les attendait, et où elle serait enfin à lui et à lui seul.

Il tendit la main pour lui faire lâcher sa robe. La soie bleu marine tomba en bruissant sur le parquet, laissant la jeune femme vêtue de son seul corset et de ses bas offerte à son regard. Il admira la courbe de ses hanches qui soulignait la finesse de sa taille, s'attarda sur ses seins généreux, posa les yeux sur ses jambes fuselées gainées de soie noire. Médusé devant tant de beauté, Ryder caressa doucement sa peau veloutée du bout des doigts.

— Vous avez une peau de soie, murmura-t-il, avant de l'attirer sur ses genoux.

Aussitôt, Leah sentit l'intensité vibrante de son désir contre sa hanche. Il prit son visage entre ses mains puissantes, puis effleura ses lèvres pleines du pouce. La plaquant contre lui, il déposa sur sa bouche une série de baisers passionnés qui l'embrasèrent de plus belle. Si novice soit-elle, Leah était consciente d'avoir affaire à un homme expérimenté qui, de toute évidence, maîtrisait l'art de donner du plaisir à une femme.

Dès que leurs lèvres s'entrouvrirent, Leah sentit son cœur s'emballer. La main de Ryder s'attarda sur son cou, puis descendit vers ses seins. Elle gémit. Il recommença, plus lentement cette fois, promenant ses doigts à la limite du corset, puis l'embrassa langoureusement dans le cou. Il remonta vers sa bouche sans cesser de caresser la naissance de ses seins.

Sans un mot, il se redressa et délaça le haut de son corset, frôlant sa peau nue de ses doigts habiles. Leah oublia ses craintes et ses doutes, et se laissa submerger par ces sensations nouvelles.

Ryder prit tout son temps. Il voulait la dévoiler lentement. Ses soupirs le rendaient fou de désir. Sous ses dehors convenables se cachait une femme ardente qui ne demandait qu'à s'abandonner. Et il entendait lui donner plus de plaisir qu'elle n'en avait jamais reçu.

Il écarta le corset et déposa un baiser entre ses seins. Leah crut défaillir. Plus question de lui avouer qu'elle était vierge tant elle tremblait sous ses caresses audacieuses. Les pointes de ses seins durcirent, tels de sombres joyaux, et elle cessa un instant de respirer.

— Je me demande quel goût peut avoir ta peau nappée de sirop, chuchota-t-il tout contre sa bouche.

Leah eut comme un éblouissement et ferma les yeux.

— J'essaie... ?

Il trempa un doigt dans le sirop et dessina des cercles sur ses seins offerts. Puis il s'inclina sur elle et remplaça son doigt par sa langue. Un cri étouffé rompit le silence. Ryder s'occupa ensuite de l'autre sein, sans hâte. Oubliant toute pudeur, Leah se cambra à la rencontre de sa bouche, et il sentit son sexe gonflé palpiter de désir.

Il redressa la tête. Leah haletait, les paupières closes, le corps vibrant de passion contenue.

S'il avait envie de la faire sienne sur-le-champ, devant la cheminée, il avait plus encore envie de l'allonger en travers de son lit.

— Trouvons un endroit plus confortable, proposa-t-il.

Se levant sans la lâcher, il la porta à travers la maison plongée dans la pénombre et gravit l'escalier majestueux jusqu'à sa chambre.

Il régnait dans la pièce une atmosphère intime et chaleureuse. Un feu crépitait dans la cheminée. C'était la première fois que Leah pénétrait dans son sanctuaire, mais elle remarqua à peine l'imposant lit sur lequel Ryder la déposa tant le désir bouillonnait dans ses veines. D'une main experte, il défit les jarretelles pour faire glisser ses bas de soie le long de ses longues jambes fuselées.

Assis près d'elle, il se demandait si elle avait conscience du spectacle fascinant qu'elle offrait. Vêtue seulement de son corset à demi délacé, elle était aussi envoûtante qu'une courtisane orientale. Ses seins tendus qui semblaient réclamer ses caresses l'attiraient tels des aimants. Les mains de Ryder s'aventurèrent sur sa peau de satin, frôlant, pressant, explorant chaque parcelle de ce corps somptueux.

Les sensations qu'éprouvait Leah étaient si intenses... Elle se demandait où se situait la limite de ce qu'une femme pouvait supporter. Mais elle cessa de se poser des questions et oublia tout lorsque la main de Ryder s'insinua entre ses cuisses. Surprise par cette intimité soudaine, elle ne put réprimer un gémissement étranglé. Il la titilla, se frayant un chemin dans les replis secrets de sa chair et elle s'offrit sans retenue à ses caresses expertes, s'arquant vers lui, se tordant de plaisir. La puissance de l'extase lui arracha un cri surgi du plus profond de son être. Pour la première fois de sa vie elle eut l'impression de toucher les étoiles.

Ryder la contempla tandis qu'elle émergeait de sa torpeur, pantelante, et se demanda quand elle avait fait l'amour pour la dernière fois. Il lui avait fallu si peu de temps pour atteindre la jouissance. Mais alors qu'il ôtait en hâte son pantalon, il songea que cela n'avait aucune importance. Elle réagissait avec passion à ses caresses et cela seul comptait.

Il la rejoignit sur le lit, et Leah gémit de nouveau en sentant ses lèvres parcourir fiévreusement son corps. Ses mains se montraient tour à tour audacieuses et douces. Lorsqu'il s'allongea enfin sur elle, la jeune femme sentit son sexe dur et vibrant se loger entre ses cuisses. Spontanément, elle s'ouvrit à lui, le laissa la pénétrer. C'est alors que vint la douleur. Aiguë. Surprise, Leah se raidit et laissa échapper un cri.

Incrédule, Ryder baissa les yeux sur elle. Toutes les fibres de son être ne demandaient qu'à exploser en elle, mais il se contint, cherchant à s'expliquer l'inexplicable. Lorsqu'il voulut se retirer, elle protesta et le retint par la taille.

— Non, reste…

Ryder voyait toutefois des larmes de douleur perler au bord de ses paupières.

— Mais… balbutia-t-il. Tu es vierge ?

Il était littéralement abasourdi.

— Ryder, je vais t'expliquer…

Elle ne voulait surtout pas gâcher cette nuit, pas après ce qu'ils venaient de partager.

— Je sais que j'aurais dû t'en parler avant, mais…

— Mais quoi ? Tu as une aversion pour la vérité ?

Il s'écarta. La douleur s'apaisa, aussitôt remplacée par une étrange sensation de vide.

— Tu espérais m'obliger à entretenir un enfant ?

— Bien sûr que non ! protesta-t-elle.

— Mon père ne t'a donc jamais prise ?

— Non. Monty et... moi...

— Vous étiez vraiment mariés ?

— Oui, mais nous...

— Nom de Dieu !

Ryder bondit du lit et attrapa son pantalon. Une vierge ! Comment diable était-ce possible ? Quelle explication allait-elle lui fournir ? De toute façon, il ne voulait rien savoir. Il s'était juré de ne jamais avoir affaire avec son père et avait dérogé à la règle pour obtenir les faveurs de Leah. Et voilà qu'il se retrouvait face à la plus belle et à la plus ardente des maîtresses sans rien savoir d'elle.

Leah scruta son visage assombri par la colère et déclara froidement :

— J'imagine que tu n'as nulle envie d'entendre ce que j'ai à te dire.

C'était une affirmation, pas une question.

Ryder serra les dents. Il avait oublié à quel point elle pouvait être forte.

— En effet. Dès demain matin, je te ramènerai chez Ellen.

— Mais... commença-t-elle, les yeux écarquillés de stupeur.

— Ne t'inquiète pas pour ta dette. Nous sommes quittes.

Elle eut l'impression de recevoir une gifle. Elle se leva à son tour, vêtue uniquement de ce corset défait qui lui donnait l'allure de l'aventurière qu'elle n'était pas. Elle regrettait de ne pas avoir dit la vérité plus tôt, mais puisqu'il ne se souciait pas de connaître la vérité, tant pis pour lui. Elle ne pouvait pas l'obliger à l'écouter.

Sans prendre la peine de ramasser ses vêtements, elle sortit en trombe, le laissant seul dans le silence de sa chambre.

Ryder avait envie de casser quelque chose. Pourquoi fallait-il qu'elle soit vierge ? Aucun homme digne de ce nom ne l'aurait épousée sans consommer le mariage. Avait-elle vraiment été la femme de Louis ? Elle jurait que oui, mais comment la croire ? Le simple souvenir de son corps offert palpitant sous le sien suffisait à réveiller son désir. Comment avait-elle osé se faire passer pour ce qu'elle n'était pas ? Il ne s'expliquait pas cette supercherie. Cherchait-elle vraiment à le piéger ? Cecil Lee et elle étaient-ils venus à Denver dans le dessein d'assouvir quelque vengeance ? Le lui demanderait-il qu'elle ne lui avouerait pas.

Allongée sur son lit, dans le noir, Leah songeait au désastre qui venait de se produire. Au moment où elle découvrait enfin l'amour entre ses bras... Elle remonta le drap sur son visage. Désormais, ils étaient quittes, avait-il affirmé. Le prix de sa liberté avait été son innocence. Si elle était soulagée de ne plus être liée à lui de cette façon, elle sentait confusément qu'elle n'était pas libre pour autant. D'autres liens s'étaient tissés entre eux au cours de leur échange passionné. Des liens autrement plus difficiles à briser. À présent, elle savait ce que faisaient les amants dans le secret de l'alcôve. Mais plus jamais elle ne partagerait cette intimité avec Ryder... Et pour des raisons qui n'avaient rien à voir avec le plaisir. Une fois de plus, le passé s'était dressé en travers de son chemin. Une jeune femme convenable ne pouvait se permettre de telles pensées, mais elle savait que Ryder avait allumé en elle un brasier que lui seul pourrait éteindre.

Leah se leva avant l'aube et prit une douche pour effacer les vestiges de la nuit écoulée. L'eau chaude emporta les dernières traces des baisers passionnés de Ryder sur sa peau, de ses caresses, de leurs jeux sensuels et du plaisir indicible qu'il avait fait naître en elle.

Quand elle sortit de la cabine de douche, il se tenait devant elle. Sa colère lui permit de ne pas chanceler. Elle l'empêcha aussi de dissimuler sa nudité. « Qu'il me regarde autant qu'il le souhaite », se dit-elle hardiment. Après tout, il avait payé quinze mille dollars pour avoir ce privilège et il la prenait déjà pour une catin.

Leah lui arracha presque la serviette des mains et entreprit de se sécher.

— Bonjour, dit-elle froidement. Je ne suis pas prête assez tôt ? Tu m'accorderas tout de même le temps de me laver ? J'étais toute poisseuse avec ce sirop...

Les yeux de Ryder se mirent à luire de colère. Le spectacle de son corps nu et ruisselant réveilla son désir. Le souvenir de la nuit écoulée ressurgit mais il le chassa promptement de son esprit.

— Pour une femme qui était encore vierge hier soir, je te trouve bien effrontée.

Leah posa le pied sur une chaise pour se sécher la jambe.

— N'est-ce pas ce pour quoi tu as payé le prix fort ? rétorqua-t-elle.

Il ne put s'empêcher d'admirer les courbes de ses hanches.

— Effrontée et même insolente.

— Lors de notre rencontre, je t'ai conseillé de ne pas me sous-estimer, rappelle-toi. Que veux-tu ? Nous sommes ainsi, nous les catins vierges !

Leah savait que la colère lui permettait de lui cacher à quel point leur séparation de la veille l'avait laissée vulnérable. Elle se tint nue devant lui.

— Y a-t-il une raison à ta présence ici ? demanda-t-elle.

Ryder effleura ses seins des yeux, puis ses longues jambes de marcassite. Il ne pourrait avoir ce qu'il voulait... Plus jamais.

— J'étais venu te dire que c'est Sam qui va te raccompagner.

— Très bien.

Ryder demeura planté là, sachant qu'il devait maintenant tourner les talons et s'en aller, mais incapable de s'y résoudre tant le désir de la prendre dans ses bras pour terminer ce qu'il avait commencé la veille le tenaillait. Il parvint finalement à se contrôler en songeant qu'il ignorait tout de cette femme.

Leah devinait sans peine son désir. Un désir qu'elle partageait, mais qu'elle se força à repousser.

— Autre chose ?

— Oui, répondit-il en lui tendant une liasse de billets. Je sais que tu n'as pas d'argent en ce moment.

Elle le dévisagea, se demandant s'il comptait l'humilier encore davantage. Toutefois, elle accepta son offre parce qu'elle ne pouvait pas faire autrement. La fierté ne la ferait pas manger.

— Tu es très généreux.

Sur ces mots, elle se drapa dans la serviette et tourna les talons.

Dans le silence qui suivit, Ryder s'interrogea : « Comment avait-il pu la laisser avoir le dernier mot ? »

Leah enfila sa tenue de voyage bordeaux et se coiffa d'un chapeau assorti. Puis elle prit un petit-déjeuner solitaire dans sa chambre avant de rejoindre Sam sous le porche.

Ses bagages étaient prêts. Elle jeta un dernier regard plein de nostalgie sur la maison. Elle la trouvait magnifique. Malheureusement, elle n'y remettrait jamais plus les pieds.

— Vous reviendrez, assura Sam comme s'il lisait dans ses pensées.

Leah ne répondit pas.

6

Sam finissait de charger les malles sur le chariot quand un attelage apparut au détour de l'allée. Seth tenait les rênes.

— Qu'est-ce qu'il vient faire ici ? s'écria le vieil homme, interloqué.

Leah n'eut pas le temps d'émettre une hypothèse que déjà Seth arrêtait la voiture et sautait à terre. Il avait les traits tirés par l'anxiété et ses chevaux étaient en nage.

— Leah, Cecil est malade, déclara-t-il. Éloïse veut que vous veniez sans tarder.

— Est-ce grave ? s'enquit la jeune femme en frissonnant.

— Très. Il ne passera peut-être pas la journée.

Abasourdie, Leah se tourna vers Sam, qui réagit promptement.

— Partez avec Seth. Sa voiture est plus rapide. Je vous apporterai vos bagages.

— Que se passe-t-il ?

Ryder se tenait sur le seuil.

— Cecil est malade, expliqua Leah. Éloïse me demande de toute urgence. Elle a envoyé Seth me chercher.

Ryder soutint longuement le regard de son frère puis lâcha :

— Je l'emmène.

Après ce qui venait de se passer entre eux, Leah ne

tenait pas à le voir s'impliquer dans ses affaires et le lui fit savoir :

— Ce ne sera pas nécessaire. Seth va...

— Je t'emmène, coupa-t-il d'un ton sans réplique avant d'ajouter à l'intention de son frère : tu diras à Éloïse que nous sommes en route.

Les deux hommes se toisèrent tels deux adversaires sur le champ de bataille.

— Comme tu voudras, cher frère, concéda enfin Seth en fulminant.

Il retourna à sa voiture et fit volter son attelage avant de s'éloigner dans l'allée.

Leah était furieuse que Ryder soit intervenu, mais le moment était mal choisi pour lui dire son fait. Pour l'heure, elle n'avait qu'une idée en tête : se rendre au chevet de Cecil au plus vite.

— Je dois faire un saut à mon bureau, déclara Ryder. La maison d'Éloïse se trouve sur mon chemin. Je peux te déposer. Accorde-moi cinq minutes pour me changer.

Leah ravala une réflexion acerbe. Ils auraient tout le temps de se disputer plus tard.

— Je t'en donne quatre, répliqua-t-elle.

Il rentra dans la maison. En l'attendant, Sam s'efforça d'entretenir la conversation, mais il comprit vite que la jeune femme n'était pas d'humeur à bavarder. Après un long silence, il hasarda :

— Autant que vous me donniez votre version des faits, parce que Ryder va me donner la sienne que je le veuille ou non.

— Il n'y a rien à raconter, fit Leah en haussant les épaules. Il semblerait qu'il soit contrarié par ma virginité.

Sam la dévisagea, les yeux écarquillés.

— Je parie que vous regrettez de m'avoir posé cette question, reprit la jeune femme avec un faible sourire.

— Et comment ! Excusez mon indiscrétion, mais vous a-t-il expliqué pourquoi cela le mettait tant en colère ?

— Il n'a pas eu à le faire. Je le sais parfaitement. Il préférerait que je sois quelqu'un d'autre.

Sam réfléchit un instant avant de remarquer :

— Je vous le répète, il peut parfois être un peu lent à comprendre.

— C'est le moins que l'on puisse dire.

Sam s'esclaffa mais retrouva vite son sérieux.

— Vous voulez vraiment retourner chez Ellen ?

— Non, avoua Leah.

— Il se trouve qu'Éloïse possède une petite cabane derrière chez elle. Il lui arrive de la louer. Vous pourriez vous y installer, à condition que Cecil se remette, bien sûr.

— Bien sûr.

La jeune femme avait déjà perdu tous les êtres qui lui étaient les plus chers. Elle ne voulait même pas envisager qu'il puisse arriver quelque chose à Cecil. Soudain, elle avait hâte que Ryder arrive.

— Mais qu'est-ce qu'il fabrique ? s'impatienta-t-elle.

À cet instant précis, la voiture surgit au coin de la maison. Ryder tenait les rênes, il était vêtu d'une chemise fauve à franges. L'attelage s'immobilisa près de la jeune femme.

— Tu es prête ?

Non, elle n'était pas prête à aller où que ce soit avec lui, mais pour Cecil, elle endurerait sa présence.

— Oui.

Sam l'aida à monter, et ils se mirent en route.

Le trajet jusque chez Éloïse durerait plus d'une heure et Leah espérait qu'ils ne se querelleraient pas. Toutefois, elle tenait à savoir pourquoi il avait insisté pour l'emmener.

— Pourquoi fais-tu ceci ?

— Je n'en ai pas terminé avec toi.

— Je croyais que ma dette était épongée.

— Certes, mais tu me dois encore la vérité.

— Mais, tu as refusé de l'entendre, hier soir !

Ryder se crispa. Elle disait vrai. La veille, il était trop furieux, trop abasourdi pour l'écouter. En réalité, il n'était toujours pas prêt à l'entendre, mais, bon sang, elle était vierge et il voulait une explication.

— Tu sais, tu es peut-être enceinte, à l'heure qu'il est.

Cette perspective effrayante submergea la jeune femme, mais elle se ressaisit très vite.

— Ou je ne le suis peut-être pas.

Il devait admettre qu'elle était coriace.

— Mon père s'est-il révélé incapable de remplir son devoir conjugal ?

Leah le scruta longuement, sentant monter sa colère, mais elle parvint à garder son sang-froid.

— Cette nuit, tu m'as jetée hors de ton lit et ce matin hors de ta maison. Je ne te dois rien, surtout pas des réponses à tes questions.

Devinant sa rage sous ses paroles, ainsi que la souffrance qu'elle cherchait à dissimuler, Ryder s'efforça de ne pas en être affecté. Mais il l'était bel et bien. Cependant, plutôt que de s'interroger sur le fait que les sentiments de la jeune femme commençaient à ébranler la carapace qu'il avait forgée pour se protéger de ses propres émotions, il préféra se concentrer sur la route. Durant le reste du trajet, ni l'un ni l'autre ne prononça un mot.

À peine la voiture se fut-elle immobilisée devant la maison d'Éloïse, que Leah sauta à terre et remonta l'allée en courant. Puis elle martela la porte de ses poings.

Dès que Seth l'ouvrit, Ryder repartit.

— Où est-il ? s'écria Leah.

— Enfin, vous voilà ! s'exclama Éloïse en apparaissant à son tour. Suivez-moi.

Leah lui emboîta le pas.

Cecil était allongé sur un divan, dans la pièce du fond. Il était immobile, si bien que Leah crut être arrivée trop tard. Mais le râle de souffrance qui franchit les lèvres du vieil homme lui indiqua qu'il s'accrochait encore à la vie. Elle reprit espoir.

— Cecil ? murmura-t-elle en s'approchant de lui.

Il ouvrit péniblement les yeux, mais son regard était si lointain qu'elle aurait été incapable de dire s'il la reconnaissait. Il referma les paupières aussitôt. Leah s'assit au bord du matelas et lui caressa tendrement le front. Il transpirait abondamment, mais sa peau était glacée.

— De quoi souffre-t-il ? demanda-t-elle à Éloïse.

— Si seulement je le savais... Ellen a raconté à Seth qu'il avait commencé à avoir des nausées ce matin et qu'il s'est plaint de la gorge. Il voyait trouble et avait le teint verdâtre.

— Le teint verdâtre ? Serait-ce une intoxication alimentaire ?

— Peut-être. Mais il n'arrive pas à articuler la moindre parole, alors je n'ai aucune certitude.

— Il ne peut plus parler ?

— Apparemment. En arrivant ici, il a essayé de prononcer quelques mots mais son visage semblait paralysé et ses lèvres figées.

— Cette paralysie est plutôt inquiétante, non ? fit Leah, sérieusement alarmée.

Éloïse hocha la tête.

— Son état n'a fait qu'empirer depuis son arrivée. Il ne cesse d'avoir des nausées et des convulsions. Je ne sais quel remède lui administrer, car j'ignore de quoi il souffre au juste.

Leah ne comprenait que trop bien la situation. Les deux femmes échangèrent un regard affolé. Il ne fallait pas que Cecil meure. S'il devait la quitter, Leah voulait au moins qu'il sache combien il avait compté dans sa vie. Il se mit à gémir de douleur.

— Ne peut-on vraiment rien faire pour lui ? questionna Leah. Et les médecins de Denver ?

— Ils refusent de soigner les Noirs. Le seul qui accepte de s'occuper des nôtres se trouve à Boulder.

Leah épongea le front de Sam.

— Il respire très mal.

— Je sais. Il est de plus en plus faible. Si seulement j'avais une idée de ce qu'il a mangé...

Leah prit la main de son vieil ami qui gémissait doucement.

— Ellen n'a rien dit d'autre ? s'enquit-elle.

— Seulement qu'il est sorti hier soir. Il avait un rendez-vous mais elle ignore avec qui. En rentrant, il lui a dit qu'il avait mal au cœur mais que cela allait passer, et il est monté se coucher.

— Cecil, murmura Leah, qu'as-tu donc mangé, hier soir ?

Pour toute réponse, il gémit plus fort.

— Cecil !

Silence.

— Je crois que je vais prendre le risque de lui administrer un dépuratif, déclara Éloïse. Nous verrons bien.

Leah hocha la tête et se mit à prier silencieusement.

Éloïse passa le reste de la journée à préparer des potions à base de plantes qu'elle faisait avaler au malade. Leah se rendit utile en faisant bouillir de l'eau et en changeant les draps souillés. En fin d'après-midi, la fièvre tomba légèrement. Cecil semblait aller mieux même s'il était toujours incapable de parler. Bientôt, cependant, il sombra dans l'inconscience. Éloïse entoura du bras les épaules de Leah.

— Ne perdez pas espoir, murmura-t-elle d'un ton encourageant. Il s'en sortira peut-être.

Leah ne pouvait se résoudre à se retrouver seule au monde. En l'espace d'un an, elle avait perdu tous les siens.

— Allez donc boire une tasse de thé, suggéra Éloïse. Ensuite, vous irez tenir compagnie à Alice. Elle me soutient toujours dans les moments difficiles.

Leah n'avait pas envie de quitter le chevet de Sam.

— Allez-y, insista Éloïse. Nous allons sans doute y passer la nuit et vous aurez besoin d'avoir la tête froide.

Admettant à contrecœur qu'elle avait raison, la jeune femme suivit son conseil.

Sam et Seth attendaient devant la porte de la chambre. Leur inquiétude était visible. Leah se réjouit de la présence de Sam. D'autant que les deux hommes semblaient avoir enterré la hache de guerre pour lui apporter leur soutien. Ryder était parti sans même prendre des nouvelles du malade.

— Comment va-t-il ? s'enquit Sam.

— Il semblerait qu'il y ait une légère amélioration, répondit-elle en secouant la tête, mais…

— A-t-il de la famille, dans l'Est ? intervint Seth. Quelqu'un que nous pourrions avertir par télégramme ?

— Non. Il n'a que moi.

« Et je n'ai que lui », songea-t-elle amèrement.

— Éloïse m'a conseillé de boire une tasse de thé et d'essayer de me reposer, reprit-elle. Selon elle, parler à Alice m'aiderait. Quelqu'un veut se joindre à moi ?

— Hélas, je dois rentrer, répondit Sam. Mais je reviendrai demain matin à la première heure.

Leah était déçue qu'il parte. Sam était devenu son ami et elle avait besoin de sa présence rassurante, mais elle savait que son devoir l'appelait chez Ryder. Et puis, c'était un homme de parole. S'il lui avait promis de revenir le lendemain, il serait au rendez-vous.

— Je vais rester avec elle, Sam, intervint Seth, avant d'ajouter : enfin, si mon frère n'y voit pas d'inconvénient.

Le souvenir de Ryder transperça le cœur de la jeune femme.

— Cela ne regarde pas Ryder, lâcha-t-elle.

Elle décela une lueur de curiosité dans le regard de Seth mais préféra ne pas en tenir compte. Ils auraient tout le temps d'en parler plus tard.

Elle remercia Sam d'avoir apporté ses bagages avant que celui-ci ne prenne congé et se retrouva seule avec Seth.

Tous deux étaient visiblement gênés. Leah savait qu'il était contrarié par l'accord qu'elle avait conclu avec Ryder ; à présent, il devait avoir une piètre opinion de sa moralité.

— Si nous prenions cette tasse de thé ? suggéra-t-il enfin, rompant le silence. Pour ma part, j'avoue que je boirais bien quelque chose de plus fort.

À la grande surprise de la jeune femme, il ouvrit un placard et en sortit une carafe.

— C'est du whisky, expliqua-t-il en se servant. Vous en voulez ?

Elle secoua la tête.

— Alors, allons-y, fit-il en rangeant la carafe.

Le soleil couchant teintait le ciel de pourpre et d'orange. Après avoir passé la journée enfermée dans une chambre étouffante, Leah savoura la fraîcheur de l'air. Ils marchèrent parmi les massifs de fleurs jusqu'à un banc de pierre, à quelques mètres de la statue d'Alice. Une fois de plus, Leah fut subjuguée par sa grâce et sa beauté.

— Savez-vous quand Éloïse l'a sculptée ? demanda-t-elle à Seth.

— Je devais avoir environ huit ans, raconta-t-il en sirotant son whisky. Elle est très réaliste, n'est-ce pas ?

— Je trouve, oui.

— Quand nous étions petits, Ryder en avait peur.

— Peur ? répéta Leah. Mais pourquoi ?

— Il croyait qu'elle était vraie, qu'Éloïse l'avait transformée en statue parce qu'elle avait fait une bêtise.

— Pourquoi diable croyait-il une chose pareille ?

— Parce que je le lui avais affirmé, répondit Seth.

Leah s'attendait à un sourire attendri de sa part au souvenir de cette taquinerie entre frères, mais il avait le regard dur comme la pierre.

— Vous vouliez lui faire peur.

— Je le haïssais, avoua-t-il. Éloïse nous accueillait ensemble chez elle chaque été. Sans doute pour tenter de nous rapprocher. Mais je passais mon temps à lui faire des misères. Je n'en suis pas très fier, aujourd'hui.

Cet aveu rassura un peu Leah.

— Oh, ne vous méprenez pas ! enchaîna-t-il. Il savait me rendre la monnaie de ma pièce. Un jour il s'est vengé pendant mon sommeil. Il m'a enduit les cheveux de graisse d'ours. Éloïse a eu un mal fou à m'en débarrasser et j'ai attiré les mouches pendant une semaine tant je dégageais une odeur infâme.

Leah s'esclaffa.

— C'est agréable de vous voir sourire à nouveau.

— Je n'ai guère eu de raisons de me réjouir, ces derniers temps.

— Que s'est-il passé ? J'ai vu Sam charger vos malles dans la charrette, ce matin, chez Ryder.

Leah croisa son regard noisette. Elle savait qu'il faisait allusion au marché qu'elle avait conclu avec son frère.

— Il a effacé ma dette, puis il m'a demandé de partir ; c'est donc ce que j'ai fait.

Elle n'avait pas intention de lui fournir des détails.

— Je ne peux pas dire que j'en sois peiné, avoua Seth en vidant son verre. Vous êtes une très belle femme, Leah. Je préférerais vous voir à mon bras qu'au sien.

Elle ne répondit pas.

— Vous croyez que Cecil va s'en sortir ? reprit-il.

— Je l'ignore. Mais je prie pour qu'il se remette.

— Vous le considérez comme un parent, n'est-ce pas ?

— Oui. Depuis toujours. Chaque fois que j'avais des ennuis, Cecil venait à ma rescousse. Il a même tenu tête à ma mère à quelques occasions.

Soudain, la tristesse qu'elle avait combattue toute la journée monta en elle, menaçant de l'engloutir. Elle se leva.

— Je vais rentrer, annonça-t-elle. Éloïse a peut-être besoin de moi.

Seth la raccompagna à l'intérieur de la maison.

Ryder arriva chez Éloïse vers minuit. Il fut contrarié de découvrir son frère au salon, un verre de whisky à la main.

— Qu'est-ce que tu fais là ? lança-t-il sèchement en ôtant son manteau et son chapeau trempés.

— Je pourrais te retourner la question, fit Seth d'une voix traînante. Leah m'a dit que tu l'avais mise à la porte.

Ryder accrocha son manteau à une patère, derrière la porte.

— Cela ne te regarde pas.

— Je pense que si.

— Rentre chez toi, Seth.

— Pour perdre une occasion en or de me faire bien voir de Leah ? Certainement pas.

— Rentre chez toi, je te dis, et tout de suite !

— Sinon ?

Ils se toisèrent en silence, puis Seth déclara :

— Elle a bien ri quand je lui ai raconté que tu avais peur d'Alice étant petit. Quand l'as-tu fait rire pour la dernière fois, cher frère ?

— Dehors ! siffla Ryder. Sinon, je te flanque à la porte moi-même.

Seth posa son verre et alla chercher son manteau.

— Tu ne changeras donc jamais, soupira-t-il. Un homme est en train de mourir, et toi tu veux te battre.

— Je ferais n'importe quoi pour que tu sortes d'ici.

— Continue comme ça et Leah sera mienne avant que tu aies le temps de te retourner, assura Seth avec un sourire.

Ils se toisèrent à nouveau en silence.

— Sait-elle qu'on te surnomme le peau-rouge ? reprit-il.

La colère de Ryder grimpa d'un cran mais il n'en montra rien. Cela aurait fait trop plaisir à son frère.

— Bonsoir, Seth.

Ce dernier leva son chapeau d'un air suffisant et sortit dans la nuit.

Cecil mourut à l'aube. Leah somnolait dans un fauteuil, à son chevet, quand Éloïse la réveilla pour lui annoncer la triste nouvelle. Accablée, la jeune femme ne tenta même pas de retenir ses larmes.

— Vous en êtes certaine ?

Éloïse lui répondit d'un hochement de tête.

Leah s'assit au bord du lit et contempla le visage familier figé dans la mort. Cecil avait tant compté dans sa vie ! Il avait connu une fin douloureuse, mais désormais il ne souffrait plus Elle se pencha pour déposer un dernier baiser sur son front.

— Repose en paix, murmura-t-elle d'une voix vibrante.

Éloïse posa une main compatissante sur l'épaule de la jeune femme.

— Le pasteur de la paroisse se chargera des funérailles, si vous le souhaitez.

— Je vous remercie, murmura Leah en s'essuyant les yeux.

— Allez pleurer votre ami. Je m'occupe de tout.

Leah hocha la tête, lança à Cecil un dernier regard et quitta la chambre.

En découvrant Ryder dans la pénombre du salon, elle tressaillit.

— Où est Seth ?

— Il est rentré chez lui.

— Il est parti de lui-même ou tu l'as chassé ?

— Je l'ai chassé. Il souhaitait rester mais il est trop bien élevé pour provoquer un scandale en présence d'un mourant, alors il est parti.

— Toi, tu n'as pas ces scrupules, bien entendu.

— En effet.

— Cecil est mort.

Sans qu'il puisse se l'expliquer, le chagrin de Leah l'attristait. Certes, il ne lui faisait pas confiance et se souciait peu de la disparition du vieil homme, mais, qu'il le veuille ou non, sa peine le touchait.

— Que fais-tu ici ? s'enquit-elle.

— Je me suis dit que tu aurais peut-être besoin de quelqu'un.

Leah s'essuya les yeux du dos de la main.

— Et tu penses être ce quelqu'un ?

— Tu n'as personne d'autre.

Cet homme était capable de prendre tout ce qui faisait d'elle une femme et de la faire sienne, songea-t-elle, mais elle doutait qu'il puisse donner grand-chose en échange.

— Ryder, je t'en prie, va-t'en. Je souffre suffisamment.

Son ton implorant et les larmes qui jaillirent à nouveau de ses yeux ne firent qu'attirer Ryder vers elle. Sans lui laisser le temps de protester, il la prit dans ses bras et la serra contre lui.

— Tu as besoin de réconfort, murmura-t-il. Et je peux te le donner… Laisse-toi aller…

Elle céda. Glissant les bras autour de sa taille, elle pleura à chaudes larmes. Chacun de ses sanglots déchirait le cœur de Ryder. Cette sensation ne lui plaisait pas. Le chagrin de Leah le rendait vulnérable. Il souffrait pour elle. Si seulement il avait pu ramener Cecil à la vie pour apaiser sa douleur… Mais c'était impossible, aussi se contenta-t-il de la bercer dans ses bras.

Quand elle se fut un peu calmée, il la porta jusqu'au vieux divan fleuri d'Éloïse et la garda sur ses genoux. Puis il sortit de sa poche un mouchoir blanc qu'il déplia. Entre deux hoquets, la jeune femme se moucha, regrettant qu'ils ne puissent être toujours ainsi, en harmonie. Redoutant les conséquences de sa crise de larmes, elle se leva, évitant le regard de Ryder.

— M… merci, balbutia-t-elle, le dos tourné.

— Ce n'est rien.

Il sentit une barrière se dresser à nouveau entre eux et fut inexplicablement déçu.

— Est-ce qu'Éloïse va t'aider à organiser les funérailles ?

— Oui. Mais nous n'avons pas encore parlé d'argent.

— Je m'en charge.

Étonnée, Leah faillit se retourner, mais elle se retint. Pourquoi feignait-il de se préoccuper de sa situation, alors que, la veille encore, il était impatient de se débarrasser d'elle ? Qu'avait-il en tête ? N'ayant ni la force ni la volonté de discuter, elle le remercia de nouveau.

— Je te rembourserai, ajouta-t-elle.

Ryder se garda de lui demander quand et comment. Ce n'était pas son souci immédiat. En revanche, il s'inquiétait pour elle. Malgré leur différend, il la préférait combative et déterminée. De la voir ainsi, abattue et vulnérable, lui donnait envie de la protéger. Jamais aucune femme n'avait suscité en lui de tels sentiments, et il en était troublé.

— As-tu besoin d'autre chose pour les funérailles ?

— Je ne sais pas. Il faut que je voie avec le pasteur.

— Tiens-moi au courant, conclut-il en se levant.

— Très bien.

Il s'attarda si longtemps qu'elle crut qu'il allait dire autre chose. Mais il n'en fit rien. Il alla simplement chercher son manteau et son chapeau, puis, après un dernier regard, la laissa à son chagrin.

Cecil fut enterré le lendemain. James Garrison, le pasteur, célébra la cérémonie. Leah régla les frais avec l'argent que lui avait remis Ryder lorsqu'elle avait quitté Sunrise. Seuls Éloïse, Sam et Seth étaient présents. Ryder ne vint pas.

Le trajet de retour dans la voiture de Seth se déroula en silence. Leah avait les yeux rougis derrière sa voilette noire. Elle avait quitté le Massachusetts depuis une semaine, à peine, mais elle avait l'impression que cela faisait des siècles.

— Vous avez une idée de ce que vous allez faire, maintenant ? s'enquit Seth.

— À part retourner dans l'Est, je ne vois pas.

Après quelques secondes, il demanda :

— Quand partez-vous ?

— Dès que possible.

— Dommage.

— Rien ne me retient ici, Seth.

Elle avait raison. Ce voyage fatal lui avait coûté son innocence et l'avait privée de Cecil. Elle n'avait aucune raison de rester.

— Je suis là, moi, rétorqua-t-il.

— Il faudrait que je passe chez votre tante pour récupérer les affaires de Cecil, dit-elle, peu désireuse de s'aventurer sur ce terrain glissant.

Seth la dévisagea longuement.

— Leah, je...

Elle le fit taire en posant la main sur son bras.

— Je vous en prie, pas maintenant, d'accord ?

Il soutint son regard puis acquiesça d'un hochement de tête.

— Nous ne sommes plus très loin de chez tante Ellen. Voulez-vous y passer tout de suite ou préférez-vous attendre quelques jours ?

— Allons-y maintenant.

Dès qu'ils s'arrêtèrent devant la maison, Mme France ouvrit la porte.

— Mes condoléances, dit-elle avec sincérité à Leah.

— Merci. Je viens chercher ses affaires.

— Naturellement.

Au moment où Mable s'effaçait pour la laisser entrer, Ellen apparut.

— Bonjour, tante Ellen ! lança Seth.

Elle sourit à son neveu. Son visage trop poudré avait quelque chose de spectral.

— Comment se sont déroulées les funérailles ?

— Bien, répondit-il. Leah aimerait récupérer les effets de Cecil.

— Je vous en prie.

Leah se dirigea vers l'escalier.

— Vous savez, ajouta Ellen, ma sœur est morte dans les mêmes conditions que Cecil. Douleurs, paralysie faciale, teint verdâtre... Finalement, le cœur a lâché. Les médecins ont conclu à une intoxication alimentaire, mais je n'y ai jamais cru.

— Que voulez-vous dire ? s'enquit Leah en regardant par-dessus son épaule.

— Que ma sœur a été empoisonnée. À l'époque, j'étais persuadée que c'était Louis le coupable, mais il est mort. Quel esprit malin avez-vous donc réveillé en venant ici faire revivre son souvenir ?

— Tante Ellen ! gronda Seth.

Ellen inclina la tête de côté d'un air moqueur.

— Ce ne sont que les divagations d'une vieille dame, rien de plus.

— Venez, Leah. Finissons-en.

Il l'entraîna dans l'escalier. Jetant un coup d'œil en arrière, Leah vit qu'Ellen l'observait de son froid regard bleu.

Cecil n'avait pas eu le temps de déballer ses affaires, aussi Leah ne mit-elle que quelques minutes à les rassembler. Elle glissa le tout dans un sac de toile tandis que Seth se chargeait de descendre les malles. Leah alla vérifier dans le tiroir du secrétaire qu'elle n'avait rien oublié. Elle y découvrit un télégramme dont elle prit connaissance :

Ce sont donc des chiens de prairie qui siègent au tribunal dans le Colorado ? Il n'existe aucune jurispru-

dence sur un jugement remontant à trente-deux ans. Je consulte mes confrères. Raddock.

Dès que Seth réapparut, la jeune femme lui tendit le document d'une main tremblante.

— Lisez ceci.

La surprise de Seth reflétait celle de Leah.

— Cela signifie-t-il que vous allez peut-être récupérer votre héritage ?

— Aucune idée.

Cecil devait avoir contacté le vieux juge. Cela n'étonnait guère la jeune femme. Cecil n'était pas homme à baisser les bras. Il attendait certainement d'en savoir plus avant de lui en parler. Leah s'efforça de réfléchir posément. Elle devait envoyer un télégramme au juge pour avoir des précisions sur le sujet et lui annoncer le décès de Cecil.

— Pourriez-vous me conduire au bureau du télégraphe ? demanda-t-elle à Seth.

— Bien sûr.

— Tout de suite ?

— Aidez-moi à charger le reste dans la voiture et nous y allons.

Dix minutes plus tard, ils étaient en route pour Denver.

Le souvenir des tentes et autres cabanes de fortune dressées par les mineurs lors de la ruée vers l'or de 1858 et 1859 était bien loin. Le Denver de 1886 était une ville prospère et grouillante de vie digne d'une métropole de la côte Est. Il y avait plusieurs journaux concurrents, des théâtres, de grands hôtels. Les restaurants servaient huîtres et champagne. La ville comptait aussi de nombreuses églises, une bibliothèque, une librairie. Loin aussi le temps où les joueurs des tripots s'efforçaient à longueur de journée de dépouiller les prospecteurs de leur or si chèrement gagné, et où les tenanciers de bar devaient être armés jusqu'aux dents. L'ordre régnait, désormais. Il était devenu impossible de gagner ou de perdre un quartier entier de la ville sur un coup de dés. Le Denver que Seth fit découvrir à Leah allait bientôt devenir l'un des symboles de l'Ouest florissant.

Au service du télégraphe, Leah rédigea son message et le tendit à un employé blasé.

— Vous désirez attendre la réponse ? demanda-t-il.

Leah se tourna vers Seth et l'interrogea du regard. Elle ne voulait pas abuser de sa gentillesse, surtout s'il avait des rendez-vous.

— Combien de temps cela peut-il prendre ? s'enquit-il.

— Deux ou trois heures, répondit le jeune homme en haussant les épaules.

— Voici mon adresse, dit Seth en lui tendant une carte de visite. Nous repasserons dans quelques heures ou après le déjeuner. Si la réponse arrive avant, envoyez quelqu'un chez moi, je vous prie.

Seth sortit quelques pièces de la poche de son élégante veste.

— Tenez. Pour votre peine.

Le pourboire sembla dérider quelque peu l'employé.

— Merci. Ne vous inquiétez pas, je m'occupe de tout.

Seth le remercia d'un hochement de tête et entraîna Leah dehors.

Ryder en avait assez de ce mystère qui entourait Leah Montague. Le grand type roux assis en face de lui, dans son bureau, était un détective privé du nom de George Taggart.

— Comment s'appelle cette taverne, dites-vous ? interrogea ce dernier.

— Le *Black Swan*.

— Mais vous ne connaissez pas le nom de la ville où elle se trouve ?

— Non.

L'homme relut ses notes.

— Très bien, monsieur Damien. Je pense que je dispose de suffisamment d'informations pour commencer mon enquête. Si je découvre que cette jeune femme est recherchée ou toute autre information importante, je vous enverrai immédiatement un télégramme. Dans le cas contraire, vous recevrez mon rapport dès que j'aurai terminé.

— Merci.

— Je vous en prie, répondit le détective en se levant. C'est la première fois que je travaille pour un métis.

Ryder le foudroya du regard.

— Désolé, balbutia l'homme, comprenant sa bévue. Je vous contacterai.

— Vous avez intérêt, conclut Ryder. Mon employé vous versera une avance. Bonne journée, monsieur Taggart.

Le visage empourpré, le détective prit congé.

Ryder demeura pensif. Leah serait folle de rage si elle venait à apprendre qu'elle faisait l'objet d'une enquête. Il n'en était pas moins convaincu qu'il avait raison et qu'il aurait dû prendre contact avec ce détective dès leur rencontre.

Il se dirigea vers la fenêtre. Une fois Cecil Lee enterré, Leah allait certainement repartir dans l'Est à la première occasion. Si le rapport du détective lui parvenait après son départ, tant pis. Il avait besoin de savoir.

Il scruta la rue animée, en contrebas. Louis lui avait-il envoyé Leah pour lui faire une blague cruelle.

Cette question ne cessait de le tarauder. Et si elle était enceinte de lui ? Certes, la pénétration avait été brève, mais la nature se montrait parfois bien mystérieuse. Il se passa la main dans les cheveux et s'efforça de chasser ces idées sombres de son esprit. Si Leah attendait un enfant, il s'attaquerait au problème le moment venu. Pour l'heure, il voulait simplement savoir qui elle était. Surtout après la nuit qu'ils avaient passée ensemble. Lorsqu'il l'avait prise dans ses bras pour la consoler, chez Éloïse, il avait découvert des failles en lui dont il ne soupçonnait pas l'existence. Comme si cela ne suffisait pas, il avait rêvé d'elle toute la nuit et s'était réveillé ivre de désir. Et c'était ainsi chaque fois qu'il pensait à elle.

Il se promit de se tenir à distance tant qu'il n'aurait pas reçu le rapport du détective. Plus jamais il ne la prendrait dans ses bras ou ne se disputerait avec elle. Ce qu'il voulait, c'était la vérité sur son compte. Rien d'autre.

Il consulta sa montre. Il n'avait pas coutume de quitter son bureau aussi tôt, mais il se sentait comme un lion en cage et avait besoin de respirer. Il saisit son manteau et son chapeau. Peut-être oublierait-il ses préoccupations en allant manger un morceau.

Sur le trottoir grouillant de monde, il songea à l'époque où ces rues appartenaient aux mineurs, aux Indiens, aux joueurs de tout poil. Les maisons et les boutiques étaient rares. Désormais, la moindre bâtisse possédait une vitrine. La ville s'était tellement développée que les anciens se plaignaient de ne plus retrouver leur chemin. La raison de cet essor tenait essentiellement à l'or. Les gens de l'Est avaient afflué dans la région, apportant avec eux leur conception de la civilisation. Ils avaient transformé les terres des Cheyennes, des Arapahos et des Utes au point de les rendre méconnaissables. À l'école, on avait expliqué à Ryder que les pionniers se sentaient investis d'une mission divine : celle de régner sur le monde, et que pour la remplir, ils étaient prêts à écraser ceux qui se dresseraient en travers de leur chemin.

Les nombreuses tribus indiennes vivant sur le continent bien avant l'arrivée des Espagnols l'avaient appris à leurs dépens. La culture indienne disparaissait peu à peu. Les descendants des chefs cheyennes n'arboreraient plus fièrement leurs coiffes ornées de plumes. Leurs valeurs étaient parties en fumée, comme l'avait prédit leur prophète.

Ryder chassa ces tristes souvenirs qui ne faisaient rien pour améliorer son humeur déjà sombre.

Il était très difficile pour un Noir de se faire servir dans un restaurant pour Blancs. Aussi Seth emmena-t-il Leah dans le quartier noir. Il s'arrêta devant une petite maison de bois peinte en jaune vif dont l'enseigne indiquait : *Chez Dinah*.

— La patronne s'appelle vraiment Dinah ? s'enquit Leah en descendant de voiture.

— Non. Elle s'appelle Florence, mais elle trouve que Dinah sonne mieux.

Leah sourit et ôta sa voilette.

— Vous êtes certaine d'avoir envie de déjeuner au restaurant ? reprit-il. Je peux vous ramener chez Éloïse, si vous voulez.

— Non, c'est parfait. Je me retrouverai seule bien assez tôt. En attendant, j'apprécierai volontiers un peu de compagnie.

— Alors je vous promets de bien me conduire.

Leah s'immobilisa. Un autre homme lui avait fait la même promesse, un homme aux yeux de braise, aux longs cheveux de jais. Un homme qu'elle cherchait à oublier.

— Tout va bien ? s'enquit Seth en la scrutant.

Elle se ressaisit.

— Désolée. J'étais perdue dans mes pensées. Entrons.

Ils remontèrent l'allée menant au restaurant.

L'établissement n'était pas très plein. Un groupe d'hommes d'affaires déjeunaient déjà, ainsi qu'une famille avec deux petites filles, et quelques mineurs solitaires. Une tablée de quatre jeunes femmes coiffées de chapeaux extravagants riait joyeusement.

Sous le regard curieux de certains consommateurs, Seth guida Leah jusqu'à une table près de la fenêtre. Il l'aida à prendre place puis s'assit à son tour.

Elle n'avait pas très faim, mais devait manger quelque chose.

— Que me conseillez-vous ? demanda-t-elle en s'emparant de la carte.

— Le ragoût de bœuf est toujours délicieux.

— Va pour le ragoût.

Un serveur prit leur commande avant de s'éloigner vers les cuisines.

Leah sentit un appétissant parfum de pain chaud et de poulet rôti. Ayant tenu une taverne elle-même, elle était impressionnée par l'efficacité du personnel, qui passait de table en table chargé de mets appétissants. Au moment où elle allait demander à Seth depuis combien de temps le restaurant était ouvert, Ryder fit son entrée.

Leurs regards se croisèrent et, aussitôt, Leah se remémora la façon dont il l'avait consolée. Ce respect touchant dont il avait fait preuve à son égard. Puis ressurgirent des souvenirs d'une autre nature. Des baisers, des caresses…

Elle s'efforça de demeurer imperturbable, et reporta son attention sur Seth. Celui-ci dut sentir son trouble, car il jeta un coup d'œil en direction de la porte. En découvrant son demi-frère, il grommela :

— Que diable fait-il ici ?

Leah l'ignorait ; elle le regarda s'attabler à l'autre extrémité de la salle.

— J'espère qu'il ne vous a pas importunée, hier, après mon départ ? enchaîna Seth.

La jeune femme répondit par la négative. Il n'avait pas à savoir ce qui s'était passé entre eux, mais elle savait qu'elle garderait de ces instants un souvenir ému.

L'espace d'une seconde, Ryder avait été abasourdi. Que diable Leah fabriquait-elle dans ce restaurant ? En compagnie de son frère, qui plus est ? Il n'ignorait pas que l'enterrement de Cecil avait eu lieu dans la matinée, mais il s'était juré de rester à distance de la jeune femme. Or, il semblait la rencontrer à chaque coin de rue. Cela dit, il avait besoin de lui parler, ne serait-ce qu'une minute. La veille, il lui avait proposé de régler les frais des funérailles et il comptait respecter ses engagements. Il se leva et traversa la salle d'un pas assuré.

Dès qu'il se retrouva près de Leah, sa robe noire et ses yeux rougis par le chagrin ouvrirent une nouvelle brèche au plus profond de lui, dans cet endroit secret où il ne s'aventurait jamais.

— J'aimerais te dire deux mots.

Elle leva les yeux vers lui. Il était bien trop proche.

— J'ai réglé les frais avec l'argent que tu m'as… que j'avais sur moi.

Leurs regards se cherchèrent, s'accrochèrent.

— Je croyais qu'il était convenu… commença-t-il.

— Ce n'est rien. Je t'en prie, Seth et moi nous apprêtions à déjeuner. Ne pourrions-nous discuter de cela une autre fois ?

— Sans doute, admit-il, la mâchoire crispée.

— Dans ce cas, laisse-nous, intervint Seth d'une voix froide.

— Ce n'est pas à toi que je m'adresse, rétorqua Ryder.

— À elle non plus. Tu es sourd ?

Seth se leva.

Les autres consommateurs leur lançaient de discrets regards.

— Tu as réussi à impressionner cette charmante jeune femme, railla Ryder. Ne brise pas ses illusions en lui dévoilant ton vrai visage.

— Arrêtez tout de suite ! siffla Leah, dont la colère montait peu à peu.

Les deux hommes baissèrent les yeux sur elle.

— Cecil a été inhumé il y a moins de deux heures, leur rappela-t-elle d'un ton cassant. Je suis venue ici pour tenter d'apaiser un peu mon chagrin, pas pour voir deux imbéciles se battre comme des chiffonniers !

Seth et Ryder semblèrent accepter ces remontrances.

— À présent, Ryder, retourne à ta table, reprit Leah un ton plus bas. Nous discuterons plus tard. Seth et moi allons continuer notre repas.

Ryder se raidit en notant l'expression de triomphe de son frère.

— Et vous, Seth, ne jubilez pas trop, enchaîna Leah à qui ce détail n'avait pas échappé. Sinon, je vous assure que je m'en vais sur-le-champ et que je rentre chez Éloïse à pied.

Ce fut au tour de Ryder de triompher.

— Tu es toujours là ? fit Leah en le fusillant du regard.

La lueur victorieuse s'éteignit dans les yeux de Ryder.

— Bon appétit, lâcha-t-il d'un ton glacial, avant de tourner les talons et de quitter le restaurant.

Lorsque le serveur leur apporta leurs plats, Leah avait retrouvé son calme. Encore sous le coup des réflexions tranchantes de la jeune femme, Seth n'avait pas dit un mot.

— Vous êtes encore fâchée ? risqua-t-il au bout d'un moment.

— Non, répondit-elle avec sincérité.

— Je vous présente mes excuses. Je me suis mal comporté, mais Ryder a le don de me rendre fou.

— Je m'en suis rendu compte. J'accepte vos excuses.

— Pour tout vous avouer, la dernière fois que je me suis pris un tel savon, c'était le jour où Ryder et moi avons bu tout l'alcool de pissenlit d'Éloïse.

— Quand était-ce ?

— J'avais une douzaine d'années. Ryder en avait dix. Nous étions si saouls que nous étions persuadés de pouvoir voler. Résultat : nous avons sauté d'un arbre. Je me suis cassé la jambe droite, Ryder la gauche.

— Vous avez donc partagé quelques bons moments, tous les deux ?

— Nous avons été malades comme des chiens pendant toute une journée, oui. Éloïse nous a soignés mais, ensuite, elle nous a flanqué une sacrée correction. C'est curieux, cela faisait longtemps que je n'avais pas pensé à cette histoire, ajouta-t-il.

Leah se demanda si ces souvenirs communs l'émouvaient.

— Votre frère et vous devriez tirer un trait sur le passé.

— Essayez donc de le lui dire.

Leah secoua la tête. Ils ne savaient donc pas à quel point une famille était un bien précieux ? Apparemment, non. Elle préféra changer de sujet.

— Et si vous me parliez de vous, Seth ?

— Eh bien, j'ai trente-huit ans, je suis célibataire…

Il regarda la jeune femme droit dans les yeux.

— Mais encore ? fit-elle sans ciller.

— Je travaille actuellement avec un groupe d'hommes qui cherchent à fonder une ville noire. Nous avons mené une enquête dans l'Est et les résultats sont encourageants.

— Où se trouvera cette ville ?

— Au sud de Denver. Si nous parvenions à réunir l'argent nécessaire pour l'acquisition des terres, nous commencerions dès demain.

— Voilà qui me semble intéressant. Êtes-vous proche du but ?

— Il nous manque encore environ deux mille dollars, mais il n'est pas facile pour des gens comme nous d'obtenir des capitaux.

— Je vous souhaite bonne chance, déclara Leah.

— Merci.

Ils terminèrent leur repas puis retournèrent au bureau des télégraphes. À leur entrée, l'employé leur sourit.

— Votre réponse est arrivée !

La jeune femme prit connaissance du message.

Toutes mes condoléances. Je m'occupe toujours de votre dossier. Veuillez rester à Denver. Je vous télégraphierai sous peu. Raddock.

Leah n'avait aucune envie de s'attarder à Denver. Mais, de toute évidence, la joindre à bord du train était quasiment impossible. Elle poussa un long soupir.

— Le juge tient à ce que je reste ici, expliqua-t-elle à Seth en lui tendant le télégramme.

— Je mentirais en disant que je suis déçu, avoua-t-il.

Leah accepta le compliment mais n'y répondit pas.

— Qui sait, reprit-il, quand vos problèmes seront réglés, peut-être parviendrai-je à vous convaincre de rester pour toujours ?

Le propos était sans ambiguïté ; Seth la trouvait attirante. Certes, lui aussi était séduisant, mais elle n'envisageait aucune relation avec lui, du moins pas dans l'immédiat. Elle ne se sentait pas prête à faire la moindre promesse ou à s'engager dans une quelconque histoire avec un homme tant qu'elle n'aurait pas retrouvé la sérénité.

L'employé les observait comme s'il était au théâtre.

Leah l'ignora et déclara :

— Seth, pour l'heure, pourquoi ne pas apprécier les moments que nous partageons au jour le jour sans se soucier du futur ?

— Comme vous voudrez. Souhaitez-vous adresser un nouveau message au juge ?

Elle secoua négativement la tête.

— Alors je vous ramène chez Éloïse.

Dès son arrivée, Leah parla à Éloïse du télégramme du juge Raddock.

— Il semble croire que le jugement pourrait être annulé.

— C'est une nouvelle encourageante, non ?

Elle venait de raccompagner le pasteur chez lui et portait encore sa tenue de deuil.

— Sans doute, mais il me demande de rester ici le temps qu'il effectue ses recherches. Sam m'a dit que vous aviez une cabane à louer.

— C'est vrai.

— Ne le prenez pas mal, Seth, mais je ne tiens pas à habiter chez votre tante.

— Je comprends, assura-t-il avec un sourire.

— Cela signifie-t-il que vous souhaitez vous installer dans ma cabane ? s'enquit Éloïse d'un ton enjoué.

— Oui, si cela vous semble possible.

— C'est une excellente idée. Alice et moi serons ravies de vous accueillir.

Leah en fut soulagée.

— Allons y jeter un coup d'œil, proposa Éloïse en se levant du divan.

La cabane n'avait qu'une seule pièce. Elle était dotée d'une cheminée, d'un lit, d'une table et d'une chaise. L'ensemble était simple mais propre. Seul un tapis égayait le plancher.

Leah posa son sac sur le lit et ôta sa voilette.

— Cela n'a rien d'un palace, commenta Éloïse.

— Ce sera parfait, assura la jeune femme en balayant les lieux du regard. À combien se monte le loyer par semaine ?

— Je ne vous demanderai rien si vous me donnez un petit coup de main à la maison. Après tout, je n'ai pas de demandes de location, en ce moment.

— Mais, Éloïse…

— Je vous en prie, mon enfant, ne m'offensez pas. Vous avez besoin d'un refuge et en voici un.

Leah voulut protester mais le regard d'Éloïse l'en empêcha. La vieille dame hocha la tête d'un air satisfait.

— Bien, reprit-elle, Seth, les malles de Leah sont encore au salon, là où Sam les a laissées hier. Quand tu les auras apportées, tu iras chercher la coiffeuse qui se trouve dans mon débarras.

Leah n'en revenait pas. Elle avait l'impression qu'un ange gardien venait de voler à son secours.

Le temps que Seth se charge des malles et de la coiffeuse, la journée était terminée.

— Je vais devoir retourner en ville, Leah, lui annonça-t-il.

— Merci pour tout, Seth.

À sa façon, lui aussi était un ange. Il était resté à ses côtés durant les funérailles et tout au long de la journée.

— Ce fut un plaisir. En réalité, j'espère avoir marqué des points dans votre estime.

— C'est le cas, dit-elle avec un sourire.

— Alors je suis un homme heureux.

Leurs regards se croisèrent un long moment. Leah était sensible à son charme viril, mais il y manquait la puissance et l'intensité qu'elle avait trouvées chez son frère. Repoussant toute pensée ayant trait à Ryder, elle raccompagna Seth jusqu'à sa voiture.

— Je sais que vous êtes en deuil et que vous avez de nombreux soucis, en ce moment, dit-il au moment de partir, mais je suis invité à un dîner chez des amis, samedi soir, et je serais honoré que vous m'y accompagniez ?

Leah ignorait dans quel d'état d'esprit elle serait à ce moment-là, mais elle décida d'accepter, histoire de ne pas se morfondre dans sa chambre.

— Avec plaisir, Seth.

— Attention, l'avertit-il. Vous me donnez de l'espoir.

— À quelle heure, samedi ? riposta-t-elle en riant.

Ils prirent rendez-vous.

— Reposez-vous, lui conseilla Seth.

— Promis.

Il saisit les rênes et la voiture s'ébranla. Leah regagna la maison. Éloïse avait coiffé son chapeau.

— Vous sortez ? s'enquit la jeune femme.

— Oui. La vieille Mme Cromwell a besoin d'un remède contre son arthrite. Je devais lui en porter ce soir. Cela ne vous ennuie pas de rester seule ?

— Pas du tout.

— Si vous avez faim, il y a du poulet dans la glacière. Tom et moi rentrerons tard.

— Tom ?

— Mon mulet.

— Ah !

— En attendant, profitez de la maison. Prenez un bain, si cela vous chante. Ryder m'a installé une de ces salles de bains modernes et il y a autant d'eau chaude que vous voudrez.

Leah trouva l'idée tentante.

— Il n'y a qu'une pièce qui vous soit interdite, c'est celle qui se trouve au bout du couloir. J'y garde mes toiles et mes sculptures, et je n'aime pas que les gens les voient tant qu'elles ne sont pas terminées.

— Ne vous inquiétez pas.

— J'imagine que les choses ne se sont pas bien passées entre Ryder et vous, fit la vieille dame d'un ton grave.

— En effet, admit Leah.

— Je n'insisterai pas. Votre moral a été suffisamment atteint comme ça, je le sens.

Leah lui fut reconnaissante de se montrer aussi compréhensive.

— Vous vous en remettrez. Nous, les femmes, nous survivons à toutes les épreuves. Reposez-vous. À demain matin.

Sirotant un verre de whisky, Ryder Damien se morfondait sur son élégant canapé victorien, les pieds posés sur un guéridon bas tout aussi élégant. Lorsque Sam pénétra dans la pièce, il leva son verre en guise de salut.

— Si tu n'ôtes pas immédiatement tes bottes de mon guéridon… gronda le vieil homme.

— Ton guéridon ? répéta Ryder, amusé. Si je me souviens bien, c'est moi qui l'ai acheté.

— C'est toi qui es allé le chercher à San Francisco ? C'est toi qui le cires et l'époussettes avec soin ?

S'avouant vaincu, Ryder ôta les pieds du guéridon.

— Voilà. Tu es satisfait ?

— Très. Qu'est-ce qui te tracasse à ce point ?

— J'ai vu Mme Montague, cet après-midi.

— Après les funérailles ?

— Oui. Elle était en ville avec mon cher frère.

Ryder fit une pause avant d'ajouter :

— J'ai essayé de lui parler, mais…

— Elle t'a envoyé sur les roses.

— En quelque sorte, reconnut Ryder.

— À quoi t'attendais-tu donc ?

— À cette réaction, je suppose.

— Elle t'a tenu tête ? s'enquit Sam.

Ryder réfléchit. Aucune autre femme ne lui avait jamais parlé de la sorte.

— On peut le dire.

— Elle m'a confié que tu étais fou de rage et que tu l'as chassée parce que tu aurais préféré qu'elle soit une autre.

— J'étais furieux parce qu'elle était vierge et qu'elle ne me l'a pas dit.

— Je t'avais bien dit qu'elle n'avait rien d'une traînée, mais tu ne m'as pas écouté.

— Je sais, Sam.

— Eh bien, tu aurais dû. Mais le fait qu'elle soit vierge signifie-t-il qu'elle n'était pas mariée à ton père ?

Ryder haussa les épaules.

— Tu comprends mon problème ? Comment connaître la vérité ? Je devrais peut-être laisser Leah à Seth, ajouta-t-il en vidant son verre d'une traite.

— Ce jour-là n'est pas près d'arriver.

Ryder leva son verre vide en manière d'acquiescement. Jamais il ne capitulerait devant son frère ni ne lui céderait un joyau tel que Leah Montague, même s'il s'était juré le matin même de l'éviter comme la peste.

— Bon, déclara Sam, je vais voir Mable. Et toi ?

— Je reste encore un peu ici, et puis je travaillerai sur quelques dossiers.

— À plus tard, alors. Et garde les pieds sur le sol !

Sam parti, Ryder posa son verre et s'étira. Une montagne de paperasses l'attendait dans son bureau mais il n'avait aucune envie de s'atteler à la tâche. Après avoir quitté le restaurant, il avait regagné son bureau. Il était d'humeur si sombre qu'aucun de ses collaborateurs n'avait osé lui adresser la parole, ce qui l'arrangeait car il ne voulait pas être dérangé. À vrai dire, il ne souhaitait qu'une chose : reconquérir la femme qui avait déjeuné en compagnie de son frère.

Il se leva et se passa les mains dans les cheveux. Quelle mouche l'avait donc piqué ? Il se comportait comme un amoureux transi. Jamais aucune femme ne l'avait ainsi hanté. Il fallait à tout prix que cela cesse. Que diable, le sang des Cheyennes coulait dans ses veines ! Il ne pouvait ramper aux pieds d'une femme. D'autant que le monde regorgeait de femmes disponibles. « Mais tu ne veux pas d'elles », lui souffla la petite voix de sa conscience.

Le bain fit beaucoup de bien à Leah. Épuisée par cette longue et pénible journée, elle s'installa devant la cheminée pour se brosser les cheveux. Puis elle baissa la mèche de la lampe à huile, s'assit sur son lit et s'autorisa enfin à pleurer. Ce voyage dans le Colorado s'annonçait pourtant si prometteur ! Et à présent… Elle s'essuya les yeux. Ni Cecil ni sa mère ni Monty n'aimeraient la voir s'apitoyer sur son sort. Ce n'était pas ainsi qu'ils l'avaient élevée. Elle demeura donc assise, luttant pour ne pas se laisser submerger par le chagrin. Au bout de quelques minutes, toutefois, elle abdiqua et laissa à nouveau les larmes rouler sur ses joues.

7

Lorsque le samedi arriva, Leah s'aperçut qu'elle était ravie à l'idée de sortir avec Seth. Éloïse et elle avaient passé ces derniers jours à planter des légumes, à cueillir des plantes médicinales et à désherber les massifs de fleurs. Si jardiner était fatigant, c'était cependant moins pénible que de frotter le sol d'une taverne, même si on passait le plus clair de son temps à genoux ou courbé en deux.

Seth se présenta à 19 heures. Leah avait arrêté son choix sur une robe bleu nuit largement décolletée. Pour se protéger de la fraîcheur du soir, elle drapa un châle de soie sur ses épaules nues.

— Je ne savais pas s'il s'agissait d'une soirée élégante, avoua-t-elle à son cavalier. Ma toilette conviendra-t-elle ?

Seth hocha la tête d'un air approbateur.

— Je vais rendre jaloux tous les hommes présents.

Une lueur d'intérêt s'était allumée dans son regard et Leah se détourna. S'il avait un charme moins magnétique que son frère, il savait cependant y faire avec les femmes.

Éloïse apparut et parcourut la jeune femme de la tête aux pieds.

— Vous êtes ravissante ! déclara-t-elle. Seth, tu seras accompagné de la plus jolie femme de la soirée.

— Je sais.

Embarrassée, Leah s'empourpra.

— Nous y allons ? suggéra-t-il en lui offrant son bras.

En réponse, elle posa la main sur son avant-bras.

— Passez une bonne soirée, lança Éloïse.

Leah l'espérait. Après les événements tragiques de ces dix derniers jours, elle en avait bien besoin.

— Où allons-nous ? s'enquit-elle dès qu'ils furent en route.

— Chez M. et Mme Wayne. Lui est barbier et elle… Eh bien, les gens d'ici l'appellent la grande Cordelia.

— La grande Cordelia ? répéta Leah, perplexe.

— Oui. Elle a plus d'ambition que trois hommes réunis. Si elle était blanche, elle ferait une excellente épouse pour un homme politique. Faute de mieux, elle s'efforce de faciliter l'ascension sociale de son mari et de développer ses ambitions.

— Quelles sont-elles ?

— Oh, lui ne veut qu'une chose : être barbier et vivre tranquille.

— Un couple intéressant, commenta la jeune femme en riant.

— En effet. Il est riche comme Crésus et elle est belle comme le jour. Elle a grandi dans la misère et il est laid comme un crapaud.

— La soirée s'annonce passionnante.

Des dizaines d'attelages étaient garés dans l'allée menant à l'imposante demeure victorienne des Wayne. Quelque peu impressionnée, Leah avoua :

— Je m'attendais à une réception plus intime.

— Cordelia voit toujours très grand, expliqua Seth. Du reste, je parie que certains invités ne sont venus que pour vous apercevoir.

— Vous lui avez annoncé ma venue ?

— Naturellement.

— Je ne suis pas certaine que cela m'enchante.

— Quand mon père s'est volatilisé, il y a plus de trente ans, nul ne savait s'il avait été tué par des rebelles ou dévoré par une baleine. Je pense que les personnes ayant vécu à l'époque comptent sur vous pour obtenir quelques éclaircissements.

— Ma mère m'a dit un jour que le passé d'un homme n'appartenait qu'à lui, observa Leah.

— Mais un fils fait partie de ce passé. Il a le droit de savoir, non ?

Seth gara la voiture parmi les autres véhicules et actionna le frein. Après un silence, la jeune femme murmura :

— Votre père regrettait amèrement de vous avoir abandonnés, votre frère et vous.

— Sont-ce des regrets exprimés sur son lit de mort ? demanda Seth, la mâchoire crispée.

— J'ai l'impression d'entendre votre frère, remarqua-t-elle d'une voix douce.

— Touché.

Elle n'était pas étonnée de découvrir que Seth nourrissait de la rancœur à l'égard de son père. Avait-il passé son enfance à espérer son retour ?

— Oui, il m'a parlé de vous sur son lit de mort, poursuivit-elle. Il m'a affirmé qu'il avait été rongé par la culpabilité pendant de nombreuses années.

— Vous l'aimiez ?

Leah savait qu'il faisait allusion à des sentiments amoureux. Elle avait aimé Monty à sa façon, aussi n'eut-elle aucun scrupule à répondre :

— Oui, je l'aimais. Il comptait beaucoup pour moi, et moi pour lui.

— Ça fait du bien de l'apprendre.

Leah réprima le sentiment de culpabilité que cette demi-vérité faisait naître en elle et se dirigea avec Seth vers la maison.

Dès qu'ils eurent franchi le seuil, la foule d'invités élégamment vêtus qui avait envahi le vaste salon de Cordelia Wayne se tut. Tous les regards convergèrent vers Leah. Ce fut un moment difficile pour celle-ci, mais Seth prit les choses en main, s'éclaircit la voix et déclara :

— Chers amis, permettez-moi de vous présenter Leah Montague.

— Bonsoir à tous, lança la jeune femme.

Il y eut quelques sourires faux et quelques hochements de tête, mais Leah ne se sentait pas la bienvenue. Personne ne s'approcha pour la saluer. Visiblement, si certains étaient venus chercher des réponses au mystère entourant Monty, d'autres voulaient simplement voir à quoi ressemblait l'aventurière que Ryder Damien s'était achetée. Leurs regards étaient suffisamment éloquents.

C'est alors seulement que Cordelia Wayne vint vers elle. Sans doute avait-elle attendu de voir si Leah provoquait un scandale ou si elle était capable de s'exprimer en public avant de l'accueillir officiellement.

— Comment allez-vous, ma chère ? s'enquit la maîtresse de maison lorsque Seth eut effectué les présentations.

La grande Cordelia portait une somptueuse robe grise qui éclipsait toutes les autres toilettes. Elle semblait avoir quelques années de plus que Leah. Elle avait le regard vif et la peau couleur chocolat. Seth avait raison, c'était une femme superbe.

— Toutes mes condoléances, déclara-t-elle, apparemment sincère. J'ai entendu dire que Louis était un personnage, à son époque. Donnez-moi votre châle.

— Merci, répondit la jeune femme.

— Seth, comment allez-vous ?

— Très bien, Cordelia. Quel succès ! Il y a foule, ce soir.

— Malheureusement, Lewis Price n'a pu se joindre à nous. J'aurais tant aimé avoir des nouvelles de ses derniers investissements.

Leah n'avait aucune idée de qui il s'agissait, mais la moue de Cordelia suggéra qu'elle était fort déçue de son absence.

— Ma foi, Leah, reprit cette dernière en examinant son invitée de la tête aux pieds, je dois reconnaître que votre petit accent est des plus… charmants.

— Ma mère était anglaise, expliqua Leah avec un sourire factice.

— On pourrait presque vous prendre pour un membre de la famille royale. Toutefois, chacun sait qu'il y a fort peu de Noirs à la cour d'Angleterre.

Quelques rires fusèrent.

— Vous faites erreur, répliqua Leah non sans un certain plaisir. De nombreuses armoiries figurent des têtes de Maures. Avez-vous entendu parler de la reine Charlotte Sophie ?

— Non. Qui est-ce ? s'enquit Cordelia.

À son air agacé, Leah en déduisit qu'elle ne devait pas avoir l'habitude d'être contredite.

— Une ancienne reine d'Angleterre, épouse de George III.

— Je vois. Ah, voici Barksdale, mon mari !

Barksdale Wayne, un verre à la main, s'approcha. C'était un petit homme aux cheveux clairsemés et trop gominés. Avec sa peau pleine de trous et ses bajoues, il ressemblait effectivement à un crapaud. À son regard trouble, Leah devina qu'il avait commencé à boire bien avant le début de la réception.

— Bienvenue dans le Colorado, madame Montague, lança-t-il en lorgnant sans vergogne le décolleté de la jeune femme.

— Merci, fit-elle froidement.

Lorsque Seth lui avait parlé de lui, elle avait ressenti de la compassion. Mais à présent…

Derrière Cordelia se tenait Ellen Sejours, vêtue d'une robe bleue qui avait connu des jours meilleurs. Comme d'habitude, elle était trop maquillée.

— Seth ! Leah ! Quel plaisir de vous revoir, fit-elle d'une voix traînante.

Leah se contenta de hocher brièvement la tête pour ne pas avoir à mentir en répondant que ce plaisir était réciproque.

— Votre séjour chez Éloïse se passe bien ?

— Très bien.

— Et quand pensez-vous nous quitter ? demanda Ellen.

— Bientôt, j'espère.

— Eh bien, que Dieu vous entende.

Leah fulminait.

Peu à peu, les invités reprirent leurs conversations. Passé la curiosité initiale, Leah semblait ne plus les intéresser. Ce qui n'empêchait pas certains de l'étudier discrètement. Elle croisa quelques regards et sourit, mais n'obtint pas de sourires en retour.

Cordelia la prit doucement par le bras.

— Venez, je vais vous présenter. Nos amis sont ravis de votre présence.

Leah en doutait, mais elle se laissa néanmoins guider par son hôtesse.

Durant trois quarts d'heure, elle salua des hommes d'affaires, des éleveurs, des fermiers flanqués de leurs épouses sceptiques. Certains lui présentèrent leurs condoléances, d'autres se contentèrent de la regarder. Des femmes chuchotèrent entre elles tandis qu'elle passait parmi elles. Les hommes la dévoraient souvent du regard. Quand les présentations furent terminées, Cordelia invita les convives à gagner le somptueux buffet. Leah était lasse d'être le point de mire de tous les regards. Elle regrettait l'absence de Sam et d'Éloïse tout en sachant qu'ils ne devaient pas faire partie des fréquentations des Wayne.

— Depuis combien de temps étiez-vous mariée avec M. Montague ? s'enquit Barksdale en s'approchant d'elle, près du buffet.

Les invités les plus proches se figèrent, curieux d'entendre sa réponse. Ne connaissait-on donc pas les bonnes manières de ce côté-ci du Mississippi ? se demanda Leah. Elle n'ignorait pas que le couple Wayne était très influent dans la région et se doutait qu'il valait mieux ne pas les offenser. Toutefois, elle n'avait pas l'intention de prêter le flanc aux commérages en dévoilant les détails de sa vie privée.

— Pas assez longtemps, hélas, répondit-elle d'un ton courtois.

Le visage de Wayne se durcit. Ce n'était pas la réponse qu'il espérait. Cordelia et Ellen, qui se tenaient près de lui, semblaient tout aussi contrariées.

— Si nous allions nous asseoir ? proposa Leah en se tournant vers Seth.

Celui-ci ne répondit pas, il semblait comme pétrifié et fixait quelque chose à l'autre extrémité de la pièce. Le brouhaha s'apaisa et un étrange silence tomba parmi les convives. Troublée, Leah pivota pour en connaître l'origine.

Et découvrit Ryder.

Elle dut admettre qu'il était d'une beauté à couper le souffle. Ses longs cheveux noirs étaient tirés en arrière et noués en catogan. Elle fut une fois de plus frappée par la régularité de ses traits, ses lèvres charnues, son menton volontaire, son teint richement cuivré. Dans son costume sombre qui mettait en valeur ses larges épaules, il lui apparaissait comme l'incarnation même de la force et de l'élégance masculine. Ses yeux de jais balayèrent la salle et les convives silencieux avec une morgue digne d'un monarque.

Son regard de marbre s'arrêta sur Leah, qui leva instinctivement le menton. En dépit de ce qui s'était passé entre eux et de l'opinion qu'il avait d'elle, la jeune femme ne se moquait pas vraiment qu'on la scrute comme une femme vendue aux enchères. Cela devait se lire sur son visage, mais Ryder ne parut pas s'en soucier, car il ne sourcilla pas.

Ryder se demandait pourquoi Leah semblait si offensée. Toutes les personnes présentes étaient venues découvrir la dernière épouse de Louis Montague qu'il avait achetée pour quinze mille dollars. Lui-même ne faisait pas exception à la règle. Il n'avait pas vu Leah depuis presque une semaine. Elle était toujours belle comme un ciel nocturne. Ses yeux de chatte vous remuaient jusqu'au tréfonds et sa bouche pulpeuse aurait damné un saint. Quelques jours plus tôt, Sam avait évoqué cette soirée chez les Wayne en prenant soin de préciser que Seth s'y rendrait avec Leah. Dans un premier temps, Ryder avait négligé l'information. Il s'était juré de ne plus penser à Leah Montague tant qu'il n'aurait pas reçu le rapport du détective privé. Toutefois, à mesure que la soirée approchait, il avait éprouvé le besoin irrépressible de la voir. Il n'avait jamais apprécié Cordelia et ses amis de l'élite noire de Denver et avait tenté de se convaincre, durant tout le trajet, qu'il n'assistait pas à cette maudite réception uniquement pour revoir Leah. Sans succès. Apparemment, l'attrait qu'exerçait la veuve de son père sur lui était bien plus puissant que sa propre volonté.

Derrière elle, Leah entendit Seth murmurer à Cordelia d'un ton agacé :

— Vous l'avez invité ?

— Bien sûr que non, répliqua-t-elle.

Ryder s'approcha de leur petit groupe et elle le salua avec raideur :

— Bonsoir, monsieur Damien.

— Bonsoir, Cordelia, répondit-il d'une voix suave, l'air moqueur. Bonsoir, grand frère. Madame Montague...

— Monsieur Damien, fit-elle poliment.

Cette courtoisie affectée lui semblait ridicule eu égard à la nature de leurs rapports, mais elle permit à Leah de dresser entre eux une barrière dont elle avait grand besoin.

Dans la salle, les conversations allaient bon train. Leah imaginait sans peine la teneur des propos échangés.

— Qu'est-ce que tu fais là ? lança Seth à son frère.

— Barksdale m'a invité. N'est-ce pas ?

L'intéressé se mit à bredouiller :

— Absolument... Cordelia et moi sommes ravis de vous accueillir.

Leah n'en croyait pas un mot. À en juger par son expression, Cordelia non plus.

Ryder semblait avoir gardé Ellen pour la fin.

— Comment allez-vous, Ellen ? s'enquit-il.

— Nous passions une excellente soirée jusqu'à ton arrivée.

Cette réplique cinglante ne parut pas le toucher.

— Nous avions rendez-vous, reprit-il. L'auriez-vous oublié ?

Ellen se mit soudain à tripoter nerveusement son bracelet en or.

— Je devais aider Cordelia dans ses préparatifs.

Leah remarqua qu'Ellen évitait le regard de Ryder. Elle se demanda quelle était la raison de ce mystérieux rendez-vous.

— Demain matin, 10 heures.

Ellen se raidit mais acquiesça. Ryder observa les visages mécontents et sourit.

— Bien. Je crois que je vais aller me servir au buffet, annonça-t-il.

— Faites comme chez vous, rétorqua Cordelia d'un ton glacial.

Il effleura Leah du regard puis s'éloigna. La jeune femme ne savait que penser. Autour d'elle, la tension était palpable. Cordelia et les autres avaient fait preuve d'une déférence réservée à quelque créature dangereuse dont ils auraient une peur bleue.

— Maudit peau-rouge, marmonna Ellen méchamment dès qu'il fut assez loin.

La curiosité de Leah prit le dessus.

— C'est donc vrai. Les gens l'appellent ainsi ?

— En effet, confirma Seth d'un ton amusé.

— Tout le monde ? insista Leah, incapable de dissimuler sa colère.

Seth haussa les épaules comme s'il ne souhaitait pas lui répondre.

Ellen n'eut pas autant de scrupules :

— Bien sûr, renchérit-elle. Après tout, c'est ce qu'il est, non ?

— Aujourd'hui, le peau-rouge possède toute la région ainsi que les gens qui y vivent, intervint Barksdale en riant. Veuillez m'excuser, mais j'ai besoin d'un autre verre, ajouta-t-il, clôturant ainsi la discussion au sujet de Ryder.

Leah et Seth firent le tour du buffet puis s'attablèrent. La jeune femme ne put s'empêcher de remarquer que tous les regards étaient posés sur le fils cadet de Monty, le sien compris.

Manifestement, toutes les femmes de l'assemblée n'étaient pas aussi hostiles à la présence de Ryder que Cordelia et Ellen. Plusieurs d'entre elles lui adressèrent même des sourires discrets en le croisant. Dorothea Ross, une rousse au teint pâle, femme d'un éleveur, s'était montrée très froide envers Leah. Elle discutait à présent avec entrain avec Ryder, le dévorant littéralement des yeux. Près d'elle se tenait son mari, un homme d'âge mûr, qui s'efforçait de rester cordial à l'égard de Ryder.

Seth nota vite ce qui attirait l'attention de Leah.

— Dorothea est récemment arrivée dans la région, lui expliqua-t-il. Elle n'est mariée avec Charlie Ross que depuis six semaines. Elle ne connaît pas encore la réputation de Ryder auprès des femmes.

Il s'interrompit soudain.

— Désolé, reprit-il. Vous n'aviez probablement pas envie d'entendre cela.

Mais Leah voulait savoir.

— Il multiplie donc les conquêtes ? demanda-t-elle.

— Disons qu'il a un tableau de chasse assez impressionnant.

Un tableau de chasse dont elle faisait désormais partie. Elle préféra détourner la conversation.

— Parlez-moi de cette ville nouvelle que vous souhaitez fonder.

Pendant dix minutes, Leah écouta Seth lui décrire ses rêves. Du moins s'y efforça-t-elle. Ryder se trouvait à l'autre extrémité de la salle, dans le dos de Seth. Chaque fois qu'elle levait les yeux, elle croisait son regard. Elle se détournait immédiatement mais pas assez vite pour ne pas ressentir la chaleur que propageait en elle sa caresse silencieuse.

— Leah…

Elle sursauta.

— Excusez-moi. J'avais l'esprit ailleurs. Que disiez-vous ?

— Ce n'est rien, assura-t-il en riant. Parlons d'autre chose. Les femmes ne s'intéressent guère aux questions sérieuses.

Leah n'aimait pas porter de jugement, mais elle trouva ces propos quelque peu condescendants.

— Qu'est-ce qui vous fait croire cela ? répondit-elle.

Il haussa les épaules et prit une bouchée de jambon.

— Les femmes s'intéressent à la mode, aux nouvelles toilettes. Et c'est très bien ainsi. Elles ne devraient pas avoir à se casser la tête avec le monde des affaires. C'est le rôle des hommes.

Leah s'étrangla en avalant une gorgée de punch et se mit à tousser. Elle saisit vivement le mouchoir que lui tendait Seth et le plaça sur sa bouche, mais sa toux persista. Les gens commençaient à la regarder comme si elle était sur le point de rendre l'âme. Enfin, elle se calma.

— Je vais prendre l'air, annonça-t-elle en se levant.

Seth voulut lui emboîter le pas.

— Non ! fit-elle en levant la main pour l'arrêter. Restez ici. Je reviens tout de suite.

— Vous êtes sûre ? Je peux vous accompagner…

— Non. Tout va bien.

Ignorant les regards curieux rivés sur elle, elle s'éloigna.

Sur la vaste terrasse, elle respira à pleins poumons l'air frais de la nuit. Que diraient les invités si elle empruntait une voiture et s'en allait ? Elle n'aimait pas cet endroit ni les personnes qui le fréquentaient. Les femmes étaient froides et guindées, et les hommes semblaient se laisser mener par le bout du nez par leurs épouses. Elle comprenait pourquoi Monty et Cecil avaient fui la région. Quant à Seth, il était certes séduisant et charmant, mais comment pouvait-il croire que les femmes étaient trop stupides pour s'intéresser aux affaires ? Ses valeurs étaient totalement dépassées en regard des progrès accomplis dans le domaine des droits des femmes depuis la fin de la guerre. Certes, bien des femmes se contentaient de parler toilettes et de mener une vie oisive, mais beaucoup d'autres, dont Leah, savaient que l'argent ne tombait pas du ciel.

— Tu sais, fit la voix de Ryder derrière elle. Plus tu t'absenteras, plus les ragots iront bon train et plus ces gens vont te massacrer.

Sa présence ne surprit pas la jeune femme.

— Je m'en moque. Je n'ai qu'une envie, c'est de partir d'ici.

— L'élite noire de Denver ne t'impressionne donc pas ?

— Non.

C'était une nuit superbe. Le ciel piqueté d'étoiles semblait de velours sombre.

— Les Cheyennes donnent-ils des noms aux étoiles ? l'interrogea-t-elle.

— Bien sûr.

Leah l'écouta énumérer les constellations qu'il désignait du doigt : le Corbeau portant le soleil, le Dieu araignée, l'Étoile qui ne bouge jamais. Il lui montra aussi les Trois chasseurs et l'ours.

— Sais-tu comment la Grande Ourse s'est retrouvée dans le ciel ? lui demanda-t-il.

Fascinée par cet aspect inattendu de sa personnalité, Leah secoua la tête.

— C'est à cause de Coyote.

— Coyote ? répéta-t-elle, intriguée.

— Oui. Coyote est une sorte de magicien légendaire, de sorcier. Il peut jouer de bons tours mais aussi de mauvais, parfois. En tout cas, il a toujours le dernier mot et ne se fait posséder que rarement.

— Et comment a-t-il placé la Grande Ourse dans le ciel ?

— Selon la légende que m'a racontée ma grand-mère, trois loups frères ont un jour aperçu des grizzlis dans le ciel. Ils avaient envie d'aller les voir de plus près mais n'avaient aucun moyen d'arriver là-haut. Coyote s'est présenté à eux, il a écouté leur histoire et leur a proposé son aide.

— Qu'a-t-il fait ?

— Il a pris son arc et a tiré une flèche dans le ciel. Puis une autre, et une autre encore, jusqu'à former une longue échelle reliant la terre au ciel.

— Et les loups s'en sont servis ?

— Oui. L'aîné a même emmené son chien.

— Ce loup avait... un chien ?

— Bien sûr, répondit Ryder, amusé. Les chiens font autant partie de la vie de la tribu que les légendes.

— Et ces grizzlis avaient-ils envie d'un peu de compagnie ou Coyote a-t-il envoyé les loups là-haut uniquement pour qu'ils se fassent dévorer ?

— Les ours se sont montrés accueillants. Les loups se sont assis parmi eux...

— Le chien aussi ?

— Oui, le chien aussi. Mais Coyote se méfiait des ours, alors il est resté en retrait pour observer la scène.

— C'est alors que les ours ont dévoré les loups, intervint Leah.

— Non. Les ours n'ont pas mangé les loups, fit-il en feignant d'être exaspéré. Tu veux connaître la fin de l'histoire oui ou non ?

— Désolée. Continue.

— Donc, Coyote se méfiait des ours, mais il trouvait que les ours et les loups formaient un joli groupe, et il s'est dit que tous les habitants de la terre aimeraient assister à ce charmant spectacle. Il voulait aussi que les gens sachent que c'était à lui qu'ils devaient cette scène. Alors il est redescendu en emportant ses flèches avec lui.

— Et ils sont tous restés coincés dans le ciel ?

— Oui. Et ils s'y trouvent encore aujourd'hui.

Regarde bien, tu verras trois loups, au bord. Au milieu se trouve l'aîné, avec son chien…

Attendrie, Leah s'efforça de dissimuler son sourire.

— … en dessous, poursuivit Ryder, les deux frères cadets.

— Et les grizzlis ?

— Ils sont de l'autre côté, en direction de l'étoile polaire. En fait, Coyote était si fier de son œuvre qu'il a transformé les autres constellations en tableaux.

Leah songea qu'elle ne verrait plus jamais le ciel et les étoiles du même œil. Pourquoi toutes les entrevues avec Ryder ne pouvaient-elles être aussi agréables ?

Comme s'il lisait dans ses pensées, il déclara :

— Tu sais, tu n'étais pas obligée de régler les frais des funérailles.

— Je te suis déjà assez redevable. De toute façon, il s'agissait de ton argent.

— Ce n'est pas le problème, insista-t-il.

— Si. Je te dois trop.

— Mais pas la vérité.

Pourquoi sabotait-il ainsi ce moment ? Elle tourna les talons, désireuse d'éviter ce sujet délicat.

Il la retint par le bras.

— Je regrette. Je n'aurais pas dû dire cela. Nous savons tous deux ce qu'il en est.

— En effet, fit-elle. Je rentre.

Leah se sentait de plus en plus vulnérable en sa présence, et elle se reprochait cette faiblesse.

Sachant qu'il n'avait aucun moyen de l'obliger à rester, à part la force, Ryder lui lâcha le bras à contrecœur.

Lorsqu'elle pénétra dans la maison, les domestiques installaient des chaises dans la salle de bal. Elle chercha Seth des yeux. Il l'attendait à l'entrée de la pièce.

— J'ai vu Ryder sortir juste après vous. J'espère qu'il ne vous a pas importunée.

— Non, assura-t-elle, redoutant que les deux frères ne se querellent à nouveau. Que se passe-t-il, ici ?

— Cordelia a invité les célèbres sœurs Hyer à donner des extraits de leur spectacle.

Leah ne connaissant pas ces artistes, Seth lui expliqua qui elles étaient tout en l'escortant jusqu'à sa place. Anna et Emma Hyer n'avaient que onze et neuf ans lorsqu'elles avaient fait leurs débuts de cantatrices au théâtre de Sacramento.

— À l'époque, c'étaient de véritables enfants prodiges. En 1875, elles ont fondé la Compagnie de théâtre noir et ont organisé des tournées en montant des spectacles sur l'histoire du peuple noir.

— Je n'en avais jamais entendu parler, avoua la jeune femme.

— Comme la plupart des gens. Ce sont toutefois les premières à avoir écrit et interprété des pièces et des comédies musicales qui nous sont consacrées. Dans certaines villes, elles sont très connues.

Dès le début du spectacle, Leah fut conquise. Les deux artistes avaient des voix superbes et se révélèrent des interprètes remarquables. Durant plus d'une heure, les invités de Cordelia purent découvrir des extraits de leurs plus grands succès, ainsi que des œuvres de poètes noirs.

Le clou du spectacle fut Anna Hyer incarnant une princesse africaine avec brio. À la fin de la représentation, sa prestation fut récompensée par un tonnerre d'applaudissements.

Leah était absolument enchantée.

— Cordelia organise souvent ce genre de réception ? s'enquit-elle en se levant.

— Elle a reçu des poètes, des chanteurs, des conférenciers, mais jamais personne d'aussi fantastique.

Leah dut admettre que la maîtresse de maison avait un goût très sûr dans le domaine des arts.

— Alors, vous êtes contente d'être venue ? reprit Seth.

— Oh, oui ! répondit-elle, les yeux brillants.

Après la semaine pénible qu'elle venait de vivre, c'était exactement ce dont elle avait besoin pour se changer les idées.

— Merci de m'avoir invitée, Seth.

— Tout le plaisir était pour moi, assura-t-il. Que diriez-vous d'aller goûter les desserts, à présent ?

Leah accepta sans se faire prier. Elle choisit une part de gâteau au chocolat, puis tous deux emportèrent leurs assiettes sur la terrasse. D'autres invités préféraient également profiter de la fraîcheur vespérale. Seth se dirigea vers le coin le plus reculé, loin des couples qui bavardaient en riant.

Il invita Leah à s'asseoir sur un banc en fer forgé qui luisait au clair de lune. La nuit était toujours aussi belle. Les étoiles rappelèrent à la jeune femme les instants partagés avec Ryder au point qu'elle évita de les regarder. Ils venaient de s'asseoir quand une voix dans la pénombre appela Seth.

— Par ici, fit l'intéressé, intrigué.

Un laquais en livrée, que Cordelia avait engagé pour la soirée, surgit de l'ombre.

— Monsieur Seth Montague ?

— C'est moi.

— J'ai un message pour vous.

Il lui tendit une feuille de papier pliée en quatre. Seth lui remit une pièce et le jeune homme s'éclipsa. Seth gratta une allumette.

— Tiens, tiens... Leah, je dois voir quelqu'un en ville. Il affirme vouloir investir dans mon projet immobilier, mais il repart pour Sacramento demain à la première heure. Il ne peut me rencontrer que ce soir.

Leah s'en réjouit pour lui.

— Allez-y. Je trouverai bien quelqu'un pour me reconduire.

— Mais…

— Ne perdez pas de temps à me ramener chez Éloïse avant de vous rendre en ville. Ce temps vous sera plus utile pour convaincre cet éventuel investisseur. Filez.

— Vous êtes sûre ?

— Certaine.

Leurs regards se croisèrent, et il murmura :

— Vous êtes très belle, vous savez.

Leah lui sourit.

— Bonne chance, et tenez-moi au courant.

Il s'en alla, laissant à la jeune femme le soin de trouver un moyen de rentrer chez Éloïse. Ryder accepterait certainement de l'escorter, mais elle préférait trouver quelqu'un d'autre. Elle ne tenait pas à gâcher cette soirée en se disputant avec lui durant tout le trajet.

Ryder choisit cet instant précis pour apparaître sur la terrasse.

— La nuit est belle, fit-il en s'approchant.

— En effet.

Un silence pesant s'installa.

— J'ai vu mon frère partir en trombe. Vous vous êtes querellés ?

Leah l'observa avec attention, se demandant ce qu'il avait en tête.

— Non. Il est allé voir un investisseur éventuel pour son projet immobilier.

— Ah… Et comment vas-tu rentrer chez Éloïse ?

— Je l'ignore. Comment sais-tu que j'habite là-bas ?

— Sam me l'a dit. Il sait tout. Naturellement, je te raccompagne.

— Je m'en doute, mais j'espérais être escortée par un homme moins volage.

Il secoua la tête devant tant de franchise.

À cet instant, il songea qu'il se moquait éperdument des résultats de l'enquête menée par le détective qu'il avait engagé. Cette femme était trop tentante. À quoi bon nier ce désir croissant qu'il ressentait en sa présence et qui lui faisait perdre le sommeil à force ? Il en avait assez de se battre contre lui-même.

— J'ai toutefois été surpris d'apprendre que tu étais toujours à Denver, avoua-t-il.

Leah ne voyait pas pourquoi elle lui cacherait les recherches menées par le juge Raddock. Après tout, Ryder avait apporté une large contribution financière dans cette affaire. Elle lui fit donc part des derniers développements.

— Il semble considérer que le jugement est trop ancien pour être appliqué, conclut-elle.

— C'est peut-être vrai.

— Dans ce cas, le tribunal te remboursera-t-il ton argent ?

— Cela dépend s'il a déjà versé ou pas ton héritage aux créanciers. Si ton juge parvient à faire annuler le jugement, il se pourrait qu'il le rende, mais qui sait. La loi diffère selon les États.

— Quoi qu'il en soit, le juge m'a demandé de rester ici jusqu'à ce que l'affaire soit réglée.

— Combien de temps cela prendra-t-il ?

— Aucune idée, répondit-elle en haussant les épaules. Je ne peux pas dire que cela me réjouisse. J'ai envie de rentrer chez moi.

— Ta maison te manque ?

— Oh oui ! Je n'ai plus de famille, mais j'ai encore quelques amis. Et j'aimerais tant revoir l'océan !

Leah se laissa aller à la mélancolie. Puis elle décida qu'elle avait eu suffisamment d'émotions pour la soirée. Les sœurs Hyer étaient formidables, mais il était temps qu'elle rentre chez Éloïse.

— Tu veux bien me raccompagner ?

Il hocha la tête.

Leah n'ignorait pas que si on la voyait quitter la réception au bras de Ryder, les ragots iraient bon train. Elle aurait aimé ne pas avoir à retourner à l'intérieur.

— Il faut que je récupère mon châle.

Comme par enchantement, Ryder le sortit de derrière son dos.

— Le voici.

— Tu es vraiment sûr de toi, n'est-ce pas ?

— En effet.

— Ne me dis pas que ton frère est parti voir un investisseur fantôme ? Cet homme existe bien, n'est-ce pas ?

— Pose la question à Coyote, répliqua Ryder sans sourciller.

Leah écarquilla les yeux, puis elle secoua la tête.

— Un beau jour, tu seras frappé par la foudre, déclara-t-elle en lui prenant son châle des mains.

— Ma voiture est par ici, répondit-il en lui montrant le chemin.

Incapable de dissimuler son sourire, Leah le précéda.

— Ce n'est pas très gentil, ce que tu as fait à Seth, remarqua Leah tandis qu'ils roulaient à travers la campagne.

— Il m'a fait bien pire, crois-moi. Et ce n'est pas comme si je l'avais poussé d'une falaise. Il est simplement rentré en ville, où est le mal ?

— C'est une manœuvre sournoise.

— C'est une feinte.

— Que veux-tu dire ?

— Cela fait partie de l'art du combat chez les Cheyennes. Il s'agit simplement de marquer des points contre l'ennemi.

— Tu considères Seth comme un ennemi ?

— En tout cas, il n'est pas mon ami.

— C'est ton frère.

— *Demi*-frère corrigerait-il s'il était ici.

Leah savait qu'il avait raison.

— Vous devriez mettre fin à ces querelles.

— Va le lui dire. Du reste, nous avons grandi dans ce climat hostile. Difficile de changer, même si nous le souhaitions.

Il n'avait peut-être pas tout à fait tort, mais elle garda son opinion pour elle.

La discussion s'arrêta là et chacun se plongea dans ses pensées, non sans être parfaitement conscient de la présence troublante de l'autre. Leah luttait pourtant pour l'ignorer, mais comment ignorer l'homme qui avait été son premier amant ?

De son côté, Ryder combattait ses propres démons. Il mourait d'envie de s'arrêter et de prendre la jeune femme dans ses bras. Il se moquait de savoir qui elle était du moment qu'il lui faisait l'amour toute la nuit. Terminer ce qu'il avait commencé le guérirait-il de ce désir insupportable qui le taraudait en permanence ? Pourrait-il ensuite retrouver sa vie tranquille de célibataire ? Ou risquait-il de la désirer encore davantage… Cette attirance était inexplicable, irrationnelle. Cette femme n'avait-elle pas épousé son père, un lâche, un assassin ? Pourtant, le passé n'avait soudain plus d'importance à ses yeux. Il en avait assez de tourner autour du pot. Mieux valait prendre le taureau par les cornes.

— Tu te souviens de ce jour où je t'ai demandé si tu préférais que je te courtise ou que je te séduise ?

Cette question inattendue raviva des souvenirs si vivaces chez la jeune femme qu'elle eut du mal à répondre.

— Oui, souffla-t-elle finalement d'une voix tremblante.

— Si je me rappelle bien, tu as répondu les deux.

Il se tourna vers elle. Rassemblant son courage, Leah croisa son regard.

— C'est vrai, mais quelle importance, désormais ?

— J'ai l'intention de te courtiser.

— Me courtiser ? répéta-t-elle, le cœur battant.

— Et ensuite, de te séduire…

Leah dut se tenir au siège pour ne pas tomber à la renverse.

— Chercherais-tu encore à marquer des points contre ton frère ?

— Non. Je te désire et je crois que c'est réciproque…

Leah le dévisagea. Il avait raison, mais elle n'était pas disposée à admettre la vérité. Le souvenir de leur unique nuit résonnait encore en elle mais le réveil avait été douloureux. Plus jamais elle ne voulait tomber dans pareille embuscade.

— Je me rappelle très bien cette nuit, Ryder. Jamais je ne l'oublierai. Mais je ne puis effacer ce qui s'est passé ensuite uniquement parce que j'ai aimé partager ton lit.

— Tu as vraiment aimé ? demanda-t-il, ravi de ces dernières paroles.

— Oui, dit-elle, incapable de lui mentir.

— Tu es une femme très passionnée.

— Une femme bien éduquée n'est pas censée l'être.

— Tu serais étonnée de ce qu'elles sont capables de faire dans le secret de l'alcôve dès lors qu'elles ont trouvé le bon partenaire.

Leah sentit ses joues s'empourprer. Elle se remémora les moments qu'ils avaient partagés, leurs jeux érotiques, leurs caresses fébriles…

— Je t'en prie… Parlons d'autre chose, murmura-t-elle.

— Pourquoi ? Aurais-tu peur que ta nature passionnée ne te fasse quitter le droit chemin ?

— Franchement, oui.

Sans crier gare, il immobilisa la voiture. Ils étaient en rase campagne.

— Qu'est-ce que tu fais ?

— J'ai l'intention de donner un petit coup de pouce à ta nature profonde…

Lorsqu'il se pencha pour l'embrasser, Leah fut incapable de protester. Il avait les lèvres si chaudes, si douces, ses caresses étaient si tendres qu'elle oublia tout le reste. En sentant sa langue s'insinuer entre ses lèvres, elle se cambra contre lui. Leurs bouches se titillèrent pendant ce qui leur parut une éternité, mais aucun des deux n'avait envie de s'interrompre. Fou de désir, Ryder déposa un chapelet de baisers brûlants sur son visage, son cou, le lobe de son oreille. Très vite, ses mains se firent plus hardies et caressèrent ses épaules nues. Sa bouche glissa dans son cou. Ses mains s'emparèrent de ses seins. Elle sentit leur chaleur à travers le tissu de sa robe. Ryder insinua les doigts dans son décolleté. Aussitôt, la pointe de ses seins durcit. Encouragé par sa réaction, Ryder les dénuda et entreprit de les agacer tour à tour de la langue.

Jamais Leah n'avait envisagé de se livrer à de tels ébats sur une route de campagne, en pleine nuit. Pourtant, elle renversa la tête en arrière et se laissa aller aux caresses de Ryder, la peau moite, le souffle court, les seins durs et gonflés.

Ryder trouvait le spectacle de ce corps à demi dénudé enivrant. Il mourait d'envie de poursuivre son exploration, de dévoiler l'intimité de la jeune femme. Toutefois, il éprouvait un grand plaisir à éveiller peu à peu sa passion. Il effleura des lèvres un sein, ce qui fit naître dans la gorge de Leah un gémissement de plaisir. Il recommença, s'attardant plus longtemps sur chaque sein, puis glissa les mains sous sa robe.

En sentant une main puissante remonter le long de sa jambe, Leah se mit à frissonner. Les nombreuses raisons qu'elle avait d'éviter Ryder lui revinrent en mémoire, mais elle oublia tout dès que ses doigts experts franchirent la barrière de ses jupons. Elle gémit et se cambra, puis écarta les cuisses pour mieux l'accueillir.

Cette réaction ne fit qu'embraser le désir de Ryder qui brûlait de la faire sienne. Il voulait lui procurer le plus intense des plaisirs. Relevant la tête, il aperçut soudain une minuscule lueur, au loin. Une lanterne.

— Une voiture approche, souffla-t-il contre les lèvres de la jeune femme. À un peu plus d'un kilomètre…

Il n'avait pas cessé ses caresses pour autant.

— Je vais te mener jusqu'à l'extase, ensuite, je te raccompagnerai chez toi… d'accord ?

Trop troublée par le plaisir qui palpitait en elle pour se soucier de quoi que ce soit d'autre, Leah répondit d'une plainte sensuelle.

Ryder esquissa un sourire. L'embrassant encore, il glissa le doigt sous le fin coton.

— Surtout, pas de cris…

Elle était humide et gonflée, prête à l'accueillir. Contemplant avec fierté le spectacle de son corps arqué cherchant le contact de ses doigts au clair de lune, il la caressa, la titilla encore et encore. Enfin, il lui offrit ce qu'elle voulait désespérément. Sa jouissance fut si intense qu'elle laissa échapper un cri de plaisir dans le creux de son épaule.

Lentement, elle reprit ses esprits. Elle aurait voulu que la torpeur sensuelle dans laquelle elle avait sombré dure éternellement. Elle se tourna vers Ryder qui la contemplait d'un regard voilé par la passion.

— Voilà pourquoi je ne voulais pas que tu me raccompagnes, déclara-t-elle.

— Remets donc de l'ordre dans ta tenue que je puisse te ramener chez Éloïse, répondit-il avec un sourire.

— Comme si c'était ma faute…

Il effleura sa joue d'une tendre caresse. Il lui semblait qu'il allait mourir s'il ne laissait pas libre cours à son désir, mais il savait que ce ne serait ni ici ni maintenant. S'efforçant de calmer ses ardeurs, il saisit les rênes. Il posa un regard déçu sur Leah qui rajustait sa robe.

— Que se passe-t-il ? s'enquit-elle.

— Rien. Je préférais avant, c'est tout.

— Je crois que tu es vraiment trop audacieux pour moi, fit-elle, un peu gênée.

— Tu ne t'en plaignais pas, tout à l'heure, il me semble.

— Tu n'étais pas censé me raccompagner à la maison ? lança-t-elle, sachant qu'il venait de marquer un point.

Il lui sourit et fit claquer les rênes.

Ils regagnèrent la cabane d'Éloïse sans nouvelle halte. Ryder arrêta la voiture devant la maison et escorta la jeune femme jusqu'à sa porte.

— Éloïse n'est pas encore couchée, remarqua celle-ci.

C'était une réflexion inepte, mais elle se sentait soudain mal à l'aise.

— Où tout cela nous mène-t-il, Ryder ?

— En vérité, je n'en sais rien.

Leah songea à la façon dont elle s'était conduite, quelques instants plus tôt, puis chassa vite ce souvenir.

— Je doute que nous ayons un avenir ensemble, reprit-elle.

— Il n'est pas question d'avenir, répliqua-t-il. Il s'agit de l'instant présent.

— Il s'agit aussi du passé, Ryder. En tout cas en ce qui te concerne.

Il regarda au loin. Ce n'était pas pour entendre ces paroles qu'il l'avait raccompagnée.

Leah continua sur sa lancée :

— Au plus profond de toi, tu n'as pas confiance en moi. C'est ainsi depuis notre rencontre. À tes yeux, je suis une femme indigne qui a épousé ce père que tu détestes dans des circonstances étranges. Tu prétends me désirer, mais je ne peux m'empêcher de m'interroger sur tes motivations profondes.

Ryder croisa son regard. Le goût de la vérité chez cette femme devenait déstabilisant.

— Que suggères-tu ? s'enquit-il.

— Que nous mettions fin à cette histoire… tout de suite. Sinon, il y aura toujours des doutes, questions, de la souffrance, je…

— Et si je ne pouvais pas.

La force de ces mots réduisit la jeune femme au silence ; elle scruta son visage indéchiffrable. Qu'était-il en train d'admettre ? Que cette relation n'était pas uniquement fondée sur le désir charnel ? Qu'il éprouvait de tendres sentiments pour elle ? Leah avait du mal à le croire. Elle ne savait plus que dire ni que penser.

Ryder considéra que le moment était venu d'être franc à son tour.

— Non, je n'ai pas confiance en toi. Je ne serais pas étonné d'apprendre que ton mariage avec Louis n'était qu'une mascarade. Cependant…

Sa voix se fit douce comme une caresse.

— Je te désire comme je n'ai jamais désiré aucune autre femme. Tu pourrais être recherchée dans tous les États du pays que je rêverais toujours d'embrasser ta bouche pulpeuse ou de te rendre ivre de désir pour moi…

Cet aveu frappa la jeune femme si violemment qu'elle faillit tomber à la renverse.

— Ryder…

— Je n'ai pas terminé.

Leah se tut. Une douce chaleur se répandit au creux de son ventre.

— Depuis notre rencontre, je n'ai cessé de lutter pour réprimer mon désir pour toi, et j'ai pris une décision.

— Laquelle ?

— Je ne lutterai plus.

Leurs regards se verrouillèrent.

— Je te désire, tu me désires. Je te rappellerai ces vérités chaque fois que nous nous croiserons, je te préviens. Bonne nuit.

Ébahie, Leah le regarda s'éloigner. Quel homme arrogant ! Pourtant, ses paroles avaient eu le don de raviver son désir. Son corps se mit à frémir malgré elle. Une partie d'elle-même était bouleversée par les aveux de Ryder, l'autre ne put s'empêcher de sourire. Elle avait hâte de le revoir…

Elle alla se coucher en se demandant si elle allait rêver de lui.

Elle rêva de Cecil. Sa dépouille reposait dans un cercueil, au centre d'une pièce plongée dans la pénombre. Ellen était assise sur une chaise, dans un coin. Cette image insolite réveilla Leah. À sa grande stupeur, elle tremblait et était en nage. Avait-elle oublié une partie de ce cauchemar ? Pourquoi une telle réaction ? L'espace d'un instant, elle fut saisie de terreur.

Repoussant vivement drap et couvertures, elle se leva et se dirigea vers la commode. Elle en sortit une chemise de nuit propre qu'elle enfila à la faible lueur de l'aube naissante. Tandis que sa peur refluait peu à peu, elle eut envie de respirer un peu d'air pur. Elle attrapa une cape et sortit dans le jardin.

Le ciel encore sombre était strié de rose et d'orange, et les oiseaux commençaient à chanter timidement. Les pas de la jeune femme l'emmenaient tout naturellement vers la statue d'Alice quand elle crut entendre une voix. Elle s'arrêta et tendit l'oreille. C'était Éloïse. Le massif au centre duquel se dressait la statue était entouré d'arbres ce qui permit à Leah de s'approcher sans être vue. Elle ne voulait pas déranger la vieille dame, mais tenait à s'assurer qu'elle n'avait pas besoin d'aide.

Assise sur le banc, Éloïse semblait s'adresser à Alice.

— Je croyais que le Seigneur nous avait pardonné, Alice, mais nous allons au-devant d'une nouvelle épreuve.

Éloïse se tut un instant puis reprit :

— Tu as raison, c'est indigne, mais nous savons toutes deux que c'est nécessaire.

Leah se rendit compte qu'elle se comportait comme si elle était en pleine conversation avec la statue.

— Non, j'ignore quand, enchaîna-t-elle. Je suis sûre que le moment propice se présentera bientôt. Alors, le Seigneur en aura assez de nous et nous pourrons reposer en paix.

Éloïse hocha la tête comme si elle approuvait les paroles de la statue.

— Tu as raison, mon ange, soupira-t-elle. Il faut faire ce qui est juste et prier.

Leah n'avait jamais assisté à une scène aussi étrange, mais elle songea que si elle-même vivait recluse avec un mulet et une statue, peut-être finirait-elle par se comporter de manière aussi excentrique. Au moins, Éloïse avait quelqu'un à qui parler. Ces conversations étaient certainement aussi inoffensives que la vieille dame elle-même.

Un peu plus tard dans la matinée, les deux femmes se rendirent à l'église de la paroisse pour se joindre à la trentaine d'autres fidèles, mais Leah n'évoqua pas la scène à laquelle elle avait assisté entre la vieille dame et Alice. Le pasteur, un charmant jeune homme, prêcha avec brio.

Lors du trajet de retour, Éloïse demanda :

— Comment avez-vous trouvé la réception de Cordelia ?

— Au début, j'avais l'impression d'être un dauphin encerclé par des requins.

— À ce point ? s'esclaffa Éloïse.

— Ryder était là. Il a prétendu que M. Wayne l'avait invité, mais j'en doute.

— Moi aussi. Ryder et Cordelia ne s'entendent pas très bien.

— Pourquoi ?

— Parce qu'il a refusé de partager son lit.

Leah tressaillit.

— Quand il s'agit du choix de ses partenaires, Ryder est très exigeant. Ce n'est pas un coureur de jupons comme son père. Ne le prenez pas mal.

— Pas de problème.

— Avez-vous parlé un peu avec lui ?

Leah songea au retour, à l'interlude passionné dans la voiture et à sa conclusion torride.

— Oui. Mais ce fut aussi compliqué que de coutume.

— Eh bien, j'ai l'impression que Ryder est très attaché à vous, en dépit de tout.

— Je sais, mais je ne puis m'empêcher de m'interroger sur ses motivations réelles, avoua Leah.

— Qu'entendez-vous par là ?

— On ne peut pas dire qu'il aimait son père.

— Peu de gens l'aimaient, Leah. Et n'oubliez pas la mort de la mère de Ryder.

— Je sais, concéda la jeune femme avec un soupir. Mais je me demande s'il ne s'intéresse à moi que pour se venger de Louis.

Éloïse haussa les épaules.

— C'est possible. Ryder est un homme très complexe. Il l'a toujours été. Cependant, vous êtes une belle femme et il me paraît naturel qu'il soit attiré par vous.

— À moins qu'il ne s'agisse que d'une rivalité entre son frère et lui.

— C'est également une possibilité. Ils ont toujours été rivaux. Quand ils étaient enfants, Seth était très nettement favorisé. Il était le fils légitime et Ellen veillait à ce qu'il obtienne ce qu'il y avait de mieux. Ryder, lui, avait sa grand-mère, Petites Larmes, et les Cheyennes. Mais la vie est dure dans une réserve. Il y avait la faim, la maladie. Ryder n'avait pas droit aux costumes du dimanche ni aux voyages à San Francisco.

— J'ai peine à croire que les gens l'appellent le peau-rouge.

— Et encore, c'est l'insulte la moins violente qu'il ait eue à subir. Après la mort de sa mère, Petites Larmes l'a emmené chez les siens. Ils sont revenus après le massacre de Sand Creek.

— Comment était sa mère ?

— Belle, exotique. Louis et elle étaient faits de la même étoffe.

— Ce qui signifie ?

— Excusez ma franchise, mais plus ils en avaient, plus ils en voulaient. Il lui a offert des voitures, des troupeaux, de l'or, des toilettes, et elle a tout accepté. Selon la rumeur, elle voulait se faire épouser après que Louis eut envoyé son mari à une mort certaine dans cette mine. Malheureusement pour elle, il a refusé. Bernice était morte depuis plus d'un an, mais je suppose qu'il ne voulait pas d'une métisse à sa table. Heureusement, tout ceci s'est produit alors que Ryder était trop jeune pour comprendre.

— Pourquoi ?

— Ainsi, il ne saura jamais à quel point sa mère était une traînée.

Leah perçut une note réprobatrice dans la voix d'Éloïse.

— Mais personne ne mérite de mourir seul au fond d'une mine, répliqua-t-elle. Traînée ou pas.

— Vous avez raison, mon enfant. Vous avez raison.

— Parlez-moi de ce massacre de Sand Creek.

— Vous ne connaissez donc pas cette histoire épouvantable ? s'étonna Éloïse.

— Non. Que s'est-il passé ?

— Il a eu lieu près de la frontière entre le Kansas et le Colorado, au bord d'une rivière.

— Les Indiens se sont livrés à un massacre ?

— Non. Ils en ont été les victimes. Les Cheyennes et les Arapahos, plus précisément.

Leah se figea de stupeur.

— C'était le 29 novembre 1864. C'était une période très difficile pour les tribus qui étaient systématiquement dépouillées de leurs terres par le gouvernement. Les autorités les traquaient comme des bêtes pour les enfermer dans de sinistres réserves.

Chaque fois qu'un traité était signé, les soldats s'empressaient d'en violer les termes. À l'époque, le gouverneur était un dénommé Evans. Il voulait voir disparaître toutes les tribus et se moquait des moyens employés. Le colonel James Chivington et des Volontaires du Colorado lui prêtaient main-forte. Ce colonel détestait les Indiens. Il affirmait que non seulement il était fier de les tuer mais que c'était la volonté de Dieu.

— C'est abject, commenta Leah. Il devait être fou.

— Beaucoup le considéraient comme tel, confirma Éloïse.

— Et que s'est-il donc passé ?

Éloïse ne répondit pas tout de suite, comme si ce souvenir lui était douloureux.

— Chivington a lancé l'assaut avec sept cents hommes aveuglés par la haine. Les Indiens dormaient encore. C'était peu avant l'aube et le camp comptait des centaines de personnes – des femmes, des enfants et des vieillards en majorité. Les hommes étaient partis à la chasse. Les autres ont connu l'enfer. Quand les coups de feu ont enfin cessé, les hommes de Chivington avaient massacré cent cinq femmes et enfants. Ce sont les estimations officielles. En réalité, les victimes étaient bien plus nombreuses. Des bébés sont morts dans les bras de leur mère. Une vraie boucherie.

— Ils ont tué des bébés ?

— Certains dans le ventre de leur mère.

— Seigneur, murmura Leah, atterrée. Ryder et sa grand-mère étaient présents ?

— Si Chivington et ses hommes n'avaient pas passé leur temps à boire, il y aurait eu bien d'autres victimes, ce jour-là. Ryder et sa grand-mère ont réussi à en réchapper.

— Ce massacre n'a suscité aucune protestation, dans l'Est ?

— Oh, il y a bien eu des interrogatoires ! Je dois reconnaître que certains soldats ont été choqués par ce massacre et l'ont déclaré aux enquêteurs.

— Qu'est-il advenu de Chivington ?

— Il a été réprimandé, répondit Éloïse avec un rire amer. Aujourd'hui, il est adjoint du shérif de Denver.

— *Quoi ?*

— Absolument.

— Où va l'Amérique, commenta Leah en secouant la tête, écœurée.

— Je suis de votre avis. Si je vous raconte tout cela, c'est pour que vous compreniez que Ryder n'est pas seulement hanté par la mort de sa mère et sa rancœur envers son père.

— Quel âge avait-il, à l'époque ?

— Quatorze ans, si je me souviens bien.

— Quatorze ans, répéta la jeune femme dans un murmure.

À cet âge-là, son seul souci était de mettre la directrice de la pension en colère. Elle se prit de compassion pour Ryder. Sa grand-mère et lui avaient dû vivre des moments d'absolue terreur.

— Voilà, vous connaissez désormais l'histoire de Sand Creek, conclut Éloïse.

— Et je ne risque pas de l'oublier.

— Tant mieux. Il ne le faut pas. En mémoire de tous ces enfants qui n'ont jamais vu le jour.

Éloïse demeura si longtemps silencieuse que Leah finit par s'inquiéter.

— Tout va bien, Éloïse ?

— Non, fit la vieille dame en serrant les rênes. Je vois arriver quelque chose de très désagréable.

— Seriez-vous souffrante ?

— Je le crains, répondit-elle d'un ton posé. Mais ne vous tourmentez pas. Je connais le remède.

Leah fut soulagée de l'entendre. Elle ne voulait pas qu'il arrive malheur à l'une des personnes les

plus bienveillantes qui ait jamais croisé son chemin.
— Si je peux vous aider de quelque façon, n'hésitez pas à me le dire.
— Je n'hésiterai pas, dit la vieille dame.

8

Plus tard dans l'après-midi, Ryder frappa à la porte de chez Ellen. Mable vint lui ouvrir.

— Comment allez-vous, monsieur Damien ? demanda-t-elle en s'effaçant pour le laisser entrer.

— Bien, madame France. Ellen est là ?

— Oui, je vais la chercher.

La gouvernante s'éloigna. Ryder regarda autour de lui. Ayant passé sa petite enfance en plein air, il ne supportait pas l'enfermement. Sans doute était-ce la raison pour laquelle sa maison était aussi vaste et aérée. Il songea à la première fois qu'il était venu en ces lieux. Il devait avoir quatre ou cinq ans. Sa grand-mère était en affaires avec Ellen, qui avait refusé de les laisser entrer sous prétexte qu'ils étaient trop sales. À l'époque, elle était à son apogée. Les parts que lui avait cédées Louis lui rapportaient beaucoup d'argent. Elle vivait comme une reine, portait des toilettes somptueuses, achetait les plus beaux chevaux. Son attitude vis-à-vis des Indiens reflétait celle des gens en général. À ses yeux, ce n'étaient que des paresseux et des voleurs. Quand Éloïse et Petites Larmes avaient inscrit Ryder à l'école, Ellen et quelques autres avaient protesté. Ryder n'était pas digne d'apprendre sur les mêmes bancs que leurs enfants. Il avait pourtant prouvé qu'il était de loin le plus brillant élève de la classe, mais il était puni plus souvent qu'à son tour. Chaque jour, il devait se battre avec ses camarades pour défendre l'honneur de ses ancêtres. On se moquait de lui à cause de la mort de sa mère. En outre, il devait assister aux cours assis par terre, au fond de la classe. On craignait qu'il ne contamine les autres élèves. Des petites brutes s'en prenaient souvent à lui, s'attendant sans doute qu'il tende l'autre joue, comme les missionnaires tentaient de l'apprendre aux Indiens des réserves, mais lui ripostait. Il se moquait d'être exclu. Il travaillait avec Éloïse, sur la table de la cuisine, et mettait un point d'honneur à ne pas se laisser faire.

La période de gloire d'Ellen était révolue. À la fin des années 1870, la mine avait fait faillite. Depuis, elle parvenait à peine à joindre les deux bouts. Trois ans plus tôt, quand elle était venue proposer à Ryder d'hypothéquer sa maison en échange d'espèces sonnantes et trébuchantes, il ne lui avait pas ri au nez ni ne l'avait chassée. Si elle s'adressait à lui, c'est qu'elle était acculée, il le savait. Le fait qu'elle en soit réduite à ramper à ses pieds rachetait toutes les humiliations qu'elle lui avait fait subir dans sa jeunesse. Il avait donc accepté l'acte de propriété de la maison et lui avait remis la somme tant convoitée. Le taux d'intérêt convenu était si élevé qu'elle devrait payer bien après être allée griller en enfer.

Ellen apparut enfin. Elle était visiblement furieuse, mais il s'en moquait.

— Vous deviez me payer vendredi, lui rappela-t-il.

— Je ne suis pas en mesure de payer.

Il l'observa attentivement. Elle semblait mal à l'aise. Rien de plus naturel. Il avait le pouvoir de la jeter à la rue, aux yeux de tous.

— Avez-vous l'intention de déménager ?

— Bien sûr que non. J'aurai l'argent dans une semaine.

— Vous deviez payer la semaine dernière.

— Sept jours ne changeront rien pour toi.

— Si les rôles étaient inversés, feriez-vous preuve d'une telle mansuétude ?

Tous deux connaissaient la réponse à cette question.

Les yeux bleus d'Ellen étaient aussi froids qu'un glacier.

— Tu jubiles, n'est-ce pas ?

— Là n'est pas la question. Je vous ai dépannée pendant six mois, l'an dernier, et je vous ai prévenue que c'était la dernière fois.

— Tu ressembles plus à ton père que tu ne le crois, répliqua-t-elle d'un ton acerbe.

— Venant de vous, je prends cela comme un compliment. Mais cela ne change rien à l'affaire. Soit vous me payez, soit vous faites vos valises.

— C'est la maison de ma sœur.

— Quand j'étais petit, vous me trouviez trop sale pour m'autoriser à y mettre les pieds, souvenez-vous.

Ellen détourna les yeux.

— Je vous accorde jusqu'à vendredi.

Sur ces mots, il hocha brièvement la tête et prit congé.

En regagnant son bureau, Ryder se demanda dans combien de temps Seth viendrait plaider la cause de sa tante. Il consulta sa montre. Après le déjeuner, sans doute.

Il ne s'était pas trompé. À 14 h 30, un employé frappa à la porte du bureau et annonça la présence de M. Seth Montague.

— Qu'il entre.

— Comment oses-tu menacer Ellen ? gronda Seth en déboulant dans la pièce.

— Bonjour, cher frère !

— Tu es satisfait, je suppose ? cracha Seth en le foudroyant du regard.

— J'en ai pour mon argent, en effet.

— Ce n'est pas ce que je voulais dire et tu le sais bien !

— Que voulais-tu dire ?

Ryder était toujours assis derrière son bureau, les bras croisés, l'air désinvolte.

— Tu ne peux pas la jeter à la rue comme ça ! tonna Seth.

— Bien sûr que si. Le document signé il y a trois ans m'en donne le droit. Serais-tu venu payer pour elle ?

Ryder savait bien que non. Seth était criblé de dettes. C'était pourquoi il n'était pas en mesure de se lancer dans ses projets immobiliers et de trouver des investisseurs. Il fallait être fou pour prêter de l'argent à un homme qui allait le perdre une heure plus tard au jeu.

— Tu ne m'as pas répondu, Seth.

— Tu sais, tu ressembles vraiment à Louis, rétorqua ce dernier, le regard mauvais.

— Tu n'es pas le premier à me le dire, aujourd'hui. Je suis flatté. Autre chose ?

Les yeux de Seth lancèrent des éclairs.

— Apparemment, non, reprit Ryder. Ferme la porte en sortant.

Comme s'il était déjà parti, Ryder se replongea dans ses dossiers.

— Tu me le paieras, marmonna Seth.

Ryder ne daigna même pas lever les yeux, si bien que son frère quitta la pièce en claquant la porte.

Après son départ, Ryder esquissa un sourire désabusé. Comme Seth et Ellen, la plupart des gens ne supportaient pas l'idée qu'un métis possède une fortune aussi colossale. Mais Ryder avait réussi à ancrer ses activités si profondément dans l'économie de la région que les autres ne pouvaient le rejeter sans risquer la ruine. On n'osait guère l'insulter, du moins en face. En réalité, il se moquait de ce qui se racontait derrière son dos. Grâce à un travail acharné, à un esprit vif et à la force héritée de ses origines mêlées, il avait accumulé un patrimoine bien supérieur à celui de son père.

Louis.

Son souvenir fit remonter à la surface l'image de cette beauté noire que Ryder ne parvenait pas à chasser de son esprit. Chaque fois qu'il songeait à leur dernière entrevue, il sentait monter en lui un désir irrépressible. Cette femme l'avait ensorcelé, elle était à lui. Il ne comprenait pas pourquoi il la poursuivait encore de ses assiduités, avec ce qu'il savait d'elle. Ou plutôt ce qu'il croyait savoir, c'est-à-dire pas grand-chose – d'où le détective privé. Toutefois, il semblait être le seul que le mariage de Leah avec Louis dérangeait. De toute évidence, Sam et Éloïse avaient adopté la jeune femme de façon inconditionnelle. Ils s'étaient attachés à elle. Alors que lui n'avait réussi qu'à refuser les explications qu'elle était disposée à lui fournir, ce dont il se mordait les doigts, à présent. Il ne s'était pas attendu à être son premier amant, et moins encore à ce que cette découverte le perturbe autant. Et parce qu'il n'avait pas voulu l'écouter, ils en étaient réduits à jouer au chat et à la souris. La veille, il lui avait lancé un défi. Les Cheyennes aiment la chasse, surtout lorsque le trophée en vaut la peine. Et Leah Montague en valait largement la peine…

Quelques jours plus tard, Leah et Éloïse se rendirent en ville pour chercher les tubes de peinture que la vieille dame avait commandés. Désireuse de savoir si le juge Raddock s'était manifesté, Leah en profita pour passer au bureau du télégraphe.

L'employé la reconnut aussitôt.

— Bonjour, madame ! J'ai un télégramme pour vous. Il est arrivé il y a quelques jours. Je l'ai fait déposer à l'adresse indiquée par le monsieur qui vous accompagnait.

— Ah ! fit Leah, étonnée que Seth ne soit pas passé chez Éloïse pour le lui remettre.

Il devait être débordé et avait oublié.

— Eh bien, je vais aller le voir, répondit-elle. Merci.

Les deux femmes remontèrent la rue pour récupérer leur chariot qu'elles avaient attaché à un poteau.

— Savez-vous où il habite ? demanda Leah à Éloïse.

— Oui. Ce n'est pas très loin.

C'est alors qu'elles aperçurent Cordelia et Barksdale qui venaient dans leur direction.

— Tous aux abris, railla Leah.

Vêtue d'un coûteux ensemble prune, Cordelia s'arrêta à leur hauteur.

— Bonjour, madame Montague. Alors, avez-vous apprécié le spectacle des sœurs Hyer ?

— Oui, beaucoup.

— Sachez que, là d'où je viens, il est fort impoli de prendre congé sans saluer la maîtresse de maison.

— Désolée, répondit Leah, un peu gênée. J'espérais que mon départ passerait inaperçu.

— Eh bien, non. Pas plus que celui de Ryder. Bonjour, Éloïse.

Celle-ci se contenta d'un signe de tête.

Du coin de l'œil, Leah surprit le regard lubrique de Barksdale.

— Bonjour, monsieur Wayne.

Il lui répondit d'un large sourire.

— Je me demandais si vous aimeriez faire l'objet d'un article dans mon journal, reprit Cordelia. Cela n'arrive pas souvent qu'une jeune veuve soit séduite par le fils de son défunt mari. Je pense que cette histoire passionnerait les lecteurs.

— Non merci.

— Vous ne voudriez certainement pas que je rédige cet article sans disposer de tous les faits ?

— Je doute que cela vous pose un cas de conscience, rétorqua Leah.

Cordelia esquissa un sourire venimeux.

— Vous avez raison. Le journal sera publié dans quelques jours. Bonne lecture. Tu viens, Barksdale ?

Celui-ci fit un clin d'œil à la jeune femme avant de suivre sa femme.

Plissant les yeux, Leah se tourna vers Éloïse.

— J'aurais peut-être dû la gifler, histoire de lui donner quelque chose à raconter.

— J'aurais bien aimé voir cela, gloussa Éloïse.

— Elle possède vraiment un journal ? s'enquit Leah tandis qu'elles poursuivaient leur chemin.

— C'est surtout un torchon à scandales. Les personnages influents s'efforcent d'être dans les petits papiers de Cordelia de peur de voir leur vie privée étalée en première page.

Leah eut l'impression de recevoir un coup de poignard dans le dos. Elle se jura d'éviter Cordelia comme la peste.

Elles atteignirent leur chariot et se mirent en route. Tandis qu'elles passaient devant un bel immeuble de brique, Éloïse expliqua à Leah qu'il abritait les bureaux de la compagnie minière de Ryder. Elles poursuivirent leur chemin et se trouvèrent bientôt dans un quartier que Leah ne connaissait pas et qui contrastait grandement avec le reste de la ville. Boutiques et restaurants avaient fait place à de simples bicoques au toit de tôle et à de modestes pensions de famille délabrées. Des enfants crottés jouaient dans la poussière au milieu de chiens étiques. Des femmes aux tenues provocantes se tenaient devant les saloons et les maisons closes. Elles regardèrent Leah et Éloïse passer d'un œil soupçonneux.

— Où sommes-nous ?

— Toujours à Denver.

Leah aperçut des tentes si sales qu'elles avaient perdu toute couleur. Des femmes en haillons s'affairaient autour d'un feu de bois. Il flottait dans l'air une odeur de crasse, de cuisine brûlée et de désespoir.

— C'est ici que vivent les pauvres. On ne montre jamais ces taudis aux visiteurs qui viennent admirer les montagnes. La plupart de ces malheureux étaient venus dans l'espoir de faire fortune, mais la ruée vers l'or est bel et bien terminée.

— Et ils se retrouvent ici ?

— Ici et dans les environs. Certains aimeraient s'en aller, mais ils n'ont pas les moyens de rentrer chez eux.

Émue par tant de détresse, Leah songea que la municipalité devrait faire quelque chose pour aider ces malheureux.

— Cordelia et sa clique font mine de se rendre utiles, mais c'est l'Église qui effectue le plus gros du travail, ainsi que les bénévoles les plus motivés.

Éloïse arrêta la charrette devant une bicoque en bois qui avait grand besoin d'un coup de peinture. Les habitations situées de part et d'autre n'étaient plus que des tas de planches moisies.

— Nous y sommes, annonça-t-elle.

— C'est ici qu'habite Seth ? s'exclama Leah, incapable de dissimuler sa stupeur.

— Oui. Je vous laisse. Je dois rendre visite à une famille du quartier. Leur aîné était malade, la semaine dernière, et je voudrais m'assurer qu'il va mieux. Je n'en ai pas pour longtemps. Je vous rejoins dès que j'ai terminé.

Leah acquiesça et mit pied à terre. Tandis que la charrette s'éloignait, elle se demanda comment

Seth, si élégant et si mondain, pouvait vivre dans un tel taudis. Elle remonta l'allée envahie par les mauvaises herbes. En arrivant sur le porche, elle entendit des éclats de voix. À travers les vitres brisées, elle reconnut les intonations stridentes d'Ellen. L'autre voix, plus grave, semblait être celle de Seth. Leah n'était pas de nature curieuse, mais elle ne put résister à la tentation d'écouter leurs propos. Elle s'immobilisa et dressa l'oreille.

— Je veux simplement qu'il meure ! cracha Ellen. Peu importe comment !

— Tu ne peux quand même pas le tuer, rétorqua Seth avec un rire cynique.

— Ce sale bâtard de mal blanchi ! Comment ose-t-il menacer de me mettre à la porte de chez moi ?

Leah comprit aussitôt de qui il était question.

— C'est toi qui lui as emprunté de l'argent, lança Seth. Je t'avais bien dit que c'était une mauvaise idée.

— Je n'avais pas le choix. Vers qui d'autre pouvais-je me tourner ? Toi, peut-être ?

— Tu n'avais qu'à vendre quelques meubles.

— Non ! J'ai un rang à tenir, figure-toi.

— Tu n'en auras plus s'il te flanque à la porte. Après tout, cette maison lui appartient. Louis la lui avait léguée, à lui et à sa grand-mère, non ?

Cecil avait donc raison, songea Leah. Ryder et Petites Larmes étaient bien les héritiers de cette maison.

— Je n'allais tout de même pas céder la maison de ma sœur à ces sauvages ! glapit Ellen. J'ai versé de l'argent à cette bonne femme et je l'ai chassée.

Atterrée, Leah secoua la tête.

— Eh bien, quoi qu'il en soit, mes problèmes sont peut-être résolus, déclara Seth. Lis ceci.

Après quelques secondes de silence, Ellen demanda d'un ton perplexe :

— Est-ce que j'ai bien compris ?

— Absolument. Elle a chargé un juge blanc de la côte Est d'essayer de faire annuler le jugement.

Tiens donc, voilà qu'ils parlaient d'elle, à présent…

— En quoi vas-tu en tirer bénéfice ? s'enquit Ellen, ironique.

— Si elle récupère cet héritage, je n'aurai plus qu'à courtiser la jolie veuve.

— Tu crois qu'elle voudra de toi ? Ton frère a déjà mis le grappin dessus, je te signale.

— C'est terminé. Il l'a fichue à la porte de chez lui. Elle me l'a dit elle-même.

— Tu es aveugle, mon pauvre garçon, ricana Ellen. Hier, chez Cordelia, il ne l'a pas quittée des yeux. Réveille-toi, Seth ! Pour avoir cette fille, tu vas devoir tuer le peau-rouge. Ce genre de créature est prêt à écarter les jambes pour n'importe qui. Il suffit d'y mettre le prix. Et ton frère a les moyens, lui.

Leah réprima avec peine son envie de se ruer dans la maison pour sauter à la gorge d'Ellen. Il fallait qu'elle en sache davantage.

— J'attendrai, déclara Seth. Tout ce qu'il veut, c'est coucher avec elle. Dès que ce sera fait, il se débarrassera d'elle.

— Et elle aura besoin d'une épaule compatissante, conclut Ellen.

Leah imaginait sans peine leur sourire satisfait. Elle esquissa une moue de dégoût. Elle était tombée dans un véritable nid de vipères.

— Je vais voir ce que je peux faire pour maîtriser Cordelia, reprit Seth. Elle menace de rédiger un article sur Leah si je ne garde pas mes distances. J'ignorais que nos quelques rendez-vous innocents l'avaient à ce point contrariée.

— C'est la jalousie. Je t'avais averti que cette femme finirait par être un boulet. Elle ne va pas se laisser rejeter facilement.

Leah écarquilla les yeux. Seth et Cordelia étaient amants ?

— Occupe-toi de Cordelia, recommanda Ellen. Mais continue à courtiser la veuve. Si Ryder veut s'en mêler, laisse-le faire. En dernier ressort, cela nous rendra service.

Leah ne savait plus à quel saint se vouer. Ils essayaient de tisser autour d'elle une toile dont elle ne pourrait se dépêtrer.

— Tu crois vraiment pouvoir la séduire ? s'enquit Ellen.

— J'en suis certain.

Leah leva les yeux au ciel.

— Si tu arrives à tes fins, nos problèmes financiers seront résolus. Il y aura peut-être un long procès pour que Leah récupère l'héritage de Louis.

— Ce Raddock semble très influent. Qu'importe le temps que cela prendra. Dès que j'aurai mis le grappin sur Leah, je suis disposé à attendre des années pour une fortune de cette ampleur.

— Ainsi, tu es bien conscient que la procédure risque d'être fort longue.

— J'y ai déjà réfléchi. Je ferai le nécessaire.

— Tu irais jusqu'à l'épouser ?

— J'épouserais le diable en personne pour mettre la main sur l'argent de Louis.

Leah poussa un soupir. Dire qu'il avait presque réussi à la posséder, avec son charme et ses bonnes manières. Mais à présent elle connaissait la vérité. Ainsi, ce vaurien était prêt à épouser le diable ?...

Faisant mine d'arriver à l'instant, elle gagna la porte et frappa.

Dès qu'il ouvrit et reconnut la jeune femme, Seth perdit de sa belle assurance, incapable de masquer sa stupeur. Mais il se ressaisit très vite et afficha un large sourire.

— Leah ? Que me vaut le plaisir de votre visite ?

— L'employé du télégraphe m'a dit qu'il vous avait fait porter un télégramme pour moi. Comme Éloïse devait rendre visite à un enfant malade dans le quartier, je lui ai demandé de me déposer chez vous. Elle ne va pas tarder à me rejoindre.

Seth fit signe à la jeune femme d'entrer. Les rares meubles étaient à l'image de la maison.

— Comment allez-vous, Ellen ? lança Leah.

— Très bien, et vous-même ? fit l'autre froidement.

— Je vais bien.

Elle se tourna vers Seth.

— Ainsi, vous avez un message pour moi ?

— Oui. Le voici, dit-il en s'approchant de la table.

Leah s'en saisit et en prit enfin connaissance.

Je dépose un dossier de demande d'annulation du jugement. Pas de jurisprudence. Je vous contacterai bientôt. Salutations. Raddock.

— J'ai l'impression que le juge Raddock a bien travaillé, déclara-t-elle. Ellen, Seth vous a-t-il parlé des efforts du juge pour défendre ma cause ?

— Oui. Depuis combien de temps le connaissez-vous ?

— Pas très longtemps.

— Il semblerait qu'aucun homme ne puisse vous résister, remarqua Ellen d'une voix fielleuse.

Leah releva fièrement la tête.

— C'est la vie qui vous a rendue amère, Ellen, ou avez-vous toujours été ainsi ?

— Touché, admit Ellen en éclatant de rire. J'avais oublié que vous n'aviez pas peur de moi.

— Effectivement.

— Eh bien, vous devriez avoir peur de la personne qui a empoisonné Cecil. Si le schéma est respecté, vous êtes la prochaine sur la liste.

— Tante Ellen ! s'écria Seth.

C'était la deuxième fois qu'elle évoquait sa théorie de l'empoisonnement à propos de la mort de Cecil. Leah commençait à se demander si elle ne devait pas en parler à quelqu'un, mais à qui ? Elle repoussa le prétendu soutien de Seth.

— Ce n'est rien, assura-t-elle. Ellen se soucie simplement de mon bien-être.

— Leah a raison, Seth, renchérit-elle. Il ne faudrait pas qu'une autre épouse de Louis connaisse une fin tragique. Il a déjà laissé trop de morts dans son sillage.

Leah se demanda comment ces deux-là réagiraient s'ils savaient qu'elle avait entendu leur conversation. Le bruit d'un chariot la tira de ses pensées. Seth s'approcha de la fenêtre.

— Voilà Éloïse.

— Bien. Merci d'avoir gardé ce message, Seth. Au revoir, Ellen.

— Au revoir, Leah. Ah, fit-elle comme si elle se souvenait soudain de quelque chose, j'ai commandé de nouveaux meubles pour la maison. Voudriez-vous avertir Éloïse que je mets en vente quelques vieilleries, demain ? Qu'elle transmette l'information à ses amies de la paroisse, au cas où elles seraient intéressées.

Apparemment, Ellen avait changé d'avis et ravalé sa fierté.

— La vente a lieu à une heure précise ? demanda Leah innocemment.

— Oui. De 10 heures à 16 heures.

— Je le lui dirai.

Sur ces mots, elle les laissa à leurs tristes complots.

Ce soir-là, dans son lit, Leah dut admettre que Seth la décevait. Elle connaissait l'hostilité d'Ellen à son égard, mais Seth… ? Elle se retourna et frappa rageusement son oreiller. Elle avait toujours su qu'elle ne pourrait jamais éprouver de sentiments sérieux pour lui, mais elle lui en voulait de l'avoir manipulée à ce point. Ryder n'ignorait certainement pas cet aspect de la personnalité de son frère, et cependant, il l'avait laissée le découvrir par elle-même.

Ryder.

Elle n'avait toujours pas de nouvelles de lui. Après leur dernier échange, le samedi précédent, elle n'était pas certaine d'en vouloir, d'ailleurs. Il lui avait déclaré sa flamme comme aucun homme ne l'avait jamais fait. Le souvenir de ses paroles directes avait encore le don de la faire frissonner. Elle ne l'imaginait pas lui proposer le mariage – ni ne l'espérait –, mais elle n'envisageait pas non plus une relation fondée uniquement sur le désir physique. Elle attendait autre chose de la vie. De son côté, elle ne tenait pas à lui expliquer les raisons de son mariage avec Monty. Il ne comprendrait pas pourquoi ce dernier considérait cette union comme une nécessité. En fait, il verrait dans ce geste la preuve que son père avait aimé l'enfant d'un autre homme plus que ses propres fils. Si elle le connaissait un peu mieux, peut-être oserait-elle se jeter à l'eau, mais ce n'était pas le cas. Elle lui avait offert sa virginité, et pourtant il n'avait modifié en rien son opinion à son sujet. Il savait qu'elle avait frotté le plancher, quelle école elle avait fréquentée, mais à part cela ? Il ne connaissait ni son cœur ni son âme, et d'ici à ce que cela arrive, Leah jugea plus prudent de ne pas lui révéler la vérité.

Le lendemain matin, Éloïse vint lui rendre visite.

— Leah, j'ai une invitation pour vous. Sam et Mable se fiancent. Ils donnent une grande fête.

— Quoi ? s'esclaffa Leah en prenant l'invitation.

Le faire-part annonçait effectivement les fiançailles, prévues quinze jours plus tard. Éloïse et Leah étaient conviées.

— Je savais qu'ils se voyaient, mais de là à se fiancer !

— C'est adorable, dit Éloïse. Je suis ravie pour eux.

— Moi aussi. Sam est si gentil. J'espère sincèrement qu'ils seront heureux.

— Je sais que Mable le sera, assura Éloïse. Bien des veuves de la région aimeraient être à sa place.

C'était la fin du mois de mai. La rhubarbe avait poussé et les fleurs d'été sortaient de terre, annonçant l'arrivée des beaux jours.

Quelques jours avant les fiançailles, Leah et Éloïse se rendirent en ville. Pendant qu'Éloïse faisait quelques courses, Leah passa au bureau du télégraphe pour envoyer au juge Raddock l'adresse de la vieille dame. Elle indiqua à l'employé de ne plus faire porter ses messages chez Seth, mais chez Éloïse. Moins Seth et sa tante en sauraient sur son affaire, mieux cela vaudrait.

Le jour de la réception, Leah dut marteler la porte de l'atelier d'Éloïse pour lui rappeler l'heure qu'il était.

— Nous allons être en retard ! l'avertit-elle.

— Accordez-moi deux minutes. J'arrive.

Leah secoua la tête. Éloïse travaillait sur une nouvelle œuvre et passait le plus clair de son temps terrée dans son sanctuaire.

La jeune femme retourna chez elle pour se préparer. Depuis quelques semaines, elle délaissait les élégantes toilettes qu'elle avait achetées à Boston avec Cecil pour des robes plus simples. Éloïse avait même essayé de la convaincre de porter un pantalon, assurant que c'était une tenue bien plus confortable pour jardiner, mais Leah n'avait pas osé franchir le pas. Ce soir, cependant, elle se devait d'être élégante. Tandis qu'elle passait ses toilettes en revue, elle s'aperçut soudain que la robe bleu marine qu'elle portait cette fameuse nuit chez Ryder avait disparu. Elle réfléchit. La dernière fois qu'elle l'avait vue, elle gisait sur le sol, devant la cheminée. Elle ne pouvait l'avoir oubliée là-bas ! Le fait que la robe ne soit plus là tendait à prouver que si. Seigneur, comment demandait-on à un homme de vous rendre votre robe ? Poussant un soupir, Leah prit une tenue au hasard et la posa sur le lit

Leah était la proie de sentiments mêlés lorsque Éloïse arrêta son chariot dans l'allée menant chez Ryder. D'un côté, elle se réjouissait pour Sam et était honorée de figurer parmi les invités, de l'autre, elle redoutait de revoir Ryder.

Les fiancés les accueillirent à l'entrée. Sam, l'œil brillant, était très élégant dans son costume sombre. Il embrassa Leah et Éloïse, et les remercia d'être venues.

Près de lui se tenait une Mable méconnaissable. La gouvernante austère en tablier blanc avait fait place à une femme radieuse et sûre d'elle, vêtue d'une jolie robe bleue qui mettait ses rondeurs en valeur.

Elle remercia à son tour les deux femmes d'avoir accepté leur invitation puis se tourna vers Sam.

— Sam, si tu emmenais Éloïse auprès des autres invités. J'aimerais dire deux mots à Leah.

Dès que Sam et Éloïse se furent éloignés, Mable déclara sans détour :

— Je vous dois des excuses.

— Des excuses ? Pourquoi ?

— Je suis désolée de m'être montrée aussi distante lors de votre arrivée. Je craignais que vous ne soyez comme Ellen, à me rudoyer sans cesse, à me mépriser, mais je me suis aperçue que je m'étais trompée.

— C'est gentil, fit Leah, sincèrement touchée. Mais je peux vous poser une question ?

— Bien sûr.

— Les hommes de votre famille ont-ils vraiment été tués dans une mine appartenant aux Montague ?

— Oui, confirma-t-elle. Et je maudirai le nom de Louis Montague jusqu'à mon dernier souffle. Il a refusé d'investir pour assurer la sécurité de ses employés alors que ceux-ci le lui réclamaient.

— Cecil m'en a un peu parlé, avoua Leah, compréhensive. À l'époque, mon mari n'était semble-t-il pas très bienveillant.

— Non, il ne l'était pas. En revanche, j'ai changé d'avis à votre sujet le jour où vous avez renversé du café.

— Pourquoi ?

— Parce que vous êtes allée chercher la lavette. *Elle* m'aurait obligée à nettoyer. Pas vous. C'est là que j'ai compris que vous n'étiez pas une prétentieuse. Vous avez peut-être épousé Satan, mais vous êtes une femme ordinaire, comme moi.

Leah prit cela pour un compliment.

— Je suis ravie que nous ayons mis les choses au point. J'aime beaucoup Sam et j'aurais été désolée que sa fiancée ne m'apprécie pas.

— Lui aussi vous aime beaucoup. C'est l'une des raisons pour lesquelles je tenais à remettre les pendules à l'heure. Ainsi nous pouvons repartir sur de nouvelles bases.

— À la bonne heure, fit Leah.

— Maintenant que ce problème est réglé, si nous allions rejoindre les autres ?

Leah acquiesça avec plaisir.

En voyant Éloïse approcher en compagnie de Sam, Ryder s'excusa auprès des invités avec qui il s'entretenait pour aller la saluer. Il s'attendait que Leah soit avec elle et dut admettre qu'il était déçu que ce ne soit pas le cas.

— Bonsoir, Éloïse, fit-il en l'embrassant.

— Bonsoir, mon grand. Comment vas-tu ?

— Pas trop mal.

— Je parie que tu espérais voir Leah.

Ryder se donna une contenance en avalant une gorgée de punch.

— Comment va-t-elle ?

— Bien. Elle est en train de discuter avec Mable. Elle arrive.

Ryder la fusilla du regard.

— Satisfait, à présent ? le taquina Éloïse.

— Tu es vraiment un monstre !

— Je vais me chercher un verre de punch, riposta-t-elle en riant.

Sachant que Leah n'allait pas tarder, Ryder s'arma de patience. Il se réjouissait à la perspective d'un nouvel affrontement mais ne voulait en aucun cas déclencher les hostilités. Pas question de gâcher la fête. Ryder savait que, à la moindre anicroche, Sam rejetterait la faute sur lui.

Dès qu'elle s'approcha, il s'efforça de ne pas la regarder trop fixement. En vain. Elle était si belle qu'elle éclipsait toutes les autres femmes. Sa robe vert émeraude largement décolletée soulignait ses superbes épaules. Elle portait son pendentif, et il se remémora aussitôt les baisers fiévreux qu'il avait déposés à la naissance de ses seins. Il n'avait plus qu'une envie : la soulever dans ses bras et l'emmener dans un coin tranquille où il la ferait sienne à loisir.

Tandis qu'Éloïse la présentait à un petit groupe d'invités, Leah ne put s'empêcher de remarquer Ryder.

Il la contemplait sans vergogne et avec une telle intensité qu'elle sentit ses seins se tendre sous la soie. Si son esprit était capable de l'ignorer, son corps apparemment ne le pouvait pas. Elle s'était juré de ne pas se disputer avec lui, ce soir. Sam et Mable ne le leur pardonneraient jamais. Elle regarda donc dans sa direction et le salua d'un hochement de tête.

Ryder sirotait tranquillement son verre de punch. Avait-elle seulement idée de l'effet qu'elle produisait sur lui ? Il suffisait qu'il l'aperçoive pour que son sang se mette à bouillonner dans ses veines. Encouragé par les discrets regards qu'elle ne cessait de lui décocher, il s'approcha. Elle bavardait avec Éloïse et quelques paroissiennes.

— Quand Sam et Mable projettent-ils de se marier ? lui demanda Éloïse.

— Dans un mois. Sam va l'emmener à Virginia City. Ensuite, ils iront à San Francisco. Bonsoir, Leah, ajouta-t-il à l'adresse de la jeune femme.

— Bonsoir, Ryder. Comment vas-tu ?

— Bien. Et toi ?

— Très bien.

— Mesdames, si nous allions aider Mable pour le buffet ? suggéra Éloïse à ses amies.

Ces dernières, pas dupes, se contentèrent d'un sourire entendu et suivirent Éloïse vers la grande table dressée au fond de la salle, laissant Leah avec Ryder.

— Un peu de citronnade ? proposa-t-il.

— Volontiers.

Ils passèrent près de Sam qui riait à la plaisanterie d'un vieux camarade de régiment quand il vit passer le couple.

— Sam semble vraiment heureux.

— Il l'est, confirma Ryder. Et je le suis pour lui.

— Où Mable et lui vont-ils s'installer ?

— Sam possède une maison à une quinzaine de kilomètres d'ici. Nous y avons travaillé ces dernières années. Maintenant, elle est terminée.

— Sa présence va te manquer, non ?

— Certainement. Lui et moi avons traversé tant de choses ensemble.

Arrivés devant le buffet des rafraîchissements, il lui remplit un verre et le lui tendit. Tandis qu'il la regardait boire une gorgée de citronnade, il songea que ses lèvres auraient sûrement le goût du citron s'il l'embrassait.

Leah jugea le moment opportun pour prendre des nouvelles de sa robe. Mais la proximité d'autres invités la coupa dans son élan. Si quelqu'un l'entendait, les ragots iraient bon train.

— Cela t'ennuierait que nous allions faire un tour ? dit-elle. J'ai à te parler.

Il lui fit signe d'avancer, se demandant combien de temps il pourrait se retenir de l'emmener à l'écart pour lui voler un baiser.

Ils se rendirent près du ruisseau qui coulait derrière la maison. Il y avait quelques invités, mais ils étaient trop loin pour entendre leur échange.

— De quoi voulais-tu me parler ?

— Je… j'ai oublié ma robe chez toi la nuit où…

— La nuit où je t'ai fait l'amour ?

— Oui, souffla-t-elle en frissonnant sous son regard intense.

— Ta robe est à l'étage. Je te la rendrai quand tu partiras.

— Merci.

— Autre chose ?

— Oui.

Elle se tut un instant, cherchant à rassembler ses pensées.

— Je me suis promis de ne pas me quereller avec

toi, ce soir, reprit-elle. Je ne veux pas gâcher la fête de Sam.

— Moi non plus. Que dirais-tu de conclure un pacte de bonne conduite ?

— Excellente idée, répondit-elle avec un sourire.

Ils trinquèrent pour sceller leur accord.

— Cela signifie que si je t'entraîne derrière un arbre pour t'embrasser, tu ne pousseras pas de cris horrifiés pour ne pas gâcher la soirée ? fit-il en la regardant droit dans les yeux.

Leah vit qu'il ne plaisantait pas.

— Tu te souviens de ce que je t'ai dit à propos de certaines vérités ? reprit-il.

Comment aurait-elle pu l'oublier ? Je te désire, tu me désires, avait-il affirmé. Et il avait juré de le lui rappeler à la moindre occasion.

— Je le pensais vraiment, assura-t-il.

Un frémissement la parcourut.

— Si nous retournions au buffet ? fit-il. Je crois qu'il est temps de se restaurer.

Leah eut toutes les peines du monde à feindre la nonchalance tandis qu'elle marchait à ses côtés.

La longue table regorgeait de victuailles. Il y avait du poulet grillé, des travers de porc, du poisson fumé, des légumes de toutes sortes. Le choix de desserts n'était pas moins impressionnant. De nombreuses invitées avaient apporté leur spécialité : gâteaux à la noix de coco, au chocolat, entremets et tourtes, de quoi ravir tous les gourmands.

Éloïse assurait le service au buffet des desserts.

— Leah ! s'écria-t-elle. Je prépare la meilleure tourte à la rhubarbe de ce côté du Mississippi. Je vous en sers une part ?

— Non, merci. Il se trouve que je suis allergique à la rhubarbe. Cela me fait gonfler comme une outre.

Éloïse parut affreusement déçue.

— Il y en aura davantage pour moi, lança Ryder derrière la jeune femme. Donne-m'en une grosse part, Éloïse.

Éloïse sourit, mais Leah voyait bien qu'elle lui en voulait de ne pas goûter à sa tourte.

Elle emporta son assiette vers un banc et s'y installa. Ryder la rejoignit et s'assit près d'elle.

— Cette fête est très réussie, commenta-t-elle en balayant la foule du regard.

— En effet, et nous n'en sommes pas encore venus aux mains. C'est un véritable exploit, non ?

La douceur de sa voix la fit se tourner vers lui. Il pouvait se montrer si agréable, parfois, songea-t-elle.

— À quoi penses-tu ? lui demanda-t-il.

— Je me disais que tu pouvais être très agréable, parfois.

— Parfois, seulement ?

— Oui.

Le regard qu'ils échangèrent était plus éloquent qu'un long discours. En dépit de ses bonnes résolutions, Leah se sentit dériver vers lui. Le souvenir de leur dernière entrevue lui revint à la mémoire. Elle songea aux mains de Ryder, à ses baisers. Elle s'efforça de se concentrer sur son assiette.

Ryder était fier de lui. Jusqu'à présent, il avait réussi à se contrôler. Toutefois, devant la beauté de la jeune femme, sa volonté commençait à s'effriter sérieusement. S'il ne trouvait pas rapidement un recoin tranquille, il allait l'embrasser sur place, au mépris de toute bienséance.

— Et toi, tu penses à quoi ? fit-elle.

— Je me demandais où nous pourrions aller pour nous embrasser sans être dérangés.

Tremblante, Leah prit une profonde inspiration. Ce n'était certes pas la réponse qu'elle attendait.

— Jamais je n'ai rencontré d'homme plus hardi que toi.

— Tant mieux, répondit-il sans dissimuler son amusement. Les hommes adorent être mémorables.

Sans prévenir, il la prit par la main.

— Viens, dit-il. Prends ton assiette.

— Où allons-nous ?

— Viens, je te dis.

— Ryder…

Sans se soucier des invités, il l'entraîna vers Éloïse, qui discutait avec Mable. Lui tenant toujours la main, il glissa quelques mots à l'oreille de cette dernière. Elle les dévisagea tour à tour, un sourire aux lèvres.

— D'accord, dit-elle enfin.

Confuse, Leah n'eut pas le temps de poser la moindre question que déjà Ryder la tirait à sa suite. Elle était consciente d'être le point de mire de tous les regards. S'il croyait que cette sortie théâtrale était le meilleur moyen d'éviter les ragots, elle n'osait imaginer ce qu'il considérait comme une sortie en fanfare.

Ils se retrouvèrent devant la maison, parmi les véhicules rangés un peu partout.

— Je peux savoir ce qui se passe ? s'écria-t-elle.

— L'heure de vérité a sonné.

Leah se figea.

— Je veux faire l'amour avec toi.

Elle aurait voulu ne rien ressentir, mais elle vibrait de tout son être au souvenir de leur unique nuit ensemble.

— Nous étions convenus…

— C'est *toi* qui en as décidé ainsi, la coupa-t-il. Ma position était différente, si je me souviens bien.

Son regard était si brûlant qu'elle dut se détourner. « Cela n'a aucun sens », lui chuchotait une petite voix. « Mais ses baisers… » contrait une autre.

Il s'approcha d'elle et posa doucement les mains sur ses bras.

— Laisse-moi t'aimer comme j'aurais dû le faire, cette première nuit... Laisse-moi te donner le plaisir que tu mérites.

Sa voix était tentante, ensorceleuse. Elle sentait la chaleur de son corps ferme à travers le tissu de sa robe. Ses mains glissèrent le long de ses bras. Il se pencha et promena lentement les lèvres sur son cou. Elle vacilla, prête à rendre les armes.

— Dis-moi oui, lui souffla-t-il à l'oreille. Dis-moi que tu as envie de moi comme j'ai envie de toi.

Incapable de s'en empêcher, elle pivota sur elle-même. Le cœur battant à tout rompre, elle laissa Ryder lui caresser la joue. Elle ferma les paupières. Il effleura ses lèvres des siennes.

— Dis-moi oui, répéta-t-il. Viens avec moi et finissons ce que nous avions commencé...

Il déposa un chapelet de baisers dans son cou, sur ses épaules. Troublée, elle inclina la tête en arrière. La tenant plaquée contre lui, il embrassa la naissance de ses seins.

— Dis-moi oui.

Les défenses de Leah s'effondrèrent. Elle était incapable de résister à l'appel de ses sens, et n'en avait aucune envie. Pourquoi lutter ? À quoi bon se refuser un plaisir dont elle rêvait depuis des jours ?

— Oui, murmura-t-elle, scellant son destin. Oui...

Les lèvres avides de Ryder s'emparèrent des siennes dans un baiser si passionné qu'elle en lâcha son assiette. La porcelaine se brisa en mille morceaux sur le pavé. Amusé, Ryder s'écarta légèrement.

— Tu vas avoir des ennuis avec Sam. C'était l'une de ses belles assiettes.

Les bras noués autour de son cou, elle se hissa sur la pointe des pieds et murmura tout contre ses lèvres :

— Je lui expliquerai que c'est ta faute.

Il la pressa contre lui, l'embrassa à perdre haleine. L'un et l'autre se moquaient des témoins éventuels, des ragots qui ne manqueraient pas de circuler. Depuis des semaines, ils réprimaient leur désir, mais à présent qu'une digue venait de céder, rien n'aurait pu les arrêter.

— Que dirais-tu d'une petite promenade ? proposa-t-il d'une voix rauque.

— En voiture ou au septième ciel ?

Cette réflexion effrontée enflamma le désir de Ryder qui s'empara à nouveau de ses lèvres et entreprit d'explorer sa bouche offerte.

— Je pensais à une promenade en voiture, dit-il. Je ne m'attendais pas à t'entendre dire une chose pareille…

— Là encore, c'est ta faute.

Il lui caressa les seins d'un geste possessif, les pétrit pour en faire saillir les pointes. Leah se cambra en gémissant doucement.

Poursuivant son jeu sensuel, Ryder dénuda un sein et le titilla du bout de la langue.

— Alors ? souffla-t-il. Tu préfères la voiture ou le septième ciel ?

Leah avait l'impression que son corps entrait en éruption. Elle plongea les doigts dans les cheveux de Ryder sans cesser de gémir. Sa main puissante glissa sur sa hanche puis entre ses cuisses.

Il avait la réponse à sa question.

Il la souleva dans ses bras et se dirigea vers la maison. Une fois à l'intérieur, il gravit les marches sans ralentir. Leah perçut les notes mélancoliques d'une guitare, au loin.

Ryder déposa la jeune femme sur son lit, puis alla fermer la fenêtre et tirer les rideaux. Il ne voulait pas que des oreilles indiscrètes captent les échos de leurs ébats. Dès que Sam et Mable seraient installés chez eux, il entendait bien faire hurler Leah de plaisir dans toutes les pièces de la maison.

Il alluma une lampe dont il tamisa la lumière et rejoignit la jeune femme sur le lit. Il s'inclina sur elle, effleura des lèvres son sein dénudé. Elle répondit à sa caresse par une ondulation sensuelle.

— La dernière fois, si j'avais su, j'aurais pris des précautions… mais cette fois, tout ira bien, murmura-t-il en dénudant l'autre sein.

Il l'agaça doucement de la langue et Leah se cambra tandis qu'une plainte rauque montait de sa gorge. La bouche de Ryder était à la fois douce et brûlante, attentionnée et experte. En proie à une fièvre soudaine, la jeune femme laissa échapper un long soupir. La main de Ryder remonta le long de sa cuisse.

— Si j'avais su, je me serais attardé… Ici.

Il insinua la main sous sa robe, écarta ses jupons.

— J'aurais pris le temps de te toucher…

Leah leva les hanches en une invite silencieuse.

— J'aurais veillé à ce que tu sois prête…

Rabattant sa robe, il dénoua le cordon de ses sous-vêtements. Lorsqu'il effleura sa toison bouclée, elle eut une hésitation. Devait-elle serrer les cuisses pour maîtriser son désir ou au contraire les écarter pour mieux s'offrir à ses doigts habiles ?

— Ouvre-toi, lui chuchota-t-il, venant à bout de son dilemme.

Le souffle court, Leah obéit. Le plaisir qu'il lui procurait était presque trop intense. La jouissance vint d'un coup, foudroyante. Elle l'engloutit telle une déferlante, la laissant pantelante sous le regard satisfait de Ryder.

Quand elle se fut calmée, il s'inclina pour déposer un tendre baiser sur sa bouche frémissante.

Elle leva les yeux vers lui. Puis elle se redressa lentement et effleura ses lèvres du bout des doigts. Il enveloppa sa main de la sienne, embrassa chaque phalange, le creux de sa paume.

— Si on recommençait…

Sans attendre, il l'attira sur ses genoux et poursuivit son exploration, faisant naître en elle une foule de sensations nouvelles.

Lorsqu'il l'allongea sur le lit et remonta complètement sa robe, elle commença à trembler d'impatience. La magie de ses caresses l'emplissait d'un plaisir si indicible qu'elle s'ouvrit à lui avec enthousiasme. Ryder sourit et se pencha pour embrasser l'intérieur de ses cuisses. Leah gémit de plus belle.

— Si j'avais su, j'aurais commencé par là...

Il frôla sa toison de ses lèvres. Surprise, elle se raidit et recula d'un bond.

— Qu'est-ce que tu fais ? s'écria-t-elle, les yeux écarquillés.

— Ce que j'aurais dû faire lors de notre première nuit, répondit-il, attendri par sa réaction.

Il se redressa.

— Je croyais que tu voulais connaître le septième ciel... ? murmura-t-il d'une voix vibrante. Alors viens ici et laisse-moi faire...

Elle obéit. Elle n'avait aucune vie de lui résister et entendait profiter pleinement de son expérience des choses de l'amour.

Il fit glisser son sous-vêtement le long de ses jambes, révélant complètement son intimité, puis agaça du doigt le petit bouton niché entre les replis soyeux de sa chair, avant de le caresser de la langue. Leah gémit sourdement, le dos arqué. Ryder la titilla davantage à mesure que ses plaintes se faisaient plus fortes. Elle ne mit guère de temps à atteindre l'extase et se laissa emporter dans un tourbillon de plaisir.

Quand elle redescendit sur terre, Ryder affichait un air satisfait de mâle conquérant.

— Ai-je réussi mon examen de passage ? lui demanda-t-elle en lui caressant la joue.

— Jusqu'à présent, tu es une excellente élève, mais le plus dur reste à venir...

Il lui prit la main et la posa sur sa virilité gonflée. C'était la première fois que Leah touchait ainsi un homme, mais elle trouva ce contact fascinant et excitant.

— Vas-tu m'enseigner l'art de te donner du plaisir? demanda-t-elle sans honte, en le caressant spontanément.

Ryder sentit son désir flamber. La petite main chaude de la jeune femme était sur le point d'apprendre sans leçons.

— Tu t'y prends très bien... assura-t-il.

Très vite, il s'écarta d'elle et entreprit de se dévêtir. Leah contempla tout son soûl son superbe corps d'athlète qui luisait dans la semi-pénombre, puis ses yeux s'attardèrent sur la preuve manifeste de son désir.

Incapable de s'en empêcher, elle tendit la main, la referma autour de son sexe. Ryder ferma les yeux et pencha la tête en arrière. Encouragée par sa réaction, elle s'enhardit et lui prodigua des caresses plus hardies. Elle s'étonnait qu'il puisse être à la fois si dur et cependant tellement doux. Du marbre enrobé de velours...

Ryder se sentit parcouru de frissons. Encore quelques minutes, et il ne serait plus en état de continuer ses leçons. Or, il avait encore bien d'autres choses à lui appendre... Il recula donc d'un pas, haletant, vibrant de désir.

— Je t'ai fait mal? s'enquit-elle, alarmée.

— Oh non! Mais tu es un peu plus expérimentée que tu ne le penses.

Leah baissa les yeux pour dissimuler sa satisfaction.

Il la rejoignit sur le lit et l'attira sur lui, puis, glissant les mains sous la soie de sa robe, il lui caressa les hanches.

— Tu as la peau si douce...

Sa voix rauque et ses mains audacieuses embrasèrent à nouveau la jeune femme.

— Ma robe est fichue, Ryder.

— Je t'en achèterai une autre, promit-il.

— Je devrais l'enlever...

— Après. Pour l'instant, la leçon continue et je préfère te la donner dans cette jolie robe.

Ayant attisé son désir par ces paroles, il la mena une fois de plus au sommet de la volupté. Chaque caresse, chaque baiser la faisait onduler sensuellement. Quand il la sentit vibrante, haletante, prête à le recevoir, il la saisit par les hanches et la guida sur lui de ses mains puissantes.

Leah crut mourir de plaisir. Dans cette position, elle avait le pouvoir de le prendre en elle à sa guise et à son propre rythme. Jamais elle n'avait rien ressenti de tel.

Ryder lui abandonna les rênes. Elle était si douce et si étroite qu'il avait toutes les peines du monde à se maîtriser, il y parvint cependant jusqu'à ce que la jeune femme soit parfaitement à l'aise. Il voulait qu'elle apprécie pleinement cette expérience.

Très vite, pourtant, il perdit tout contrôle de la situation et lui agrippa les hanches tout en accélérant ses mouvements de va-et-vient. Il la souleva en rythme jusqu'à ce qu'il la sente se raidir sous l'assaut du plaisir. Il aurait dû se retirer, il le savait, mais il en voulait davantage. Quelques secondes de plus, et il fut trop tard. La jouissance le transperça brutalement, et il explosa en elle, le corps secoué de spasmes.

Dans le silence qui suivit, Leah put entendre les battements effrénés de son cœur contre son oreille.

Ryder la garda contre lui comme si c'était là l'attitude la plus naturelle au monde.

— Alors ? murmura-t-il en lui caressant tendrement la nuque. Tu crois en avoir appris suffisamment pour ce soir ?

Leah leva la tête et plongea les yeux dans son regard de braise.

— Je ne sais pas, monsieur le professeur. Vas-tu me donner des exercices à faire ?

— Tu es vraiment un phénomène, observa-t-il, attendri.

Elle reposa la tête sur sa poitrine.

— Je le répète : tout est ta faute.

Sa robe froissée pendait sur ses hanches et il lui suggéra de l'enlever. Ce qu'elle accepta volontiers. Elle s'écarta de lui et s'agenouilla pour dégrafer les crochets, offrant son corps à son regard avide. Après ce qu'ils venaient de partager, l'heure n'était plus à la pudibonderie. Elle n'avait cependant pas l'habitude de se retrouver nue avec un homme.

— Tu n'es pas intimidée, n'est-ce pas ? demanda-t-il en lui caressant la poitrine.

— Si, un peu, avoua-t-elle en baissant les yeux.

— Tu n'as aucune raison de l'être. Tu as un corps superbe.

Il se redressa et lui vola un baiser.

— Et si nous allions nous rafraîchir, proposa-t-il.

— Volontiers.

Il la prit par la main et l'entraîna dans la salle de bains attenante à la chambre. Il ouvrit le robinet de la douche et l'eau chaude jaillit dans la cabine de bois et de verre.

— Tu viens ?

— Ensemble ? s'étonna la jeune femme.

— Bien sûr. Disons que cela fait partie de ta formation.

Leah ne savait trop comment réagir face à cette situation inattendue.

— Va sous la douche. Je vais chercher des serviettes et du savon.

Elle obtempéra. Le jet d'eau chaude sur sa peau

nue était absolument divin et elle faillit ronronner de bien-être.

Lorsque Ryder la rejoignit, elle lui fit de la place sous le jet et il se transforma instantanément en un dieu lisse et luisant dont les muscles saillants ravivèrent son désir. Il se lava rapidement, puis entreprit de la savonner. Ses mains puissantes se promenaient langoureusement sur son corps et elle retint son souffle. S'il continuait ainsi, elle n'allait pas tarder à céder à l'appel de ses sens.

Lisant la passion dans ses yeux, il eut la tentation de la faire sienne sous la douche, mais l'eau commençait à refroidir, et il se ravisa. Ils avaient toute la nuit devant eux.

Il la fit sortir de la douche et l'essuya avec soin, s'attardant volontairement aux endroits les plus sensibles de son corps. Leah gémit et ce fut comme un signal.

Ils retournèrent bien vite dans la chambre. Leurs ébats débutèrent par des baisers humides, des mains fébriles, des murmures sensuels annonçant mille délices. Puis vint le bonheur lorsqu'il la pénétra, lentement, profondément. Elle se cambrait à chaque coup de reins, y répondait sans la moindre retenue. Ils atteignirent l'extase ensemble et Ryder se répandit en elle en laissant échapper une plainte rauque.

— Les autres vont se demander où nous sommes passés, souffla-t-elle un peu plus tard, alors qu'elle était blottie dans ses bras.

— Qu'ils pensent ce qu'ils veulent.

— C'est facile à dire, pour toi, mais pour moi…

— Je croyais que tu avais affronté les commérages ta vie durant ?

— Certes, mais je ne les ai jamais provoqués.

— Ce n'est pas parce qu'on te traite de tous les noms que tu deviens ce qu'on t'accuse d'être.

— Tu as sans doute raison. C'est seulement que je ne m'étais jamais retrouvée dans une telle situation.

— Aucun homme ne t'a jamais courtisée ?

— Non, répondit-elle posément.

Ryder se demanda une fois encore qui elle était.

— Tu sais, je finirai bien par découvrir toute la vérité sur toi.

— Je sais.

— En attendant, tu as faim ? lui demanda-t-il en déposant un baiser sur ses lèvres.

— Faim de quoi ? riposta-t-elle, mutine.

— De nourriture, répondit-il en riant.

Elle fit la moue.

Il l'embrassa de nouveau, plus longuement.

— Je crois que je vais devoir t'enfermer dans une cage.

— Essaie un peu, et je ne prendrai plus jamais de leçons avec toi.

Il s'assit au bord du lit et lui attrapa la main.

— Viens. Allons chercher quelque chose à manger.

— Mais tu es nu comme un ver ! s'exclama Leah en résistant.

— Toi aussi, et alors ?

— Si jamais nous croisons Sam ou un invité quelconque dans la cuisine ? De plus, je dois rentrer à la maison. Éloïse doit être malade d'inquiétude.

— Certainement pas.

Elle fronça les sourcils d'un air soupçonneux.

— Comment le sais-tu ?

— Je suis allé lui murmurer quelques mots à l'oreille avant de t'enlever, tu te souviens ?

Elle hocha la tête.

— Je lui ai promis de te ramener avant l'aube.

— Non ! fit Leah, les yeux arrondis de surprise.

— Si.

— Mais que va-t-elle penser ? s'exclama-t-elle en s'asseyant à son tour sur le lit.

— Éloïse est majeure et vaccinée. Elle se doute que nous ne jouons pas aux échecs.

Elle esquissa un sourire coupable.

— Si nous prenions une autre douche avant de manger ? proposa-t-il.

— Seulement si tu descends vérifier que la voie est libre et si tu me donnes un vêtement à enfiler.

— D'accord. Cela dit, je te préfère dans le plus simple appareil.

Il l'embrassa une dernière fois, saisit un peignoir et quitta la chambre.

9

En attendant le retour de Ryder, Leah se laissa aller contre les oreillers, songeuse. À bien des égards, elle était sereine. Jamais elle n'aurait espéré avoir un jour un amant, encore moins un aussi bon amant. Néanmoins, elle se doutait que cet interlude ne durerait pas. Le passé allait vite reprendre ses droits, les plongeant tous deux dans les affres de la méfiance et de la colère. Si seulement elle avait une baguette magique, elle ferait en sorte qu'ils s'endorment dans les bras l'un de l'autre chaque soir, qu'ils partent explorer la campagne main dans la main, qu'ils prennent des douches ensemble. Elle tressaillit. À quoi bon rêver ainsi ?

Ryder et elle n'avaient aucun avenir ensemble. L'ombre de Monty planerait éternellement au-dessus de leurs têtes. Ryder ne se débarrasserait jamais de sa haine pour son père. Leah éprouvait de tendres sentiments pour lui, mais elle ne s'attendait pas que ce soit réciproque à cause de ce qu'elle était et de ce qu'elle représentait.

Elle songea qu'elle aurait tout le temps de se laisser aller à la mélancolie quand elle aurait regagné la solitude de sa cabane et, bien décidée à profiter de l'instant présent, elle se rendit dans la salle de bains.

Au rez-de-chaussée, Ryder entra dans la cuisine. Sam et ses camarades de régiment étaient rassemblés autour de la table jonchée de bouteilles vides et des reliefs d'un repas. Ils semblaient s'amuser énormément et ne cessaient de s'esclaffer. De toute évidence, les autres invités étaient partis.

Sam et sa clique accueillirent Ryder bruyamment. Celui-ci s'apprêtait à demander à Sam s'il restait quelque chose à manger quand il aperçut Mable, assise seule dans un coin, visiblement contrariée. En croisant son regard, il remarqua qu'elle avait les yeux brillant de larmes.

— Je peux te dire un mot en particulier ? chuchota-t-il à l'oreille de Sam.

— Bien sûr, répondit ce dernier avec entrain. Les gars, faites sauter les bouchons ! Je reviens tout de suite.

Ryder l'emmena dans son bureau et referma la porte.

— Qu'est-ce que tu fabriques, nom de Dieu ?

— Quoi ? répliqua Sam, un peu plus téméraire que de coutume.

— Bon sang, Sam, aurais-tu oublié Mable ?

— Mable ?

— Oui, Mable. Tu sais, celle que tu es censée épouser le mois prochain.

— Eh bien quoi ? Elle est dans la cuisine.

— Oui, et que fait-elle ?

Sam réfléchit un instant, puis il parut saisir le sens de cet interrogatoire.

— On ne peut pas dire que je lui prête grande attention, hein ?

— Je ne sais pas, Sam, qu'en penses-tu ?

Le vieil homme baissa les yeux.

— Ça faisait un bout de temps qu'on ne s'était pas revus, mes copains et moi, et...

Devant l'expression glaciale de Ryder, il s'interrompit.

— Je sais, ce n'est pas une excuse.

— En effet. Cette femme est assez gentille pour dire oui à un vieux soldat comme toi et tu l'abandonnes dans un coin comme si elle faisait partie des meubles.

— Je crois que je devrais dire aux gars de s'en aller, déclara Sam, plein de remords.

— J'en ai l'impression, à moins que tu n'aies l'intention de partir avec eux.

Sam se tut un instant puis se mit à rire.

— Depuis quand es-tu aussi prévenant, toi ?

— Ce doit être l'influence de mon entourage actuel, rétorqua Ryder en haussant les épaules.

— Eh bien, continue comme ça. Il y a six semaines, tu te serais moqué comme d'une guigne des sentiments de Mable.

Ryder n'aimait pas se voir ainsi percé à jour.

— Où as-tu mis les restes de nourriture ?

— Dans la glacière et dans le cellier. Tu veux que je vous prépare un plateau, à Leah et à toi ?

— Non. Occupe-toi plutôt de tes affaires, je m'occuperai des miennes.

— Tu as intérêt, parce que si tu laisses cette petite repartir, tu le regretteras jusqu'à la fin de tes jours.

Ryder ne répondit pas.

La main sur la poignée de la porte, Sam se retourna.

— Merci de m'avoir montré du doigt ce que je ne voyais pas, déclara-t-il avec sincérité.

— Je t'en prie.

L'œil pétillant, Sam se retira.

Ryder remonta dans sa chambre avec suffisamment de viande froide, de salades et de desserts pour nourrir un régiment, sans oublier un pichet de citronnade. Il posa le tout sur son secrétaire.

— Tu as prévu quelque chose pour moi ? s'enquit Leah en faisant allusion à son appétit d'ogre.

— Très drôle, lança-t-il. Avec toi, j'ai intérêt à reprendre des forces. Tu viens manger ?

Elle le rejoignit. Une lueur s'alluma dans le regard de Ryder tandis qu'il contemplait son corps nu.

— Tu m'avais promis des vêtements, lui rappela-t-elle.

— J'ai menti.

— J'aimerais avoir quelque chose à me mettre, insista-t-elle, à la fois ébahie et amusée.

— Non, répondit-il tranquillement en se préparant un sandwich.

— Ryder ? se récria-t-elle, la main sur la hanche, mais le sourire aux lèvres.

— Quoi ? Tu n'as pas faim ? s'enquit-il en se tournant vers elle.

Leah balaya la pièce des yeux, puis elle se dirigea vers une commode d'un pas décidé et en ouvrit le premier tiroir : des chaussettes et des mouchoirs. Rien qui puisse lui être utile. Elle ouvrit le deuxième : des draps. Le troisième renfermait des chemises.

Taquine, Leah tira la langue à Ryder et enfila une chemise à carreaux rouges qui lui arrivait aux genoux. Elle revint vers lui en roulant les manches sur ses avant-bras.

— À présent, je peux manger ! annonça-t-elle, triomphante. Tu ne m'as pas beaucoup aidée.

— Pur égoïsme, avoua-t-il.

Elle secoua la tête et se prépara une assiette.

— Tous les invités sont partis ?

— Apparemment. J'ai dû dire à Sam de chasser ses camarades de régiment.

— Pourquoi ?

— Pendant qu'ils étaient en train de boire et de raconter des histoires salaces, la pauvre Mable était assise dans son coin, les larmes aux yeux.

— Oh non...

— Si.

— Tu as parlé à Sam ?

— Oui. Je lui ai demandé s'il préférait ses copains à sa fiancée.

Leah était impressionnée qu'il ait pris la défense de Mable.

— Tu as bien fait, commenta-t-elle. Qui d'autre est au courant que tu prends à cœur les sentiments d'une femme ?

— Personne, alors ne l'ébruite pas.

Elle sourit et mordit dans son sandwich.

Après leur collation, ils s'installèrent sur le canapé, près de la cheminée de pierre et Leah put enfin examiner à loisir la vaste chambre. Comme dans les autres pièces, la décoration était résolument masculine. Les meubles étaient de bois sombre et des trophées de chasse ornaient les murs. Outre un secrétaire en bois précieux, elle admira les rideaux de velours noir ourlés d'un motif indien rouge vif. Le grand tapis portait aussi l'empreinte des origines cheyennes de Ryder.

Près de la porte de la salle de bains étaient accrochés deux tableaux représentant de fiers guerriers. Leah devina qu'ils étaient l'œuvre d'Éloïse. Son regard fut attiré par une coiffure indienne exposée dans une vitrine, à l'autre extrémité de la chambre. Elle ne put résister à l'envie d'aller l'examiner de plus près.

— Qu'est-ce que c'est ? demanda-t-elle en admirant les plumes à la pointe écarlate.

— Elle appartenait à l'un de mes oncles. C'est une coiffure de guerre de l'un des six clans cheyennes, le plus féroce et le plus courageux.

— Et d'où proviennent ces plumes ?

— Ce sont des plumes de corbeau.

— Pourquoi l'as-tu placée dans une vitrine ?

— Pour la conserver. Un ami archéologue m'a assuré que c'était le meilleur moyen. Je refuse de la confier à un musée. Ils ont suffisamment pillé nos richesses comme cela.

Leah devina la fierté du guerrier coiffant une telle splendeur. Il en émanait une puissance et une majesté incroyables.

— Aurais-tu aimé faire partie de ces fiers combattants ? s'enquit-elle.

— Oui. Ils ont toujours inspiré crainte et respect. Ils installaient leur propre campement au sein de la tribu et avaient leurs règles et leurs rites. Ils ont combattu les Blancs bien après que les autres Indiens se furent rendus.

Leah songea à ce qu'Éloïse lui avait raconté sur Sand Creek.

— Ces guerriers se trouvaient-ils à Sand Creek ? hasarda-t-elle.

Ryder l'observa quelques instants, déstabilisé par cette question inattendue. Peu d'habitants de la côte Est savaient ce qui s'était passé à Sand Creek.

— Éloïse m'a raconté toute l'histoire, précisa-t-elle comme si elle lisait dans ses pensées.

— Non, il n'y en avait aucun, ce jour-là, répondit-il d'un ton neutre.

Elle lut de la souffrance et de l'amertume dans son regard.

— Quand Chivington est entré dans le camp avec ses sept cents hommes et ses canons, il n'y avait qu'une poignée de combattants avec nous. La plupart des autres, dont mon oncle, étaient à Sand Hill. Les soldats n'ont trouvé que les anciens, les vieux chefs, les femmes et les enfants.

— Mais ils ont quand même tiré sur tout le monde ?

— Oui. Le chef Aigle Noir était un chef pacifique. Il avait signé de nombreux traités de paix et il était persuadé que les Américains qui volaient nos terres et tuaient nos bêtes ne nous voulaient aucun mal. En fait, un commissaire aux affaires indiennes lui avait remis un drapeau américain en gage de paix. Lorsque les soldats de Chivington sont entrés dans le campement, Aigle Noir a brandi le drapeau et s'est placé en avant-poste. Le commissaire lui avait affirmé qu'il lui suffirait de montrer le drapeau pour que les soldats nous laissent tranquilles.

— Mais pas ces soldats-là.

— Non, au contraire. En voyant le drapeau, ils ont ouvert le feu.

— Aigle Noir était-il sur le sentier de la guerre ?

— Non. Avec les autres chefs, il cherchait un moyen de cohabiter en paix, mais les Américains refusaient la paix. Ils voulaient nos terres et visaient la disparition de la tribu.

— Selon Éloïse, plus de cent femmes et enfants ont trouvé la mort, ce jour-là.

— Ils ont été massacrés, mutilés. Les soldats paradaient à cheval avec des cadavres de femmes en travers de leurs selles. J'en ai vu un mettre pied à terre pour mieux viser un gamin d'à peine trois ans.

Il se tut, comme s'il revivait cette funeste journée.

— Le carnage a duré sept heures, reprit-il. Antilope Blanche, un vieux chef de soixante-quinze ans, a crié pour tenter d'arrêter les soldats. Ils l'ont abattu. Il est parti en marmonnant le chant de la mort, une médaille que lui avait remise le président Lincoln autour du cou.

Leah fut submergée par une profonde tristesse.

— Ta grand-mère et toi avez quand même réussi à vous échapper.

— Oui. Nous avons rejoint les autres survivants pour une longue marche vers Smoky Hill, où se trouvaient nos guerriers. Nous étions en novembre – Hikomini, le mois de la lune gelée comme le nomment les Cheyennes –, il gelait, il y avait du vent. Nous étions accompagnés de femmes et de jeunes enfants, dont beaucoup étaient blessés. Nous progressions très lentement.

— Mais vous avez réussi.

— Oui. Ensuite, nous sommes partis vers le nord rejoindre les Cheyennes de la Republican River.

Il se tut. Leah avait du mal à imaginer ce qu'avait dû ressentir un garçon de quatorze ans à peine soudain appelé à défendre son peuple. Quel courage il leur avait fallu, à lui et aux autres !

— Je ne voulais pas te faire revivre des souvenirs pénibles, murmura-t-elle en le rejoignant sur le canapé. Je suis désolée.

— Ce n'est pas grave. Au moins je suis capable d'en parler. À l'époque, cela m'était impossible. J'ai fait des cauchemars pendant des années.

Leah n'en fut guère étonnée.

— Éloïse m'a appris que Chivington était maintenant shérif de Denver.

— C'est vrai. Quelle ironie, non, de voir un tel monstre sanguinaire représenter l'ordre ?

— Et où sont tes oncles, à présent ?

— Ils ont tous péri lors de diverses batailles. Celui à qui appartenait la coiffe était l'aîné des trois frères de ma mère. Il est mort avec le grand chef Nez Romain lors de la bataille de Beecher's Island.

Leah comprenait mieux, à présent, pourquoi Ryder avait tendance à dissimuler ses sentiments. Après les épreuves qui avaient jalonné son existence, c'était même un miracle qu'il en ait encore.

— Et si nous parlions d'autre chose ? suggéra-t-il.

Elle acquiesça.

— Apprends-moi quelque chose que j'ignore sur toi.

— D'accord. Voyons… J'apprécie vraiment la compagnie de l'homme qui vit à l'intérieur de Ryder Damien.

— C'est vrai ? fit-il en cherchant son regard.

— Oui.

Le cœur de Ryder s'emplit d'une joie indicible. Jusqu'à présent, il n'avait évoqué Sand Creek qu'avec Sam, et n'avait jamais parlé à quiconque de ses cauchemars. Sam aurait-il raison ? Cette femme était-elle en train de le transformer ?

— Je t'apprécie beaucoup, moi aussi, avec ou sans vêtements.

— Je ne plaisante pas !

— Moi non plus !

Elle prit un coussin à motif indien et fit mine de le frapper avec. Il le lui prit des mains en riant, puis l'attira sur ses genoux sans tenir compte de ses protestations.

— Autrefois, un guerrier Cheyenne aurait corrigé sa femme pour un tel outrage.

— Eh bien, cette période est révolue. Si tu oses lever la main sur moi, je dirai à Sam de mettre de l'arsenic dans tes œufs. Tu seras mort avant même de quitter la table.

— Jamais je ne pourrais lever la main sur toi, fit-il en lui caressant tendrement la joue.

— Jamais ?

— Jamais.

— Tant mieux. Moi non plus.

— À la bonne heure. Je trouve que ma chemise te va à merveille.

Ils savaient tous deux que c'était faux, mais Leah rétorqua avec humour :

— C'est la mode sur la côte Est.

Il l'enveloppa de ses bras et la serra contre lui.

— Je peux te poser une question ? demanda-t-elle.

— Bien sûr.

— Pourquoi ne m'appelles-tu jamais par mon prénom ?

Elle leva les yeux pour voir sa réaction.

— Tu veux vraiment la vérité ?

— Évidemment.

— Tu ne vas pas te mettre en colère et exiger de rentrer chez toi sur-le-champ ?

Elle secoua négativement la tête.

— Mon père t'appelait Leah, je parie.

— Oui.

— Eh bien, je préfère te donner un autre prénom.

— Pourquoi ?

— Par égoïsme, répondit-il le plus sérieusement du monde. Désormais, je t'appellerai *Morenita*…

— Ce qui signifie ?

— Petite femme sombre.

Elle ne put s'empêcher de sourire. Ce nom ne lui déplaisait pas du tout.

Après un silence durant lequel tous deux savourèrent la présence de l'autre, Leah hasarda :

— Il serait temps que je rentre chez Éloïse, tu ne crois pas ?

— J'espérais que tu avais oublié.

Elle laissa échapper un petit rire.

— Tu veux bien dîner avec moi, demain soir ? proposa-t-il en lui soulevant le menton pour la regarder dans les yeux.

— Où ?

— Ici. Comme cette nuit.

Leah se rendit compte qu'elle était en train de tomber amoureuse de cet homme.

— Avec plaisir, répondit-elle, redoutant de sombrer corps et âme.

— Bien. Je passerai te chercher… disons vers 2 heures.

— Tu parlais bien d'un dîner ? fit-elle, perplexe.

— Effectivement.

— Alors pourquoi venir aussi tôt ?

— Pur égoïsme de ma part.

— D'accord pour deux heures, céda-t-elle, amusée.

« Si seulement cette nuit de rêve pouvait durer éternellement », songeait Leah, la tête posée sur l'épaule de Ryder, tandis qu'ils cheminaient à travers la campagne.

— À quoi penses-tu ? murmura-t-il.

— Je voudrais que cette soirée dure éternellement.

Il sourit. Il se disait exactement la même chose. Ce joyau de femme lui avait procuré beaucoup de plaisir, ce soir, et pas uniquement au lit. Elle était intelligente, pleine d'esprit, et incroyablement passionnée… Sa présence à ses côtés lui ouvrait de nouveaux horizons. Sam avait raison. Avant de la rencontrer, il se moquait des autres comme d'une guigne. Leah était en train de faire de lui un autre homme et il ne savait trop à quoi s'attendre.

Quand ils arrivèrent chez Éloïse, ils remarquèrent que la lumière était encore allumée dans son atelier.

— Sur quoi travaille-t-elle actuellement ? s'enquit Ryder en raccompagnant la jeune femme vers la cabane.

— Aucune idée. Elle s'enferme tous les jours depuis plus d'une semaine.

— Encore un chef-d'œuvre, sans doute.

— Probablement. Tu savais qu'elle parlait à Alice ?

— Oui. Cela ne fait de mal à personne. Te voilà arrivée, ajouta-t-il sur le seuil. À demain.

— À 2 heures. Merci, Ryder. J'ai passé une soirée merveilleuse.

— Merci à toi, répondit-il en déposant un baiser sur ses lèvres. Bonne nuit, *Morenita*.

— Bonne nuit.

Il attendit qu'elle ait allumé sa lampe puis s'éloigna dans la nuit.

Le lendemain, à son réveil, Leah constata qu'il pleuvait à verse. Tout en écoutant le martèlement de la pluie sur le toit, elle songea à Ryder et aux mille sensations voluptueuses qu'il lui avait fait découvrir. La perspective de la revoir fit naître un sourire sur ses lèvres. Elle soupira. C'était dimanche matin. Elle aurait aimé paresser au lit et continuer à rêvasser, mais elle devait aller à la messe. Elle se lava et s'habilla, puis vêtue d'un vieil imperméable qu'Éloïse lui avait prêté, elle courut à travers le jardin jusqu'à la maison.

L'artiste s'était déjà enfermée dans son atelier.

— Éloïse ! appela-t-elle en frappant à la porte.

— Bonjour, Leah ! Ça va ?

— Très bien. Vous n'allez pas à la messe, ce matin ?

— Je crains que non. Je travaille. Je vous ai laissé des saucisses sur le fourneau. Servez-vous.

— Merci. Vous comptez sortir dans la journée ?

— Pas aujourd'hui. Demain, peut-être. Cela vous ennuie de vous débrouiller seule ?

— Pas de problème. Je vais dîner chez Ryder. Il passe me chercher vers 2 heures.

— Très bien, mon petit. Alors à plus tard. Vous saluerez Ryder pour moi.

— Je n'y manquerai pas.

Dans la cuisine, Leah se prépara un plateau, puis elle alla s'installer au salon. Divers journaux étaient empilés sur la table et elle prit connaissance des dernières nouvelles tout en mangeant.

Bien qu'on soit dimanche, Ryder se trouvait dans son bureau, en ville. Lui aussi lisait le journal. Plus précisément, le *Wayne Banner*, publié par Cordelia. Il n'aimait pas cette femme. Ne l'avait jamais aimée. Sous son vernis de culture, elle était manipulatrice, méchante et, si l'on se fiait à ce numéro, pas très intelligente. Sous le titre *J'aimerais bien savoir*, elle avait écrit :

J'aimerais bien savoir lequel de ses beaux-fils la veuve Montague entend garder comme amant. Ne sait-elle donc pas que la polygamie est interdite ? Selon certains témoins, les deux frères en sont presque venus aux mains la semaine dernière, chez Dinah. *La veuve semblait ravie de les voir se disputer pour elle. N'oublions pas que sans l'intervention fort opportune et résolument scandaleuse du cadet, elle croupirait aujourd'hui en prison. Alors lequel des deux frères ennemis aura sa préférence ?*

Ryder jeta le journal de côté. Il attrapa son imperméable et sortit sous la pluie. Quelques semaines plus tôt, il aurait ignoré ce torchon. Mais c'était désormais impossible.

Lorsqu'il arriva chez les Wayne, il pleuvait encore des cordes. La belle voiture noire de son frère était garée devant la maison, ce qui ne l'étonna guère. Cela faisait presque un an que Cordelia trompait Barksdale avec Seth. Elle devait vraiment apprécier son physique et ses prouesses au lit, car elle aimait l'argent et Seth n'avait pas un sou.

Il dut frapper un certain nombre de coups vigoureux avant que Cordelia n'apparaisse, la mine renfrognée. En découvrant Ryder sur le seuil, elle se figea. Il nota qu'elle avait mal reboutonné son corsage et que ses cheveux étaient un peu en désordre.

— Barksdale n'est pas là, déclara-t-elle hâtivement.

— C'est vous que je viens voir.

Cordelia le dévisagea un instant puis s'effaça pour le laisser entrer. Le vestibule rivalisait de luxe avec les plus somptueuses demeures de Denver.

— Seth ! cria-t-elle au pied de l'escalier, tout en surveillant Ryder du coin de l'œil. Ton frère est là.

Celui-ci se demanda pourquoi elle tenait à impliquer Seth. Se sentait-elle en danger ? Il n'avait certes aucune intention de l'agresser physiquement. Ce qu'il lui réservait serait bien plus douloureux.

— Bonjour, cher frère ! lança-t-il en voyant Seth apparaître sur le palier.

Sa chemise était ouverte.

— Qu'est-ce que tu fais là ?

— J'étais venu discuter avec Cordelia, mais elle semble tenir à ce que tu sois présent.

— Alors, qu'est-ce que vous voulez ? demanda Cordelia avec une certaine impatience, agacée par la lueur amusée qui brillait dans son regard.

— Votre imprimerie et, peut-être, cette maison.

— Eh bien, vous ne les aurez pas, répliqua-t-elle d'un ton hautain.

— *J'aimerais bien savoir*, cita Ryder. À quelle réaction vous attendiez-vous de ma part à la lecture de votre torchon ?

Elle se raidit.

— Je t'avais prévenue, Cordelia ! intervint Seth. Je t'avais bien dit de ne pas publier ces bêtises.

— Toi, ferme-la ! rétorqua-t-elle.

Elle posa un regard glacial sur Ryder.

— Vous n'avez aucun droit de me dire ce que je dois publier. Mon mari a acheté cette imprimerie…

— Avec de l'argent qu'il m'a emprunté.

Cordelia écarquilla les yeux.

— Vous voyez, je suis parfaitement en mesure de vous dire ce que vous pouvez imprimer.

Il se pencha vers elle et ajouta :

— Vous ne publierez plus un seul mot sur Leah Montague. Plus jamais. Même si l'idée lui prenait de défiler en sous-vêtements à travers la ville.

Devant son hostilité manifeste, il poursuivit :

— Osez me défier et j'oublierai que vous êtes une femme, Cordelia. Je vous écraserai. Je prendrai votre imprimerie, le salon de coiffure de votre mari et cette maison. C'est compris ?

Sa colère était presque palpable. Malgré elle, Cordelia hocha la tête. Ryder leva les yeux vers son frère. Les deux hommes se jaugèrent en silence.

— Leah est une vraie petite bombe, pas vrai ? lança Seth d'un ton ironique.

Ryder eut l'impression de recevoir un coup de poignard dans le dos.

— Sache que c'est moi qui lui ai appris tout ce qu'elle sait dans ce domaine, ajouta Seth avec un sourire triomphal.

La rage monta en Ryder. Une rage primitive, meurtrière.

Il parvint cependant à se ressaisir et se tourna vers Cordelia.

— Inutile de me raccompagner, je connais le chemin.

Ignorant le sourire suffisant de Cordelia, il sortit sous la pluie. Les paroles de Seth le hantaient. Était-ce pour cette raison que Leah s'était montrée aussi enthousiaste, la veille ?

La première fois qu'elle avait partagé son lit, elle était vierge. Mais avait-elle partagé celui de Seth entre-temps ? Il voulait se convaincre que les fanfaronnades de son frère n'étaient que des mensonges, une tentative de plus pour le déstabiliser. Mais si Seth n'avait pas menti ? S'il avait connu les baisers de Leah ? Avait-elle gémi entre ses bras ? Cette idée lui était insupportable. Il savait qu'il aurait mieux valu qu'il rentre directement chez lui pour se calmer, mais il n'en fit rien. Il fallait qu'il sache.

La pluie venait de cesser lorsque Ryder frappa à la porte de Leah.

— Tu es très en avance, s'étonna la jeune femme, visiblement ravie de le voir.

— As-tu couché avec Seth ?

Déstabilisée par cette question brutale, elle le dévisagea en silence. Que s'était-il donc passé depuis la veille ? Son visage était sombre, sa mâchoire crispée, ses lèvres pincées.

— Non. Tu pensais le contraire ?

C'était évident, mais elle avait besoin de l'entendre de sa bouche. N'obtenant aucune réponse, elle réitéra sa question.

— C'est ce qu'on m'a affirmé, fit-il.

— Qui t'a dit cela ?

— Seth.

— Et tu l'as cru.

Ce n'était pas une question, mais une affirmation. Devant son expression blessée, Ryder voulut se convaincre qu'il n'était pas touché. Sans succès.

— Je veux que tu me parles de ton mariage avec Louis.

— Non.

— Non ? répéta-t-il.

— Non. Je me rends compte que tu ne me connais pas autant que tu le souhaiterais, et que c'est réciproque, mais que tu puisses croire une seconde que j'aie fait avec un autre ce que nous avons partagé la nuit dernière…

Outragée, offensée, Leah fut incapable de continuer. « Comment oses-tu ? » eut-elle envie de crier.

— Tout homme doit être sûr…

— Sûr de quoi ? D'être le seul coq du poulailler ?

Ryder détourna les yeux.

— Sors d'ici, Ryder. Immédiatement, ordonna-t-elle à voix basse.

Il était furieux. Elle l'était davantage encore.

— Sors ! Tu n'as pas gagné le droit de connaître mon passé. Tu n'as même pas assez de confiance en toi pour te débrouiller avec le présent.

Elle ouvrit la porte en grand et attendit.

Ryder poussa un soupir amer. Il avait commis une bourde irréparable, et ce n'était pas facile à admettre.

Il préféra lui obéir et sortit. Elle claqua la porte derrière lui.

Leah détestait pleurer mais elle ne parvint pas à retenir ses larmes. Des larmes de rage et de douleur mêlées.

— Qu'il aille au diable ! s'écria-t-elle entre deux hoquets.

Elle aurait dû se douter qu'une telle chose arriverait.

Elle tamponna ses joues à l'aide d'un mouchoir. Que Seth aussi aille au diable ! Comment pouvait-on nourrir tant de haine ? Son mensonge avait plongé Ryder dans un gouffre de méfiance. Pourquoi ce dernier avait-il cru un homme avec qui il était à couteaux tirés depuis toujours ? Il était pourtant évident que Ryder et elle étaient faits l'un pour l'autre. Son cœur brisé ne faisait que le confirmer.

De retour chez lui, Ryder entra en trombe dans la cuisine.

— Quelle mouche t'a piqué ? s'exclama Sam, inquiet.

Ryder lui raconta tout, de l'article de Cordelia à sa confrontation avec elle et Seth, jusqu'à sa dispute avec Leah.

— Je l'avais prévenue que tu étais parfois long à la détente, mais tu viens de battre un record, commenta Sam en secouant la tête. Depuis quand crois-tu un mot de ce que raconte ton vaurien de frère ?

Ryder s'était posé la même question durant tout le trajet de retour, sans trouver la réponse.

— J'ai été stupide, avoua-t-il.

— Et comment ! Je parie que Leah est effondrée.

Ryder dévisagea le vieil homme. Leah l'aimait-elle au point d'avoir le cœur brisé ?

— J'ignore pourquoi tu doutes de ses sentiments, reprit Sam, comme s'il lisait dans ses pensées. Elle t'aime. Mais après le coup que tu viens de lui faire, elle se moquera sans doute d'apprendre que tu t'es fait renverser par un tramway.

Comment lui en vouloir ? songea Ryder. Tout était sa faute. Au diable Seth et ses intrigues !

— Je vais retourner lui parler, décréta-t-il.

— C'est ça ! Pour qu'elle t'accueille avec un fusil, cette fois ? Tu ferais mieux de la laisser tranquille durant quelques jours. Le temps que les esprits s'apaisent un peu.

C'était sans doute un conseil avisé, cependant, Ryder revoyait sans cesse le regard meurtri de Leah. Il lui avait fait mal. Il fallait qu'il se rachète, mais il ne savait comment s'y prendre.

— Pourquoi me suis-je laissé posséder de la sorte par Seth ? murmura-t-il avec un soupir.

— Parce que, que tu le veuilles ou non, tu es très attaché à cette femme. Moi aussi, d'ailleurs.

Ryder ne savait plus que penser. Mais il savait à coup sûr qu'il ne voulait plus jamais voir Leah souffrir à ce point.

— Si vous êtes faits l'un pour l'autre, fiston, vous surmonterez cette épreuve.

Porté vers l'action, Ryder n'était pas homme à attendre ce que lui réservait le destin.

— Il faut absolument que je la voie, Sam. Que j'essaie d'arranger les choses.

— Je sais, mais tu ferais mieux de la laisser tranquille pour le moment. Va plutôt seller un cheval et piquer un bon galop à travers la campagne. Moi, je dois aller retrouver Mable.

Comprenant qu'il ne pouvait rien faire de plus dans l'immédiat, Ryder acquiesça.

— À ce soir, alors, dit-il.

Les yeux de Sam se mirent à pétiller de malice.
— Peut-être pas. Tout dépend de Mable…

Chevauchant son étalon, Ryder fonça en direction du soleil couchant. Une question le taraudait : Sam avait-il raison ? Éprouvait-il des sentiments profonds pour Leah tout en se refusant à l'admettre ? Au fond de son cœur, une petite voix lui répondait que oui. Mais il ne savait que faire de cette révélation, pas plus qu'il ne savait comment réparer sa bévue. Comme il avait été stupide, arrogant, orgueilleux ! Leah ne lui adresserait peut-être plus jamais la parole. Cette perspective l'effrayait. Maintenant qu'il commençait à accepter ses sentiments pour elle, il ne fallait pas que ce soit en vain. Jamais aucune femme ne l'avait à ce point rendu fou. En songeant que Seth avait peut-être fait l'amour avec elle, il avait perdu la tête. Sam parlerait sans doute de jalousie. Encore une émotion que Ryder découvrait. Pourtant, c'était bien le sentiment que les propos mesquins de son frère avaient suscité en lui. Il avait Leah dans la peau et venait d'en prendre conscience. Depuis quand avait-elle pris possession de son être ? Depuis quand était-il devenu possessif au point de vouloir partir en guerre contre tous les ennemis de la jeune femme ? Son père avait-il été aussi troublé que lui par Leah ?

Ryder repoussa cette pensée en hâte. Il ne fallait plus qu'il envisage la situation sous cet angle. Mais comment faire autrement ? Il avait passé sa vie à détester son père et tout ce qui avait un rapport avec lui. Mû par cette haine, il avait connu le succès face à l'adversité. Il avait travaillé sans relâche et était devenu riche au-delà de ses espérances. Il avait voyagé à travers le monde, fréquenté les plus élégants salons, où il était en général le seul homme de couleur. Dépasser Louis Montague dans tous les domaines avait été sa raison de vivre. S'il renonçait à tout cela, qu'est-ce qui viendrait combler le vide ? À vrai dire, il le savait déjà.

Quelques jours plus tard, Leah reçut une lettre du juge Raddock.

Chère Mme Montague,
Mon bureau de Boston a déposé un dossier d'appel en votre nom. Mon confrère Daniel Morton est en route pour Denver où il vous représentera. La tâche ne s'annonce pas facile, aussi ne vous donnerai-je pas de faux espoirs. Sachez toutefois que Daniel est un excellent avocat. Je lui ai indiqué votre adresse. Il arrivera dans le courant de la semaine.
Bien à vous,

Juge Raddock

Au dîner, Leah montra la lettre à Éloïse.
— Cela semble prometteur, commenta celle-ci.
— Au point où j'en suis, je ne m'en soucie guère, avoua la jeune femme. Je veux simplement retourner dans l'Est pour être à nouveau moi-même.
— Si cela peut vous consoler, j'apprécie votre présence, et Alice aussi.
Leah rit à l'idée qu'une statue puisse l'aimer.
Après le repas, elle suivit Éloïse dans la cuisine pour l'aider à faire la vaisselle.
— Pas de nouvelles de Ryder ? s'enquit la vieille dame.
— Non.
Éloïse la scruta un instant.
— Il vous a vraiment blessée, cette fois, n'est-ce pas ?
— Oui.

— Cela signifie que vous tenez à lui.

— C'était ce que je croyais.

— Vous y tenez toujours, affirma Éloïse. Sous ses allures de Cheyenne implacable, Ryder est un homme doux et sensible. Il l'a toujours été. Seth l'a bien compris. Il a tout fait pour lui empoisonner la vie. Il est très doué pour les intrigues.

— Eh bien, on peut dire qu'il a frappé très fort, cette fois.

— Je suis sûre que Ryder se mord les doigts de s'être laissé manipuler ainsi par son frère.

— J'en doute, rétorqua Leah en secouant la tête. Lui et moi sommes de nouveau comme chien et chat.

— Vous savez, il arrive parfois qu'ils trouvent un terrain d'entente, fit Éloïse avec un sourire entendu. La paroisse organise une fête de charité, en fin de semaine, ajouta-t-elle. Voulez-vous venir ? Nous récoltons des fonds pour construire une nouvelle église.

— Ryder sera présent ?

— Probablement pas.

— Et Cordelia et ses amis si guindés ?

— Non. Il n'y aura que des gens ordinaires comme vous et moi.

— Alors j'accepte avec joie. J'ai besoin de me changer les idées.

— Le principe est d'apporter des victuailles qui seront vendues aux enchères, expliqua Éloïse.

— Qui va acheter les miennes ? Personne ne me connaît.

— Ne vous inquiétez pas. Je peux vous assurer que tous les hommes de couleur de la région ont entendu parler de vous. Ils se montreront généreux.

— Mais je suis veuve, Éloïse.

— Par ici, les hommes à marier ont la réputation de sonner à la porte des jolies veuves dès que le défunt est enterré.

— Si vous le dites… Que faut-il préparer ?
— Je me charge de tout. Je ferai même la cuisine pour vous, si vous voulez.

La journée de samedi s'annonçait superbe. Tandis qu'Éloïse tenait les rênes, Leah contemplait le paysage tout en s'efforçant de dominer sa nervosité. Après l'hostilité qu'elle avait rencontrée lors de la réception chez les Wayne, elle ne savait à quel accueil s'attendre de la part des paroissiens.

Les participants étaient rassemblés dans un pré bordé de grands pins. Des enfants couraient entre les couvertures étalées sur l'herbe. Des hommes disposaient tables et chaises. Un panier à la main, leurs femmes bavardaient par petits groupes. Leah nota que la plupart des visages lui étaient inconnus, même si elle avait aperçu quelques fidèles à la messe.

Éloïse arrêta son chariot parmi les autres véhicules. Dès qu'elle mit pied à terre, une nuée d'enfants se précipitèrent vers elle pour l'embrasser et réclamer des bonbons qu'elle se fit un plaisir de leur distribuer. Leah reconnut quelques élèves de l'école du dimanche.

— Les enfants, vous vous souvenez de Leah, n'est-ce pas ? demanda la vieille dame.
— Bonjour ! lança Leah.
— Vous avez apporté un panier ? s'enquit une fillette espiègle aux cheveux tressés.
— Bien sûr, répondit-elle gentiment. Et toi ?
La fillette, qui se prénommait Dorcas, parut si étonnée par cette question taquine que les autres enfants s'esclaffèrent.
— Je n'ai que six ans ! répliqua-t-elle. Mais ma sœur Callie en a apporté un. Elle a le béguin pour M. Ryder.

Leah arqua les sourcils en se demandant si ladite Callie soupçonnait que sa petite sœur était aussi indiscrète.

Éloïse promit aux enfants une partie de cache-cache un peu plus tard, et ils se dispersèrent en criant. Les deux femmes traversèrent le pré pour rejoindre les autres.

— C'est ici qu'ils vont bâtir la nouvelle église ? s'enquit Leah en balayant la clairière du regard.

— Oui. Le terrain appartient à Ryder, il a proposé d'en faire don à la paroisse quand l'église sera terminée.

En dépit de ses griefs personnels, Leah ne put s'empêcher de trouver le geste généreux.

— Quand ?

— Très bientôt, nous l'espérons. L'argent récolté aujourd'hui devrait permettre de lancer les travaux.

Leah trouvait le cadre idyllique. Dans les villages noirs, une église et une école étaient un luxe rare, mais ils étaient toujours objets de fierté, en plus d'un point de rassemblement.

Elle remarqua les regards curieux de nombreuses personnes présentes. Une fois encore, l'inquiétude la gagna. Monty avait-il aussi des ennemis dans cette paroisse ?

Le révérend Garrison vint à leur rencontre.

— Bonjour, mes sœurs. Je suis ravi de vous voir.

C'était lui qui avait célébré les funérailles de Cecil. Leah lui serait à jamais reconnaissante de son soutien précieux.

— J'espère que ce panier contient un repas sur lequel les célibataires pourront enchérir, fit-il en s'adressant à Leah.

— Absolument, répondit-elle, amusée.

— Parfait. Pendant qu'Éloïse s'occupe de l'organisation, je vais vous présenter les personnes que vous ne connaissez pas encore, qu'en dites-vous ?

— Je vous suis, révérend.

Éloïse ne s'était pas trompée. Les membres de la petite communauté étaient charmants. Nul ne la regarda de haut, ne se détourna, ne posa de questions indiscrètes sur son mariage. En réalité, tous semblaient ravis de la rencontrer. Dans sa robe verte, sage mais coûteuse, la jeune femme ne passait pas inaperçue. Les autres femmes portaient des tenues modestes de fermières, de domestiques, de femmes de bûcheron. Toutefois, nulle ne parut en vouloir à Leah. Leurs sourires étaient sincères et, très vite, la jeune femme se sentit à l'aise.

Sa sérénité s'effrita quand elle vit Seth apparaître. Sa présence lui parut pour le moins incongrue. Elle ne l'avait jamais croisé à la messe.

— Je ne m'attendais pas à le voir aujourd'hui, commenta le pasteur.

— Seth est-il membre de votre congrégation ? demanda Leah.

— Non, mais tout le monde est le bienvenu parmi nous.

La jeune femme se demanda pourquoi le pasteur semblait soudain si contrarié. Mais elle cessa de s'interroger quand Seth l'interpella et la salua de la main.

Affichant un sourire faux, elle lui rendit son salut.

— Connaissez-vous son véritable visage ? lui murmura le pasteur Garrison.

Leah prit le temps de scruter les traits étrangement soucieux du révérend.

— Je commence à l'entrevoir, répondit-elle gravement.

— Bien, conclut-il. Je vais m'assurer que les autres n'ont pas besoin de moi.

Sur ces mots, il s'éloigna. Seth rejoignit aussitôt la jeune femme.

— Bonjour, Leah ! J'ai entendu parler de cette vente aux enchères un peu particulière et j'ai eu l'idée de venir voir si vous étiez là.

— Pourquoi ? s'enquit-elle froidement.

— Histoire de passer un petit moment en votre compagnie, répondit-il, étonné de sa réaction.

— Pourquoi avez-vous dit à votre frère que j'avais couché avec vous ?

Il sursauta, puis tenta de la charmer d'un sourire.

— Il ne m'a pas cru, j'espère ? Je ne cherchais qu'à le taquiner, rien de plus.

Si Leah avait eu un pistolet, elle lui aurait tiré une balle en plein front.

— Sachez que je ne suis plus disposée à vous tenir compagnie, Seth.

— Allons, Leah, ne nous fâchons pas ! C'était une plaisanterie. Rien d'autre.

— Une plaisanterie ? Vous trouvez drôle d'anéantir la réputation d'une honnête femme ? Allez donc voir Barksdale Wayne et vous plaisanterez ensemble de vos rapports avec Cordelia !

Seth blêmit. Leah constata non sans satisfaction qu'elle avait fait mouche. N'ayant rien à ajouter, elle tourna les talons et le planta là.

Le pasteur fit signe aux participants de se regrouper. Après une prière, les festivités purent commencer.

Les enfants se mirent en rang. Les adolescents et les adultes prirent place sur les couvertures et les chaises. Éloïse leva la main et la chorale retentit. Les participants chantaient un peu faux mais avec un enthousiasme attendrissant.

Quand les enfants eurent terminé, les applaudissements crépitèrent. Puis Callie Dotson apparut. Elle devait avoir dans les dix-huit ans. Elle était bien trop jeune pour fréquenter un homme tel que Ryder, songea Leah. Mais elle était ravissante, avec sa peau claire, ses cheveux courts et son visage en cœur. Qui plus est, elle possédait une voix extraordinaire de soprano et récolta un tonnerre d'applaudissements à la fin de sa prestation. Affichant un sourire timide, la jeune fille alla s'asseoir près de ses parents, qui ne cachaient pas leur fierté.

Le pasteur annonça les prochaines réunions paroissiales et les baptêmes prévus le dimanche suivant. Il évoqua aussi l'affaire Andrew Green, un jeune homme accusé d'avoir tué un conducteur de tramway.

Tandis qu'il poursuivait son discours, Mable France vint s'asseoir près de Leah et Éloïse sur une couverture.

Il y avait plus d'une cinquantaine de personnes, à présent. Beaucoup étaient arrivées pendant la prière et s'étaient installées discrètement. La plupart des retardataires étaient des messieurs. Ils arboraient des costumes souvent usés mais propres. Leah aperçut Sam, qui souleva poliment son chapeau en croisant son regard. Ravie, elle lui sourit.

— Sam est là, murmura-t-elle en se penchant vers Mable.

— Je sais, répondit celle-ci en rougissant.

L'événement de la journée allait commencer. Les femmes s'avancèrent et posèrent leur panier sur la grande table, puis retournèrent à leur place. Le premier groupe de paniers avait été préparé par les femmes mariées. Un à un, les maris enchérirent sur le panier de leur épouse, sous les quolibets de la foule enthousiaste.

Ce fut ensuite le tour des jeunes filles.

— Puisque nous avons une nouvelle venue parmi nous, déclara le pasteur, je suggère que nous mettions son panier aux enchères dès à présent. Il s'agit de notre sœur Leah Montague. Au fait, je précise qu'elle est veuve.

Les regards convergèrent vers la jeune femme, qui se sentit quelque peu gênée d'attirer ainsi l'attention.

— Nous ignorons si notre sœur est bonne cuisinière, mais elle est si jolie qu'on lui pardonnerait tout. Messieurs, j'attends vos enchères.

Des rires fusèrent. Leah baissa les yeux.

— Cinq dollars ! lança Seth en se levant.

La foule retint son souffle. Les autres paniers étaient partis pour cinquante *cents*, un dollar tout au plus. Cinq dollars représentaient une fortune pour ces modestes villageois. Leah était choquée de le voir se pavaner de la sorte après ce qu'elle lui avait dit. Puis elle se rappela qu'il s'était promis de la courtiser pour mettre la main sur l'héritage de Monty.

Aucun autre homme n'allait surenchérir. Elle se résigna à voir Seth remporter la mise.

— Cinq dollars, une fois, cinq dollars deux fois…

Dans le silence, une voix familière s'éleva :

— Cinquante dollars en or !

Un murmure de stupeur parcourut la foule. Leah se raidit.

Ryder.

10

— Je croyais qu'il ne devait pas venir, siffla Leah à l'adresse d'Éloïse.

Celle-ci se contenta de hausser les épaules d'un air innocent.

Leah se retourna pour voir d'où venait la voix, elle croisa le regard de braise de Ryder. Agacée, elle se détourna aussitôt. Une fois de plus, elle se retrouvait au centre de toutes les attentions. Pourtant, les spectateurs ne semblaient pas scandalisés. Au contraire. Certaines femmes âgées affichaient un air entendu, d'autres lui adressaient des sourires encourageants. Apparemment, chacun se réjouissait de la tournure inattendue des événements. Leah ne comprenait pas pourquoi.

— Pourquoi les gens me sourient-ils ? chuchota-t-elle en se penchant vers Éloïse.

— Ils aiment bien Ryder. Et vous aussi, mon petit.

Sous les applaudissements, Ryder se dirigea vers la table. Ses cheveux tressés à l'indienne offraient un étonnant contraste avec la veste qu'il portait sur le bras, sa chemise blanche et son pantalon à la coupe impeccable. Leah supposa que les gens le félicitaient d'avoir apporté une contribution généreuse à la construction de l'église. En tout cas, elle l'espérait.

Sous le regard bienveillant du pasteur, Ryder déposa cinq pièces d'or dans l'urne. Puis il s'empara du panier et se dirigea vers Leah tandis que les enchères continuaient.

— Pourquoi vient-il par ici ? s'affola la jeune femme.

— Il a gagné l'honneur de déjeuner en votre compagnie.

— Vous ne m'aviez pas parlé de cela !

Éloïse se contenta de sourire.

Leah n'avait aucune envie de partager ce pique-nique avec Ryder. Il l'avait blessée. Peut-être l'avait-il oublié ? Elle était cependant l'objet de tant de regards qu'elle n'avait d'autre choix que de sourire poliment et d'attendre.

Ryder remarqua vite la lueur glaciale qui brillait dans ses prunelles. Il ignorait encore comment la reconquérir, mais il était disposé à tout tenter.

— Bonjour, mesdames ! lança-t-il lorsqu'il les eut rejointes.

— Merci d'avoir offert une telle somme, Ryder, déclara Éloïse.

— C'est tout naturel. Nous y allons ? demanda-t-il en se tournant vers Leah.

Elle le dévisagea longuement puis se leva. Ryder remarqua que Seth les observait ostensiblement. Son frère semblait furieux d'avoir été ainsi humilié. Ryder inclina la tête dans sa direction d'un air moqueur, puis il l'oublia. Son cher frère avait été propriétaire du terrain où se dressait l'ancienne église. S'il n'avait pas été obligé de l'hypothéquer pour éponger ses dettes de jeu, cette vente de charité n'aurait pas été nécessaire. Seth avait sans doute été attiré par la présence de Leah, car il n'y avait pas une seule personne dans cette assemblée qui l'appréciait.

Plusieurs couples étaient déjà en train de pique-niquer dans le pré, en retrait de l'assemblée. Cela permettait aux amoureux de s'isoler tout en restant sous la surveillance des mères et du reste de la congrégation.

Ryder entraîna Leah à travers les hautes herbes et les fleurs des champs jusqu'à une petite clairière, à l'écart.

— Ce champ aurait grand besoin de la visite des danseurs des prés, observa-t-il.

— De quoi s'agit-il ?

Ryder fut soulagé qu'elle lui adresse encore la parole.

— À l'époque de mon grand-père, expliqua-t-il, les hommes allaient danser pour aplanir les mauvaises herbes des prés avant d'y dresser le campement.

— Cela devait leur prendre un temps fou, remarqua Leah.

— D'une manière générale, ils ne raisonnaient pas en termes de temps. Cette danse avait un sens. C'était une fête. Ils jouaient des percussions et se livraient à une compétition pour déterminer qui était le meilleur danseur. De plus, les femmes adoraient ces danseurs.

— Et pourquoi cela ?

— C'étaient souvent les plus beaux hommes de la tribu. Cet endroit te convient-il ? ajouta-t-il en s'immobilisant.

Ils se trouvaient à un peu à l'écart sans être cependant totalement isolés des autres.

— C'est très bien.

Comme ils n'avaient pas de couverture, Ryder étala sa veste dans l'herbe et fit signe à Leah de s'y asseoir.

— Je ne peux pas m'asseoir sur ta veste, protesta-t-elle.

— Pourquoi pas ? Tu as l'intention de manger debout ?

— Je n'ai pas l'intention de manger du tout.

Leurs regards se croisèrent. Leah avait les poings sur les hanches.

— Après ce qui s'est passé entre nous, je suppose que je le mérite, admit-il.

— Non, tu mérites pire que cela.

— Tu sais, fit-il, piqué au vif, si tu restes debout, les gens vont croire que tu refuses de manger avec moi.

— Et ils auront raison.

— Alors je retourne chercher mes cinquante dollars.

— Tu descends bien bas…

— Je suis prêt à tout pour revoir ton sourire. Ce que j'ai fait était mal. J'ai été stupide. Il n'y a pas de mot pour qualifier ma conduite. Je sais que je t'ai blessée. Je l'ai enfin compris. Asseyons-nous et discutons, *Morenita*.

« Ne m'appelle pas ainsi », songea-t-elle. Elle ne voulait pas faiblir, souffrir de nouveau par sa faute, mais elle fut touchée par sa supplique. Son corps entier se mit à trembler. Elle voulut se convaincre qu'elle s'asseyait uniquement pour empêcher Ryder d'aller récupérer ses pièces d'or. Non, elle ne cédait pas.

— Merci, dit-il doucement.

Elle ne répondit pas.

Un petit orchestre se mit à jouer aussi faux que la chorale des enfants, mais ils étaient suffisamment loin pour ne pas en souffrir.

Leah le regarda sortir des sandwiches, de la citronnade et d'épaisses tranches de quatre-quart du panier.

— Tout ce que je préfère, déclara-t-il. Des sandwiches au jambon et à la moutarde… Comment as-tu su ?

— Et j'imagine que le quatre-quarts est ton gâteau favori ? fit-elle sans répondre à sa question.

— Tout à fait, confirma-t-il en mordant dans un sandwich.

Éloïse avait bien monté son coup. C'était elle qui avait préparé ce panier, sachant sans doute que Ryder allait l'acquérir. La jeune femme goûta à son tour un sandwich, puis se versa un verre de citronnade.

Ryder l'observait en silence tandis qu'elle buvait à petites gorgées. Il aurait volontiers dégrafé un à un les boutons de nacre de sa robe vert émeraude qui épousait ses formes à la perfection et les mettait si bien en valeur.

Leah sentait son regard appuyé. Elle aurait voulu soutenir ce regard, lui montrer sa colère, mais elle avait d'autant plus de mal que ses excuses semblaient sincères.

— Merci d'avoir enchéri sur mon panier, dit-elle. Éloïse m'a expliqué que l'argent recueilli aiderait à la construction d'une nouvelle église.

Il avait terminé son repas et était allongé dans l'herbe.

— Ce n'est rien, répondit-il en fixant le ciel. Tu veux bien me parler à nouveau ?

— Non.

— Tu sais, si tu es enceinte de moi, tu devras m'épouser.

— Non.

— Et je veux des filles qui te ressemblent, insista-t-il en roulant sur le côté.

Son assurance tranquille la fit frissonner.

— Des filles aussi belles et indomptables que leur mère…

Leah ne savait que dire. Il était fort possible qu'elle soit enceinte de lui. Mais pourrait-elle jamais épouser un homme à ce point hanté par son passé ? Sa propre mère l'avait élevée seule et Leah avait souffert toute son enfance des moqueries et des quolibets. Son enfant méritait-il de souffrir à son tour de l'intolérance et du regard des autres ?

— Que feras-tu lorsqu'un jeune Cheyenne arrogant viendra tourner autour de tes filles ? lança-t-elle.

— Il devra m'offrir mille chevaux rien que pour connaître leur prénom.

Leah se détourna.

— Je regrette, *Morenita*, murmura Ryder en s'asseyant. Vraiment, je regrette.

Leah détestait pleurer mais elle sentait les larmes lui monter aux yeux. Pourquoi avait-il un tel pouvoir sur elle ?

Ryder se pencha, embrassa tendrement une paupière, puis l'autre.

— Pardonne-moi.

Leah se rendit compte qu'elle aurait beau le nier et s'en défendre, elle était bel et bien amoureuse de cet homme.

— Tu m'as fait mal, Ryder, dit-elle d'une voix sourde. Très mal.

— Je sais, et j'en suis malade…

Leurs bouches se frôlaient presque.

— Si tu ne peux me pardonner tout de suite, je le comprendrai. Ce que je t'ai fait n'est pas facile à oublier ou à pardonner.

— En effet.

Dans le silence qui suivit, l'un et l'autre sentirent les sentiments qui les liaient prendre le dessus.

— J'ai envie de t'embrasser… souffla-t-il.

— Les gens vont jaser, lui rappela-t-elle.

— Qu'ils jasent.

Le baiser qu'ils échangèrent était plein de regrets, de promesses et de pardon. Peu leur importait que les autres les voient ou ce qu'ils pensaient. Ils avaient besoin de se retrouver.

Lorsqu'il s'écarta, Ryder plongea son regard dans les beaux yeux scintillants de larmes de la jeune femme.

— Alors, tu veux bien me parler à nouveau ?

— Non, murmura-t-elle. Mais je veux bien t'embrasser.

Sous le regard de la congrégation et de Seth, elle lui offrit ses lèvres. Fulminant, le frère de Ryder tourna les talons et rejoignit sa voiture à grands pas.

Ryder pressa la jeune femme contre lui et lui chuchota à l'oreille :

— Plus jamais je ne te ferai souffrir ainsi. Je te le promets.

Leah l'enlaça. Son cœur le croyait, mais sa raison savait que tant qu'ils n'auraient pas fait table rase du passé, elle risquait de souffrir encore.

— Je dois me rendre à Virginia City pour environ deux semaines. Veux-tu m'accompagner ? demanda-t-il en lui caressant la joue.

— C'est impossible, répondit-elle à regret. J'attends l'arrivée d'un avocat de Boston.

— Un avocat ? Quel avocat ?

— Le juge Raddock a déposé une demande d'annulation. Il m'envoie un avocat.

— Quand doit-il arriver ?

— Je ne sais pas exactement, mais bientôt. S'il réussit dans sa mission, je devrai sans doute endurer Seth et ses grands projets.

Ryder semblait perplexe. Elle lui relata la conversation qu'elle avait surprise entre son frère et Ellen.

— Ils font la paire, ces deux-là, commenta Ryder, écœuré.

— En plus de cela, Ellen ne cesse de répéter que Cecil a été empoisonné – comme sa sœur. Crois-tu que ce soit possible ?

— Tout est possible, je suppose, fit-il en haussant les épaules.

— Peut-être cherche-t-elle simplement à me tourmenter. D'après ce que m'a raconté Cecil, lui et elle ne s'entendaient pas très bien, autrefois.

— Elle ne s'entend avec personne. Mais quel avantage aurait-elle à te faire croire que Cecil a été empoisonné ?

— Aucune idée.

— Cela te tracasse ?

— Ces derniers temps, j'ai beaucoup rêvé de lui. Je ne peux m'empêcher de me demander si elle ne dit pas la vérité, après tout. La mort de Cecil a été assez soudaine, quand on y pense. Je ne me souviens pas de l'avoir jamais vu malade.

— Si tu veux en avoir la certitude, il suffit de faire exhumer son corps. J'ai un ami à Boulder qui pratique les autopsies. L'intervention prendra sans doute un certain temps, mais si cela peut te rassurer…

Leah frissonna à cette perspective. Toutefois, elle se sentait tenue de découvrir la vérité, en souvenir de Cecil.

— Que faut-il faire ?

— Rien. Je m'occupe de tout.

— Je souhaiterais être présente quand on remontera son cercueil. Je lui dois bien cela.

— Comme tu voudras.

— Tu trouves exagéré de le faire exhumer ?

Il se pencha pour l'embrasser sur le nez.

— Non. S'il a été empoisonné, il faut découvrir la vérité et avertir les autorités. Dis-moi, ajouta-t-il en regardant autour de lui, tous les couples ont rejoint les autres. Tu veux les imiter ?

— Il le faut, bien que je préférerais rester ici avec toi.

— Moi aussi, avoua-t-il, ravi.

Leah arracha distraitement quelques brins d'herbe.

— Pourquoi dois-tu te rendre à Virginia City ? s'enquit-elle. Pour affaires ?

— J'ai des réunions avec mes actionnaires, expliqua-t-il. Et je dois visiter quelques nouveaux sites potentiels.

— J'aurais bien aimé t'accompagner.

— Moi aussi, mais…

Il se leva et lui tendit la main pour l'aider à faire de même.

— … je devrai me contenter de penser à toi.

— Quand pars-tu ?

— Demain à la première heure.

Leah poussa un soupir. S'il l'embrassait, tout le monde les verrait. Mais elle en mourait d'envie.

— On dirait que tu as envie d'être embrassée, déclara-t-il, interprétant correctement son soupir.

— On ne peut rien te cacher.

— Je te raccompagne chez toi ? proposa-t-il avec un sourire.

— Nous ne pouvons pas nous éclipser comme cela, ce serait impoli.

— Je sais, mais je possède déjà cette réputation.

— Eh bien, pas moi, répliqua-t-elle, amusée par sa franchise.

— Et si nous dînions ensemble, ce soir ?

Leah hésita, incertaine à l'idée de la tournure que risquait de prendre la soirée.

Une fois encore, Ryder parut lire en elle.

— Rien qu'un dîner, assura-t-il en toute sincérité.

Il brûlait de passer la nuit avec elle mais ne voulait pas lui donner l'impression de ne s'intéresser à elle que pour cela.

— Où comptes-tu m'emmener ?

— Chez *Dinah* ?

Leah accepta et tous deux rejoignirent le reste du groupe. Par chance, tout le monde commençait à plier bagage.

Avec la bénédiction d'Éloïse, Ryder reconduisit Leah chez elle. Arrivés devant sa porte, il la prit dans ses bras.

— Un dernier baiser et je m'en vais.

— Un seul ? s'exclama-t-elle, espiègle.

— Tu es vraiment incorrigible !

Il l'embrassa avec fougue.

— Heu… Excusez-moi, je cherche Mme Leah Montague.

Ils se retournèrent vivement. Un jeune homme blond, un peu gauche et visiblement très gêné, se tenait dans l'allée. Son costume gris élégant mais fripé indiquait qu'il descendait tout juste du train.

Leah s'écarta de Ryder et se lissa les cheveux.

— C'est moi, balbutia-t-elle, embarrassée.

Le jeune homme arrondit les yeux, puis fixa Ryder.

Celui-ci soutint son regard, furieux d'avoir été interrompu, et aboya :

— À qui ai-je l'honneur ?

— Heu… Je m'appelle Daniel Morton.

L'avocat se tourna vers Leah.

— Le juge ne m'avait pas précisé que vous étiez…

Sa voix s'éteignit.

— Noire ? fit la jeune femme en haussant les sourcils. De couleur ?

— Ce type est ton avocat ? intervint Ryder, fulminant.

— J'en ai bien l'impression.

Morton rougit. Leah eut pitié de lui, de sa jeunesse.

— Et si nous recommencions depuis le début ? proposa-t-elle avec indulgence.

Il hocha vigoureusement la tête, soulagé.

— Volontiers. Je suis maître Daniel Morton. Enchanté, madame Montague.

— Enchantée, monsieur Morton. Je vous présente Ryder Damien.

Morton parut perplexe, puis il s'agenouilla et ouvrit sa mallette. Il en sortit un bloc-notes couvert d'annotations qu'il parcourut en marmonnant le nom de Ryder. Soudain, son visage s'éclaira.

— Je savais bien que votre nom ne m'était pas inconnu ! Voyons, Ryder Damien, vous êtes donc…

Il s'interrompit et leva les yeux, stupéfait.

— Vous êtes le fils de M. Montague !

— Il y a un problème ? s'enquit Ryder.

— Heu… Non, monsieur. Aucun problème.

Morton se tourna vers Leah, qu'il trouvait nettement plus amicale.

— J'ai réservé une chambre à Denver. J'aimerais que nous ayons un entretien, disons demain ou dans les jours qui viennent. L'audience préliminaire est prévue pour mercredi.

— Déjà ? s'écria Ryder.

— Oui. Nous n'avons pas de temps à perdre.

Ryder ne pouvait le nier, mais il se demandait pourquoi le juge avait envoyé ce blanc-bec pour défendre les intérêts de Leah. Il semblait à peine sorti de l'école.

— Nous pourrions en discuter dès maintenant, proposa Leah.

Ryder lui jeta un coup d'œil. Elle était censée dîner avec lui, non ?

— C'est ce que j'espérais, avoua Morton. Mais je ne voudrais pas m'imposer.

Ryder fut sur le point de lui dire que Leah le verrait le lendemain quand la jeune femme déclara :

— Alors allons-y.

Ryder arborait l'expression d'un petit garçon à qui l'on vient de refuser un bonbon.

— Vous voulez bien nous excuser une seconde, monsieur Morton ? ajouta-t-elle.

— Bien sûr, répondit-il en lançant un regard méfiant en direction de Ryder.

Elle fit signe à ce dernier de la suivre sous le porche. Fusillant l'avocat du regard, il s'exécuta. Elle faillit éclater de rire devant sa mine boudeuse.

— Ne me dis pas que tu fais la tête, Ryder Damien.

— Un Cheyenne ne fait jamais la tête.

— Désolée. Nous pourrons dîner ensemble à ton retour.

— Je sais.

Il était conscient que son attitude était égoïste. Il se résigna à ne pas dîner avec elle et à ne plus pouvoir la serrer dans ses bras jusqu'à son retour de voyage.

— Demande à Sam de m'envoyer un télégramme au moindre souci, exigea-t-il. Le juge aurait quand même pu t'envoyer un avocat plus expérimenté.

— Il paraît qu'il est très compétent.

Ryder ne semblait guère impressionné.

— Je rentre chez moi. Je t'embrasserais volontiers, mais je ne voudrais pas choquer le petit.

— Sois prudent, lui recommanda-t-elle avec un sourire.

Il lui caressa la joue et s'éloigna.

— Je vous conseille d'être efficace, sinon j'aurai votre peau, grommela-t-il à l'adresse de Morton.

Les mains sur les hanches, Leah secoua la tête. À peine eut-il disparu de sa vue que Ryder lui manquait déjà.

Elle fit entrer l'avocat dans son modeste logis et lui offrit un siège.

— Je connais déjà certains aspects de votre dossier, dit-il en sortant ses documents, mais j'ai besoin d'éclaircissements.

La jeune femme lui expliqua les relations entre Monty et Reba, sa mère, puis lui avoua la vérité sur son mariage.

— Donc, cette union n'était qu'une imposture ? commenta l'avocat.

— Pour l'essentiel, oui. Monty souhaitait assurer ainsi mon avenir financier.

— C'est un geste noble, reconnut Morton en prenant des notes. Espérons simplement que nos adversaires ne l'apprendront jamais.

— Serai-je appelée à témoigner ?

— C'est fort probable. Nous allons essayer de prouver que la saisie vieille de trente ans sur les biens de M. Montague et la confiscation de son patrimoine n'étaient pas justifiées. À leur place, je remettrais en cause votre droit à l'héritage. Nous devons nous préparer à affronter cette éventualité.

Jusque tard dans la soirée, ils évoquèrent une stratégie de défense, étudièrent la façon dont elle devrait s'habiller, l'attitude à adopter durant l'interrogatoire.

— Quant à vos relations avec M. Damien, déclara l'avocat en la regardant bien en face, j'ignore totalement si elles risquent de réduire vos chances de récupérer votre héritage. Honnêtement, ce n'est pas un bon point pour vous. Surtout si tout le monde est au courant de vos… liens.

Leah poussa un soupir résigné.

— De toute façon, c'est ainsi. Nous ne pouvons les effacer d'un coup de baguette magique.

— Certes, mais le tribunal aura du mal à voir en vous la veuve méritante si vous avez une liaison avec le fils illégitime de votre défunt mari.

Piquée au vif, Leah se crispa.

— Je ne voulais pas vous offenser, assura Morton avec un sourire. Mais je tiens à ce que vous soyez prête à tout entendre. Ils vont s'en prendre à vous personnellement.

Il rassembla ses documents et les rangea dans sa mallette.

— Ils vont aussi remettre vos droits en cause du fait de vos origines.

— Je sais.

— Soyez prête.

Il se leva et enfila sa veste fripée.

— C'est une bataille difficile que nous allons livrer et j'ignore si nous la remporterons, conclut-il. Mais je suis déterminé. Je tiens à ma peau et je n'ai pas oublié l'avertissement de M. Damien.

Leah sourit. Malgré le premier contact un peu embarrassant, elle était convaincue que le jeune homme la soutiendrait. Elle le raccompagna à la porte. Il faisait déjà nuit.

— Merci, Daniel.

— Merci à vous, répondit-il avant de lui indiquer le nom de son hôtel. Nous nous reverrons avant mercredi. En attendant, je vais effectuer quelques recherches de mon côté.

— Si je peux vous être utile en quoi que ce soit, n'hésitez pas.

— D'accord. À bientôt.

Après son départ, Leah resta un moment appuyée contre le chambranle. L'audience de mercredi l'inquiétait, mais elle était décidée à garder la tête haute quoi qu'il arrive.

Lorsqu'il atteignit Sunrise, Ryder avait déjà décidé d'annuler son voyage en Virginie. Il enverrait un émissaire assister aux diverses réunions à sa place. Quant aux investisseurs potentiels, ils pouvaient bien attendre quelques semaines. Une affaire bien plus importante le retenait à Denver. Les créanciers qui avaient réussi à récupérer la fortune de Louis allaient certainement livrer une bataille acharnée pour la conserver. À leur place, il aurait mené une enquête approfondie sur le passé de la jeune veuve pour présenter un dossier au juge. De plus, sa couleur de peau n'allait pas jouer en la faveur de Leah, de même que sa relation avec lui. Ryder décida d'alerter ses propres avocats dès le lendemain matin, au cas où ce novice venu de l'Est aurait besoin d'aide.

Il se demandait aussi ce qu'était devenu le détective qu'il avait engagé. Si les nouvelles étaient mauvaises, il tenait à le savoir avant ses adversaires. En réalité, il se moquait des résultats de l'enquête ou de l'audience. Il voulait simplement que tout soit terminé au plus vite pour que *Morenita* et lui puissent envisager l'avenir. Il avait suffisamment d'argent pour que la jeune femme puisse vivre confortablement à ses côtés jusqu'à la fin de ses jours ; par conséquent, il se moquait de son héritage et des quinze mille dollars qu'il avait déboursés pour elle. De toute façon, Leah avait plus de valeur à ses yeux que tout l'or du monde.

Le lendemain matin, Leah se prépara pour la messe, puis gagna la maison d'Éloïse. Tout était silencieux. Elle frappa à la porte de l'atelier, mais n'obtint pas de réponse. Étonnée, elle décida d'aller voir si la vieille dame était auprès d'Alice.

Elle jeta un coup d'œil entre les arbres. Éloïse était bien assise sur son banc.

— Je sais qu'il faut le faire, mais ce sera plus difficile que les autres fois.

Sans doute faisait-elle allusion à l'œuvre sur laquelle elle travaillait.

Éloïse sembla écouter la réponse d'Alice, puis reprit :

— Ce sera bientôt terminé. Ensuite, nous nous sentirons mieux toutes les deux.

Sur ces mots, elle se leva. Leah sortit de sa cachette et fit mine d'arriver.

— Bonjour ! lança-t-elle.

Éloïse fit brusquement volte-face. L'espace d'un instant, Leah décela une étrange lueur dans son regard, mais elle se dissipa si rapidement que la jeune femme crut avoir rêvé.

Les yeux d'Éloïse étaient à nouveau bienveillants.

— Bonjour, ma chère. Vous m'avez fait peur. N'est-ce pas, Alice ?

— Je suis désolée. Je venais voir si vous étiez prête pour la messe.

— Je prends mes livres et je vous rejoins avec le chariot.

Dès leur retour de l'église, Éloïse regagna son atelier et Leah sa cabane. Une feuille de papier était glissée sous la porte. Espérant un mot doux de Ryder, elle se hâta de la ramasser. Les lettres formant les mots avaient été découpées dans un journal et collées sur une feuille blanche. Le message lui glaça les sangs :

Mort à toutes les catins de Montague ! Et de trois ! Vous êtes la suivante.

Une sourde terreur étreignit la jeune femme en même temps qu'une nausée la submergeait. Les mains tremblantes, le corps inondé d'une sueur glaciale, elle se précipita vers la maison en appelant Éloïse.

Celle-ci la rejoignit dans la cuisine.

— Que se passe-t-il ? s'inquiéta-t-elle en voyant son visage défait.

Sans un mot, Leah lui tendit le message.

— Seigneur Jésus, murmura Éloïse. Où l'avez-vous trouvé ?

— Il était glissé sous ma porte.

— Il faut avertir le shérif sans tarder. Venez. On prend le chariot.

Leah demeura pétrifiée. Les menaces de mort ne cessaient de résonner dans son esprit. On cherchait à la tuer !

— Venez vite, Leah ! la pressa Éloïse.

Sa voix insistante fit émerger la jeune femme de sa torpeur. Elle emboîta le pas d'Éloïse.

En ce dimanche, de nombreuses boutiques de Denver étaient fermées. Les rues étaient moins animées qu'en semaine, toutefois, il y avait du monde devant le bureau du shérif. Quelque temps auparavant, la foule en colère avait tenté de prendre la prison d'assaut dans l'intention de lyncher Andrew Green, le jeune noir accusé d'avoir tué un conducteur de tramway, et son complice. Le shérif Cramer et ses hommes avaient réussi à calmer les esprits, et, depuis, les effectifs qui montaient la garde devant les locaux avaient été renforcés.

Un garde arrêta les deux femmes, qui lui montrèrent la lettre de menaces.

— J'en parlerai au shérif, déclara-t-il. Il n'est pas de service, aujourd'hui.

— Mais… commença Leah.

— Je vous ai dit que j'en parlerai au shérif, coupa-t-il.

— Il n'y a donc personne à qui je puisse m'adresser ?

— Non.

Comprenant qu'elle n'obtiendrait pas satisfaction, elle demanda :

— Quand pourrai-je voir le shérif ?

— Essayez dans quelques jours. Avec l'affaire Green, tout le monde est sur les dents.

— Et si je me fais tuer entre-temps ?

Le policier ne sourcilla pas.

— Je lui en parlerai.

Sur ces mots, il pivota et retourna à son poste.

Furieuse, Leah lança un regard à Éloïse, qui se tenait près d'elle, les lèvres pincées. Elles remontèrent dans le chariot.

— Ce n'est peut-être qu'une plaisanterie de mauvais goût, hasarda la vieille dame durant le trajet de retour.

— Une plaisanterie…

Leah pensa à Seth.

— Seth affirme qu'il plaisantait en racontant à Ryder que nous avions couché ensemble. Vous le croyez capable d'une telle infamie ?

— J'aimerais pouvoir vous dire non, répondit Éloïse.

Leah ajouta mentalement les noms de Cordelia et d'Ellen à la courte liste de ses ennemies potentielles. Et si le message provenait d'un inconnu ? se dit-elle soudain. Un ennemi de Monty, peut-être ? Non. Il s'agissait d'une personne qu'elle connaissait, qui savait qu'Éloïse et elle se rendaient à la messe le dimanche matin, ce qui lui laissait le temps de commettre son forfait.

— Éloïse, que savez-vous de la mort de Bernice Montague et de celle de la mère de Ryder, Chant d'Oiseau ?

— Pas grand-chose, à part que Bernice a mis du temps à mourir. Je n'ai pas réussi à la sauver, pas plus que les médecins et les savants que Louis a fait venir à son chevet.

— Croyez-vous que ces deux femmes aient pu être assassinées ?

— On sait que Chant d'Oiseau a été assassinée, mais la mort de Bernice est moins claire. Il y a eu des rumeurs à propos d'un empoisonnement, mais rien n'a jamais été prouvé.

— Je vais faire exhumer la dépouille de Cecil.

— Vraiment ? fit Éloïse avec stupeur. Quand avez-vous pris cette décision ?

— À la fête paroissiale. Je disais à Ryder qu'Ellen racontait à qui voulait l'entendre que Cecil et sa sœur étaient morts empoisonnés. Il m'a expliqué qu'une exhumation me permettrait d'en avoir le cœur net.

— Vous croyez vraiment que sa mort n'était pas naturelle ?

— Je ne sais plus que penser. Mais l'autopsie dissipera mes doutes, du moins, je l'espère.

— Vous savez, certaines personnes ont attribué la mort de Bernice à Ellen, expliqua Éloïse.

— Elles ne s'entendaient donc pas ? s'étonna Leah.

— En public, si. Mais en privé...

— Pourquoi ?

— Bernice avait Louis, son argent et sa superbe demeure. Ellen n'avait rien, hormis ce que sa sœur voulait bien lui octroyer. Et la garce ne manquait pas une occasion de le lui rappeler. Ellen ne supportait pas d'être considérée comme le parent pauvre.

— Aurait-elle pu empoisonner sa sœur ?

— Louis en était persuadé.

— Et vous ?

Éloïse haussa les épaules.

— Qui sait ? Ellen vivait sous leur toit. Mais quant à affirmer qu'elle aurait pu tuer sa propre sœur, c'est une autre histoire. Quoi qu'il en soit, il faut aller montrer cette lettre de menaces à Ryder sans tarder.

— Il est parti ce matin pour Virginia City. Mais Sam peut lui envoyer un télégramme.

— Parfait. Savez-vous manier un fusil ?

— Non, avoua Leah.

— Il ne sert donc à rien que je vous en prête un.

— Oh non ! Je risquerais de me blesser.

— Je constate que vous n'avez pas perdu votre sens de l'humour, fit Éloïse avec un sourire. Je propose que nous passions chez Ellen pour voir Mable. Si elle a rendez-vous avec Sam, aujourd'hui, elle pourra lui demander d'envoyer un télégramme à Ryder.

Mable n'était pas là. Selon Ellen, c'était son jour de congé.

— De quoi vouliez-vous donc lui parler ? s'enquit Ellen, curieuse.

Leah lui montra la lettre anonyme et guetta sa réaction. Ellen se contenta de lever les sourcils.

— Quand l'avez-vous reçue ?

— Je l'ai trouvée sous ma porte en rentrant de la messe.

— Et je suppose que vous n'avez aucune idée de l'identité de celui ou de celle qui vous l'a envoyée ?

— En effet.

— Je vous l'ai dit, soupira Ellen, en venant à Denver, vous avez déterré des rancœurs vieilles de trente ans. Cette haine a tué ma sœur, Chant d'Oiseau, l'Indienne, et probablement Cecil Lee. Vous feriez bien de vous méfier.

Sur ces paroles, elle leur ferma la porte au nez. Éloïse et Leah échangèrent un regard médusé, puis elles regagnèrent le chariot. Leah aurait aimé chasser la peur qui l'étreignait, mais elle n'y parvint.

Ayant annulé son déplacement en Virginie, Ryder décida de rendre une visite-surprise à Leah. La nuit allait bientôt tomber, mais il s'en moquait. Il enfourcha son étalon et partit au galop.

Il frappa d'abord chez Éloïse. Ce fut Leah qui lui ouvrit.

— Je te croyais à Virginia City ! s'exclama-t-elle, stupéfaite.

— J'ai changé d'avis.

— Dieu soit loué ! répondit-elle en s'appuyant contre le chambranle.

Surpris par sa réaction, il la poussa doucement et entra.

— Que se passe-t-il ?

Elle lui tendit la lettre. Tandis qu'il la parcourait, ses yeux s'arrondirent.

— D'où provient ce torchon ?

Leah le lui dit.

— Où est Éloïse ?

— Dans son atelier.

— Va faire tes bagages. Je t'emmène à Sunrise.

La jeune femme s'empressa de lui obéir. Elle n'avait pas l'intention de jouer les héroïnes et d'affirmer qu'elle était parfaitement capable de veiller sur elle-même. Elle avait la certitude qu'il la protégerait contre vents et marées.

Ryder frappa à la porte de l'atelier.

— Éloïse ? C'est Ryder. Peux-tu sortir une minute ?

— J'arrive.

Elle ouvrit la porte et se glissa dans l'embrasure, lui offrant un aperçu de la pièce encombrée, avant de la refermer en hâte.

— Je suis contente de te voir. Leah t'a montré la lettre ?

— Oui. Je l'emmène chez moi.

— C'est sans doute plus sage. Quel que soit l'auteur de cette lettre, il réfléchira à deux fois avant de s'attaquer à elle là-bas.

— Tu as une idée de son identité ?

— Aucune.

— Eh bien, j'ai la ferme intention de le découvrir, assura Ryder d'une voix tendue. Tu ne vois pas d'inconvénient à rester seule ici ?

— Bien sûr que non. Veille sur Leah.

— Sois sans crainte. Si son avocat se présente, envoie-le chez moi.

Quelques minutes plus tard, Leah bien calée devant lui, Ryder talonnait sa monture en direction de Sunrise. Ils n'échangèrent pas un mot au cours du trajet. C'était inutile. Leah avait besoin de protection et tous deux savaient qu'il était prêt à donner sa vie pour elle.

À leur arrivée, ils trouvèrent Sam et Mable attablés dans la cuisine, la mine soucieuse. Apparemment, Ellen les avait déjà mis au courant de tout.

Ryder accompagna Leah à l'étage pour qu'elle se repose. Dès qu'elle eut posé son sac, il la prit dans ses bras et lui murmura à l'oreille :

— Ici, tu ne risques rien.

Elle se blottit contre lui, rassurée. Elle avait l'impression que son énergie se diffusait en elle, apaisant ses craintes.

— Nous allons retrouver ce meurtrier, promit-il.

Il aurait voulu la bercer ainsi dans ses bras jusqu'à l'aube, mais il l'entraîna vers le divan, devant la cheminée, et l'installa sur ses genoux.

— À présent, dit-il, tu vas me raconter dans les moindres détails ce qui s'est déroulé depuis la découverte de cette maudite lettre.

Elle s'exécuta. Lorsqu'elle évoqua l'accueil qu'elle avait reçu au bureau du shérif, Ryder ne cacha pas sa colère.

— J'irai le voir dès demain.

Elle lui relata ensuite les propos d'Ellen.

— Dieu sait que, d'ordinaire, je ne prête pas foi aux délires de cette mégère, mais, cette fois, j'avoue que…

— L'auteur de la lettre était au courant de ce qui est arrivé à Bernice et à ta mère. Et si c'était lui qui les avait tuées ?…

Ryder partageait cette opinion. Toute sa vie, il avait cru que son père avait assassiné sa mère. Mais il n'en était plus si certain, à présent. Louis était peut-être innocent. C'est en tout cas ce que semblait indiquer la lettre anonyme. Cela ne lui rendrait pas sa mère ni n'effacerait jamais ses souffrances passées, mais en trouvant le véritable coupable, peut-être trouverait-il aussi la paix de l'esprit.

— Je préfère que tu restes ici tant que cette affaire ne sera pas résolue.

— Avec plaisir.

Il chercha son regard.

— Tu as peur ?

— Oui.

— Le contraire m'aurait inquiété.

— Quelqu'un veut me tuer. Il faudrait être stupide pour ne pas avoir peur.

— Ce type devra d'abord me passer sur le corps.

— Je sais, souffla-t-elle en se lovant contre lui.

Ils restèrent un long moment silencieux tandis que les ombres de la nuit envahissaient peu à peu la chambre.

— J'allume une lampe ? demanda-t-il enfin.

— Comme tu veux. Mais je suis bien, comme ça, dans le noir, avec toi.

Elle aimait entendre le battement régulier de son cœur contre son oreille. Lorsqu'il l'enlaçait ainsi, elle se sentait précieuse, presque aimée, même si elle ne pensait pas lui inspirer des sentiments aussi profonds. Certes, il tenait à elle. Quant à l'aimer… Aimer une femme, c'était renoncer à une partie de soi-même. Or, il ne semblait pas disposé à se défaire de son passé. Qu'importe. Même si elle devait s'en aller le lendemain et ne plus jamais le revoir, elle garderait dans le cœur le souvenir des moments de tendresse et de volupté qu'ils avaient partagés.

— Comment s'est déroulé ton entretien avec Morton ?

— Très bien. Il m'a posé un tas de questions. Il connaît désormais le dossier sur le bout des doigts.

— Tant mieux.

— Selon lui, les avocats de la partie adverse vont exploiter notre relation pour me discréditer.

— Tu penses pouvoir t'en débrouiller ? demanda Ryder, l'air soucieux.

— Je crois, oui. Les gens ont tendance à oublier que je me moque de cet héritage.

— Vraiment ?

— Oui, assura-t-elle. Je ne veux qu'une seule chose, retrouver ma vie tranquille d'avant. Et si je dois rentrer chez moi sans un sou, tant pis.

Ryder n'aimait pas l'entendre exprimer son souhait de retourner dans l'Est.

— Je ne veux pas que tu partes.

— Il le faudra bien, un jour ou l'autre. Si je perds l'héritage, je vais devoir gagner ma vie.

— Pas si tu restes ici avec moi.

Leah le dévisagea longuement. Il était si beau, si impressionnant, il fallait être folle pour le quitter. Mais elle savait qu'il ne lui resterait bientôt que de beaux souvenirs.

— Je ne veux pas t'imposer un engagement que tu regretteras plus tard, expliqua-t-elle.

— Tu me sous-estimes.

— Je ne crois pas. Quand j'étais jeune, je rêvais de rencontrer un homme comme toi, un homme qui ferait de moi une femme, qui me protégerait. Un homme qui m'épouserait. J'ai aimé ces moments que nous avons partagés, mais je suis incapable de vivre en me demandant chaque jour si tu ne vas pas te lasser de mes baisers et me chasser de ton existence.

— Donc tu veux que je t'épouse ?

— Non, Ryder. Parce que ce n'est pas ton souhait.

Elle se serra plus fort contre lui.

— Que dirais-tu de profiter du moment présent ? Nous verrons bien où le destin nous mène.

Ryder hocha la tête, mais il ne savait trop que penser de ses propos. Les notes mélancoliques d'une guitare leur parvinrent par la fenêtre ouverte.

— D'où vient cette musique ? s'enquit Leah en se redressant.

— C'est Sam qui joue une sérénade pour sa fiancée.

— J'ignorais qu'il était musicien.

— C'est un Mexicain qui lui a appris à jouer quand il était dans l'armée. C'est pourquoi il ne sait jouer que des airs espagnols.

— C'est superbe.

— Sensuel et envoûtant, ajouta-t-il.

« Comme la femme que je serre contre mon cœur », songea-t-il.

Ils écoutèrent la musique, enlacés dans le noir. Peu à peu, la mélodie fit naître en eux un désir irrésistible. Leah sentit ses sens s'éveiller tandis que Ryder effleurait ses lèvres des siennes. Il lui murmura à l'oreille des mots doux en langue cheyenne.

— Laisse-moi t'aimer…

Leah s'abandonna avec plaisir à son baiser. Avides de caresses, ils s'étreignirent fébrilement. Leurs corps s'embrasèrent. Les mains tremblantes, ils commencèrent à se dévêtir mutuellement. Leah caressa son torse ferme avant de lui offrir à nouveau ses lèvres frémissantes. Ryder prit son temps pour la déshabiller, s'emparant de sa bouche entre chaque vêtement. Quand elle se retrouva nue sur le tapis, il la fit onduler de plaisir sous ses caresses. L'abandonnant un instant, il se dénuda à son tour. Leah admira sa silhouette sculpturale au clair de lune, impatiente de le sentir en elle et n'en éprouvant aucune honte.

Ryder la rejoignit sur le tapis. Ensemble, ils montèrent vers l'extase, oubliant tout ce qui n'était pas leurs deux corps brûlant de désir. Il porta ensuite la jeune femme dans son lit et ils s'endormirent dans les bras l'un de l'autre, repus.

C'était la première fois que Leah se réveillait auprès d'un homme. Elle se retourna langoureusement et découvrit Ryder appuyé sur un coude, les yeux rivés sur elle.

— Bonjour, murmura-t-il.

— Bonjour, répondit-elle d'une voix ensommeillée.

La douce lumière d'une aube nouvelle éclairait déjà la chambre. Leah se blottit contre Ryder, qui l'enlaça à son tour d'un geste possessif.

— Tu as bien dormi ? fit-il en l'embrassant dans les cheveux.

— Oui.

— Je dois me rendre en ville, tout à l'heure. Tu veux m'accompagner ?

— Oui. Je crois que je devrais montrer cette lettre à Daniel Morton. Il parviendra peut-être à inciter le shérif à agir.

— Je vais passer voir le shérif, moi aussi. Sache toutefois que les crimes commis contre les gens de couleur ne sont pas la priorité de la police, par ici.

— Je l'avais remarqué. Mais avant d'aller où que ce soit, j'ai besoin de me laver.

— Que dirais-tu d'un bain chaud ?

— Dans cette superbe baignoire ?

— Oui.

— Elle semble assez grande pour deux, remarqua-t-elle d'un air coquin.

— Elle l'est.

Leah n'avait jamais pris de bain avec un homme. Cette simple perspective l'emplit d'une voluptueuse impatience.

Elle attrapa une chemise de Ryder dans la commode et descendit sur la pointe des pieds à la cuisine pour faire chauffer du café. Elle ignorait si Sam et Mable se trouvaient dans la maison, mais si tel était le cas, elle ne voulait pas risquer de les rencontrer dans cette tenue.

Lorsqu'elle rejoignit Ryder dans la salle de bains, l'eau chaude coulait dans la baignoire et il était en train de tirer les rideaux de la porte-fenêtre. Un soleil radieux envahit la pièce.

— C'est le meilleur moment de la journée, dit-il. J'aime assister à la naissance du jour. Le monde semble si propre, si pur, comme si la vie t'offrait à nouveau l'occasion de t'engager sur la bonne voie.

Leah ne connaissait pas Ryder sous cet aspect. Lui qui se montrait toujours cynique pouvait aussi être philosophe à ses heures.

— J'aime l'aurore, moi aussi, avoua-t-elle.

La baignoire étant pleine, il ferma les robinets. Sous son regard brillant, Leah déboutonna sa chemise et la laissa glisser à terre. Ainsi exposée, elle se sentait féminine, irrésistible. Elle imaginait déjà ses caresses.

La réalité alla toutefois au-delà de ses fantasmes. Il lui demanda de rester debout dans l'eau et la savonna lentement, s'attardant sur ses seins, explorant les moindres replis secrets de son anatomie. Puis, il la rinça en faisant cascader l'eau chaude sur son corps et elle crut défaillir.

Il entra dans l'eau à son tour. Incapable de se contenir plus longtemps, il l'attira vers sa virilité dressée et la pénétra sans attendre. Il aurait aimé assouvir son désir en quelques coups de reins mais il avait aussi envie de savourer son plaisir.

— Tu es bien ? chuchota-t-il en commençant à se mouvoir en elle.

Elle lui répondit d'un gémissement. C'était une façon délicieuse de commencer la journée. Il l'attira vers lui pour l'embrasser, puis ses mains descendirent le long de ses flancs et il lui agrippa les hanches d'un geste possessif sans cesser son va-et-vient sensuel.

Ivre de désir, Leah appréciait particulièrement cette position qui offrait mille possibilités de caresses. L'extase la saisit avec une telle force qu'elle dut enfouir le visage au creux de l'épaule de Ryder pour ne pas crier.

Il la rejoignit dans la jouissance presque simultanément, sans se soucier d'être entendu du monde entier.

Deux heures plus tard, ils arrivaient à Denver. En ce lundi matin, les boutiques étaient ouvertes et les trottoirs grouillaient de monde. La circulation intense ne dérangeait en rien Leah. Elle avait si bien commencé la journée qu'elle était tout sourires.

— Tu as une expression superbement réjouie, nota Ryder en arrêtant la voiture.

— Je me demande bien pourquoi ? fit-elle, innocente.

Il lui sourit et l'aida à descendre.

— Si tu es sage, nous recommencerons ce soir…

— Promis ?

Il n'était toujours pas rassasié et brûlait d'envie de l'entraîner dans un coin isolé pour lui montrer combien il la trouvait tentante.

— Promis.

— Dans ce cas, je serai sage comme une image.
— Allons-y avant que je ne perde la tête, dit-il.
Elle effleura ses lèvres de sa main gantée. Il y déposa un baiser avant de la guider vers ses bureaux.

11

À l'intérieur, Ryder présenta la jeune femme aux quelques membres de son personnel.

— Je suis ravie de vous rencontrer, assura-t-elle avec un sourire chaleureux.

La seule femme semblait avoir une vingtaine d'années. Leah décela une hostilité à peine voilée dans son regard. Sans doute avait-elle le béguin pour son patron.

Leah suivit Ryder dans un bureau élégant et s'assit en face de lui. Il envoya sur-le-champ un coursier à l'hôtel où résidait Daniel Morton avec un message le priant de se présenter au plus vite.

Moins d'une heure plus tard, le jeune avocat fut introduit dans le bureau. Cette fois, il portait un costume marron impeccable.

— Bonjour, madame Montague.

— Bonjour, maître Morton, répondit-elle avec un léger signe de tête.

Ryder vint lui serrer la main et lui désigna un siège.

— Maître Morton, déclara Leah, je crois que vous devriez prendre connaissance de ceci.

En lisant la lettre anonyme, l'avocat eut la même réaction que les autres.

— D'où provient-elle ?

Leah lui exposa les événements, y compris l'accueil qui lui avait été fait au bureau du shérif.

Daniel en demeura sans voix.

— Je vais voir le shérif, tout à l'heure. Voulez-vous m'accompagner ? intervint Ryder.

— Volontiers. Cette indifférence des autorités est un scandale. Avez-vous une idée de l'auteur de cette lettre ?

— Aucune, avoua Leah.

— Que savez-vous des deux autres décès inexpliqués ? enchaîna Daniel.

Elle lui révéla les quelques détails qu'elle avait glanés sur la mort de Bernice et de Chant d'Oiseau.

— Cette dernière est donc votre mère, monsieur Damien ?

— Oui. J'étais très jeune quand elle est morte.

— Et l'assassin n'a jamais été retrouvé ?

— Tout le monde semble croire que le coupable était Louis Montague, précisa Leah.

— Mais vous n'en croyez rien ?

— Monty n'a jamais tué personne, affirma-t-elle.

— Qu'en pensez-vous, monsieur Damien ?

— Je le croyais coupable, reconnut-il en lançant un regard à la jeune femme. Mais à présent...

Leah se réjouit de l'entendre admettre qu'il doutait. Lors de leur première rencontre, il semblait si sûr de lui...

— Il y a également un élément nouveau, déclara-t-elle, revenant à son propos.

Elle lui relata la mort suspecte de Cecil et la théorie d'Ellen.

— Ryder va déposer une demande d'exhumation pour faire effectuer une autopsie.

Morton secoua la tête, atterré par ce qu'il venait d'apprendre.

— Et mercredi, nous passons au tribunal...

Leah savait que l'audience ne représentait pas grand-chose en regard des menaces de mort dont elle était victime.

— Je vais de ce pas au tribunal pour essayer de faire repousser l'audience d'une dizaine de jours, décréta l'avocat. Ces menaces sont peut-être liées à notre affaire, mais pas forcément. Quoi qu'il en soit, il y a des tas d'éléments à vérifier avant que je puisse me considérer comme étant à même de vous défendre au mieux de vos intérêts. Le juge Raddock ne me prendra jamais comme associé si ma cliente se fait assassiner.

— La cliente en question n'apprécierait pas non plus, rétorqua-t-elle, tout aussi caustique.

Il hocha la tête et se mit à ranger ses documents dans sa mallette.

— Vous êtes prêt à affronter le shérif, monsieur Damien ?

— Je suis prêt, assura ce dernier en se levant. Tu veux nous accompagner, Leah ?

Elle secoua négativement la tête.

— Non merci. Je n'ai pas envie de subir le même traitement que la dernière fois.

Le shérif Frederick Cramer avait été élu à son poste en novembre, ce que de nombreux habitants de Denver déploraient amèrement. Ryder ne l'appréciait pas, non à cause de sa personnalité discutable ou des abus en tout genre qui le caractérisaient – après tout, c'était un homme politique –, mais parce qu'il avait nommé Chivington comme adjoint. Ce choix en disait plus long que toutes les accusations portées contre lui.

Cramer était absent. Un agent posté à l'entrée prit leur nom et promit de transmettre leur requête au shérif. Comme il n'avait rien noté par écrit, Daniel et Ryder n'en crurent pas un mot.

— Eh bien, commenta Daniel, il semblerait que nous soyons seuls.

— En effet.

— Je vais m'occuper de l'ajournement de l'audience, puis je commencerai à creuser.

— Si vous avez besoin de quoi que ce soit, fit Ryder en lui tendant sa carte de visite, voici mes coordonnées en ville et celles de mon domicile.

— Merci. Je vous contacterai. En attendant, veillez sur Mme Montague.

— N'ayez crainte.

Ils échangèrent une poignée de main et se séparèrent.

Le lendemain, Daniel Morton leur fit savoir que le juge avait refusé d'ajourner l'audience. Leah devait se présenter au tribunal à 10 heures, le mercredi suivant.

Le mercredi matin, lorsque la voiture de Ryder arriva en vue du palais de justice, Leah sentit ses entrailles se nouer. De toute évidence, son dossier intéressait la presse. Les journaux de la veille relataient des histoires sensationnelles la dépeignant comme une aventurière cupide qui avait épousé un vieillard pour sa fortune. Seth déclarait même, au nom de toute la famille, que la jeune femme avait peut-être épousé son père pour d'autres raisons encore. Les journalistes alimentaient le scandale en rappelant les morts suspectes de Bernice Montague et de Chant d'Oiseau, et la possible implication de Monty dans ces décès.

Ryder laissa la voiture un peu plus loin dans la rue. Aussitôt, une nuée de journalistes les encerclèrent, telle une meute de chiens féroces. Les questions fusèrent de toutes parts. Alarmée, Leah se tourna vers Ryder, qui saisit son fusil et tira plusieurs coups en l'air.

— Fichez le camp ! hurla-t-il.

Le silence se fit. Les journalistes s'écartèrent pour les laisser descendre. Mais la bousculade reprit aussitôt après. Ryder entoura Leah d'un bras protecteur et l'entraîna vers le palais de justice.

L'accueil s'y révéla tout aussi agressif. Dans la salle se pressaient avocats, journalistes et curieux. Une zone délimitée par un cordon était réservée aux gens de couleur. Leah reconnut avec plaisir Éloïse et le révérend Garrison. En revanche, elle fut contrariée de voir Seth, Ellen et Cordelia. Sam et Mable lui adressèrent un signe amical, mais déjà Ryder la poussait vers l'endroit où l'attendait Daniel Morton, si bien qu'elle n'eut pas le temps de leur dire un mot.

Le jeune avocat la salua d'un sourire.

— Vous vous sentez d'attaque, madame Montague? s'enquit-il.

Elle hocha la tête et le remercia de prendre sa défense.

— Je vous en prie. Jamais je n'avais eu l'occasion de suivre une affaire aussi intéressante. Je n'y renoncerais pour rien au monde. Monsieur Damien, je vais vous demander de vous asseoir derrière nous, si cela ne vous ennuie pas.

— Comme vous voudrez, dit Ryder en pressant un instant Leah contre lui avant de la lâcher.

La jeune femme sentit le regard inquisiteur des avocats de la partie adverse. Elle n'y prêta guère attention, préférant écouter les recommandations de dernière minute de son avocat.

Quelques instants plus tard, le juge pénétra dans la salle et le brouhaha s'apaisa. C'était le même juge que lors de la première audience et Leah se demanda si ce fait allait jouer ou non en sa faveur.

— Madame Montague, déclara-t-il sans préambule, vous devez avoir des amis très influents pour avoir obtenu la révision de ce jugement.

Ignorant quelle réaction il attendait d'elle, Leah ne dit rien.

— Je n'avais jamais vu un confrère venir en aide à une femme de couleur de cette façon. Cela me pousse à réfléchir sur ce pays. Ce jeune homme est donc votre avocat venu de l'Est ?

— Oui, Votre Honneur.

— Quel est votre nom, jeune homme ?

Daniel déclina son identité.

— Vous êtes un peu jeune pour ce genre d'affaire, il me semble.

— Oui, mais je me suis bien préparé.

— Tant mieux, répondit le juge avec un sourire. Monsieur Earle ?

À la table de la partie adverse, un homme élancé vêtu d'un costume impeccable se leva.

— Vous avez rassemblé vos troupes ? demanda le juge en le toisant.

— Oui, Votre Honneur, et nous considérons que…

— Vous aurez le loisir de nous exposer votre opinion dans quelques minutes, coupa le juge. Qui représentez-vous ?

Earle énuméra une quinzaine d'entreprises et de particuliers. Sans doute les créanciers désireux de conserver leur part du gâteau, songea Leah.

— Très bien, monsieur Earle, fit le juge après avoir griffonné quelques mots. Nous vous écoutons.

Earle se leva et se rengorgea fièrement.

— Votre Honneur, non seulement nous ne voyons aucune raison valable d'annuler votre premier jugement, qui était fort avisé, mais nous contestons le droit de cette femme à hériter du patrimoine de M. Montague.

— Pour quelle raison ?

— Nous avons des doutes quant à la légalité de ce mariage.

Il y eut des remous dans la salle. Leah se figea. Allait-on l'obliger à avouer qu'elle avait épousé Monty sur son lit de mort ? Elle aurait voulu se tourner vers le juge pour observer sa réaction, mais s'en abstint et regarda droit devant elle.

— J'appelle M. Seth Montague, annonça Earle.

Toutes les têtes se tournèrent vers le premier témoin. Seth s'avança, prêta serment et s'assit dans le box.

Earle lui fit énoncer ses nom et prénoms, et son lien avec Louis Montague.

— Ainsi, vous êtes l'unique fils légitime du défunt ? demanda l'avocat quand il eut terminé.

— En effet.

— Dites-nous à présent ce que vous savez sur la femme qui se prétend la veuve de votre père.

— Je ne sais rien. Enfin, je sais qu'elle entretient une liaison avec mon demi-frère, mais à part cela…

Il haussa les épaules.

— Objection, Votre Honneur ! lança Daniel en bondissant de son siège.

— Monsieur Montague, tenez-vous-en aux faits. Nous ne sommes pas là pour colporter des ragots, déclara le juge.

— Mais, Votre Honneur, protesta Earle, il s'agit de la personnalité de la veuve. C'est un élément essentiel de notre dossier.

Le juge parut l'ignorer.

— Tenez-vous-en aux faits, messieurs.

Daniel s'assit, visiblement furieux.

Jacob Earle poursuivit son interrogatoire en demandant à Seth quand il avait rencontré Leah pour la première fois.

— Le jour de son arrivée.

— Semblait-elle pleurer la mort de son mari ?

— Elle semblait en deuil, mais ne m'a pas repoussé quand je lui ai proposé de lui faire visiter la ville.

— Ainsi, elle est sortie en votre compagnie ?

— Oui. Nous avons également déjeuné ensemble.

Earle se tourna vers le juge.

— Une veuve est supposée vivre en recluse et non se livrer à des mondanités. Merci, monsieur Montague.

Le juge regarda Daniel qui déclara :

— J'aurais une ou deux questions à poser à M. Montague, Votre Honneur.

— Nous vous écoutons.

Daniel s'approcha du box.

— Monsieur Montague, aviez-vous d'autres raisons de sortir avec votre belle-mère lorsqu'elle est arrivée à Denver ?

Seth prit un air offensé.

— Bien sûr que non ! Je me montrais courtois, rien de plus. Elle se prétendait la veuve de mon père. Je l'ai traitée en conséquence.

— Vous ne cherchiez donc pas à la séduire pour mettre la main sur la fortune de votre père ?

— Objection, Votre Honneur ! lança Earle.

— Je ne cherche en rien à harceler le témoin, Votre Honneur, assura Daniel. Je cherche simplement à déterminer quel genre d'homme est M. Montague. S'il déclare qu'il se montrait simplement courtois, je veux bien le croire.

Le juge mit Daniel en garde d'un regard puis se tourna vers Earle :

— Objection rejetée. J'espère que vos questions mèneront à quelque chose, ajouta-t-il à l'intention de Daniel.

— Absolument, Votre Honneur.

— Continuez.

— Monsieur Montague, nous avons établi que vous étiez un gentleman, du moins que vous vous considérez comme tel. Je me trompe ?

— Pas du tout.

— Alors comment se fait-il que vous soyez criblé de dettes ?

Earle jaillit comme un diable de sa boîte et objecta. Cela n'empêcha pas Daniel d'énumérer les nombreux créanciers de Seth, une liste de noms tenant sur deux pages. Les spectateurs se mirent à protester à leur tour, si bien que le juge dut rétablir l'ordre d'un coup de marteau.

Le silence retomba dans la salle.

— Jeune homme... fit le juge Moss en regardant Daniel.

— Votre Honneur, M. Earle fait témoigner M. Montague en tant que personne capable de juger la personnalité de Mme Montague. Je voulais simplement mettre en relief sa propre personnalité.

— Ne vous avisez pas de semer à nouveau le désordre, c'est compris ?

— Oui, Votre Honneur.

Daniel se tourna vers Seth, qui fulminait, et lui ordonna froidement de regagner sa place.

Leah ne se sentait plus de joie.

Pendant un peu plus d'une heure, divers témoins vinrent exprimer leurs revendications sur des dettes remontant à trente ans. Fournisseurs, anciens employés, associés. Ces demandes semblaient indiscutables. Selon la loi, le jugement d'origine devait passer au tribunal du Colorado tous les dix ans. C'est ce qu'avait fait le père de Jacob Earle, l'un des plaignants de l'époque. À sa mort, cinq ans plus tôt, son fils avait repris le flambeau.

— Monsieur Earle, demanda le juge, avez-vous avisé le tribunal du Massachusetts que ce jugement était enregistré ici ?

— Oui, Votre Honneur, mais nous n'avons retrouvé la trace de M. Montague que quelques semaines avant sa mort.

— Comment ?

Earle parut un peu gêné.

— M. Montague a envoyé un télégramme à ses fils.

Cela signifiait qu'un employé du télégraphe avait prévenu Earle. Leah se demanda si cette indiscrétion était licite.

— Dans ce cas, pourquoi la cour du Massachusetts n'a-t-elle pas confirmé le jugement ?

— Le temps de rassembler tous les documents, l'argent de M. Montague avait déjà été placé sur un compte bloqué à l'intention de Mme Montague.

— Je vois. Continuez.

Earle appela plusieurs autres plaignants. Daniel n'intervint pas mais garda une question pour le dernier témoin, un homme affirmant avoir été lésé de milliers de dollars après avoir suivi les conseils de Monty.

— Monsieur Carson, quand avez-vous pris conseil auprès du défunt ?

— En septembre 1856.

— Pourtant, M. Montague a quitté le Colorado en juin.

— C'est ce qu'il a voulu faire croire à tout le monde, mais il acceptait toujours les investissements à Faith Mine en septembre.

— Cette mine lui appartenait, il me semble.

Carson hocha la tête.

— Êtes-vous certain que c'est bien M. Montague qui a touché l'argent ?

— Bien sûr que oui. Il m'a adressé un reçu. Je l'ai gardé, d'ailleurs. Il est en la possession de M. Earle.

— Votre Honneur, fit Daniel. J'aimerais jeter un coup d'œil sur ce reçu.

Le juge opina du chef. Earle chercha dans son dossier et lui tendit une feuille de papier jaunie.

Daniel l'étudia longuement.

— S'agit-il bien de votre reçu, monsieur Carson ? s'enquit-il en le lui montrant.

— Oui. Tenez, il porte la signature de Montague.

— Aviez-vous déjà vu la signature de M. Montague avant de recevoir ce document ?

— Non. C'était mon premier investissement.

— Vous n'avez donc aucune garantie que c'est bien lui qui a signé ce reçu ?

Carson réfléchit un instant.

— Non, admit-il. Mais…

— Merci, coupa Daniel. Votre Honneur, j'affirme que ce n'est pas Louis Montague qui a signé ce reçu, ni aucun autre, d'ailleurs. Pas plus que les factures et autres reconnaissances de dettes. Si vous comparez cette signature avec celle qui figure sur le testament, vous constaterez qu'elles se ressemblent, mais qu'elles ne sont pas identiques.

Dans la salle, la stupeur était générale. Earle se mit à hurler. Les plaignants se levèrent comme un seul homme pour protester. Leah exultait. Le juge Raddock lui avait décidément envoyé un avocat hors pair.

Le juge Moss actionna son marteau pour rétablir l'ordre. Leah vit le sourire de Ryder. Daniel Morton se tenait immobile.

Le silence revint enfin. Le juge prit les deux documents et les examina avec soin.

— Comparez notamment la lettre G, Votre Honneur, recommanda Daniel. Vous remarquerez qu'elle est tracée différemment. La ressemblance est frappante à première vue, mais ce n'est pas M. Montague qui a signé le reçu de M. Carson.

— Alors qui ? s'enquit le juge en levant les yeux.

— Une personne qui a gagné beaucoup d'argent de façon illicite, il y a trente ans, en se faisant passer pour M. Montague.

Leah savait que Seth et Ryder étaient trop jeunes, à l'époque, ce qui ne laissait qu'une seule possibilité…

— J'appelle Ellen Sejours ! annonça Daniel Morton.

Un murmure parcourut la foule. Ellen se leva. Elle prêta serment, le regard froid. Leah se demanda si elle oserait mentir sous serment.

Daniel lui demanda de se présenter et de préciser ses liens avec Louis Montague.

— Il était l'époux de ma sœur. J'étais donc sa belle-sœur.

— Après la mort de votre sœur, vous avez élevé Seth, je me trompe ?

— C'est exact.

— Comment ?

— Je ne comprends pas votre question, déclara Ellen.

— Je voulais dire : quelle était la source de vos revenus ?

— J'ai gagné de l'argent grâce à mes investissements, notamment dans la mine.

— Laquelle ?

— Faith Mine.

— Pourtant, d'après les documents du dossier, M. Montague avait légué cette mine et la maison où vous vivez à son autre fils, Ryder. Comment en avez-vous pris possession ?

Ellen semblait calme. Leah sentit que Ryder se penchait en avant, attendant sa réponse.

— Je savais que la mine ne ferait pas long feu entre les mains d'une Indienne ignorante, alors je lui ai donné de l'argent et j'ai pris les choses en main, au nom de Seth.

— Qui est donc cette « Indienne ignorante » à laquelle vous faites référence ?

— Petites Larmes, la grand-mère de Ryder.

— Combien lui avez-vous versé en échange d'une mine qui rapportait plus de dix mille dollars par mois de bénéfices ?

Ellen afficha un air suffisant.

— Cinquante dollars et la promesse de payer les frais de scolarité de l'enfant.

La foule retint son souffle. Certains se réjouirent ouvertement de la bonne affaire réalisée par Ellen.

Le juge Moss actionna son marteau.

— Cinquante dollars ? répéta Daniel, perplexe.

— Oui, répondit fièrement Ellen.

— Et avez-vous signé du nom de votre beau-frère des documents concernant Seth ?

— Non.

Elle mentait. Daniel le savait, de même que le juge et toutes les personnes présentes dans la salle, y compris Earle. Toutefois, le jeune avocat n'insista pas.

— Merci, madame Sejours. Vous pouvez regagner votre place.

— Vous souhaitez interroger le témoin ? demanda le juge à Earle.

— Non, Votre Honneur.

Comme les autres, l'avocat des créanciers sentait que l'affaire commençait à lui échapper. Daniel Morton avait réussi à semer le doute sur la validité de la signature de Monty, ce qui supposait que les autres demandes étaient toutes aussi infondées. Daniel était jeune mais très efficace.

— En regard de ce que nous venons de découvrir, reprit-il, je suggère respectueusement que le jugement prononcé il y a trente ans contre le mari de ma cliente soit considéré comme illégitime puisque fondé sur de faux documents.

— J'en tiendrai compte lors de ma décision finale, répondit le juge Moss avant de se tourner vers Earle. Si vous n'y voyez pas d'objection, monsieur Earle, je vais lever la séance le temps de déjeuner.

— Très bien, Votre Honneur, répondit-il avec un soupir.

— La séance est levée, décréta le juge en actionnant son marteau. Reprise des débats à 13 heures.

Sur ces mots, il se leva et quitta la salle sous les murmures de la foule. Soulagée, Leah s'adossa à son siège.

— C'est presque gagné, lui dit Daniel avec un sourire.

— Vont-ils faire témoigner Mme Montague, maintenant ? s'enquit Ryder.

— Probablement. Earle n'a pas grand-chose. À sa place, je déposerais plainte contre Ellen Sejours. Il est évident qu'elle est au cœur de cette affaire.

Ryder vit Ellen et Seth se diriger vers la sortie. Le visage poudré de la vieille dame était tendu. Elle tenta de se frayer un chemin parmi la foule des journalistes avides. Ils les harcelaient de questions, Seth et elle, comme s'ils se présentaient aux prochaines élections.

Leah et son entourage s'éclipsèrent par une porte latérale et regagnèrent le bureau de Ryder. Sam, Éloïse et Mable les y attendaient avec une collation et du café.

— Comment avez-vous su, pour les signatures ? demanda Ryder au jeune avocat.

— Je l'ignorais, avoua-t-il. C'était du bluff.

— Du bluff ? répéta Leah en écarquillant les yeux.

Daniel hocha la tête et mordit dans une part de tarte.

— Quand Carson a déclaré que le reçu était daté de septembre, j'ai compris qu'il y avait quelque chose de louche. À l'école, j'ai appris que lorsqu'on n'a pas d'éléments, il faut chercher jusqu'à ce qu'on en trouve.

Admiratif, Ryder secoua la tête. Ellen avait-elle vraiment imité la signature de Louis ? Elle devait considérer cette escroquerie comme un moyen de ne pas sombrer dans la déchéance. Même si Louis était réapparu, il aurait eu assez d'argent pour arranger l'affaire. Si Ryder avait su tout cela six mois plus tôt, il aurait porté plainte pour escroquerie. Mais cela n'avait plus aucune importance, désormais. Tout ce qu'il souhaitait, c'était ramener *Morenita* chez lui et oublier cette histoire.

Éloïse formula alors la question qui leur brûlait les lèvres à tous :

— Ellen est-elle l'auteur de la lettre anonyme ?

Nul ne le savait.

Lorsque la séance reprit, Ryder demeura au fond de la salle en compagnie de Sam. Les révélations de la matinée s'étaient répandues comme une traînée de poudre. Il n'y avait plus un siège de libre. Des dizaines de curieux s'étaient déplacées pour assister au spectacle. Les deux hommes s'étaient postés près de la sortie pour que, le procès achevé, Sam puisse aller chercher la voiture le plus rapidement possible tandis que Ryder s'occuperait de Leah.

Daniel ne s'était pas trompé. Earle appela la jeune femme à témoigner dès la reprise de l'audience.

— Veuillez décliner votre identité, madame.

— Leah Jane Barnett Montague.

— Selon votre certificat de mariage, quand avez-vous épousé M. Montague ?

Leah indiqua la date précise.

— Et quand votre mari est-il décédé ?

— Le même jour, dans la nuit, répondit-elle en lançant un regard furtif à Ryder.

Sidéré par cette révélation, celui-ci se figea. La foule réagit bruyamment. Leah n'était-elle finalement qu'une aventurière cupide ? Même Sam semblait désemparé.

— Silence ! ordonna le juge en brandissant son marteau. Ou je fais évacuer la salle !

Dès que le calme fut rétabli, Earle adressa à Leah un sourire cruel.

— Dites-nous à présent où vous travailliez avant d'épouser votre mari.

— J'étais propriétaire d'une taverne.

— Une taverne qui avait appartenu à votre mère, je crois ?

— Oui.

— Quelle était la nature des relations entre votre mère et Louis Montague ?

Une fois encore, le regard de Leah glissa du côté de Ryder. La lueur froide qu'elle vit dans ses yeux lui glaça les sangs.

— Ils étaient compagnons.

La foule s'agita de plus belle.

— Allons, mademoiselle Barnett ! fit Earle avec un rire condescendant. Ils étaient plus que cela, n'est-ce pas ? N'étaient-ils pas plutôt… amants ?

Leah ignora la réaction des spectateurs.

— Si.

Ryder crispa la mâchoire. Si seulement elle avait pu se précipiter vers lui pour tout lui expliquer…

— Ils ont été amants pendant presque trente ans, si je ne m'abuse, reprit Earle.

— En effet, répondit-elle en redressant fièrement la tête.

L'avocat se mit à jouer avec l'assistance.

— Et à la mort de votre mère, vous avez pris sa place dans le lit de Louis Montague, c'est cela ?

— Objection, Votre Honneur ! s'écria Daniel.

— Cela suffit, monsieur Earle ! intervint le juge d'un air sévère.

— Toutes mes excuses, Votre Honneur, fit Earle en s'inclinant d'un air moqueur avant de poursuivre : Ainsi, vous avez épousé Louis Montague sur son lit de mort ?

— Oui.

— Mademoiselle Barnett, vous ne trouvez pas cela un peu étrange ?

— Cela peut le sembler, en effet, mais…

— Merci, coupa l'avocat. J'en ai terminé, Votre Honneur.

Il venait de donner à tous l'impression que Leah n'était qu'une intrigante dépourvue de toute morale. En croisant le regard de Ryder, elle le trouva si distant qu'elle en eut le cœur brisé. Il hocha la tête ironiquement puis tourna les talons et quitta la salle. Elle eut à peine le temps de voir Sam se lancer à sa poursuite que Daniel attirait son attention en lui demandant :

— Madame Montague, depuis combien de temps connaissiez-vous M. Montague ?

— Depuis l'âge de trois ans environ.

— Aimait-il votre mère ?

— Beaucoup.

— Vous aimait-il ?

— Oui, répondit-elle sans la moindre hésitation.

— Mais d'un amour différent de celui qu'il portait à votre mère, n'est-ce pas ?

— En effet. Il m'aimait comme un père.

Leah vit Sam revenir sans Ryder.

— À présent, madame Montague, veuillez indiquer à la cour pourquoi M. Montague vous a proposé le mariage.

Leah se tourna vers le juge.

— Il souhaitait assurer mon avenir, Votre Honneur, rien de plus.

Elle s'adressa ensuite à Daniel.

— Cecil et lui ont envisagé l'adoption, mais ils savaient que ce serait une procédure longue. Monty était très malade et n'avait plus longtemps à vivre. Alors il m'a proposé le mariage.

— Et vous avez donc accepté ? fit Daniel.

— Oui.

Ryder se tenait à l'extérieur de la salle, près de la porte. La foule était si silencieuse qu'il n'eut aucun mal à entendre les propos de la jeune femme. En apprenant qu'elle avait épousé Louis sur son lit de mort, il avait senti son sang se figer dans ses veines. Heureusement, Sam avait réussi à le convaincre de rester pour écouter la suite. Ryder ne le regrettait pas. Sinon, il n'aurait jamais su que Louis ne cherchait qu'à protéger Leah en lui donnant son nom, qu'elle n'était ni une aventurière ni une femme vénale. Comme Sam l'avait deviné, c'était une personne honorable. Ryder se sentait un peu ridicule. Elle avait le don de lui faire admettre ses erreurs. Elle avait certainement remarqué son air furieux durant l'interrogatoire d'Earle et devait penser qu'il l'avait à nouveau abandonnée. Pourvu qu'elle lui pardonne son attitude… Et qu'elle accepte de l'épouser. Plein d'espoir, il pénétra dans la salle.

Toujours assise dans le box des témoins, la jeune femme avait les yeux rivés sur Daniel, qui lui avait promis que ce serait sa dernière question.

— Madame Montague, beaucoup de gens pensent que votre mariage n'est pas légal, alors je vais devoir vous poser une question délicate. Je vous en demande pardon à l'avance.

— Très bien.

— Étiez-vous innocente lorsque vous avez épousé M. Louis Montague ?

— Oui.

— L'êtes-vous encore aujourd'hui ?

Leah comprit qu'il s'efforçait de démontrer que le mariage avait été consommé. La formulation de cette question lui permettait de répondre sans se parjurer.

— Non, je ne le suis plus.

— Merci. Pas d'autres questions, Votre Honneur.

Le juge se tourna vers Earle, qui semblait accablé. Ce n'était pas une bonne journée pour les clients qu'il défendait. D'abord, les faux documents, et ensuite ce contre-interrogatoire qui transformait une prétendue aventurière vénale en une sainte.

— Je rendrai mon jugement d'ici à trente jours, conclut le juge. La séance est levée.

Dans la salle régna un brouhaha indescriptible. Les journalistes fondirent sur Leah tels des rapaces sur leur proie. Daniel eut beau crier que sa cliente n'avait rien à déclarer, rien n'y fit. La jeune femme fut vite encerclée de sorte qu'elle ne put même pas se lever de son siège.

— Fichez-moi le camp, nom de Dieu ! tonna une voix masculine.

Les journalistes furent écartés sans ménagement par Ryder. Quand il la rejoignit enfin, Leah sourit.

— Inutile d'appeler la cavalerie en renfort quand on connaît un guerrier cheyenne, observa-t-elle.

Sans un mot, il la souleva dans ses bras, défiant quiconque de lui barrer la route. Nul ne s'y risqua.

Sam les attendait dehors, près de la voiture. Sous le regard de la moitié de la population de Denver, Ryder déposa la jeune femme sur la banquette puis prit les rênes et lança son attelage.

Leah expliquait le silence de Ryder par la colère qu'il avait sans doute ressentie en apprenant la vérité. Ayant quitté la salle, il ne connaissait pas le fin mot de l'histoire et elle ne savait comment aborder le sujet. Elle prit une profonde inspiration et se jeta à l'eau :

— Voilà, maintenant, tu sais.

— En effet. Et je me sens ridicule.

Leah se mordit la lèvre.

— C'est vrai. Mon amertume l'a emporté sur ma foi en toi.

Elle le fixa sans comprendre. Ce n'était pas la réponse qu'elle attendait.

— De quoi parles-tu ? s'enquit-elle.

— Je parle du fait de quitter la salle. Par chance, Sam m'a persuadé de rester jusqu'au bout.

— Tu as tout entendu ?

— Oui, et j'ai eu honte de moi.

Leah se laissa aller en arrière et éclata d'un rire nerveux. Il la dévisagea comme si elle avait perdu la raison.

— Qu'y a-t-il de si drôle ?

— Toi, moi... nous deux.

Elle semblait si heureuse qu'il ne put s'empêcher de sourire.

— Eh bien, quoi ?

— Je croyais que tu ne disais rien parce que tu n'avais entendu que le début de mon témoignage, à savoir que j'avais épousé Monty sur son lit de mort.

— Remercie Sam. Grâce à lui, je sais tout.

— Rappelle-moi de l'embrasser la prochaine fois que je le verrai.

— Je n'y manquerai pas. Tu as le droit de me traiter de tous les noms pour ne pas t'avoir crue. Je le mérite.

— Inutile. Je suis certaine que Sam t'a déjà sonné les cloches.

— Ça, on peut le dire. Il ne s'est pas gêné pour me rappeler ce qui s'est passé la dernière fois que je me suis emporté sans réfléchir.

Leah n'avait pas oublié. Jamais elle ne pardonnerait à Seth de leur avoir fait tant de mal.

— Et à quel point je t'ai blessée, termina-t-il.

— Ainsi, tu es resté ? fit-elle, le cœur gonflé de joie.

— Louis devait t'aimer beaucoup.

— Oui, soupira-t-elle, nostalgique.

— Et c'est ce que tu as essayé de m'expliquer dès notre rencontre, n'est-ce pas ?

— Oui.

— Pourquoi ne m'as-tu pas simplement planté là après m'avoir dit d'aller au diable ?

Elle haussa les épaules.

— Je suppose que j'ai un petit faible pour les guerriers cheyennes.

Ryder arrêta son attelage et actionna le frein.

— Approche, dit-il d'une voix douce.

Sans se faire prier, elle se blottit dans ses bras et l'embrassa à perdre haleine.

Le lendemain matin, après une nuit passée à se prouver mutuellement leur amour, Leah se réveilla heureuse et repue. Le jour se levait à peine mais Ryder était déjà levé et se déplaçait silencieusement dans la pénombre.

— Qu'est-ce que tu fais ? s'enquit-elle d'une voix ensommeillée.

— Je vais voir si je trouve trace du roi. Tu peux m'accompagner si cela te chante.

Leah était assise dans le lit, le drap avait glissé, découvrant ses seins nus, et Ryder songea qu'il voulait se réveiller auprès d'elle chaque jour de son existence.

— Le roi ? répéta-t-elle. Ah, tu parles de ce fameux grand cerf ! Sam m'a raconté. D'après lui, tu n'as aucune chance de l'attraper parce qu'il est plus intelligent que toi.

— Méfie-toi. Je connais un moyen de te faire ravaler ces paroles moqueuses.

— Lequel ? demanda-t-elle en s'étirant langoureusement.

Une lueur de désir s'alluma dans le regard de Ryder.

— Tu as déjà fait l'amour au soleil ?

— Non, avoua-t-elle. C'est la punition que tu me réserves ?

— Tu es vraiment scandaleuse... Prépare-toi vite.

Leah lui envoya un baiser mutin puis bondit du lit pour aller prendre une douche.

La jeune femme n'avait pas une grande expérience de l'équitation. Elle avait l'impression de chevaucher dans la montagne depuis des heures.

— C'est encore loin ? demanda-t-elle, fourbue.

— Encore quelques kilomètres, répondit-il en se retournant sur sa monture.

Ils se dirigeaient vers un petit pavillon de chasse que Sam et lui avaient construit quelques années plus tôt.

— J'ai hâte d'arriver, avoua-t-elle. J'ai le derrière en compote.

Il rit de sa franchise.

— Tu préfères finir le trajet avec moi ?

— Non. Ton étalon porte déjà suffisamment de poids.

— Il est solide, et nous sommes presque arrivés, de toute façon.

Ils s'arrêtèrent. Leah était si raide qu'elle eut du mal à mettre pied à terre. Ryder attacha les rênes de son cheval à sa propre monture. Puis il fit grimper la jeune femme devant lui et ils se remirent en route.

— Ça va mieux ? s'enquit-il, tandis qu'elle se lovait contre lui.

— Oui.

Les couvertures posées sur le dos de l'étalon étaient bien plus confortables que sa selle de cuir. De plus, elle aimait sentir la chaleur du corps et les battements du cœur de Ryder dans son dos. Ce dernier prit les rênes dans une seule main et entreprit de dégrafer le corsage de Leah.

— Qu'est-ce que tu mijotes ? fit-elle en tournant à demi la tête vers lui.

— J'essaie de détourner ton attention de tes courbatures.

Il glissa la main sous le fin tissu de sa camisole et s'empara de l'un de ses seins. La jeune femme ne put réprimer un gémissement. Ils étaient seuls au monde.

Ryder pouvait la caresser à loisir sans craindre les regards outrés des âmes bien-pensantes.

— Nous devrions monter ainsi à chaque fois, déclara-t-il.

Elle lui tendit ses lèvres qu'il prit avec une ardeur décuplée. Dès qu'il lâcha les rênes, le cheval s'immobilisa de lui-même. Quand Ryder fut certain qu'elle avait oublié les douleurs provoquées par la selle, il se remit en route.

Lorsqu'ils atteignirent enfin la corniche où se dressait le pavillon de chasse, Leah était toute frémissante de désir. Il n'avait cessé de la caresser durant tout le trajet. Quand elle descendit enfin de cheval, elle brûlait d'une fièvre qui n'avait rien à voir avec l'inconfort de la selle. Un désir grandissant sourdait entre ses cuisses.

Ryder était lui-même si excité qu'il fut tenté de la faire sienne sans attendre. Mais il s'arma de patience. Il l'avait amenée dans ce refuge pour la savourer, la séduire, la rendre ivre de plaisir au point de lui faire accepter sa demande en mariage. Certes, il allait guetter le roi des cerfs, mais il était avant tout venu pour conquérir le cœur de Leah.

Celle-ci lut le désir dans ses yeux.

— Tu as l'air d'avoir faim...

— Et tu es bien appétissante, riposta-t-il avec un sourire entendu.

Il s'approcha d'elle et lui caressa la joue avec une tendresse infinie, se demandant encore à quel moment elle était devenue la femme de sa vie. Puis il frôla ses lèvres des siennes avant d'explorer plus profondément sa bouche avide.

Ils s'embrassèrent avec ardeur devant la porte du pavillon. Enfin, Ryder s'écarta à regret, le souffle court.

— Nous devrions déballer nos affaires...

Leah hocha la tête, toute vibrante de désir.

Ils ne pouvaient se croiser sans échanger un baiser furtif mais s'acquittèrent néanmoins de leur tâche. Leah balaya l'intérieur du pavillon du regard et le trouva très confortable et chaleureux. Il comprenait deux pièces : une vaste salle dotée d'une imposante cheminée et une petite cuisine équipée d'un fourneau. Les murs étaient couverts de peaux de bêtes. La peau d'un ours servait de tapis devant la cheminée.

— Cela te plaît ? demanda Ryder.

— Beaucoup. Mais où fait-on sa toilette ?

— Il faut puiser de l'eau derrière le pavillon.

— Ah ! fit-elle, peu enthousiaste à l'idée de se laver à l'eau froide.

— Il y a toujours moyen de faire chauffer de l'eau pour les petites natures, précisa-t-il.

— Merci, Majesté, railla-t-elle en mimant une révérence.

— Je vous en prie.

Ils déroulèrent les couvertures et portèrent les ustensiles dans la cuisine.

— Sam tient absolument à abattre cette cloison pour avoir une cuisine digne de ce nom, mais je trouve que c'est très bien ainsi, expliqua Ryder.

Leah ne s'étonna guère d'apprendre qu'il appréciait la simplicité.

— Vous venez souvent, tous les deux ? demanda-t-elle.

— Cinq ou six fois par an, surtout en automne.

En ouvrant la porte du fond, Leah découvrit un paysage d'une beauté à couper le souffle. La corniche était entourée de montagnes majestueuses qui se dressaient sous un ciel d'azur, et elle songea qu'elle commençait à apprécier cette nature sauvage.

— Tu as faim ? s'enquit Ryder.

Elle acquiesça. Il s'accroupit près d'un sac et en sortit des boîtes de conserve.

Leah s'approcha de lui d'un pas raide.

— Tu as mal ? fit-il en la voyant grimacer.

— Un peu, avoua-t-elle.

— Je mets une marmite de haricots sur le feu et je te fais chauffer de l'eau.

— Je ferais une piètre épouse de guerrier.

— Tu n'as pas l'habitude de monter à cheval, voilà tout. L'année prochaine, tu sillonneras la campagne au galop, tu verras.

— J'espère parce que, pour l'heure, j'arrive à peine à marcher.

Elle sortit et s'assit sous le porche pour se délasser. Elle était soulagée que Ryder connaisse enfin toute la vérité. Désormais, plus aucune barrière ne se dressait entre eux. Qu'aurait pensé Monty en apprenant qu'elle était tombée amoureuse de son fils ? L'avait-il prévu ? Cela ne l'aurait pas étonnée de sa part. Il avait toujours eu un sens de l'humour féroce.

« Et le meurtrier ? » chuchota une petite voix intérieure. Leah secoua la tête ; elle ne voulait pas y penser pour l'instant.

— Les haricots seront prêts dans une minute, fit Ryder en la rejoignant. Je fais chauffer de l'eau.

Il porta tour à tour deux grosses marmites à la pompe pour les remplir. Puis il alluma un feu.

— Il n'y a plus qu'à attendre, déclara-t-il quand il eut terminé.

Il vint s'asseoir près d'elle et la prit par la taille. Elle posa la tête sur son épaule.

— Si je parviens à marcher un jour, je suis sûre que je serai heureuse de venir ici avec toi.

— J'en serai heureux, moi aussi, dit-il en l'embrassant sur le front.

Elle se blottit contre lui.

Leah ne s'était pas baignée en plein air depuis l'enfance. Cette fois, elle était une femme faite et se trouvait seule avec un homme qui caressait son corps du regard. Nue au soleil, elle se sentait libre. Elle se glissa dans le baquet et gémit d'aise lorsque Ryder vida les deux marmites sur ses épaules. L'eau chaude détendit ses muscles douloureux.

— Je garde l'autre marmite pour te rincer, expliqua-t-il en lui tendant un gant et une savonnette. Je l'ai achetée en ville. Je me suis dit que tu préférerais son parfum à celui de mon savon ordinaire.

Tandis qu'elle se lavait, il remplit une marmite et la plaça sur le feu pour son propre bain.

Leah se leva pour qu'il la rince, puis elle sortit du baquet, ruisselante et fraîche. Ryder lui lança une serviette et déboutonna sa chemise. Fascinée, elle s'interrompit pour le contempler. C'était la première fois qu'elle le voyait nu en plein jour. Ses avant-bras étaient marqués de cicatrices qui semblaient très anciennes.

— Tu t'es battu avec un ours ? lui demanda-t-elle.

Il baissa les yeux sur ses bras puis regarda la jeune femme.

— C'est moi qui me suis mutilé à l'aide d'un couteau, expliqua-t-il. Après Sand Creek.

— Mais pourquoi ? fit-elle, troublée.

— Le chagrin, la colère. C'était pour nous une façon d'exprimer notre douleur. Ce jour-là, l'eau de la rivière était rouge de notre sang.

Leah avait du mal à s'imaginer la proie d'une telle souffrance, mais elle n'avait pas non plus vu des enfants se faire massacrer ni son peuple se faire décimer.

— Je ne voulais pas me montrer indiscrète, dit-elle.

— Inutile de t'excuser. Il vaut mieux que tu saches. S'il te plaît, va voir si les haricots ne sont pas en train de brûler.

Elle obéit.

Leah dégusta son repas en plein soleil, vêtue d'une simple chemise qui lui arrivait aux genoux, près d'un Ryder silencieux.

— J'ai rouvert de vieilles blessures, n'est-ce pas ?

— Non, répondit-il, mais il m'arrive parfois de penser que la vie ne m'a laissé que des blessures.

Il posa sur elle un regard franc. Elle lui caressa tendrement la joue.

— Et puis tu es entrée dans ma vie, reprit-il en lui embrassant le bout des doigts. Défendant Louis à la moindre occasion et n'hésitant pas à m'envoyer balader…

— Tu es décidément un être à part, Ryder Damien, murmura-t-elle.

— Donne-moi ton cœur, *Morenita*… épouse-moi…

L'amour qu'elle éprouvait pour lui la submergea soudain. Des larmes de bonheur lui montèrent aux yeux.

— Cela signifie oui ou non ? demanda-t-il en lui effleurant la joue.

— Oui, souffla-t-elle.

Il l'enlaça et l'attira contre lui.

— Oui, répéta-t-elle d'une voix assurée. Oui.

Cette nuit-là, pour la première fois, Ryder et Leah s'aimèrent à la belle étoile.

Il se leva avant l'aube. Après la nuit torride qu'ils venaient de partager, elle ne comprit pas pourquoi il la réveillait.

— Debout, *Morenita*. Il faut se mettre en route.

— Quelle heure est-il ? marmonna-t-elle.

— Presque 5 heures.

— 5 heures ? Ryder, où diable veux-tu aller à cette heure-ci ? demanda-t-elle en s'enfouissant sous la couverture.

— Sur la piste du roi des cerfs.

— Cela ne peut pas attendre un peu ? Il fait encore nuit. Il doit dormir.

— Il est hors de question que je te laisse seule ici, alors, debout, paresseuse.

Telle une enfant récalcitrante, elle repoussa la couverture et resta allongée, entièrement nue, espérant le faire ainsi changer d'avis.

— J'aurais dû tomber amoureuse d'un dentiste, grommela-t-elle. Je suis sûre qu'il ne se serait pas levé à 5 heures du matin pour courir après un cerf.

— Je t'accorde dix minutes, ensuite, je t'emmène de force, habillée ou non.

— Je parie que tu préférerais la seconde solution, répliqua-t-elle avec un sourire.

— Bien sûr. Allez, dépêche-toi, implora-t-il tel un enfant impatient d'ouvrir ses cadeaux.

— Je t'imagine à Noël, railla-t-elle en se levant.

Il lui répondit d'un sourire ravageur.

Ils progressaient depuis une heure environ quand Ryder posa un doigt sur ses lèvres pour faire signe à la jeune femme de se taire. Leah fit arrêter sa monture.

— Il y a un cerf devant nous, chuchota-t-il.

Leah étouffa un bâillement.

— Mets pied à terre le plus discrètement possible, lui ordonna-t-il.

Leah s'exécuta. Elle scruta les alentours, mais ne vit rien d'autre que des arbres. Elle ne mettait cependant pas en doute l'expérience de chasseur de Ryder. Il détacha de sa selle un sac en cuir souple orné de perles rouges et noires, le posa à terre et en sortit le plus grand arc qu'elle ait jamais vu.

— Qu'est-ce que tu vas faire avec ça ? s'exclama-t-elle.

— Devine.

— Tu vas tirer sur le cerf ? dit-elle avec stupeur.

— L'hiver approche, il va nous falloir des réserves de viande.

Leah avait déjà vu des cerfs. C'étaient des créatures majestueuses et imposantes. L'idée d'en manger la chair ne la tentait pas.

— On ne peut pas manger autre chose ?

— J'aime ça, répliqua Ryder en tirant du sac une poignée de flèches ornées de plumes.

— À quoi servent ces plumes ?

— Elles indiquent à qui appartient chaque flèche.

C'était logique. Plus que de consommer de la viande de cerf.

— Allons-y, dit-il à voix basse. Reste derrière moi.

Leah hocha la tête, pleine d'appréhension.

Ryder se mit à ramper vers le sommet d'une pente. La jeune femme l'imita. Pierres et brindilles lui meurtrissaient les genoux et les paumes, mais elle s'efforça d'ignorer la douleur. Ils s'arrêtèrent soudain. Ryder leva prudemment la tête. Leah fit de même et découvrit le plus superbe cerf qu'elle ait jamais vu.

— C'est le roi ?

Ryder acquiesça.

Les muscles saillants de la bête témoignaient de sa puissance, ses bois très développés indiquaient un mâle dans la force de l'âge.

Ryder se redressa lentement et banda son arc. Leah regarda l'animal à l'allure si royale qui se tenait dans la douce lumière de l'aube et, sans réfléchir, elle bondit en criant :

— Sauve-toi vite ! Allez, file !

La bête détala sans demander son reste.

Ryder dévisagea la jeune femme, les yeux écarquillés de stupeur.

— Qu'est-ce qui t'a pris ?

Se sentant coupable, Leah baissa la tête.

— Tu sais depuis combien de temps je le traque ? Depuis huit ans.

— Je suis désolée.

Ryder n'en croyait pas un mot.

— Tu mens comme tu respires ! Tu ne regrettes absolument rien !

— Il est trop beau pour mourir !

— Tu as de la chance de l'être aussi. Allons chercher les chevaux.

Le trajet de retour se déroula dans un silence pesant. Au bout d'une demi-heure, Ryder n'avait toujours pas prononcé un mot.

— Tu comptes me parler à nouveau un jour ? risqua-t-elle enfin.

— Non.

Elle sourit.

— Tu ferais une mauvaise épouse de guerrier, reprit-il.

— Je ne pouvais pas te laisser abattre une bête aussi magnifique.

— Que comptes-tu manger, cet hiver ? L'écorce des arbres ?

Elle ne répondit pas.

— D'après toi, d'où provient la viande qui est servie à ma table ?

— De chez le boucher, où l'on vend de la viande normale, du porc, du poulet. Chez moi, on ne mange pas de cerf.

— Tu n'as jamais consommé de gibier ?

— Non.

— Eh bien, ici, on en est très friand.

Leah leva les yeux au ciel.

— Je m'en passerai.

— Tu ne peux pas.

— Bien sûr que si.

Il se tut.

— Mieux vaut que je ne t'accompagne pas, la prochaine fois, déclara-t-elle.

— Je ne te le proposerai pas.

— Tu es furieux, n'est-ce pas ? demanda-t-elle avec un regard de biais.

— À tel point que je vais te prendre tes dessous.

— Pardon ?

— Tu m'as très bien entendu, répliqua-t-il avec un regard coquin.

— Je ne te les donnerai pas.

— Oh que si ! De toute façon, quand nous sommes ensemble, tu passes le plus clair de ton temps dévêtue. Ce sera ta punition. Donne-les-moi.

— Ici ? s'exclama-t-elle.

— Tout de suite.

Elle était à la fois si amusée et si étonnée qu'elle ne sut que faire. Après tout, à cause d'elle, il n'avait pas abattu le cerf qu'il convoitait. Elle lui était redevable. Toutefois, cette punition était un peu scandaleuse.

— J'attends, *Morenita*.

Un frisson la parcourut tandis qu'elle descendait de cheval sans le quitter des yeux. Elle souleva sa jupe et dénoua le cordon de sa culotte qui glissa à terre.

Ryder tendit la main. D'un pas décidé, elle alla lui remettre son trophée qu'il rangea dans sa sacoche.

— À présent… murmura-t-il.

Il saisit les rênes de la monture de Leah et les attacha à sa propre selle.

— … tu montes avec moi.

Le feu du désir flambait déjà entre eux. Ryder souleva la jeune femme de terre et l'installa en amazone devant lui. Les yeux dans les yeux, il commença à déboutonner son corsage et elle crut fondre. Quand il l'embrassa, elle défaillit. Lorsqu'il talonna enfin son cheval, elle avait oublié jusqu'à son propre prénom.

Leah découvrit vite que sa punition n'était pas terminée. Tout au long de leur parcours dans la montagne, Ryder s'arrêta pour s'assurer qu'elle réagissait encore à ses caresses. Bientôt, leur passion les obligea à mettre pied à terre. Ryder jeta une couverture sur l'herbe et lui prouva de la plus sensuelle des façons pourquoi il la préférait sans ses dessous. Au moment de l'extase, Leah cria son nom.

Ils passèrent deux jours de plus au pavillon de chasse ; deux jours et deux nuits de bonheur et d'amour.

— Tu as l'intention de me confisquer mes dessous dès notre arrivée à Sunrise ? s'enquit-elle au retour.

— Oui. Après tout, tu n'en as pas besoin.

— Et combien de temps comptes-tu prolonger ma punition ?

Il fit mine de réfléchir.

— Voyons… Cela fait huit ans que je traque le roi des cerfs. Ta punition durera donc huit ans.

— Tu ne peux pas me priver de mes dessous pendant huit ans ! s'esclaffa-t-elle.

— Pourquoi pas ? Tu ne les as promis à aucun autre homme, si ?

— Bien sûr que non ! protesta-t-elle en feignant de le frapper.

— Alors tes dessous m'appartiennent.

Elle n'en revenait pas, il avait à peine esquissé un sourire ! Les trente prochaines années s'annonçaient passionnantes.

— Seras-tu aussi hardi quand tu seras vieux ?

— Si tu es à mes côtés, tu peux parier que oui !

À leur arrivée, le jour commençait à tomber. Après la fougue déployée par Ryder, Leah avait ses vêtements froissés et tachés d'herbe, mais elle avait reboutonné son corsage. Ses cheveux sagement tressés ne trahissaient pas leurs ébats de la journée. Nul n'aurait pu soupçonner que la future Mme Damien ne portait rien sous sa jupe.

Ils trouvèrent Sam et Mable en train de faire rôtir des poulets dans la cour. Leah embrassa Sam sur la joue.

— Merci, murmura-t-elle.

— Ce n'est rien, assura-t-il. Tout est rentré dans l'ordre ?

— Oui.

Grâce à la loyauté et à l'entêtement de Sam, elle allait vivre heureuse et connaître l'amour.

— Mable, si jamais vous ne voulez plus de lui, envoyez-le-moi, plaisanta-t-elle. Je le prendrai volontiers !

— Je croyais que tu avais accepté de m'épouser ! intervint Ryder, l'air offensé.

— Alléluia ! s'exclama Sam, radieux. Mable, va faire tes bagages, nous nous marions demain. Ce garçon a enfin trouvé la femme de sa vie !

— Comme tu voudras, Samuel, répondit-elle.

Plus tard, les deux couples dînèrent attablés dans la cuisine.

— Alors, Ryder, as-tu vu le roi des cerfs ? s'enquit Sam.

Ryder jeta un coup d'œil à Leah qui baissa la tête pour dissimuler son sourire.

— Oui, je l'ai vu. Je l'ai même eu en joue, jusqu'à ce que Leah décrète qu'elle ne mangeait pas de cerf et ne se mette à hurler pour le faire fuir.

Sam éclata de rire. Leah afficha une expression penaude.

— Ce n'est pas drôle, affirma Ryder.

— Mais si, protesta Sam. Leah a permis au cerf de s'enfuir ? Je n'y crois pas !

Ryder décocha un regard noir à Sam qui s'esclaffa de plus belle. Leah prit la main de Ryder et la serra dans la sienne. Il se pencha vers elle et chuchota :

— Huit ans.

Elle lui répondit d'un sourire.

Après le repas, ils regagnèrent leur chambre. Ils prirent une douche ensemble avant de se glisser entre les draps. Fourbus, ils s'endormirent dans les bras l'un de l'autre en quelques minutes.

12

Le lendemain matin, Leah se rendit en ville en compagnie de Ryder. Elle souhaitait annoncer son prochain mariage à Éloïse et faire ses malles pour libérer la cabane et s'installer chez Ryder.

Il la déposa devant chez sa vieille amie en lui promettant de repasser en fin d'après-midi.

La jeune femme remonta l'allée d'un pas léger. Comme d'habitude, la porte n'était pas verrouillée.

— Éloïse ! lança-t-elle avec entrain en pénétrant dans la maison.

Pas de réponse.

Persuadée que la vieille dame était encore enfermée dans son atelier, elle longea le couloir.

— Éloïse ?

Silence.

La porte de l'atelier semblait close, mais alors qu'elle s'apprêtait à frapper, Leah s'aperçut qu'elle était entrebâillée. Elle hésita. Éloïse lui avait demandé de ne pas entrer, mais la curiosité fut la plus forte. Elle regarda par-dessus son épaule, de peur d'être surprise, puis fit quelques pas hésitants. Le soleil entrait à flots dans la pièce par les deux grandes fenêtres. Le spectacle qui s'offrit à la jeune femme lui glaça les sangs : les murs étaient tapissés de portraits déformés de ce que Louis Montague avait dû être dans sa jeunesse.

L'un des portraits le représentait en Lucifer à cornes rouges. Une lueur cruelle étincelait dans ses yeux jaunes. Entre ses dents acérées, il serrait le cadavre sanguinolent d'un enfant.

Sur une autre toile, la tête tranchée de Monty gisait dans une mare de sang. Ses yeux exprimaient l'effroi et sa bouche se tordait en un rictus de douleur.

Tremblant de tous ses membres, Leah se tourna ensuite vers une toile figurant une femme qui ressemblait étrangement à Ellen. Bernice, sans doute. Elle n'était plus qu'une dépouille décharnée, ses yeux deux trous noirs, le visage couvert de sangsues. Leah sentit sa gorge se nouer. La même femme était représentée sous plusieurs formes, mais toutes les toiles exsudaient la même haine.

Le cœur battant, Leah aperçut une peinture d'une Indienne copulant avec trois ivrognes. La mère de Ryder ? La scène était si crue et ignoble qu'elle dut détourner les yeux ; son regard accrocha alors un portrait inachevé de Cecil, posé sur un pupitre. Ses lèvres esquissaient un sourire, mais il avait le visage bouffi d'un noyé. Des asticots commençaient à le dévorer.

Leah sut qu'elle devait quitter les lieux au plus vite. Elle pivota, et découvrit Éloïse sur le seuil, armée d'un couteau de cuisine.

— Vous voyez ce qui arrive aux gens trop curieux, déclara celle-ci. Eh bien, vous voilà au courant.

Leah déglutit péniblement, essayant de ne pas tirer les conclusions qui s'imposaient, tout en sachant qu'il n'y avait aucune autre explication possible.

— Oui, je les ai tués tous, avoua Éloïse sans la moindre hésitation. J'avais mes raisons.

Leah cherchait désespérément un moyen de s'échapper. Comme si elle lisait ses pensées, la vieille dame sourit et referma la porte, puis elle poussa le verrou.

— Personne ne viendra nous déranger.

Leah tremblait comme une feuille, mais elle s'efforça de respirer calmement et de garder son sang-froid.

— Asseyez-vous, mon petit, l'invita Éloïse d'un ton poli. J'ai une belle histoire à vous raconter.

Leah n'avait aucune envie de s'asseoir, mais elle savait que tant qu'elle lui parlerait, Éloïse ne serait pas tentée d'utiliser son couteau. Elle prit donc place sur un banc.

— Bien, fit Éloïse. Reprenons depuis le début. Autrefois, il y a bien longtemps, ma chère Alice était une vraie petite fille.

Leah tenta en vain de dissimuler son scepticisme.

— Vous semblez ne pas me croire.

— Je l'admets, en effet.

— C'est pourtant la vérité. J'étais impatiente de lui acheter des robes en dentelle et de vivre heureuse avec son père et elle.

— Que s'est-il passé ?

— Son père n'a pas voulu d'elle. Ni de moi non plus, d'ailleurs. Il s'est servi de moi toute une nuit, puis m'a proposé de l'argent pour que je m'en aille.

Elle s'interrompit et regarda au loin d'un air absent.

— Il ne voulait pas de nous, murmura-t-elle. J'ai pris l'argent, mais je lui avais donné mon innocence parce que je croyais compter autant pour lui qu'il comptait pour moi…

Les yeux d'Éloïse reflétèrent une profonde souffrance. Le cœur serré, Leah murmura :

— Le père de votre enfant était Monty, n'est-ce pas ?

— Oui. Et il m'a payée pour se débarrasser de moi. Il ne voulait sans doute pas que cette sale fouine de Cecil Lee sache qu'il avait prévu de nous envoyer en Californie, Alice et moi. Ainsi, nous ne le gênerions pas lorsque cette garce de Créole arriverait en ville pour l'épouser.

Voilà qui expliquait pourquoi Cecil n'avait aucune raison de penser qu'Éloïse était une victime de Monty. Il ne savait rien. Personne n'était au courant. Éloïse passa vite de la souffrance à la haine, ramenant Leah à la réalité de la situation et au danger qui la menaçait. Éloïse était une meurtrière très habile, elle devait en tenir compte si elle voulait s'en sortir.

— Comment l'avez-vous tué ?

— C'est l'aconit qui l'a tué.

— L'aconit ?

— C'est une fleur. Autrefois, les guérisseurs s'en servaient pour faire tomber la fièvre. Elle pousse abondamment dans la région.

— C'est un poison ? s'enquit Leah, qui n'en avait jamais entendu parler.

— Un poison mortel.

— Quand l'avez-vous empoisonné ?

— Le jour où vous êtes allée chez Ryder pour la première fois. Le lendemain soir, Cecil Lee est venu chez moi pour me parler de la façon dont Ryder risquait de vous traiter. Il était très inquiet, apparemment. Voyez-vous, quand j'ai appris que vous étiez arrivés en ville, Cecil et vous, j'ai préparé un gâteau tout spécialement, dans l'espoir de lui en offrir une part. Le majordome de Satan l'a trouvé plutôt bon. Je n'ai jamais pu supprimer Louis, alors j'ai tué son laquais à sa place. Ce fut presque aussi satisfaisant.

Pauvre Cecil, songea Leah. Son passé était remonté à la surface pour lui faire payer ses erreurs au prix fort.

— Qu'est-il arrivé à votre fille ? demanda-t-elle. Est-elle tombée malade ?

— Non, répondit Éloïse, le regard dur. Quand j'ai compris qu'elle n'aurait jamais de père, je suis allée voir une vieille sage-femme. Elle m'a donné une potion à base de plantes pour faire passer l'enfant.

Leah la fixa, horrifiée.

— J'étais une femme pieuse, je l'étais même du temps de l'esclavage. Jamais je n'aurais pu mettre au monde un enfant illégitime. Le paradis m'aurait été interdit.

Leah songea à sa propre mère. Lorsque son père avait péri en mer, Reba s'était retrouvée confrontée au même dilemme, mais elle tenait déjà trop à la vie qui grandissait en elle. Éloïse semblait aimer son enfant, mais elle s'était sentie obligée de prendre une autre décision. Cette expérience l'avait-elle tellement meurtrie qu'elle l'avait transformée en une meurtrière ?

— J'ai sculpté cette statue, poursuivit-elle. Elle était dédiée à cette enfant qui n'est jamais venue au monde. J'ai consacré le reste de ma vie à détruire tous ceux que Louis Montague aimait. Je n'ai eu aucun mal à empoisonner Bernice. Elle était hypocondriaque et se plaignait sans cesse. Elle venait me voir pour que je lui prescrive des remèdes. C'est ce que j'ai fait. Je l'ai empoisonnée en quelques mois pour que sa mort soit lente. La garce !

— Et la mère de Ryder ?

— Louis et elle venaient de se disputer. Je l'ai trouvée en larmes, près de la mine où Louis avait envoyé son mari à la mort. J'ai proposé de la ramener à la maison. Dès qu'elle a eu le dos tourné, je l'ai assommée, je l'ai poussée dans l'un des conduits de la mine et je suis rentrée chez moi.

Un silence pesant tomba dans l'atelier. Dans les yeux d'Éloïse brillait une lueur de triomphe.

— C'est vous qui avez glissé cette lettre anonyme sous ma porte, n'est-ce pas ?

— Oui. Vous vous rappelez quand je suis retournée chercher mes livres et le chariot ? Déposer la lettre fut un jeu d'enfant. J'espérais vous effrayer au point de vous pousser à retourner dans l'Est. Alice et moi savions que vous deviez mourir, mais nous ne voulions pas vous tuer. Au contraire de Bernice et de Chant d'Oiseau, vous nous étiez sympathique.

Leah se rappela la réaction alarmée d'Éloïse lorsqu'elle avait découvert la lettre en rentrant de la messe. Elle l'avait même accompagnée chez le shérif. Tout cela n'était qu'une comédie destinée à tromper son monde.

— Monty est mort, déclara-t-elle. Vous ne pouvez plus lui faire de mal.

— Je sais, mais vous êtes la dernière femme qu'il ait aimée. Vous l'avez dit vous-même au tribunal. Quand je vous aurai tuée, je trouverai enfin le repos.

Leah chercha discrètement des yeux un objet susceptible de lui servir d'arme. Elle avait à présent la certitude de porter en elle l'enfant de Ryder et n'avait pas l'intention de laisser une femme à l'esprit dérangé lui gâcher son bonheur.

— Je croyais que vous aimiez bien Ryder. Nous allons nous marier et je pense être enceinte de lui. Voulez-vous vraiment lui faire du mal ?

— Je l'aime beaucoup, c'est vrai. Je l'ai toujours considéré comme un fils. Mais il a déjà souffert. Il s'en remettra.

Leah en doutait. Et elle allait mourir si elle ne quittait pas cet endroit sur-le-champ.

— Éloïse, je ne me laisserai pas tuer sans résister.

— Je n'en attendais pas moins de vous, ma chère, dit-elle en souriant. Mais vous mourrez tout de même.

Elle bondit en avant. Leah se leva juste à temps pour esquiver le coup. Éloïse trébucha sur le banc et fit tomber un chevalet. Leah prit ses jambes à son coup, cherchant à entraver la progression de la vieille dame en renversant son matériel. Celle-ci agitait son couteau en tous sens. Haletante, Leah se réfugia derrière une table et jaugea son adversaire tout en cherchant une issue. Éloïse se rua à nouveau sur elle, mais Leah l'évita. Furieuse, Éloïse renversa la table, envoyant à terre pots de peinture et pinceaux dans un fracas terrible.

Désespérée, Leah ramassa un récipient en terre cuite et le projeta à travers l'une des fenêtres. La vieille dame s'immobilisa, surprise, et Leah en profita pour sauter dehors. Le cri de rage d'Éloïse fit écho au cri de douleur de Leah lorsque les échardes de verre lui lacérèrent les bras et les épaules.

La jeune femme prit ses jambes à son cou, le cœur battant à tout rompre. Elle courut à perdre haleine, sans se retourner, se dissimulant dans les bosquets qui bordaient la route. Les branchages la meurtrissaient à chaque pas et, par deux fois, elle trébucha sur une racine. Elle préféra gagner le milieu de la route.

Elle sentait le goût métallique du sang au coin de ses lèvres. En s'essuyant la joue d'une main tremblante, elle vit ses doigts maculés de rouge vif. Qu'importaient ses blessures, il fallait qu'elle s'éloigne au plus vite !

Derrière elle, elle entendit soudain le fracas d'un chariot lancé à vive allure. Leah plongea entre les arbres. Sa course était ralentie par les feuillages et les branches. Elle butta sur une souche et s'écroula avec un cri de douleur. Elle voulut se relever, et étouffa un cri de douleur. Des larmes de colère et de souffrance lui montèrent aux yeux. Elle claudiqua vers le bord de la route et s'appuya contre un tronc d'arbre, espérant qu'Éloïse avait passé son chemin sans la voir. Malheureusement, elle avait dû la repérer, car elle roulait au pas en scrutant les arbres, à la recherche de sa proie.

Leah se redressa et resta parfaitement immobile. « Mon Dieu, faites qu'elle s'éloigne », pria-t-elle. Mais non. Le souffle court, elle vit la meurtrière mettre pied à terre et fouiller les buissons.

— Leah, il y a du sang partout, lança-t-elle soudain. Je peux vous suivre à la trace ! Montrez-vous. De toute façon, je vous retrouverai. Ce n'est qu'une question de temps.

Leah ne broncha pas.

— Très bien, fit Éloïse. Je vais devoir vous débusquer.

Elle alla chercher son fusil dans la charrette et le chargea. Puis elle se mit à tirer à l'aveuglette dans les arbres. Une balle frôla sa cible de si près qu'elle sentit l'odeur de la poudre. La peur au ventre, grimaçant de douleur, Leah ne savait que faire. Sa blessure l'empêchait de courir. Mais si elle ne bougeait pas, Éloïse finirait par la trouver.

De nouveaux coups de feu retentirent. Éloïse devait avoir une idée de l'endroit où elle se tenait, car les tirs se rapprochaient inéluctablement. Terrorisée, Leah plongea à terre.

Soudain, les tirs cessèrent. Leah se figea, se demandant pourquoi. En entendant un fracas de roues, elle comprit. Un autre véhicule approchait ! Sans réfléchir, elle jaillit d'entre les arbres.

Ellen !

Avant que Leah puisse lui faire signe de s'arrêter, Éloïse se mit à tirer en rafale. Les balles rebondirent sur la route, mais la jeune femme avançait aussi vite que sa blessure le lui permettait.

— Ellen ! hurla-t-elle.

Celle-ci s'était arrêtée dès le premier coup de feu. En apercevant la jeune femme ensanglantée qui agitait les bras au milieu de la route, elle fit claquer les rênes et la rejoignit. Éloïse chercha à l'en dissuader de plusieurs coups de feu, mais Ellen s'immobilisa à la hauteur de la victime.

— Montez vite ! lui ordonna-t-elle.

Leah s'écroula à l'arrière. Ellen lâcha les rênes et attrapa son propre fusil.

Le silence régnait. Le chariot d'Éloïse et son mulet étaient toujours rangés au bord de la route. Apparemment, cette dernière avait trouvé refuge dans les bois. Allongée sur les planches, Leah reprenait peu à peu son souffle.

— Que se passe-t-il ? interrogea Ellen en scrutant les alentours. Qui est l'auteur de cette fusillade ?

— C'est Éloïse. Elle a tué votre sœur et, à présent, elle s'en prend à moi.

— Éloïse ? murmura Ellen en regardant la jeune femme dans les yeux.

— Je crois que j'ai la cheville fracturée, fit Leah.

— Mon Dieu, mais vous saignez !

— Ce n'est rien. Conduisez-moi vite en ville. Il faut prévenir le shérif.

— C'est Éloïse qui a tué ma sœur ?

— Oui. Elle l'a empoisonnée, comme elle a empoisonné Cecil.

— Et maintenant, elle s'en prend à vous ?

— Oui. Partons d'ici avant qu'elle ne nous abatte toutes les deux.

— Éloïse ! cria Ellen à la stupeur de la jeune femme. Venez la chercher. Elle est à vous !

Leah écarquilla les yeux et tenta de se redresser. Mais Ellen braqua son arme sur elle.

— Ne bougez pas !

N'en croyant pas ses oreilles, Leah croisa le regard froid d'Ellen.

— Cela ne prendra pas longtemps, assura celle-ci. Éloïse ! Je la tiens en joue. Vous n'avez plus qu'à porter l'estocade !

Leah perçut un mouvement dans les fourrés, à sa droite. Éloïse apparut enfin, le sourire aux lèvres. Ellen lui sourit à son tour, avant de lui tirer une balle entre les deux yeux.

Ellen conduisit Leah en ville, sans prononcer un mot durant tout le trajet. Elle arrêta son véhicule devant le bureau de Ryder.

— Restez ici. Je vais le chercher.

Encore sous le choc, Leah ne discuta pas. Quelques secondes plus tard, Ryder surgit en trombe du bâtiment. Il l'étreignit si fort qu'elle crut qu'il allait lui briser les côtes. Mais elle ne s'en souciait pas le moins du monde. Elle était vivante !

Plus tard dans la soirée, confortablement installée dans le grand lit de Ryder, Leah réprima un frisson d'effroi en songeant à Éloïse. Depuis plus de trente ans, sous le masque de bonté et de gentillesse se cachait un véritable monstre. Grâce à Ellen, plus personne ne serait sacrifié à sa folie meurtrière. Mais la vision de celle-ci appuyant sur la détente ne s'effacerait jamais de la mémoire de Leah.

Sam avait pansé ses blessures. Certaines plaies étaient assez profondes. À l'aide d'une loupe, il avait extrait les minuscules débris de verre avant d'effectuer quelques points de suture. La jeune femme souffrait encore de son entorse à la cheville, mais la douleur n'était rien en regard de ce à quoi elle avait échappé.

Quelqu'un frappa doucement à la porte.

— Entrez ! dit-elle.

C'était Ryder, accompagné de Daniel Morton. L'avocat semblait inquiet.

— Vous allez bien, madame Montague ? s'enquit-il en entrant.

Il parut impressionné par les peaux de bêtes et autres trophées de chasse ornant la pièce. Avec son élégant costume de la côte Est, il semblait un peu incongru dans ce décor, mais peu importait, la jeune femme l'appréciait beaucoup.

— J'avoue que cela pourrait aller mieux. Mais je vous en prie, appelez-moi Leah.

— Leah, je voulais vous annoncer que grâce à votre témoignage, Mlle Sejours ne sera pas inculpée de meurtre. Le shérif a conclu à la légitime défense.

Leah était contente pour elle. Elle n'aimait pas Ellen et ne l'aimerait sans doute jamais, mais elle n'oubliait pas qu'elle lui devait la vie.

Ryder s'assit au bord du lit et déposa un baiser sur son front.

— Tu es sûre de n'avoir besoin de rien? murmura-t-il tendrement.

Elle aurait aimé s'endormir dans ses bras, mais se garda de le lui dire en présence de Daniel.

— Tout va bien, assura-t-elle.

Elle se tourna vers Daniel qui était en train d'admirer la coiffe indienne dans sa vitrine.

— Qu'est-ce que c'est? demanda-t-il.

— Une coiffe Cheyenne, répondit Ryder sans plus d'explications.

— Ah bon! bredouilla le jeune homme. Eh bien, je rentre chez moi demain. Ma femme attend notre premier enfant et elle va bientôt accoucher.

— Félicitations! lancèrent en chœur Leah et Ryder.

— Merci. Nous sommes tous les deux très impatients.

Cette nouvelle ravit Leah et lui fit penser à son propre enfant. Elle n'avait pas encore eu l'occasion d'en parler à Ryder, mais décida de le faire le soir venu.

— Où en est notre affaire? demanda-t-elle au jeune avocat.

— Le juge en est train de statuer. Si sa décision vous est défavorable, souhaiterez-vous faire appel?

— Non, déclara-t-elle sans la moindre hésitation.

Elle leva les yeux vers Ryder qui parut l'approuver. Cet héritage n'avait apporté à la jeune femme que de la douleur et du chagrin. Il fallait que cela cesse. De plus, elle n'avait besoin de rien à part la présence de Ryder à ses côtés.

— Vous êtes sûre ? insista Daniel. La partie adverse fera appel en cas d'échec.

— Je m'en moque. Je veux simplement tourner la page.

— Comme vous voudrez, concéda-t-il malgré lui.

— Merci de votre aide précieuse.

Ils discutèrent encore quelques minutes, puis Daniel salua Leah et partit avec Ryder qui avait proposé de le ramener en ville.

Peu après le départ des deux hommes, Leah s'endormit. Mais sa sieste fut de courte durée, car Sam vint la réveiller.

— Seth est là, lui annonça-t-il. Vous souhaitez le recevoir ?

Leah n'y tenait pas vraiment. Elle était fatiguée.

— Que veut-il ? demanda-t-elle en se frottant les yeux.

— Selon lui, prendre de vos nouvelles.

Elle s'assit et remonta les couvertures.

— Je lui accorde quelques minutes, pas plus.

— Si cela peut vous rassurer, j'assisterai à l'entretien.

— Volontiers.

Sam se retira, un sourire aux lèvres.

Seth entra dans la chambre d'un pas hésitant.

— Seigneur, Leah ! s'exclama-t-il. Tante Ellen m'a tout raconté. Vous allez bien ?

— Aussi bien que possible, je suppose.

Lisant une certaine méfiance dans le regard de la jeune femme, il détourna les yeux, mal à l'aise.

— Je suis venu vous dire que je vous dois plus que des excuses. Je compte quitter Denver dès que possible.

— Pour aller où ?

— Quelque part où nul ne me connaît. Je veux repartir de zéro. J'ai trente-huit ans, je suis criblé de dettes et ma maîtresse ne quittera jamais son mari.

— Je vous souhaite bonne chance, Seth.

— Merci, fit-il en la regardant enfin dans les yeux.

Le silence s'installa, puis Seth reprit :

— Vous direz au revoir à Ryder de ma part.

Elle hocha la tête.

— Je suppose qu'il a gagné.

— Dès que je serai rétablie, nous nous marierons.

— Peut-être qu'un jour, lui et moi réussirons enfin à faire table rase du passé.

— Il suffit de le vouloir vraiment.

Il paraissait absent et ne répondit pas.

— Comment va Ellen ? s'enquit Leah.

— Plutôt bien, finalement. Pourriez-vous garder un œil sur elle après mon départ ? Je sais qu'elle n'a pas un caractère facile, mais elle n'a personne d'autre.

— Nous veillerons sur elle, que cela lui plaise ou non. Elle m'a sauvé la vie. C'est le moins que je puisse faire.

— Je vous remercie, dit Seth qui, pour une fois, semblait sincère.

Il jeta un regard à Sam qui se tenait sur le seuil de la chambre.

— J'ai promis de ne pas rester trop longtemps, alors je vais vous laisser. Prenez soin de vous, Leah.

— Ne vous inquiétez pas.

Il hocha la tête et quitta la chambre.

Leah se blottit sous les couvertures et plongea de nouveau dans le sommeil.

Après avoir déposé Daniel à son hôtel, Ryder passa à son bureau pour chercher le rapport du détective privé, qu'il n'avait pas encore lu. L'enveloppe était posée sur son bureau depuis plusieurs jours. Il se rendit ensuite chez Éloïse.

En sortant de son véhicule, il observa un instant la maison silencieuse. Qui aurait imaginé qu'une meurtrière s'y cachait depuis tant d'années ? Le shérif allait passer, mais Ryder avait une dernière tâche à accomplir.

Il connaissait si bien les lieux qu'il n'avait pas besoin d'allumer une lampe. Toutefois, il s'en munit et longea le couloir jusqu'à l'atelier. Leah lui avait décrit le macabre spectacle, mais il voulait le voir de ses yeux. Naturellement, la porte était restée béante. Il découvrit le désordre, le sol et les meubles maculés de peinture et de débris de verre. Ryder prit les couleurs dont il avait besoin : jaune pour son front, noir pour le menton, rouge vif pour le nez. Ayant tracé sur son visage les peintures de guerre de sa tribu, il regarda enfin les portraits monstrueux. Il tenta d'imaginer ce que Leah avait pu ressentir en les découvrant brutalement. Certaines toiles lui donnèrent la chair de poule. Enfin, son regard se posa sur le portrait de sa mère. Le talent d'Éloïse rendait les traits de l'Indienne encore plus réalistes. Ryder se détourna, plein de haine, de colère et surtout de chagrin. Le seul crime de Chant d'Oiseau avait été d'aimer Louis. Pour cette unique raison, Éloïse l'avait tuée.

Il décrocha les trois toiles représentant sa mère et les posa par terre. Puis il gratta une allumette et mit le feu aux quatre coins de l'atelier. La dépouille de Chant d'Oiseau était restée plusieurs jours au fond de la mine avant qu'on ne la retrouve. Nul n'avait pu lui chanter le chant de la mort. Il le fit.

Tandis que les flammes léchaient les murs, Ryder prit le temps de terminer son chant. Il jeta un dernier regard autour de lui puis sortit. Il ne ressentait aucun remords. Éloïse avait fait preuve d'une grande gentillesse avec lui tout au long de sa vie. Mais elle avait aussi tué sa mère et attenté aux jours de la femme qu'il aimait, cette femme que les esprits lui avaient envoyée pour le guérir et lui faire connaître l'amour. Seule la destruction de son œuvre macabre pouvait l'apaiser.

Il ne regagna Sunrise que très tard. La maison était plongée dans l'obscurité. Il croyait tout le monde endormi, mais aperçut soudain Sam devant la porte. Il savait que ses peintures de guerre luisaient au clair de lune.

— Tu m'attendais ? demanda-t-il en s'approchant du vieil homme.

— Oui. Je voulais m'assurer que tout allait bien.

Silence.

— C'est fait ? reprit Sam.

— Oui. Est-ce que je peux te demander une faveur ?

— Vas-y.

— Voici le rapport du détective privé. Jette-le au feu, s'il te plaît.

Sam prit l'enveloppe.

— Tu ne l'as même pas ouvert.

— Je sais. Bonne nuit, Sam.

— Bonne nuit, lui répondit Sam avec un sourire.

Ryder gravit lentement les marches et alla prendre une douche. Puis il gagna sa chambre, entièrement nu, et se glissa entre les draps. Leah s'agita. Il l'attira contre lui.

— C'est toi ? murmura-t-elle.

— Non. C'est un guerrier inconnu qui vient t'enlever.

Il respira le parfum de sa peau.

— Tes plaies te font encore souffrir ?

— Un peu moins. Sam a dit qu'il faudrait attendre quelques jours.

— Tu es sûre que ça va ? demanda-t-il en lui embrassant l'oreille.

— Oui, surtout maintenant que tu es rentré. Je crois que je vais faire des cauchemars pendant quelque temps.

— Ta peur disparaîtra peu à peu.

— Je sais. Au fait, ton frère est passé.

— Pourquoi ? demanda-t-il en se raidissant.

— Il est venu dire au revoir. Il quitte Denver.

— Quand ?

— Très bientôt. Il veut recommencer sa vie ailleurs. Il m'a chargée de te faire ses adieux, et pense que vous pourrez peut-être faire table rase du passé, un jour. En attendant, il nous confie Ellen.

— Merveilleux, railla Ryder.

— Sois gentil. Après tout, elle m'a sauvé la vie.

— C'est vrai, admit-il. Elle mérite toute ma gratitude, je suppose.

Ils se turent quelques instants, puis Leah reprit :

— J'ai un secret à te confier. Devine…

— Quoi ?

— Nous allons avoir un bébé.

Il se redressa. La jeune femme lui sourit dans le noir.

— Un bébé ?

— Un bébé, confirma-t-elle. À la fin de l'hiver, si je ne me suis pas trompée dans mes calculs.

— Bon sang ! s'exclama-t-il, fou de joie.

— Ce sera peut-être une fille, comme tu le souhaites, dit-elle, touchée par son bonheur.

— Je lui apprendrai à monter à cheval, à chasser…

— Oui, fit Leah, imaginant la scène.

— Merci d'être entrée dans ma vie, Leah, murmura-t-il en la prenant dans ses bras.

C'était la première fois qu'il l'appelait par son prénom, et le cœur de la jeune femme se gonfla de tendresse.

— Merci d'être entré dans la mienne, répondit-elle en écho.

— Tu m'aimeras toujours ?

— Plus longtemps encore, promit-elle.

Il l'embrassa doucement, et ils sombrèrent dans un sommeil sans cauchemars, uniquement peuplé de rêves de bonheur.

Découvrez les prochaines nouveautés
de la collection

Aventures et Passions

Le 4 juin

Indomptable Thea de Shirlee Busbee (n° 6643)

Angleterre, XVIIIe siècle. Thea Garrett tombe amoureuse d'un aristocrate coureur de dot. Elle s'enfuit avec lui pour l'épouser en dépit de l'avis de ses parents. Mais l'homme abuse d'elle, son frère s'interpose et les deux hommes meurent. Des années plus tard, Thea ne s'est pas remise du drame et se sent coupable. Patrick Blackburne, rencontré par hasard, pourra-t-il l'aider à retrouver confiance en elle… et en les hommes ?

Le 13 juin

L'insoumise et le chevalier de Glynnis Campbell (n° 6603)

Écosse, XIVe siècle. Afin de conserver ses titres et ses terres pour sa fille Cambria, lord Gavin, seigneur écossais, souhaite faire alliance avec les chevaliers anglais qui sont venus apporter leur soutien au roi d'Écosse. Mais Roger, oncle du roi d'Angleterre, veut s'emparer du château et tue le père de Cambria. Holden, chevalier anglais, arrive sur les lieux trop tard pour faire aute chose que contenir la colère de l'intrépide Cambria, qui s'est juré de venger la mort de son père…

Le 20 juin

Le cygne d'émeraude de Jane Feather (n° 5358)

Le comte Gareth de Harcourt n'en revient pas : la jeune saltimbanque qu'il a sous ses yeux est le portrait craché de sa cousine, qui refuse d'épouser Henri de France. Mêmes cheveux sombres, mêmes yeux d'un bleu profond, même bouche généreuse… Et si le comte convainquait, à l'aide de quelques pièces, la bohémienne de prendre la place de sa cousine ? Évidemment, les risques sont énormes… Comment cette sauvageonne se conduira-t-elle à la cour ? En tout cas, une chose st sûre : cette acrobate est diablement séduisante !

Le 27 juin

Piégé par la passion de Edith Layton (n° 6604)

Sir Alistair a passé sa vie à peaufiner sa vengeance à l'encontre d'une famille noble, les Scalby, responsables de la mort de son père. Devenu aventurier à la mauvaise réputation, il doit infiltrer la haute société pour pouvoir les approcher. Lors d'un bal, il rencontre la jolie Kate, cousine de la famille, et décide d'en faire son *escort girl* et son ticket d'entrée dans le beau monde. Mais Alistair joue un jeu dangereux. D'autant que Kate est loin de le laisser de marbre…

6566

Composition Chesteroc International Graphics
Achevé d'imprimer en France (La Flèche)
par Brodard et Taupin
le 23 avril 2003. 18517
Dépôt légal avril 2003. ISBN 2-290-32908-8

Éditions J'ai lu
84, rue de Grenelle, 75007 Paris
Diffusion France et étranger : Flammarion